U0051258

全球高考 3#

#3rd exam

喧囂人間

木蘇里／著

目　錄
CONTENT

【第一章】

游某和秦某，他們就是來搞事的

早上八點，小樓裡面終於有了人聲。

眾人按照時間表陸續醒來，第一件事就是數人頭，以免再發生什麼狼人殺情節，睜眼「死」一半。

還好，人都還在。

「那兩個小鬼居然沒有半夜偷襲？」楊舒有點納悶。

「昨天都哭成那樣了，不偷襲也正常。」于聞撓著雞窩頭說：「難道還希望他們幹點什麼嗎？」

「不是希望他們幹點什麼，就覺得不大符合題目邏輯。」楊舒說。

于聞一臉懵，「題目什麼時候有過邏輯？」

楊舒：「……」

「我知道你的意思。」吳俐冷靜地說：「我也覺得有點奇怪。」

見其他幾人愣著，她解釋說：「這兩個小孩如果是普通角色，會鬧脾氣很正常。但他們是題目核心，如果嚇一嚇就什麼事都不做了，那還怎麼當題目核心？」

楊舒補充道：「他們應該一邊哭，一邊不情不願地繼續找茬。」

就像荒島上的那隻章魚怪，即便碰到了史上最凶殘的食物，該牠吃人的時候依然得出場吃人。

舒雪突然說：「其實……我昨天晚上隱約聽到了一點聲音。」

「什麼聲音？」

舒雪回想片刻，臉脹得通紅說：「忘了，好像……」

她攥著手指憋了半天，憋出一句：「拍皮球的聲音？」

「拍皮球？」

眾人疑惑地看向二樓。

薩利和雪麗剛起床，兩人還穿著睡衣，手牽著手站在欄杆後。

有可能是頭髮散亂，睡衣顏色又一樣，一時間居然分不清誰是妹妹、誰是哥哥。

老于心有餘悸地說：「我昨天就是聽到了小丫頭在拍皮球，睜眼就看到她在門口了。」

大家背後又開始冒涼氣。

這場考試最麻煩的就是強制睡眠，一到睡眠時間，他們跟昏迷沒兩樣，連個守夜人都沒有。在場的人大多受過襲，對那種孤零零的無助感印象深刻。

最可怕的不是小鬼突然出現在身邊，而是小鬼出現的時候，你怎麼都叫不醒其他人。

就在這時，一陣鈴聲突然響了起來。

大家一個激靈。

于聞訕訕地摸出手機，「對不起、對不起，我忘記關鬧鐘了。」

看到手機，舒雪突然「啊」了一聲。

「對了手機！」她掏出一個有點舊的黑色手機，咕噥說：「我昨天聽見聲音的時候摸了手機，好像拍了一下，就怕今天睡暈了什麼也不記得。」

她這個手機還是從賭場贏來的，只用來看時間，平時用得不多。

「但是別抱太大希望，我可能什麼也沒拍清。」舒雪又赧然地補了一句。

眾人「嗯嗯」應著，目光卻一轉不轉地盯著螢幕。

照片介面，昨天的日期之下多了點東西。

不過不是單張圖片，而是影片。

舒雪點開。影片時間不長，只有五、六秒。開始兩秒是一片糊，最後兩秒又是一片糊，那應該是舒雪抬起手又放下的瞬間。只有中間的一秒拍到了一點東西。

于聞眼疾手快按了暫停，把畫面停在其中某一幀。

畫面裡，主臥門敞開著，一個人影站在門下，面朝著手機方向低著頭。

既不是雪麗也不是薩利。

人影比兄妹倆高得多，頭髮從臉側垂落，一邊挽在耳後。儘管畫面沒對焦，模糊不清，大家還是一眼認了出來——是楊舒。

「什麼啊！」楊舒臉色煞白，「我在睡覺啊，怎麼會站在這裡？這昨天什麼時候拍的？按錯了吧？」

她戳了一下螢幕，上方的拍攝時間顯示出來——昨天夜裡凌晨兩點十三分。

她又點了影片，讓它動起來。

於是她的臉色更白了。

因為她看到影片裡的自己，手掌抬起又落下……正在拍一個孩子才玩的皮球。

畫面轉眼變得一片花，但「咚咚」的拍球聲還在持續，三秒後戛然而止。

于聞心裡一聲臥槽。如果不是認識楊舒，他現在已經一蹦三公尺遠了。

客廳一時間沒人說話，莫名的驚悚感爬到大家頭頂，令人頭皮發麻。

楊舒慌了片刻，又迅速冷靜下來，「我是不是應該先自我證明一下，我沒被什麼鏡中人替換？」

聽到她這句話，大家才猛地明白自己為什麼覺得毛骨悚然。

因為害怕出現鏡中人，不知不覺替換掉某位同伴，而他們還對危險一無所知。

吳俐說：「妳剛剛說的這句話就可以證明。嚇得面無血色還能說出這種話的，沒第二個了。」

楊舒有點感動於她的信任，但還是說道：「妳自己不就是一個？」

吳俐說：「我不會面無血色。」

楊舒：「……」

沒被替換就好，眾人稍稍鬆了一口氣，但依然覺得這事很可怕。

他們把兩個小鬼帶下來，問道：「你們昨晚幹什麼去了？」

「睡覺。」兄妹異口同聲。

「沒拍球？」

雪麗嚅動了一下嘴唇。

「說話。」

「以前拍，昨晚沒有玩。」雪麗突然詭異地笑了一下。

鏡子裡，八點鐘的時間表沒能把游惑弄醒。

他皺著眉，習慣性地用手肘遮著眉眼準備繼續睡，結果胃先抗議了……

腰上箍著的手臂動了一下。

他昨天披了件襯衫，扣子扣得很隨便。腰間的那隻手就順著他勁瘦的腰腹肌往上摸，秦究的聲音含著睡意，「起床吃點東西？」

游惑按住他的手，眼也沒睜，企圖再睡一會兒。

結果胃又出聲了……

大佬頂著一萬個不耐煩，終於被自己吵醒了。

起床氣生到自己頭上，實在很少見。

秦究看到他的臉色，抵著他的後肩沉沉笑了兩聲。

——笑屁。

游惑拍了拍他的手，示意他拿開，這才撐坐起來。

某個瞬間，他動作有一絲微妙的僵硬，但他「嘖」了一聲，很快帶過去。

秦究跟在他身後起了床，兩個大高個兒湊一起，房間都被對比得小了一圈。

他們洗漱了一番，一前一後出房門。

鏡子裡的場景和現實同步，甚至有陽光穿過窗玻璃落在木質臺階上。

對比地下室的昏暗，光線略有一點晃眼。

秦究兩手插著口袋吊兒郎當往樓上走，他在陽光中眯了一下眼，忽然停下腳步。

「幹麼不走了？」游惑落後他一級，問道。

「想起來漏了一件事。」

「什麼？」

秦究轉身，低頭在他嘴角碰了一下，說：「早。」

游惑：「……早。」

客廳裡，楚月剛走過來又退回去說：「你們早完了沒？早完了我問個事。」

秦究直起身，「什麼事？」

「你們覺不覺得特別特別餓？」楚月說。

大早上餓醒的考官A矜持地附和：「嗯，是有點。」

楚月摁著胃皺眉說：「我不知道是我多疑了還是怎麼，一般來說餓一天我不至於這麼難受。我現在有點太餓了……看到你倆我都餓。」

早期監考官基本都是部隊出身，所以像楚月這樣的人其實很能忍，除非故意誇大開玩笑，否則小毛小病都不在她眼裡。

她如果說難受，那就真的很難受了。

所以這得餓成什麼樣？

游惑起初還有點疑問，沒想到半個小時後就有了共鳴。

物理意義上的共鳴——楚月的胃抗議一聲，他的胃也應一聲，一唱一和差點兒把秦究聽笑了。

「我現在心都在燒，還有點暈。」楚月繞著沙發團團轉，餓得坐不下來。

游惑倒是一聲不吭，岔著兩條長腿坐在沙發上，餓成了低耗能模式。

楚月轉著轉著，忍不住又轉向了廚房。

「欸，對了，冰箱上那兩顆洋蔥後來扔哪兒了？」

游惑和秦究都震驚地看著她。

「不是，你倆這什麼眼神。我沒打算單吃，但萬一我找到點什麼，還能切一個炒來調味。」

這位女士已經餓到開始做夢了。

「算了，估計你倆也不知道。我再看看，萬一能找到吃的呢。」她不甘心地說：「哪怕就是個辣椒，我也能就地開火煸炒一下。有三五個，還能湊一盤虎皮椒。」

「這裡沒醋，不然就是糖醋虎皮椒。」

她也是自虐。都餓得前胸貼後背了，還得要口頭找刺激，越說她肚子叫得越凶。

咕咕聲走遠一些，游惑身後的沙發背嘎吱一響。

他轉頭一看，秦究手肘壓在上面，低頭問他：「難受嗎？」

「一般。」游惑下意識輕描淡寫。

說完他頓了一下，又對秦究補充道：「跟楚月說的差不多，我現在看見你都想咬。」

這話不知怎麼聽來怪怪的。

秦究垂下一隻手，抬到游惑面前說：「昨晚也不是沒咬過，看看我們大考官的牙印。」

游惑：「……」

胡鬧成那樣，誰還弄得清細節？

他剛想偏開臉，就發現伸過來的手上壓根沒有什麼牙印。

又哄鬼呢？

在游惑麻木的盯視下，秦究垂著的手指蹭了蹭他的臉，說：「開個玩笑。」

「剛剛你弟進洗手間前，我試著讓鏡子弄了點動靜，他應該看見了。」

游惑想了想于聞的反應，問：「嚇死沒？」

秦究說：「還行，穩住了。」

「你確定他知道你是什麼意思？」

「應該吧，看你弟的理解力了。」

游惑看向落地鏡。

果然，就見鏡子另一邊，于聞從洗手間出來就直奔沙發。

他一邊甩著手上的水，一邊遠遠地叫：「老于！剛剛鏡子顫了一下，肯定是我哥叫我呢。」

秦究挑著眉，欣然冒領下「我哥」這個稱呼。

「怎麼說、怎麼說？」老于顛顛地跑到沙發這邊。

「肯定催我把他們弄出來。」

這次于聞同學的理解能力很不錯，精準地抓住了游惑他們的想法。

其他人也陸陸續續地回到客廳。

「隨便寫個錯誤答案吧。」楊舒說。

她的氣色依然不大好，但不像之前那樣難看，顯然舒雪和吳俐安撫過。

「你們準備好沒？」于聞抓著筆問。

他只要寫個錯誤的，再把它劃掉。這棟樓裡所有能照出人的東西都會變成殺器，在游惑、秦究和楚月出來之前，他們幾個得保證自己的安全。

吳俐揉了揉自己的胃說：「胃有點疼，可能餓的。一會兒萬一有什麼，你們按照效益最大化的

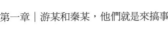

方式來。」

「放心，不能讓妳有什麼。」楊舒轉頭對于聞說：「寫吧。」

于聞抓起筆，眾人繃緊了神經。

鏡子裡，楚月也不做夢了，回到沙發邊等著被放出去。

「我記得當時跟姐姐商量出來答案是一……」于聞自顧自咕噥著。

屋子裡最多能有多少個雪麗？

如果鏡子裡的雪麗都算虛影，算是假的，那麼雪麗只有一個。

于聞說著，在第二題下面隨手寫了個零。

他剛落筆游惑就說：「等一下。」

可惜鏡子外的于聞看不見他，更聽不到他。

好在有人伸手阻止了一下。

「你等一下。」說話的是楊舒。

于聞剛寫了個弧，卡在半路一動不敢動。

「我們之前在鏡子裡交換過資訊，從雪麗的日記還有她父母的日記來看，她可能……已經被鏡子裡的自己替換了。」楊舒說：「恐怖片總看過吧？套路來說也是這樣。」

于聞從沒進過鏡子，也沒顧得上看主人日記。

他聽得一驚，遲疑地說：「那答案是……零？」

吳俐說：「其實不大能確定，因為題目問得有點含糊。如果雪麗真的被替換了，而鏡子裡的人不管出不出來都算虛影，那答案就是零。如果鏡子裡的算虛影，能摸得到的就算真實，那答案就是一，如果什麼都不管，統統算數，答案就是無數。」

「現在無數被排除了，零和一還不能確定。」

于聞想了想說：「那保險起見，我別寫零也別寫一好了。」

他說著，順著弧形繼續寫，乾脆寫了個三。

薩利和雪麗從昨天的陰影裡緩過來，手拉著手出了門，一人手裡拍著一個偌大的皮球，咚咚的聲音一路遠去，到了街對面的籃球場上。

屋裡的人看著雪麗的背影，氣氛僵硬，沒人說話。

兄妹倆走後不久，紙上緩緩冒出了紅色的筆跡，在三後面打了個勾，加了十二分。

于聞腦門上的問號噴薄而出。

隨手蒙對正確答案，那叫幸運。

信心滿滿故意答錯，結果他媽居然對了，那就不是幸運，是嘲諷。

遭受嘲諷。

游惑、秦究、楚月三位出不來了。

家裡有三個雪麗。

這三件事不知道哪件更讓人涼。

反正疊加在一起，鏡子裡外的人都很絕望。

游惑他們是餓的，于聞他們是驚的。

咚咚咚的拍球聲隔著街道傳進屋裡，兩個小孩咯咯笑著，在空曠的街道上迴盪，襯托得屋內一片死寂。

「三個雪麗？怎麼可能有三個雪麗？總共就兩個小孩。」老于探頭朝外看過去。

結果越看越讓他毛骨悚然。

因為在很多瞬間，忽略掉頭髮長短的問題，那兩個小孩長得太像了……

真的太像了，簡直一模一樣。

鏡子裡，游惑拍著秦究說：「你不是會背雪麗日記？再背一遍。」

秦究：「……」

逗游惑玩兒可以，有其他人的情況下一本正經地背那些內容還是有點可怕。

秦究說：「我知道你想聽什麼，關於薩利的那些是吧？」

楚月也一骨碌地坐直說：「對啊，我看日記的時候就覺得哪裡怪怪的。現在這麼一說我想起來了，日記裡面，雪麗每次提到父母，說的都是媽媽獎勵她什麼什麼，爸爸給了她什麼什麼，她的父母……好像從來不給薩利東西？」

這次不用秦究背了，游惑對某一頁記得很清楚。

雪麗在其中一篇裡寫說：她和薩利打賭，她赢了，薩利應該給她一顆糖。但是薩利沒有糖……媽媽從不給他糖。

游惑又翻了翻雪麗父母的日記，發現他們根本就不提薩利。

好像在他們眼睛裡，這個「兒子」根本不存在，他們只有一個女兒。

「還有呢，雪麗掉了顆牙，薩利也掉一顆。」楚月說：「乍一看是沒什麼，但我當時就感覺……或者說下意識覺得他倆連掉牙的位置都一模一樣。」

再加上這對「兄妹」經常說話都是異口同聲的。

就算商量好了、就算是雙胞胎，也不可能整天這麼一致。

鏡子內外的人瞬間想到了一起——

薩利就是雪麗。

「等一下！」老于突然想起什麼，直奔客房。

其他人匆匆跟進去。

「怎麼了？」

見老于掀開床墊，眾人都有點不解。

「我之前不是困在鏡子裡嘛，就想著能不能在客房裡找到點線索。」老于招呼于聞搭把手，把床墊移開，伸手在裡面搆了幾下說：「床頭這邊不是有縫隙嗎？我當時看到床底下有個本子，試著掏過沒掏到。」

客房床底下的本子，要麼是誰不小心掉進去的，要麼是發現了什麼藏在那裡的。

老于更傾向於後者。

本子終於被拿出來，老于吹掉封面上的灰，在茶几上鄭重攤開。

與此同時，游惑他們三人面前也多了一模一樣的本子，頁面翻開在一模一樣的位置。

這還是一本日記。

從稚拙的筆觸來看，依然是雪麗的，時間卻比秦究會背的那本更早。

二月十九日

我想有個哥哥，我會叫他薩利。

媽媽說本來可以有的，爸爸連上下床都做好了，可惜後來沒有。

什麼叫本來可以有？

二月二十二日

我有哥哥了，真開心！

他就在我的臥室裡，睡在我下面。

我把這件事告訴了媽媽，她正在切捲心菜，高興得刀都掉了。

二月二十四日
爸爸媽媽最近很喜歡抱我，生病的時候他們就會這樣。
但我沒有生病啊。
有哥哥真好，薩利每天陪我拍球。

二月二十五日
我問媽媽我和薩利是不是雙胞胎，媽媽好像不開心。
她真奇怪，她好像不喜歡薩利。

三月五日
薩利終於穿了跟我不一樣的衣服，我剪掉了他的頭髮。
我們兩個不一樣了。
我哭的時候他不哭了，還會逗我笑。

三月七日
媽媽給我買了好多糖，真開心。
爸爸給我講故事的時候問我，我為什麼會有哥哥。
因為我許願了，每天睡覺前都會對著鏡子許願。
不過我不告訴他。
薩利說這是我們之間的祕密。

四月二日

今天拍照的時候，我讓薩利一起進來，媽媽同意了。

我們拍了好多照片。

我可以把它們擺在爐臺上，或者讓爸爸掛在牆上。

四月十五日

爸爸媽媽還是不喜歡薩利。

真遺憾。

這本日記雖然也看得人背後毛毛的，但顯然比之前那本溫和多了。

大家看著這些內容，稍微一理就明白了始末。

這間屋子原本只住著一家三口，男女主人以及女兒雪麗。

雪麗天天對著鏡子許願，於是某天，鏡子複製了一個她，就是薩利。

薩利剛開始和雪麗一模一樣，從長相到穿著再到哭笑表情。某天之後，薩利剪了頭髮換了衣服，不用跟雪麗一模一樣了。

它開始變得真實……

小半年過去後，鏡子再次蠢蠢欲動。這次全家都覺察到了鏡子的不對勁。

它應該又複製了一個雪麗，這次不是單純地陪她玩了，而是取代了她。

可能出於嫉妒或是好勝心？或者別的什麼心理吧。

所以第二本日記後面畫風突變。

球場上，那對「兄妹」還在拍皮球，笑得很開心。

眾人卻看得頭皮發涼。

如果那是兩個「雪麗」，那麼第三個在哪裡？

兩道題目都答對，游惑他們被迫又多待了大半天。

于聞特地跑到鏡子面前懺悔說：「哥，我不小心答對了題目，之後再怎麼塗都塗不掉了。只能等晚上刷新的題目再放你們出來，你們再稍微忍一忍。」

楚月舔了舔牙說：「不行忍不了，我還是把自己關房間裡吧。我現在看到這個小朋友，只覺得他細皮嫩肉應該味道不錯。你倆也離我遠點，我等傍晚再出來。」

她說完就跑了。

客房門砰地一響，再沒動靜。

游惑撩著眼皮，目光落在秦究脖頸上。

他能敏銳地感覺到秦究脖頸的筋脈隨著心臟一下一下在跳。

他也很餓。

秦究前傾身體，看向他的眼睛問：「還有幾個小時，忍得住嗎？」

游惑倏然回神。

他舔了一下嘴唇收回視線，淡聲說：「勉強，所以我還是睡覺吧。你……別離我太近，我怕睜眼看到一堆被啃過的骨頭。」

秦究很聽話……就有鬼了。

這個下午異常難熬，各種意義上的。

到了傍晚小睡的時間點，饑餓的、不安的人才安靜下來。小樓裡昏睡得整整齊齊，雪麗「兄妹」也鑽在被窩裡，一人一個鼓包，打著小小的呼嚕，淡金色的頭髮翹出被窩。

他們這一覺睡得難得踏實，因為考生們答對了題目。也因為一些……別的變化。

晚上八點整，客廳的白紙上準時刷出一道新的題目：

一個雪麗不說話，兩個雪麗笑哈哈。雪麗總喜歡玩些小遊戲，比如躲在某個地方等爸爸媽媽或是客人發現。自從有了三個雪麗，這項遊戲就讓她苦惱起來。

雪麗最喜歡藏的地方是主臥床底下的矮櫃。一個矮櫃最多可以藏兩個雪麗，或者一個雪麗和一個皮球，又或者兩個皮球。

雪麗玩耍的時候總喜歡抱著球，那麼三個雪麗需要幾個矮櫃呢？

出於學生的本能，于聞看到題目的時候居然認真思考了一下。

楊舒看他抓著筆眉頭緊鎖，納悶道：「我們的目標不是答錯嗎？」

于聞：「……對喔。」

他大筆一揮，填了個一百。

這輩子第一次寫錯誤答案寫得這麼豪邁。

薩利和雪麗趴在桌邊，用看弱智的眼神看了于聞好幾眼。

這次都不用猶豫，紙上立刻蹦出一個巨大的叉！于聞抬筆就把答案給塗了。

下一秒，鏡面紅色蔓延。所有反光的流理臺、大理石、玻璃窗都滲出黏稠的血液來。

除了于聞，其他人都是第一次直面這種情形。

親眼看和旁觀差別很大，眾人一時間沒有反應過來。

鏡子裡映著他們的臉，像一張僵硬的全家福。

血跡貪婪地往人臉上爬，而他們一動不動，死氣沉沉地看著鏡子，表情凝固在某個瞬間，看上去像戴了虛假的人皮面具。

所有人都被鏡子魘住了。

在這群大人身後，兩個小孩坐在沙發上，洋娃娃似地眨著眼睛，四條短腿前後晃蕩著，頻率一

致，像在看什麼有趣的事情。

眼看著血液即將從眾人臉上橫切過去，鏡子突然有了動靜。

砰——

砰——

砰——

雪麗：「……」

這哪是敲鏡子，這特麼是在群毆鏡子吧？

聽著像是連砸了好幾拳，或者蹬了好幾腳，吃人如麻的鏡面簡直要被錘裂了。

聽得出來，裡面的人心情極差，且相當不耐煩。

四條小短腿頓了一下，也不敢晃蕩了。

小鬼們默默往後挪了一點，老老實實垂頭坐在沙發角落。

薩利捧著翻江倒海的肚子，乾嘔了好幾下。

血液活像見了鬼，瘋狂縮回鏡面角落，沿著邊框小心翼翼地流動。

「嘶——」僵硬的老于突然能動了。

他摸著腮幫上的血跡，抽著氣說：「還他媽挺疼的。」

眾人陸續回神，當即遠離鏡面，敏捷地躲過各種角落，把鏡子搬成面對面。

砰——

擊打聲戛然而止。

落地鏡的表面突然像水一樣蕩開漣漪，一隻修長好看的手伸出來抓住了鏡框，然後是長腿……

游惑打頭鑽了出來，接著是楚月，殿後的是秦究。

薩利的肚子像抽了氣的球，瞬間癟下去。他長長嘔了一聲，兩眼帶淚地癱在沙發上。

吳俐指著薩利，用一種學術探討的語氣對舒雪說：「妳若能學到七分，醫生都看不出來妳是假的。」

舒雪：「……我不。」

對於這三位的歸來，眾人很高興，也有一肚子的話要商量。

「哥，今天有個巨恐怖的事兒你……」

「等會兒說。」

游惑打斷了于聞的晚間新聞。他腳步沒停直奔樓梯，經過的時候甚至帶起了風。

仗著腿長，他一步三個臺階，再加上緊皺的眉頭和冷冰冰的臉，嚇得于聞大氣不敢出。

轉頭一看，楚月臉色也很差，活像誰讓她過年討債一樣。

「出、出什麼事了？」于聞用氣音悄悄問。

其他人也很懵。

這話剛問完，游惑已經幾步上了二樓。他一把推開房間門，又忽然想起什麼般退回來，扶著欄杆繃著臉衝樓下說：「吃的放在哪個櫃子？」

于聞：「哈？」

眾人還沒反應過來，秦究抬頭說：「衣櫥左手第二個。」

游惑扭頭就進了房。

不一會兒，他拎著一個大袋子下來了。

人還沒走近，先從裡面翻了什麼東西出來，拋向了沙發這邊。

秦究抬手「啪」地接住，轉頭遞給了楚月。

楚月臉上陰霾盡褪，咕噥道：「謝了，可算活過來了。」

眾人定睛一看——壓縮餅乾。

「我靠……」于聞撫著胸口，「我以為出什麼人命關天的大事了。那個……哥，你們這什麼情況啊？」

游惑把大袋子往茶几上一擱，拆了一根能量牛肉條。

他聽見于聞叫哥，「嗯」了一聲抬起頭，卻發現于聞是對著秦究說的。

游惑叼著牛肉條，「嗯？」

秦究挑了一下眉。

于聞撓了撓頭說：「我哥看上去挺餓的，我就不抓著他說話了。那個……哥……」

「我不姓那。」

于聞憋了半天，總算把發語詞去掉，說：「哥。」

「……」

老于臉疼。

他用紙巾擦著血珠，看著他不孝的兒子把外甥的男朋友認成哥。

游惑對於稱呼被占毫不在意，他在秦究旁邊坐下，悶頭吃起了牛肉條。

即便很餓，他也不會給人狼吞虎嚥的感覺。牛肉條有點硬，他臉側的骨骼一下一下動著，斯文中透著乾脆俐落的氣質。

他和楚月確實餓狠了，提不起勁說話。

就這麼安安靜靜地吃著東西，聽秦究給眾人解釋情況。

「嚴格來說，這麼長時間不吃東西，餓是正常的。」吳俐說：「但也不排除其他情況。」

眾人不約而同看向了薩利。

這次考試，他們印象最深的就是薩利的肚子。

這個小鬼總在「撐得要炸」和「餓得要死」兩種極端狀態間徘徊，比如現在，鏡子裡空了，薩利的肚皮也跟著癟了，他扁著嘴一副想吃不敢吃的模樣。

「不會被這小鬼同化了吧？」于聞有點慌。

「有可能。」楚月吃完三塊壓縮餅乾，那種燒心的饑餓感才稍稍緩解。她說：「我們三個剛剛在鏡子裡聊過這個，確實有可能存在同化的問題。」

「可是為什麼呢？」

「因為我們也算鏡子裡的人。」秦究說：「生活在鏡子裡，又能從鏡子裡爬出來。這個過程跟這兩個小鬼很像。」

眾人臉色一變，氣氛頓時有點凝固。

被這薩利同化可不是什麼美事。

「不過也不一定。」秦究又說：「畢竟我們三個都在鏡子裡，經歷差不多，但只有他們兩個覺得餓，我沒什麼感覺。」

「唔……」眾人相視一眼，表情變得有點古怪。

游惑嚥下最後一口，又去廚房接了一杯水這才對于聞說：「你這什麼表情？」

「你們在鏡子裡不是可以看到我們嗎？」于聞斟酌著說。

「嗯，怎麼？」

「那我們早上在這邊討論的事情，你們不知道？」

游惑頓了一下，喝了一口水說：「起晚了沒注意。什麼事？」

于聞有點遲疑，倒是楊舒自己開口說：「昨晚我夢遊了，站在房間門口拍皮球。」

游惑：「拍什麼？」

「皮球。」

楊舒指了指舒雪說：「挺可笑的是不是？我本來還不信，但小雪拍到了影片。而且後來我發現

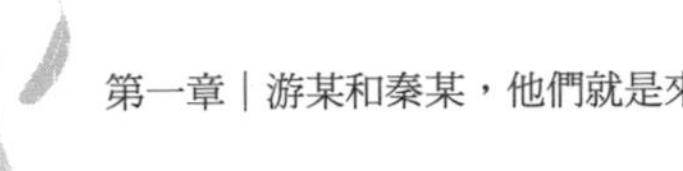

自己手指上沾了一點灰，所以……」

她沉著臉說：「我也同意你們剛剛的猜測，應該就是被同化了。」

吳俐緊跟著說：「我本來不想提，因為可能有主觀因素在裡面，不過我今天一天也有點餓，在吃了一點東西的情況下。」

她碰到事情喜歡做歸納總結，試圖找個規律出來。

「我個人認為，進過鏡子的人，多少都會受到同化影響。但輕重不同，可能有體質原因在裡面，不過影響更大的應該是時長。誰在鏡子裡待得久，誰的反應就會更強烈。」

比如吳俐自己只會覺得吃不飽。

而在鏡子裡待了一整夜的游惑和楚月，就饑腸轆轆見誰都想吃。

「這對兄妹的表現不一樣，所以我們被同化的狀態也不同。我被薩利同化了，表現就是饑餓，小楊被雪麗同化了，表現就是拍皮球。你們三個在裡面待得最久，同化不可避免。」吳俐看著秦究說：「如果你沒有表現出饑餓，那可能……」

可能就是拍皮球了。

秦究：「……」

大佬表情太過可怕，其他人眼觀鼻鼻觀口，根本不敢動。

唯獨游惑一臉淡定地在拆巧克力，拆著拆著突然笑了一聲。

他掰了一塊遞給身邊的人，嘴角的笑意還沒收，「給，安慰。」

秦究看著他翹著的嘴角，接過巧克力沒好氣地說：「行吧，能逗笑了也算不虧。」

不過這些都還只是猜測，具體是不是真的有待印證。

他們用幾個滿電的手機開了錄影，架在幾處角落，試著拍點更清晰的東西。

晚上九點，考場生理時鐘再次起效，眾人回到各自房間，很快就睡了過去。

于聞假期熬夜慣了，是個標準的猝死黨。

他的生理時鐘在考場上時靈時不靈，運氣好就是一覺到天亮，運氣不好……一旦半夜醒了，就會越來越精神，不到天亮都別指望睡。

這天夜裡，他的運氣就非常不好。

凌晨三點左右，他半夢半醒間聽到了規律的響聲。

他第一反應是籃球隊又要訓練了，聽聽這運球的聲音，肯定是他們隊長。

直到他們隊長的球越運越近，有點震耳。

于聞咕噥了一句「我一會兒就上場」，然後翻了個身。

幾秒之後，他一個激靈，倏然睜開眼。

訓練個屁！

夢裡的隊長！

就見他床邊站著一個人，身材高而精悍，他的袖口捲到了手肘，手腕動作間，小臂的肌肉線條特別流暢。

窗外，後院的牆燈照進來，他半邊臉在光下，半邊臉是陰影，垂著眼皮居高臨下地看著他。

于聞當時就癱了。秦究在他面前拍皮球……

他腦中飛速閃過三個想法——

這拍得像籃球。

好帥。

我要涼了。

于聞一骨碌蹦起來，以今生最快的衝刺速度直奔二樓，絕望叫著：「哥——救命！」

兒童房裡，上下鋪裡拱著兩坨鼓包。

薩利和雪麗今晚又睡了個安穩覺，有人頂替了他們的工作。

灰色的毛絨地毯上，游惑裹著半邊被子正在睡覺。

他側躺著，頭枕著一隻手臂，另一隻搭在被子外，手指蜷曲虛握。

臨睡前，為了防止秦究發生跟楊舒一樣的事情，游惑特地抓住了對方。

抓得跟真的一樣，好像秦究一動他就能醒似的。

于聞火燒屁股似地衝進房間，撲跪在游惑面前，上手就開始狂搖，「哥！哥你醒醒啊啊啊！」

他其實沒指望能弄醒游惑，畢竟他哥睡覺像昏迷。

更何況現在還有考場的時間表buff，常人都睡得死沉死沉，他哥基本就「安息」了。

砰砰砰的籃……不，皮球聲不緊不慢地上了樓，又不緊不慢地停在門口。

于聞覺得自己的心跳聲震耳欲聾，能隔著房門傳到外面去。

秦究跟雪麗那種豆丁不同。

他客串個反派都是漫不經心的，甚至還特別禮貌地敲了敲門。

篤、篤、篤。

每一聲都彬彬有禮。

于聞嚥了口唾沫，雙手合十對游惑拜了拜，然後一不做二不休竄到了游惑身後。

第三聲敲門落下，房門吱呀一聲打開了。

秦究低頭進門。

「哥——秦哥！秦究哥！別抓我、別抓我！」于聞手忙腳亂，試圖把游惑架起來，「你看這是誰！這、這麼帥的臉你肯定認得對不對？」

秦究抬著下巴，一邊懶洋洋地拍著球，一邊歪頭看著游惑。

這位001先生歪著頭的時候，殺傷力一點兒沒降，反倒透著一股饒有興味的危險感。

他看了一會兒，鞋尖一動。

「別往前走！別過來！」于聞抬手制止，說：「你再看兩眼，仔細看兩眼算我求你了……」

這種時候，他只覺得電影都是騙人的。什麼一句話喚醒反派，什麼一個眼神叫醒愛人。放屁。

就在他絕望達到巔峰的時候……

他哥動了！他哥居然動了！

游惑皺著眉，帶著滿臉被吵醒的不耐煩抬起頭。先看了秦究一眼，又回頭看向于聞。

什麼叫絕地逢生！

這就是！

于聞激動得快要哭了，他抓著游惑的一隻胳膊說：「哥你總算醒了！秦哥被雪麗同化了要弄死我，好他媽嚇人！」

游惑半睜著眼皮看他，沒應聲。

「哥？」于聞覺得不大對，又叫一聲。

游惑依然沒吱聲。

他按著脖頸活動了一下筋骨，接著舔了舔嘴唇，用微微沙啞的聲音說：「好餓。」

于聞：「……」

于聞：「…………………」

天要亡我，非戰之罪。

清早，手機震了很久。

游惑伸手在旁邊摸了兩下，抓住手機睜眼一看，八點四十二分。

他丟開手機，又閉眼趴下去。

秦究還好好睡在旁邊，體溫通過相抵的皮膚傳遞過來，有種異常踏實的感覺，再加上周圍靜悄悄的沒人吵鬧，實在很適合睡個回籠覺……

他趴了幾秒，突然翻身坐起來。

他踢了踢秦究的小腿，啞聲說：「別賴了，起床。」

這句話從他嘴裡說出來就很有問題。

秦究在聽見的瞬間睜開眼。

他捏著鼻梁坐起來，還沒完全清醒，就探身在游惑嘴角啄了一下，「幾點了？」

「八點四十多。」游惑說。

秦究動作一頓，「四十多？」

「對。」游惑指著上下床說：「那兩個小鬼已經出去了，你今天居然沒被吵醒？」

「是啊，我居然沒醒，一覺睡到這個點。」秦究越過游惑的腰，抓起地毯上的手機一看，鬧鐘震過五次。

正常情況下鬧鐘震第一下他就該醒了，今天居然一無所覺。

兩人在房間自帶的洗手間裡洗漱，潑了幾次涼水讓自己清醒點，這才走出房間。

秦究髮梢眼角還沾著零星水珠，他捲著袖子走到二樓欄杆邊，正想對其他人說聲起晚了，卻見客廳空空如也，一個鬼影子都沒有。

「人呢？不會都沒起吧？」秦究轉頭問。

「不在客廳？」

「不在。」

游惑看了一眼，快步下樓。

主臥都是女生，他和秦究兩個大男人不方便打擾。只能來敲一樓客房的門。

「于聞？」

游惑敲了幾下，聽不到任何回應。

「我進來了。」

他說完這句，打開房門一看，又是空空如也。

兩人對視一眼，不約而同想到了什麼。

「我樓上、你樓下。」游惑說完，幾步跨上二樓，把牆角架著的兩部手機拿下來。秦究也收了一樓的兩部。

他們是插著電源錄的，足夠錄一整夜。

四部手機並排放在茶几上，從各個角度重播昨晚發生的事——

三點十八分，秦某夥同游某，逮住吱哇亂叫的于聞，扔進了二樓走廊的鏡子。

三點二十分，游某夥同秦某，逮住探頭查看的舒雪，扔進了二樓走廊的鏡子。

三點二十一分，兩人逮住前來拉架的楊舒、吳俐，扔進了二樓走廊的鏡子。

三點二十八分，秦某逮住哭笑不得的楚月，扔進二樓走廊的鏡子。

三點三十分，游某逮住懵逼的老于，在「我是舅舅啊！」的呼喊聲中，將其扔進一樓玄關旁的鏡子。

短短十二分鐘，他們逮空了一屋子的人。

影片結尾，在沙沙雜音中，秦某轉著手裡的皮球，轉頭問游某：「還餓嗎？」

游某打開房門說：「有點撐。」

房門咔噠一聲關上了。

游惑按下暫停鍵，交握的手指抵著緊抿的嘴唇。

秦究手肘撐著膝蓋，掩著下巴沉思。

兩位都需要冷靜一下。

鏡子裡，舒雪他們也坐在沙發上，懵逼一晚上了。

「哎，看，我就知道。」楚月是唯一一個沒懵的，她指著黑霧繚繞的鏡子說：「他們醒了肯定尷尬，那四個手機有一個是我的，這影片我說什麼也要保存著，回頭要是有什麼事找他們幫忙，一旦不同意我就把影片祭出來。」

于聞喃喃說：「幸好……」

「嗯？幸好什麼？」楚月問。

「幸好我哥不是題目，秦哥也不是題目。」于聞說：「他倆要是當題目，我開場就涼了。」

楚月還挺贊同：「也是啊。我突然覺得系統真的傻，當初幹麼要把A踢出去呢，轉成NPC保證是所有考生的噩夢，他要搞誰還不是輕輕鬆鬆。」

她頓了一秒，又補充道：「喔，也不一定，一個考場可能關不住他。」

「說起來你們不是也被同化了嗎？怎麼昨天沒夢遊？」于聞納悶地問。

「只選一個吧。」楚月說：「白天可能很多人有反應，但到了睡覺的時候，兄妹倆一人一個替身就夠了。」

「隨機嗎？」

「沒準是選受影響最深的人。」

「那下次萬一還是他倆呢？」

「……」氣氛陡然沉重。

楊舒說：「所以這個同化會持續多久？不會明天再來一回吧？」

「還用等明天？傍晚的小睡瞭解一下。」

想起被懟進來的感覺，眾人面露菜色。

于聞說：「我可以不出去嗎？在這兒待久一點，這樣說不定下次就是我夢遊了。」

楊舒沒好氣地說：「你不怕？」

于聞指著鏡子，「有他們可怕？」

楊舒：「……」

也是。

天不遂于聞願。

游惑冷靜完了，抓起筆就要放生他們。

他悶頭寫了個錯誤答案又塗改掉，被誤傷的隊友便陸陸續續鑽了出來。

「愧疚就算了，影片給我留著就行。」楚月一出來就抓回了手機，窩進沙發裡重溫起來。

她一邊看，一邊揉按著自己的胃。

不止是她，游惑的胃也不大舒服。

「對了，那倆小鬼呢？」

看到他們的動作，楊舒問了一句。

「不知道，睜眼就不在。」

秦究轉頭朝落地窗外看了一眼，籃球場上也空空一片，沒有小孩子的歡笑聲。

「不可能出去玩。」楚月說：「你倆昨天扔一個人進鏡子，那個小薩利的肚皮就鼓一點。這麼多個人扔進去，他肯定撐死了，這會再吐一串出來，哭都來不及，哪可能去外面亂蹦。」

「也是，那他們在哪裡？」

議論間，楚月在兩倍速下重溫完被捕經過。

螢幕上，秦究順手把皮球擱在牆角，兩人一前一後進房間繼續睡覺去了。

事情到這裡似乎就結束了，走廊恢復安靜，畫面靜止。

楚月笑得不行，正打算重拉進度條播放第三遍，牆角的皮球突然動了。

游惑就站在旁邊。

他本想讓這位女士把這倒楣影片刪掉，這時又改了主意。

他彎腰看著螢幕，伸手把那個角落放大。

放置皮球的牆角占據了整個手機螢幕，游惑可以清晰地看見，那顆皮球突然左右晃動了幾下，悄無聲息滾進了一片黑暗裡。

看位置，那片黑暗是走廊拐角一側，就靠著主臥門，夜裡剛好背光。

下一秒，虛掩的主臥門被皮球頂開一條縫隙，越來越大。

它就像個活物，知道開門還知道關門。進去之後，房門咔噠一聲響，從裡面闔上了。

游惑轉頭瞥到茶几上的題目紙，上面一句資訊突然變得很扎眼：

雪麗喜歡捉迷藏，等著父母或客人來找她。她最喜歡躲藏的地方，就是主臥床底下的矮櫃……

她其實每天都在矮櫃裡，只是沒人發覺而已。

眾人放輕腳步，匆匆上樓。

游惑低聲問楚月：「那些矮櫃你們看過麼？」

楚月說：「剛來的時候翻過，為了找隱藏空間嘛。後來就沒再看過了，那裡面味道挺怪的。」

秦究：「什麼味道？」

「當時沒注意，就覺得挺難聞的。但也不是血味，如果血味太重我肯定當時就發現了。」楚月臉色不大好看。

舒雪她們臉色更難看。

每天睡覺床底下都藏著東西，這誰受得了。

一進主臥，楚月指著床側說：「喏，就這個，一邊兩扇門，一共四個矮櫃。」

這裡確實是藏人的好地方。

櫃門平整，縫隙幾乎看不見。

「這門怎麼開？」于聞隔空比劃著手指頭，「既沒有門把手，也沒有可以摳的地方。」

楚月剛要回答，游惑已經半蹲下去，一敲櫃門說：「兩面開的，往裡推。」

「你怎麼知道？」楚月疑惑地說：「我們那天還是不小心踢開才發現的。」

游惑說：「日記裡寫的。」

男女主人有一本厚厚的日記，除了撕下來的那幾頁，大多數內容都是平淡的零碎瑣事。

游惑跳著翻了一點，他們碰巧提過這幾個矮櫃。

日記中說，他們新搬來這個小鎮不久，隔壁住著一對工匠夫婦，家居裝飾是一把好手，人也熱情，唯一的缺點就是急性子，有點粗心。

這張帶矮櫃的床、兒童房的上下鋪以及屋子各處的牆紙，都是這對工匠夫婦做的。

結果不小心把櫃門裡外裝反了，牆紙也貼成了逆光。

「米爾和沃克麗羞得滿臉通紅來道歉，說要給我們拆了重做。我和馬修都覺得沒必要，反正矮

櫃不會常用，牆紙可以等用舊了再換，不過確實顯得家裡很暗。他們依然覺得很抱歉，給櫃子裝了彈簧軸變成兩面開，又給我們即將出生的孩子買了很多小禮物。真是熱情的人！」

這是日記提到的內容，游惑記得一個大概。

他推開櫃門，一股怪味散發出來。

周圍幾個人都聞到了，掩著鼻尖退後一步。

「就是這個味道。」楚月說：「不刺鼻，但真的難聞。」

像變質的膠皮和濕泥在裡面放了很久，直到被悶乾。

櫃子很深，一片漆黑。

秦究開手機燈照了一下，問：「有嗎？」

「沒有，空的。」

游惑鬆了手，彈簧軸呀地一響，櫃門自己慢慢關上了。

于聞看著幾位面如土色的姐姐，保護欲作祟。他走到床裡側說：「我看看這邊。」

秦究走到第二個櫃門前繼續用手機照著，他看了于聞一眼問：「不害怕了？」

「一個皮球我怕什麼。」于聞信心滿滿。

結果游惑剛開櫃門，床對面他弟弟一聲「我操」坐地上了。

小紅手[1]于聞線上表演絕技開櫃尋球，一尋一個準。

皮球就窩在櫃子最裡面，上面有張抽象的卡通人臉。手機煞白的燈光一掃而過，那張人臉就這麼直勾勾地看著他。

註釋1：小紅手：網路遊戲用語，形容手氣好的玩家。

于聞跌坐在地的時候，皮球突然自己滾出來了。

這時他才發現不止一個，而是兩個一模一樣的球，一個緊跟著另一個。

「球呢？」

游惑過來一看，矮櫃裡已經空空如也。

「滾到窗簾後面了！」于聞猛地蹦起來，伸手撈了一把。

游惑和秦究已經掀開了兩邊簾子。

主臥的窗簾有兩層，白紗和墨綠色的天鵝絨從地面掃過，皮球悄悄露出一點，眨眼又消失在布料後面。

它像個在玩捉迷藏的孩子，探頭探腦，被發現後又耍賴跑遠。

游惑和秦究乾脆把半邊窗簾拎在手裡，不讓任何布料垂墜在地。

裸露的牆面上有髒兮兮的手印和球印，可地上什麼也沒有。

皮球不見了。

小樓裡忽然響起小姑娘咯咯的笑。

明明是雪麗的聲音，卻更嬌憨一些。

「我怎麼聽著不在這裡，在樓下？」楚月說完就衝下了樓。

「我聽著像在走廊。」秦究說。

游惑：「我聽就在這裡。」

笑聲帶著回音，來自小樓的各個角落。

眾人分頭尋找，樓上樓下跑了幾個來回，幾乎所有角落都找遍了，總見不到皮球的影蹤。

但他們找到了別的東西，都是些零零碎碎的小玩意，細節讓人訝異。

游惑手裡拿著一個鐵製糖果罐，罐子底下被人貼了一張便簽，上面是雪麗幼稚的字：

給薩利的禮物。

糖果多種多樣，像是不同時期攢下來的。

鐵罐是他在衣櫃後面找到的，罐子上貼了個誇張的粉色蝴蝶結，還有一個卡通的生日蛋糕。

不知它在那裡放了多久，罐子已經有了鏽跡，貼紙也褪色了。糖果化了一部分，打開就能聞到甜味，對游惑來說很膩人，但小孩子應該會喜歡。

還有玩具房裡用來裝積木的箱子，很多都被雪麗寫了字。

薩利一號、薩利二號、薩利最喜歡的、我也很喜歡，但看在薩利想要的份上……

薩利、薩利、薩利。

她就像一隻興奮的小狗崽，到處留標記，但這些標記百分之九十與薩利有關。

想想最初的日記……她真的很喜歡這個突然出現的哥哥。

但薩利並不總那麼喜歡她。

秦究第二次去搜矮櫃時，在裡面發現了一些對話。

筆的顏色不同，字跡也不一樣，應該是兄妹倆輪流躲在這裡留下的。

「薩利，你還在生我的氣嗎？」

「生。」

「薩利，能不能不生氣了？」

「不能。」

「薩利你怎麼又生氣了？」

「因為妳占了我的地方，妳總占我的地方。」

「我沒有。」

「就是有。」

「沒有。」

「有！妳不知道而已，妳總是什麼都不知道。」

「沒有。」

秦究：「……」

「在看什麼？」游惑找到樓上來。

「看一對複讀機吵架。」秦究站直了身體。

「看出什麼了？」

「一個在重複妳錯了，另一個在重複我沒有。」秦究直起身說：「看了三個矮櫃，沒看出具體事情來。你呢？找到什麼沒？」

「剛剛把日記重翻了一遍。」游惑把本子攤開，翻到折角的幾頁，「我之前很納悶……」

「你還有納悶的時候？」秦究說。

游惑「嘖」了一聲看著他。

秦究摸著嘴角笑說：「不插嘴了，你很納悶，然後？」

游惑平時懶得開口，在他面前話會多一點。

秦究很享受待遇，總喜歡逗他多說幾個字，多一點表情。

「偶爾納悶。」游惑凍著臉改了個形容，這才繼續道：「雪麗照鏡子照出個哥哥，你不覺得奇怪？」

秦究其實懂他的意思，但嘴上偏要逗一下：「哪裡怪？」

游惑面無表情地說：「你照鏡子複製出一個秦究二號，留成長頭髮就是你妹妹，你說哪裡怪？」

秦究：「……」

這個舉例太有衝擊性，他逗不下去了。

游惑見他臉色五彩繽紛，這才滿意地祭出日記本。其中幾頁被他折了角，可以立刻翻到。

那是很早的某一年，雪麗的父母記道：

六月十二日

米爾和沃克麗還在為櫃門裝反而愧疚，又送來了一些小禮物。得知我肚子裡有一個小男孩兒和一個小女孩兒，他們禮物都是成對買的，衣服、積木、嬰兒車、皮球……太多了，我得列個清單才能記住。

真是熱情的人。

六月二十七日

醫生說，我的小男孩兒狀態不大好，我一夜沒睡著，馬修也是。

七月八日

我的小男孩兒狀態依然不好，我的小女孩兒很健康，醫生讓我做好心理準備。

我不想知道是什麼心理準備。

八月十六日

我的小男孩兒消失了。

八月三十日

這半個月一直在做噩夢，夢見小男孩兒對著我哭。

醫生讓我別太難過。怎麼可能不難過呢？

九月二十一日
這一個月我哭得真多。
醫生說我的小女孩兒長得很好，一定會順利生下來。
我好像有了點安慰。

九月二十七日
我和馬修達成了默契，以後都不再提另一個孩子了，免得雪麗以後知道會難過。
雪麗是馬修昨天取的名字，希望她是個可愛漂亮的小天使。
我的小男孩，就永遠放在心裡吧。
但是有時候……極偶爾的時候，想到醫生說小男孩被雪麗吸收了，我就會覺得不大舒服。
但是可憐的雪麗並不知道，她是無辜的。
我還是會很愛她，馬修也是。

最後一張折頁跟前面相隔很遠，在三年之後。

二月十七日
今天家裡可真亂，雪麗聽故事的時候突然抓住馬修的手指說，她想要個哥哥。
馬修故事都沒講完就逃回臥室。
我突然發現自己跟雪麗一直不大親近，馬修也是。
也許雪麗覺得太孤單了，才想要個哥哥。

看完這些，秦究突然明白薩利說「妳總占我的位置」是什麼意思了。

為什麼雪麗會照出一個哥哥呢？因為薩利一直跟她在一起。

有人說鏡子會照出靈魂，它讓雪麗有了一個哥哥……

也殺死了她自己。

他們跟著笑聲找了一下午，忽然意識到雪麗其實在帶路。

她在把自己身上發生的事情，一點一點告訴給客人聽。

整整一天，系統廣播都很安靜，只在臨近傍晚的時候接連報了一串死亡人名。

這棟房子裡資訊不少，如果找全了答題也不算難。所以真正因為答題死亡的不算多，大多是白天不小心惹惱了兩個小鬼。

假雪麗的哭點非常清奇，比如現在。她和薩利消失了一天，又毫無徵兆地出現在樓梯上，手拉著手怒斥客人：「為什麼不來找我們！」

游惑從日記上抬起眼，表情很不善良。

「我們在玩捉迷藏。」雪麗說。

游惑：「喔。」

雪麗見他沒反應，又對其他人說：「我們今天在玩捉迷藏，你們應該來找我們。」

她咬著嘴唇不大高興，片刻後又憋出一句：「你們一直在找球，沒有管我們。」

眾人神色複雜，這對「兄妹」現在更令人膈應了。因為他們幾乎肯定，球裡面塞著真正的雪麗。

假雪麗又受到了打擊。

她看了薩利一眼，最後對剛從樓上下來的秦究說：「我們在玩捉迷藏。」

秦究：「喔，玩結束了？」

這是第一個態度不同的。

小姑娘眼睛亮了一下，「還沒，你要陪我們玩嗎？」

秦究走過來拍了拍她的腦袋說：「去藏吧，反正我不找。」

一根稻草壓死駱駝。

雪麗不堪屈辱，被秦究氣哭了。

她把氣撒在秦究頭上，還搞了個連坐，把離他最近的楚月一起推進了鏡子。

楚月覺得自己可能水逆。

她原本想扒住鏡框自救一下，卻見秦究眨了一下眼睛。

楚月：「啊？」

故意的？你倆又要搞什麼？

於此同時，監考處出現了一道奇景。

一般來說，監考處會有一個地方負責記錄考場上的文字版詳情，發生異狀的時候，監考官可以來查閱一下前後情況。

但這其實非常雞肋。

發生異狀總會伴隨著考生違規，想要知道詳情，監考官直接帶著通知去考場就行了，現場版總比文字版更有用。

所以詳情記錄是個被遺忘的東西，根本不會有監考官查。

但今天是個例外。

烏泱泱幾十顆腦袋擠在電腦螢幕旁，小心翼翼地調出了一九七考場文字詳情。

然後他們看到了如下一段話：

考生姓名：游惑
准考證號：未解析
考試第一天
晚上七點五十一分
事件：考生游惑未能給予雪麗滿意答覆，惹哭對方，宣告死亡。
結論：考生游惑剩餘八分之七，考試繼續。

晚上七點五十五分
事件：考生游惑未能給予雪麗滿意答覆，惹哭對方，宣告死亡。
結論：考生游惑剩餘八分之六，考試繼續。

游惑在文字中像個蛋糕，一會兒少一塊、一會兒少一塊。

少到考場剩餘八分之三個他，情勢突然扭轉，一波復活之後，游惑剩餘數量又變成一。

然後第二天還來。

一整篇記錄看下來，這人就沒幾次是整的。

監考官們的臉色活生生看成了王八綠。

握著滑鼠的監考官又滾了兩下滾輪，把記錄往下拉了拉，嘴裡咕噥著：「這名字我真的在哪兒聽過，在哪兒呢……」

他徑直拉到最後一頁，一張考生照片突然出現。

他第一反應是：詳情記錄什麼時候帶照片了？改版了？

愣了兩秒，他後知後覺地「操」了一聲。

這他媽不是主考官A嗎？

雪麗坑完人就被游惑逮起來了，連同薩利一起捆在床上。

大家回到樓下圍坐在茶几旁。

舒雪和楊舒有點出神，沒吱聲。

吳俐拿著答題紙看了一會兒，忽然說：「如果球裡面是真正的雪麗，那三個雪麗躲進去只要兩個矮櫃。薩利帶一個球，假雪麗帶一個球。小楊以前給我看過一個恐怖故事，說照片鏡子裡的鬼本質是一個影子，平面的，可以變得很薄，像紙一樣哪兒都能鑽進去。如果薩利和假雪麗也是這樣，那三個雪麗只要一個矮櫃，能把球裝進去就行……」

楊舒回過神來，接話道：「感覺那對兄妹不像能變成紙片的，他們有體溫、有心跳還有影子，跟真正的人也沒什麼區別。」

吳俐點頭說：「那就兩個。」

兩人的語氣很平靜，好像只是在做報紙上的填字遊戲。

游惑有點意外地看著她們，于聞父子更是不大習慣。

正確答案是什麼，對他們而言根本不重要，他們要填的從來都是錯誤答案。

這樣一本正經的分析就顯得很突兀。

舒雪悄聲對游惑說：「聽著就好了，她們就是有點難過。」

游惑：「什麼意思？」

「上次閒聊的時候聊到的，說是在醫院學來的習慣，情緒不能波動太大影響工作嘛，所以每次

有人去世，或者碰到類似的事，她們都會這樣，討論個什麼課題或者話題，理性一點的那種。能好一點……」舒雪說。

游惑愣了一下，點了點頭。

「那個球我第一次看見就很不舒服，但是……」舒雪嘆了口氣。

游惑明白她的意思。

其實他們最初就覺察到皮球裡填了東西，現在猜想被證實，卻根本高興不起來。畢竟日記裡真正的雪麗並不是什麼吃人boss，她只是一個小女孩兒而已……

相比之下，床上捆著的兩個才是真的令人嫌惡。

吳俐出了一會兒神，把答題紙擱在于聞面前，「填吧，把那兩位放出來。」

于聞沒有落筆，而是抓了抓頭髮說：「剛剛秦哥和楚老闆進去的時候，我就站在鏡子旁邊，楚老闆好像匆匆說了一句別著急放。」

「啊？」楊舒納悶地問：「為什麼別急著放，你是不是聽錯了？」

于聞一時間也懵了：「我也不知道，就這麼一句話。可能真的聽錯了……」

他猶猶豫豫地抓起筆，又被游惑摁下來。

他確認道：「楚月說的？」

于聞：「昂，對啊。」

「那就別放。」游惑說。

「你確定？」

「嗯。」游惑說：「應該刷時長去了。」

「刷時長幹麼？」于聞更懵。

游惑沉默兩秒，木著臉說：「怕晚上睡覺又是我跟秦究到處抓人吧。」

于聞：「喔喔喔！明白了。」

游惑和秦究在鏡子裡待的時間最久，受影響最大，所以替代薩利和雪麗的是他們。

如果不做任何變動，今晚跑不掉又是這倆。

這誰受得了。

現在楚月主動掛機，把游惑換成她結果能好一點。

最起碼坐等被逮的人裡多了個游惑，戰力能平衡點不是？

如果他能醒的話……于聞想想又很絕望。

他們等到了六點前的最後兩分鐘，踩著點將秦究和楚月放出來。

由於修改過太多次答案，紙上又蹦出一個減二來，扣掉了卷面整潔分。

出於學生本能，于聞肉疼了一下，但其他人連看都沒看。

可能是被大佬傳染了吧，他們覺得自己不是來考試的，目的也早就不是求高分、求通過了。

他們就是來搞事的。

【第二章】

我不是來救你的，
我是來愛你的

夜裡七點二十分，風從窗縫裡溜進來，吹起了主臥的窗簾。

今天的主臥很冷清，大床空著，前兩天擠在上面的女生們不見蹤影，房間裡只有一個人。

她支著頭歪坐在沙發裡，短髮擋著半邊臉。

不是別人，正是楚月。

一陣強烈的饑餓感襲來，她的肚子叫了兩聲，在寂靜的夜色下突兀又清晰。

她皺著眉舔了舔乾燥的嘴唇，倏然睜開眼。

「好餓……」楚月咕噥著，聲音乾啞，跟平日裡很不一樣。

她撐著沙發扶手，搖搖晃晃地站起身，又使勁揉了揉太陽穴。

「太餓了。」她說著便走向門口。

一片影子從她腳邊滑過，是那個被追了一下午的皮球。

它不知何時回到了主臥矮櫃，正無聲無息地跟著楚月。

可能是角度原因，膠皮上的卡通人臉嘴角下拉，顯得茫然又委屈。

楚月拉開房門，皮球順勢鑽出去滾到對面。

今晚的兒童房也少了一個人，游惑不在。

房門被楚月擰開，秦究已經醒了，正站在房間中央扣著袖口的扣子。

皮球咕嚕嚕滾到他腳邊蹭著長褲。秦究彎腰拾起，和楚月一前一後出了門。

拍球的聲音沿著樓梯下去，逐漸離遠，床上的鼓包這才探出頭。

「雪麗」淡金色的頭毛睡得亂七八糟，她臉朝下趴著，手腳成大字型，一邊一根繩捆在床的四個角上，模樣有點滑稽。

「薩利！薩利！」她的臉憋得通紅，小聲叫著下鋪的人。

不一會兒，薩利也從被窩裡伸出頭。

「幫我解繩子！」她說。

薩利：「……我被捆了兩道。」

就因為他餓極了比雪麗瘋。

「沒用！」她又說。

薩利把腦袋又悶回去了。

「那我自己來。」雪麗氣哼哼地說：「幫我看著那些討厭的客人。」

薩利悶聲悶氣地說：「他們都在樓下，妳沒聽見嗎？傍晚就說過了，今天其他客人都睡樓下，不可能上來的。」

「雪麗」又哼了一聲。

床鋪一直在吱呀吱呀地晃動，上面的人撲騰得很凶。

如果是以前，薩利會比她更賣力，光靠他一嘴細密的牙就可以咬斷所有。

他舔了舔嘴唇卻沒有動。

今晚他莫名提不起精神，可能是因為看到客人們追著皮球跑，翻出了很多……很多東西。那時候他跟雪麗還沒這樣。

「妳幹麼要起床？」薩利甕聲甕氣地問：「今晚有別人幫我們餵飽肚子，妳幹麼要起來？」

雖然吃下去的還得吐出來，但也過了個嘴癮不是。他已經破罐子破摔了。

「我討厭皮球。」雪麗忙得呼哧呼哧的。

這一刻，她的語氣和日記後半截的瘋話一模一樣。

「他們只跟皮球玩，我討厭她！我才是雪麗。」她咕噥著。

以前，她說完這些話，薩利會跟著附和一句「是啊，又蠢又討厭」。

但今天他沒有吱聲。

「雪麗」咧開嘴，尖細的牙像鋼鋸一樣咔嚓咔嚓摩擦著繩子。

她手短腳短，脖子卻伸得老長……長得很不協調。

過了好久，薩利突然咕噥了一句：「妳才不是。」

雪麗齜著牙頓了一下，故作天真的表情倏然收起。

她眨了眨玻璃珠一樣的眼睛，歪頭問：「你後悔了嗎？薩利？你不是很討厭她占了你的位置嗎？我占她的位置不是在幫你？」

薩利不吭聲。

雪麗又把脖子伸出去，沿著之前的痕跡張開了嘴。

咔嚓咔嚓的聲音又響起來。

她啃斷了第一根繩子，鬆了左手，然後小姑娘一樣耍賴撒嬌的語氣說：「你後悔也沒用！我就是討厭皮球，我今天就燒掉它。」

「你聽——」她輕聲說：「她的腦袋跳著去樓下了，應該在客房吧。你能聽到嗎？她的身體還在樓裡滾，可能想追過去。我要去捉她。」

「今天的客人真慢，怎麼還沒開始呢？」她抱怨道：「我都準備好眼淚了。」

薩利把頭埋得更深了。

他今晚不想理上面那位……「妹妹」。

但饑餓的本能占據了上風，沒過片刻，他也伸長脖子，開始啃著手上的繩子。

「啊……開始了。」雪麗突然說：「我感覺到啦！他抓住了一個倒楣蛋！」

樓下，秦究和楚月站在客房門口，砰砰的球聲不緊不慢。

楚月揉著肚子，用詭異的音調催促說：「快開門，我真的太餓了。」

秦究挑起眉，轉動門把手往裡一推——推不動。

楚月：「……」

秦究說：「有東西抵在裡面，擋住了門。」

楚月肚子又叫了一聲。

秦究噓了一下，說：「別急。」

楚月：「……」這是我能控制的嗎？

秦究對門裡的人來了興趣，似乎覺得食物們很有意思。

他沒再指望悄悄進門，直接用力一推——

門裡響起一陣鈍重的摩擦音，像是擋門的椅子被推開。

這聲音在夜裡簡直驚天動地，看來椅子上壓了重物。

秦究透過門一看，就見一個白生生的東西從扶手椅上滑下來，垂在一邊。

那是一隻清瘦好看的手。

秦究：「……」

狹小的客房塞得滿滿當當，除了門後擋著的這位，床沿趴了三個，地上還蜷著兩個。

他又把門推開一點。

重重的摩擦聲再次響起來。

這動靜實在太大，而且穿透力驚人。

趴著的三個女生陸陸續續抬起頭，地上的鼾聲也停了。

唯獨那隻手還垂著，一動不動。

「臥槽！」于聞仰頭看到門縫就驚醒了，接著屋裡一陣雞飛狗跳。

「哥」長「哥」短地叫成片。

秦究被吵得頭疼，偏偏楚月的肚子還在旁邊伴奏。

他徹底沒了耐心，決定速戰速決。

結果就在他推第三下門的時候，那隻垂著的手動了。

扶手椅被門刮得轉了個方向，窩坐在裡面睡覺的人總算醒了。

游惑睜開眼皮，滿臉的不耐煩在看到秦究的時候消散掉了，換成了略帶新奇的目光。

他上下打量著秦究，重點盯著他手裡的球。

屋裡的人有過一次陰影，站在後面不敢動。

游惑回頭看了他們一眼，站起身走到門口，背手「砰——」地關上了門。

他靠著門框，對秦究說：「來，逮我試試。」

「雪麗」弄斷了所有繩子，從上鋪爬下來。

看到坐在床邊的薩利，她嘻嘻笑了一聲，說：「笨蛋薩利，你不是今天不想跟我玩嗎？」

薩利看了她一眼，晃了幾下短腿從床邊跳下來。

「我餓。」他低聲說。

「我知道。」雪麗摸了摸自己同樣乾癟的肚子，納悶地說：「怎麼已經這麼久了，還沒有食物下肚？」

說話間，他們聽見樓下一陣乒零乓啷的動靜，好像有人打起來了。

磅——

「好像是沙發倒了。」薩利慢吞吞地說。

接著某個玻璃碎了。

花盆摔了。

椅子……起碼三把椅子砸地了。

這可能是在拆房子。

他們輕輕把門開了一條縫，像一對趁著父母吵架偷跑出去的普通孩子，一溜煙穿過走廊。

「雪麗」聽了一會兒，衝薩利招了招手。

「雪麗」在走廊盡頭某片陰影之下找到了其中一個皮球。

皮球上的卡通人臉似乎預感到了什麼，臉拉得更長，扁著嘴像是要哭。

她費力地抱起來，咕噥說：「還差一個。」

薩利盯著它看了片刻，似乎想說什麼，最終又什麼都沒說。

他落後幾步，又捏著拳頭跟上「雪麗」，兩人蹲在二樓欄杆邊往下看。

客廳裡沒有開燈，透過落地窗外的光，隱約可以看見兩個敏捷的身影閃過。好像一個去抓另一個的手，對方藉著沙發背一個翻身，跳到後面去了。

砰——

薩利閉了一下眼睛，再睜開就發現茶几也被掀了。

兩個小鬼在上面蹲了幾分鐘，樓下的動靜一個比一個驚天動地。

照著情況，正常人早進八百回醫院了，樓下的人卻依然沒歇。

又看了片刻，他們發現那倆一點兒傷都沒有，遭殃的全是其他東西。要指望一個徹底制服另一個，恐怕要等到下輩子。

「雪麗」咕噥了一句「真討厭」，抱著球就下了樓梯。

她聽見了皮球的滾動聲，就在樓下，在那片狼藉之中。

趁著「替代者」在抓食物，她可以把皮球抱回來。

薩利緊跟著她，兩人弓著腰，玩耍似地在碎片和障礙物中鑽進鑽出，找尋皮球的蹤跡。還在經過廚房的時候，摸了一個打火機。

看到了！

雪麗一眼看到了那個藍白相間的圓影，就在餐桌那裡。

「替代者」剛抓住食物的肩，正要把他摁在牆上，食物弓身一繞，轉到了他身後。

她能聽見食物的喘氣聲，糾纏了這麼久，應該也累了。

雪麗覺得，離填飽肚子不遠了。

薩利也跟著嚥了口水。

她把手裡的球塞給薩利，自己跑到餐桌旁一把抱住企圖滾走的皮球。

「我們該換玩具了。」她拍了拍皮球沾的灰，歪頭說：「再見。」

話音剛落，一雙手突然從天而降，抓著她的胳膊把她拎抱起來。

雪麗還沒反應過來，兩腳就已經懸了空。

「你幹麼！」她轉過頭，看見游惑面無表情的臉。

下一秒，一陣勁風襲來。

追捕者翻過橫倒的沙發，一步就到了面前。

雪麗又回過頭，對上了秦究的臉。

游惑拎著手裡的小鬼，讓雪麗正對著秦究，說：「不跑了，要問什麼問。」

他背抵著另一個單人沙發，手裡的東西又很沉，再跑也來不及了。

秦究饒有興味地看著他和雪麗，「喔」了一聲，玩笑似地懶聲問：「我好看嗎？」

雪麗：「……」

他們停戰的位置很巧，旁邊就是落地鏡。

打成這樣，鏡子居然完好無損，依然堅定地立在那裡。

雪麗的眼淚本能開始往下掉。

鏡面倏然蕩開一圈漣漪，像是被投石的湖。

「你說呢。」游惑說著，轉手就把「雪麗」扔進了鏡子。

皮球甩落，撞在地上發出「砰——」的響聲。

薩利驚呆了。

他看了游惑一眼，扔開皮球就要跑，可惜腿太短，下一秒就被游惑抓著褲腰拎起來。

「討人喜歡嗎？」秦究又拖著調子問了一句。

薩利蹬了兩下，然後腰上一輕，也被甩進了鏡子。

「別人不知道。」游惑拍了拍手裡的灰，抓著衣領把秦究拉低一些，嘴唇幾乎相觸卻又隔著毫釐，他用一貫冷淡的嗓音說：「我是挺喜歡的。」

鏡子裡。

「雪麗」和薩利茫然地站在那裡，從他們進來開始，周圍的黑霧就開始瘋狂湧動。無數隻黑色的枯瘦的手從裡面伸出來，試圖去抓他們的頭髮和衣角。

「雪麗」猛地撲到鏡子面前，試圖再鑽出去，但只收穫了滿手的血。

薩利也想撲過去，但在最後剎住了步子。

撲過去幹麼呢？

沒有用的。

那個會對著鏡子做鬼臉，扯著裙子轉圈的小姑娘已經不在了。

在鏡中「雪麗」爬出去代替她的那天起，已經不在了。

她的頭顱藏在她最喜歡的皮球裡，身體蜷縮著被塞進另一個。

她身體裡鮮活的血，被他和假冒者塗了滿身，喝進肚裡。血液安撫了饑餓和渴求，他們才能更長久地生活在鏡子外的世界裡。

喔，不只那個小姑娘，還有她的爸爸媽媽。

那對早早遺忘他的夫婦，是他第一個吞進肚裡的食物。

他一動不動地站在鏡子面前，看著客廳裡亮起了燈，看著人群陸陸續續從客房衝出來，看著他們抱起地上晃動的皮球，似乎想剖開看一眼，又最終停了手。

那個小姑娘那麼愛漂亮，一定不希望別人看到她乾癟枯槁的樣子。

他看著那群客人去了後院，不知要做什麼。

也許……是去埋葬他那個妹妹。

他還看見風從不知哪扇門裡湧進來，吹動了窗簾，吹動了地上零零碎碎的小東西……又把一個生銹的鐵罐吹到鏡子前。

那個鐵罐滾了兩圈，他看到了底面的便簽貼。

上面的字又大又醜，透著笨拙的稚氣。

給薩利的禮物。

黑霧瀰漫過來的時候，他聽見雪麗脆生生的童音，穿過好幾年傳進他耳朵裡。

那應該是他從鏡子裡鑽出去的第一天……

小姑娘塞給他一顆糖，粉色的糖紙，醜醜的，不適合小男孩。

她說：「我以後叫你薩利好不好？」

他再也出不去了。

因為那個小姑娘，再也不會來照鏡子了。

落地鏡在風中顫動片刻，又靜止下來，再沒有過動靜。

空無一人的客廳裡，系統的聲音響起來。

【一九七考場，考生游惑弄哭了雪麗，雪麗宣告死亡。】

【一九七考場，考生游惑弄哭了雪麗，薩利宣告死亡。】

時鐘剛過八點。

聯合考場的其他考生正從傍晚的小睡中醒來，他們有的剛在沙發上落坐、有的才出房門、有的正對著最後一晚的題目抓頭。

聽到宣告的剎那，他們一如尋常，該幹麼幹麼。

這兩天的刷屏令他們從震驚到亢奮再到麻木，聽到名字的時候只會想：噢……他又又又又死了。這次要死多少回？這bug還能不能除了？

沒過幾秒，各個考生不約而同愣在當場……

剛剛說誰死了？

監考區內，考官們的反應又不一樣了。

他們其實也被刷到麻木了，但這個麻木只截止到今天下午。

自從他們意識到「游惑」就是主監考A，心情就變得微妙起來——

一方面，他們希望考場平淡一點，考生放過彼此，好好考完這場別出么蛾子，不然害的是自己。

但是另一方面，他們又莫名有點激動。

這種暗潮洶湧的激動在晚飯時刻表現得最為明顯。

一整個餐廳的考官都在做同一種小動作：吃幾口，瞄一眼頭頂大螢幕。吃幾口，再瞄一眼頭頂大螢幕。

一頓飯愣是從五點吃到了八點，還在吃。

到最後021受不了了，忍不住說：「這是幹麼呢？打算在餐廳坐個白頭到老嗎？」

「都在等呢。」922感同身受，詮釋起來頭頭是道：「等著看他再刷屏吧，畢竟是傳說中的A，又是這些人曾經的領頭。之前看刷屏蛋疼，現在是興奮和期待。妳不懂。」

說完，這棒槌喝了一口紅酒。

下一秒，他酒就嗆喉嚨口了。

因為他突然意識到，他們這桌人對游惑的騷操作早就習慣了，見怪不怪。下午湊熱鬧去看詳情記錄的只有他一個。

高齊、趙嘉彤也好，021、154也好，他們一整個下午都在自己房內休息，這會剛進餐廳，根本不知道A什麼事。

從922的角度來看，他一不小心暴露了兩個大祕密：

一、游惑是考官A。這點021和154應該不知道。

二、他知道游惑是考官A。這點誰都不知道。

但是，直到他抽了餐巾紙胡亂擦著嘴巴，又喝了兩口紅酒壓驚……桌上其他人都沒有什麼特別的反應。

154拍著他的背，021納悶地說：「怎麼喝紅酒還能嗆到。」

趙嘉彤問他要不要清水，高齊……高齊看其他人動了，收回手繼續喝酒。

922：「咦？」

這反應不對吧？

922滿頭疑問，神色詭異地呆坐著。

又過了片刻，一整桌人後知後覺地凝固了。

周圍萬般吵鬧，只有他們是靜止的。

高齊放下正在倒酒的瓶，一臉複雜地看趙嘉彤。

趙嘉彤用口型說「看我幹什麼」，她叉著一口麵，看對面的021，021訝異地瞪著922，922則盯著154。

食物鏈最底端的154嚥下羊排，在心裡罵娘。

一九七考場的死亡宣告就是這時候切進來的。

大螢幕的動態提示音起到了滴水入油的效果，安靜的餐廳頓時炸了鍋。嗡嗡的議論聲從四面八方湧來，沖淡了這一桌的尷尬。

「我就知道，肯定還要刷屏的！」旁邊那桌一個監考官說。

「這很難預料嗎？畢竟主監考……」

「是啊，果然還是不消停。」

還有人居然遺憾地說：「這次居然只有兩條？」

「四五條的看慣了，突然兩條我居然覺得不大對，我得反省反省。」

他們的重點都在「考生游惑」那四個字上，宣告內容具體是什麼，根本沒細看。

又過了一會兒，終於有人驚詫地說：「哎喲我操？」

「怎麼了？」

「不是，你們再看看那兩條！看看究竟誰死了。」

沒等眾人細看，系統通知就來了。

螢幕上刷出一個偌大的感嘆號，系統的聲音在餐廳內響起：

【一九七考場NPC雪麗、薩利死亡，該考場考試終止，請責任監考官立即前往考場，將考生帶

回監考處處罰安置，等待第二階段考試正式開啟。】

大家沉默片刻，突然激動。

與此同時，一九七考場。

游惑他們把小雪麗安置在後院，睡在一片小雛菊旁邊，因為她父母在日記裡提過，後院這片小雛菊是雪麗要求種的，她喜歡。

細嫩的花朵在風中顫了一會兒，又恢復平靜。

像哭累了終於睡著的孩子。

死亡宣告發出之後，秦究和楚月終於從被同化的狀態裡脫離出來。兩人萬分疲倦，在客廳扶起兩張沙發，靠著就睡了過去。

游惑客房扯了兩條被子過來，剛給他們蓋上，飄落在旁的答題紙就起了新的變化。

「又要放什麼屁？」楊舒不客氣地說。

她撿起來一看。

就見紙上第二題旁多了個零蛋，接著出現了「第三題」這幾個字樣。

可惜它憋了快五分鐘，只憋出一句：考場錯誤，考試終止，考題未解析。

楊舒「呵」地笑了一聲，拎著這破卷子全員傳閱。

很快，紙上空白處多了幾行字，顯示系統正在核算第一階段分數——

在他們齊心協力的規避之下，八個智商正常的成年人一共只答對兩道題，共計十八分。

扣掉兩分卷面，再扣掉他們欺負題目的五分，還剩十一分。

鮮紅的十一分下，又見熟悉的一句話：

違規情況及考場問題已通知監考處，監考官922、154、021等人正在趕來的路上。

「等？」于聞把卷子遞給游惑說：「我第一次看到監考官後面還跟個等，哥，你說這次會有多少人負責？」

「不知道。」游惑說：「七八個吧。」

他們這個考場一共八個考生，就算一盯一，八個監考官也妥妥夠用。

然而，事實證明他還是低估了這個「等」字。

十分鐘後，門鈴叮咚一聲響。

于聞萬分積極地跑過去開門，然後傻在了當場。

門外，154依然是那副老樣子，頂著棺材臉，捏著通知條。

他左邊站著922和021，右邊是趙嘉彤和高齊

這不是重點，重點是他身後……烏烏泱泱的人頭一眼居然望不到邊！

于聞瞠目結舌，半晌轉頭衝屋裡喊：「哥！三十多個監考官過來抓我們了！」

游惑：「嗯？」有病吧？

門外的154翻了個驚天大白眼，心裡活動跟游惑一模一樣。

他覺得後面這群同僚統統有病，一個違規「傾巢出動」，八輩子沒見過考生似的。

明明國內考生的負責人就他們幾個，這群人非要過來湊人頭。

這下好了，湊得他像個導遊。

「安靜，有什麼要聊的回去再說。」

他轉頭警告那群丟人現眼的同事。

可惜，毫無作用。

那些人看見于聞就是一愣，接著七嘴八舌地問道：「怎麼是個小孩？」

「你是誰？」

「A呢？一九七考場不是他的地方嗎？你怎麼來的？」

他們嘴比較多，問題一個又一個。

于聞應接不暇，就記住最後一個回答說：「我翻牆來的。」

監考官們愣了一下，終於明白那八分之一是怎麼來的了。

敢情他們鑽了某個漏洞，往這裡強塞了八個人。

有一個明白人說道：「我知道，組隊卡吧。」

于聞也不知道說啥。

出於學生本能，他看見四位以上監考官就手心出汗。

「嗯，確實是用了組隊卡。」他點頭應道。

監考官們更來興趣了，議論聲又多一層。

于聞隱約聽到了幾句。

「A還會跟人組隊呢？」

「我還以為他就算有組隊卡也是扔了不要的。」

「我也以為……不知道他都組了些什麼人。」

大概是于聞的表情過於懵逼，922看不下去了。

他抬手掩著嘴說：「都是你哥的前同事。」

于聞：「哈？」

他想到楚月說的那些，又恍然大悟：「喔，都是那什麼初代監考官？」

922點了點頭，「你知道？」

于聞訝異地說：「聽說過一點，不過不是說人很少嗎？這麼巧湊一個考場？」

這哪是監考，這就是三十五人副本觀光團啊，專門來刷boss臉的。

922說：「就當緣分妙不可言吧。」

見他們越說越扯，154不得不出聲掰回正道。

他抖了抖手裡的通知條，例行公事地念道：「很遺憾，十分鐘前我們接到通知，你們在答題中出現了違規情況，導致本階段考試終止，現在得跟我們走一趟。」

這套流程在場的人已經很熟了。

于聞轉頭招呼道：「哥，又要去監考處！你們收拾收拾？行李、吃的，樓上還有幾包吧？」

154覺得自己更像導遊了。

不消片刻，在三十多雙眼睛的注視下，于聞挎著背包，扶著多次受傷的老于出來了。

接著舒雪挺著大肚子扶著腰，裝跟真孕婦一樣也出來了，在她後面是並肩而行的吳俐和楊舒。

到這裡，監考官們的反應都還正常。

就是這老弱病殘一應俱全的風格，讓他們目不忍視。

就在他們以為考官A組隊是為了扶貧的時候，楚月打著哈欠，睡眼惺忪地下了臺階。

人群嗡地一聲，又起了一陣議論。

「楚月？」

「Z？」

「楚老闆？」

新稱呼舊稱呼混雜著撲她一臉。

這位女士嘴張到一半，含著兩眼淚花和三十多位老同事面面相覷。

她還沒回過神來，監考官們又伸長了脖子。

楚月轉頭一看，游惑出來了。

一會兒的工夫，他已經換了衣服。那件沾了灰塵泥土的襯衫被他丟了，這會兒穿的是一件淺灰色圓領衫，從休息處裡撈來的。

這個顏色沒有黑色那麼鋒利，也沒有白色那麼溫和。顯得他格外白，也格外冷淡。

雖然沒穿制服、沒戴臂徽，也沒拿什麼會議文件。他的目光也只是蜻蜓點水地掃了一圈，並沒有盯著什麼人，但監考官們仍舊有種恍如隔世的感覺。

他們下意識地板直了脊背，一如當初。

彷彿什麼意外都沒有發生，A沒有被除名，他們沒有被分散，也沒有被放逐海外。會議通知總是突如其來，有時在上午、有時在午後。他們會拿上文件，一邊爭論一邊步履匆匆，穿過核心區長長的走廊，在某張圓桌旁坐下。

游惑出來前，他們還議論紛紛，亢奮不已，想著再見面會是什麼情景。

出來後，他們卻不約而同地安靜下來。

楚月抹著眼角，睏倦帶來的生理性眼淚居然增添了一點重逢的味道，她看了看感慨地說：「居然是你們。」

「對啊。」有人應了一聲：「居然是我們。」

曾經的曾經，他們之中有關係親密的朋友，也有禮貌客氣的同事。有些人發生過口角摩擦，有些人志趣相投。有人刻板，也有人熱情活潑。

他們性格迥異，但共事了很久。有同樣的苦惱，同樣的約束以及同樣的負擔。

他們住在同一塊地方，抬頭不見低頭見，差不多是系統內最熟悉的人。

現在驟然重聚，卻發現每一個人都有一分陌生。

相較於楚月，游惑其實沒什麼感慨。

他記憶還沒恢復完全，對這些人印象並不深刻，只能在某些習慣性動作中找到一絲似曾相識的感覺。

直到人群中，不知誰突然說了一句：「主考官，楚，好久不見。」

是啊，好久不見。

簡簡單單四個字，游惑突然意識到，他們都是故人。

不過百感交集的重逢場面沒有持續多久。

因為最後一個人出來了。

秦究沒注意外面的陣仗，他還睏得很，拎著包下樓的時候甚至連眼睛都懶得抬。

他走到門口，伸手勾住游惑的肩膀說：「借個力，我眼皮直打架。」

說完，他才後知後覺地發現氣氛不對。

幾盞路燈有點刺眼，他瞇著眸子抬眼一看，就見三十多雙眼睛盯著他，那臉色怎麼說呢……給他們發點鶴頂紅能當場吹一瓶。

救人一命勝造七級浮屠。

154嘴皮子一動，打破死寂，「要不大家抓緊時間先回去？」

他拉了于聞和老于一把，帶著一九七考場的八名考生往監考處的方向走。

直到他們的身影穿過西北邊的草叢，沒入白霧，落在隊尾的幾名監考官才憋出一句：「這是什麼情況？那是001吧，我沒瞎？」

高齊和趙嘉彤被他們強行拽住，留在隊末答疑解難。

「沒瞎，就是001。」高齊沒好氣地說。

「他怎麼可能跟A勾著肩膀走？他瘋了還是A瘋了？」

高齊消極答題：「都瘋了。」

那監考官「嘖」了一聲，「是不是朋友？以前是誰天天陪你泡酒？」

高齊聞言笑了一聲。

他們太久沒見，他又故意避開核心好幾年，頹慣了，說話都有點生疏。

這會兒短短一句話，勾起不少回憶。

高齊似乎又找到了當年的感覺。

他不再敷衍，點了點頭說：「記著呢，喝大了有一半是你給我抬回去的。」

「欸，這就對了。說，001跟A怎麼吃錯藥了？」

高齊：「那認真說吧。他倆碰到的時候什麼都不記得，湊一起考了幾場試，現在……現在關係挺好的。」

他頓了一下，又補充道：「不，特別好。」

「見了鬼了。」那監考官依然難以置信，「特別好是多好？跟咱們當年比呢？跟你和A比呢？有那麼好？」

高齊：「……」您真會瞎特麼比。

他捏著鼻子含糊地說：「差不多吧，比我和A更親近點。」

監考官更見鬼了：「不可能吧？別說A，就是001也沒見他跟誰特別交心過。」

高齊：「啊……」

他已經不知道該說什麼了。

監考官又提了個更魔性的問題：「那你不嫉妒麼？朋友被人搶了。」

高齊：「……」我嫉妒個鳥。

監考處的氛圍從來沒有如此複雜過。

一是因為初代監考官重聚，他們這群人牽涉的事情太多，憋了很多話題卻偏偏諱莫如深，不方

便細聊，只能在澎湃心緒中大眼瞪小眼。

二是因為游惑和秦究。這倆沒有在外人面前黏黏膩膩的癖好，再加上高齊等人的泛化解釋，所有監考官都以為他們成了拜把子的好兄弟。

這個結論讓游惑和秦究哭笑不得，更讓一眾監考官感到窒息。

好在系統及時出聲，解救萬民於水火。

它說：【請監考官立即處罰違規考生！】

021沒好氣地說：「就來。」

雖然監考官們人數眾多，但真正負責國內考生的還是021他們。

「走吧，禁閉室在三樓。」021說。

他們被帶往樓梯口，其他監考官沒有跟過去，依然留在餐廳裡。

游惑轉過拐角的時候，突然感受到了幾簇目光。

他朝餐廳方向淺淺一掠，對上了好幾雙眼睛。

記憶的缺失讓他對那些同僚感到陌生，但很奇怪，只是這樣簡單一眼，他就能捕捉到對方的情緒。

他能感覺到那些人克制的期待，就像在等他或者其他某個人發一聲號令。

也許是壓抑得太久、太久了吧。

這次的禁閉室數量足夠多。

這甚至讓游惑想到了秦究最初那棟小樓，一條走廊下去，兩邊全是房間，同時關上二、三十個考生都不成問題。

合併慣了，冷不丁要單人一間，他居然生出一絲小小的遺憾來。

021很快安排好了房間，就像普通飯店刷卡一樣，一一刷開最裡面的幾扇門。

「你進這扇吧。」高齊把楚月引進了第一間。

又把于聞引進第二間。

這位小同學在這種時候總是很有孝心，他對自己的禁閉之旅並不大擔心，他比較擔心老于。

從進到三樓起，老于的臉色就變得很差。

游惑看了他好幾眼。

在他有限的記憶裡，老于雖然也有點怕他，但跟其他人並不一樣。

他這個舅舅並不擅長掩飾情緒，每次見到他，忌憚和畏懼總會本能地流露出來。但緊接著，他又會用極度熱情和自來熟的語氣把那些情緒壓下去。

游惑能感覺到，他在努力。

老于一直在努力，一邊怕一邊又竭力克制，想盡一切辦法表達親近。

人對善惡有種本能的感應。

好意還是惡意，不是隨隨便便能裝出來的。在老于身上，游惑少有地可以感受一種來自長輩的、略顯笨拙的善意。

這是他在其他長輩身上從未感受過的，也是他願意和老于父子來往的原因。

不過，自從得知他和系統的淵源，老于的很多反應又變得耐人尋味起來。

倒不是說他別有用心，而是……他似乎和系統之間也有些瓜葛，並不是簡單的因為醉酒被誤拉進來。

「還行嗎？」游惑問了他一句。

老于似乎在出神，聞言驚了一下，又苦笑起來：「還成吧！雖然退伍這麼多年了，也不能給部隊丟人是不是？」

于聞插話說：「我們之前其實關過一次禁閉，就誤打誤撞考政治那次，不小心違了規。我還行

吧，頂多就是夢回高考，九門大綜合統統來一遍，然後作文一個字沒寫鈴聲就響了，收卷發現答題卡橫的塗成豎的，數理化大題一道不會巴拉巴拉。再狠也不至於要命。但是我爸！老于同志……」

他指著老于對游惑說：「他上次出來差點兒把我給嚇著了，我以為他心臟病都要犯了，臉白得跟鬼一樣。你看看他的膚色，能白成那樣得多害怕。而且他額頭全是冷汗，抹得我一手濕乎乎的。」

被兒子這麼一說，老于反而好了一點。

他踹了于聞一腳說：「沒大沒小，淨不說你爹好話。小惑，你別聽他的。」

老于又對游惑解釋說：「沒事，誰還沒點害怕的東西。我那個也不至於要命，就是回想起來不大好受而已。放心，啊。」

他看著游惑，有那麼一瞬間似乎想要說點什麼。

但他目光朝上瞄了一眼，又忽地嘆了口氣。

最終，他只是拍了拍游惑的肩膀，轉頭進了禁閉室。

021把楊舒也送進去，關上門後對游惑說：「走吧，去前面那間。」

游惑從秦究身邊走過，在沒人注意的地方，秦究勾了一下他的手指。

這裡的禁閉室一如往常，跟地下室的那間相比，要冰冷簡陋很多。

沒有洗手間淋浴室，也沒有床。

游惑剛在桌邊站定，021就背手關了門。

她靠著門板低聲問：「這次的監考官安排特別怪，你察覺到了嗎？」

「這還用察覺？」游惑說：「楚月告訴我，幾乎所有初始監考官都集中在這裡了。哪有這麼巧的事？」

「其實也不是所有。」021說：「我後來仔細核對過，有幾個漏掉的。」

游惑說：「哪幾個？」

021：「……」說了你認識還是怎麼？

游惑自己很快意識到，又改口說：「算了，你們數字編號太多，我也記不清。」

021飛快地說：「就是漏掉的幾個讓我覺得很奇怪。」

「什麼意思？」

「我這兩天一直在查各種資料，那幾位監考官……唔，怎麼說，從我收集到的蛛絲馬跡推斷，以前跟著你的時候，應該不是完全向著你。你明白我的意思嗎？」

游惑皺起眉：「妳確定？」

「確定。」

這就讓他很意外了。「問妳個問題。」游惑說

「你問。」

「監考官的安排，是系統抽取？有規律嗎？」

「按規則來說是隨機。不排除有人趁機動手腳，但是……」021表情非常複雜。

「這手腳不是誰都能動吧？總會經過系統的。」

「對！」021附和道：「這就是我覺得最奇怪的地方！據我所知，能有這麼大許可權的，也就是以前的你吧。許可權範圍我也不大確定，畢竟我那時候沒監考，現在的資料又很難查。反正，如果你都不行，也就沒誰可以了。那麼問題來了……」

她很認真地說：「你被除名之後，系統的防備等級又提升了不少，再沒給監考官開過那種許可權了。001是現在最高的吧，他也沒有。所以誰能動這個手腳？我真的想不到人。說個笑話，我下午在房間悶頭做排除法，排了半天，最後得到了一個答案。」

游惑：「什麼答案？」

「系統。」021自己都笑了，「我一個名字一個名字地劃，把所有不可能排除掉，最後能辦到

這件事的，居然只剩系統本身，你敢信？」

意料之外，游惑沒有跟著笑，也沒有露出什麼嘲諷的意思。

他居然點了點頭說：「也不是不可能。」

021：「開什麼玩笑？」

游惑沒開玩笑，他只是想到了一樣東西。

楚月說，他和秦究第二次聯手失敗時留了後招，是一個系統自我修正程式，但是很可惜，這個程式後來丟失了。

它長什麼樣，儲存在什麼介質裡，游惑都沒能想起來，暫時也無法預判它會以什麼理由、什麼方式消失。

但是021的話提醒了他。沒準做這些安排的，就是那段程式呢？

畢竟它如果介入成功，也算是系統自身一部分了。想要做到這些，不是沒有可能。

但這只是猜測而已。沒能證實的猜測，暫時都是放屁。

021看了一眼時間，說：「既然你注意到了，那我就先出去了。有什麼發現我再跟你說。這次監考官太多了，保不齊有喜歡看監控的，我也不方便在這裡留太久。」

「稍等，還有兩個小問題。」游惑說。

「嗯？」

「我舅舅，就是前面那個禁閉室的老于。妳見過他嗎？」游惑問。

021搖了搖頭，「沒有，我剛剛聽他說，他好像以前當過兵？你們家部隊出身的人還挺多。」

游惑輕輕抿了一下唇。

這個表情變化太微妙，021又說得急，所以沒有注意到：「如果在哪兒見過的話，我應該會覺得眼熟，而且肯定第一次就問你了。」

也是。游惑心想，如果021或者楚月又或者其他什麼人曾經見過老于，一定會有所表現。她們既然沒有提過，應該是真的沒有交集。

他點了點頭。

021說：「第二個小問題是什麼？」

「關於記憶。」游惑說：「我上次聽到一個說法，說系統消除的記憶有一種辦法可以撤銷，只要能撤銷操作，所有的記憶可以瞬間恢復。妳知道在哪裡撤銷嗎？」

021默然無語。

游惑：「嗯？」

這位小姐動了動嘴唇說：「哪個瘋子告訴你的辦法？我去打他。」

游惑挑了一下眉，毫不猶豫賣男朋友：「秦究。」

021：「……算了，打不過。」

她就知道！系統裡還找得出第二個瘋子？

喔，不對。真找得出，面前就是一個。

游惑說：「沒打算試，只是問一下。」

021：「你當我是傻的啊？人不要這麼敷衍好嗎？考官先生？」

游惑拉開椅子坐下，「真不說？」

021看著這張臉，意志力開始動搖。

所以說人吶，就不能長得太好看。尤其是同一陣營的朋友，特別容易讓人喪失原則。

你讓001坐這兒試試？

021在心裡瞎琢磨，但她很快絕望地發現，001現在跟她也是同陣營。靠那張臉，十有八九也行。

這位小姐自我抨擊了一秒，飛快地說：「我不能說得太仔細，不然良心過不去。」

游惑：「可以。」

021說：「你記得監考區的雙子大樓吧，專門處罰人的那個。」

「嗯。」

「樓下一共有三個電梯，一個是監考官專用，一個是考生專用，還有一個比較特殊。我聽說……」021強調了一遍：「只是聽說啊，不確定真假，畢竟我許可權哪裡能跟001比呢是吧。聽說那裡對系統而言非常重要。」

她快速說道：「人不常說戳了誰的肺管子嗎？那裡不說心臟吧，起碼也是系統的肺管子。」

說完，這位小姐擰開門把手飛速溜了出去，生怕再被套出點什麼話來。

021一走，禁閉室便陷入安靜。

游惑靠在椅子上盯著虛空中的某一處出神，腦中依然在琢磨剛剛那些話。

但是禁閉室之所以被稱為禁閉室，就是有它的特殊之處。

它總能蠱惑你的思緒，讓你變得比平時感性，想起一些往事。這樣它才會勾起人各種可怖的回憶。

以前游惑總是無事可想。這次不知怎麼回事，他總想起秦究禁閉室的那片廢墟。

也許是在秦究那邊待了幾次，被同化了？

又或者，曾經模模糊糊抓不住的東西忽然有了著落。

那一瞬間，他忽然覺得，以前那片填充著禁閉室的黑暗並不是純粹的黑暗，他並不是單純地厭煩曾經失明的感覺。

那片黑暗之下，應該還有一些東西。

比如四面圍著的鐵絲網、比如生銹的機器、比如鋼筋和水泥管。

他身後應該有大片的樹林，空氣從裡面走一遭都會變得更加冷寂。他身前的遠處會有硝煙的味道。

眼前有個越來越模糊的人影，從他身上，可以聞到一絲血腥味。

但是伸手，卻只能摸到柔軟乾燥的圍巾。

他忽然意識到，自己不是厭惡黑暗。

只是厭惡黑暗不斷吞噬，逐漸蓋過那個人影。

他恍然聽見一個聲音在黑暗中傳來，近在咫尺，又遙遠模糊。

對方的聲音很疲憊，卻又帶著一絲笑，他說：「大考官，勞駕低一下頭，跟你說個事。」

他應該是彎了腰。

對方的手指伸過來，擦過他的側臉留下一片溫熱。然後似乎撥弄了一下他的耳垂，又或者轉了耳釘。

具體他已經記不清了，只記得耳垂有點刺痛。

那個瞬間，他忽然焦躁又難過。

他在從未有過的慌亂中聽見對方說：「我很愛你。」

最裡面的禁閉室裡，922欲言又止。

他抓著門把手猶猶豫豫，回頭看了秦究好幾次。

「有話就說，趁著禁閉室還沒開始生效。」秦究搓了一下臉。

睏意依然沒消，他看上去有些疲倦。

922難得看他這樣，把快出口的話又嚥下去，說：「沒什麼。」

「沒有話說？」秦究唔了一聲，「那我有。」

「啊？什麼？」

「這場考試有過異常情況嗎？」秦究問。

922心想：最異常的不就是你們考場嗎？

「除了我們幾個。」

秦究對他那點兒內心吐槽瞭若指掌，補充道：「把這麼多老熟人湊在一起，總不至於是為了搞同僚聚會。」

922點頭附和：「1006一來就說了。」

秦究稍微愣了一下，才反應過來1006是高齊。

「我們當時就覺得不可能這麼巧，總覺得要發生什麼事，但盯了兩天也沒什麼動靜。」922說著面露遲疑，「提到異常……」

秦究挑起眉，等著他的下文。

922說：「今天吃晚飯的時候，我們這一桌人就挺異常的。」

這就是他最初想跟秦究說的話題，本來已經不打算提了，沒想到繞一圈又回來了。

「你們？」秦究聞言一愣：「怎麼個異常法？」

「語言很難形容。」

「……」

就是922一直當做大祕密的事情，不小心說漏了，其他人的反應就像他們早就知道一樣。

高齊、趙嘉彤也就算了，本來就是考官A的同僚。

021也勉強可以理解，畢竟差點兒成為A的下屬。

但是154……

歸根究柢，922最在意的還是154。

他知道？他什麼時候知道的？

王八蛋知道居然不告訴我！

當時的922滿腦子都是這些念頭，但他轉念一想，又意識到自己也沒告訴過154。某種程度上來說，他也沒資格糾結。

況且他知道，154一直以來都是最認真的，什麼大事小事都能弄得清清楚楚。規則不記得了，問154。

資料不熟悉，問154。

碰到弄不清代號的同事，還是問154。

不止是922自己，連秦究都這樣。

他們之中，一直都是154最細心、最正經。

922曾經開玩笑說他像個祕書，換來對方一個驚天白眼。

想起那個白眼922就要笑。

結果剛回神，就撞上秦究看智障的目光。

922咳了一聲，又覺得是自己小題大做了：「開玩笑的，其實也沒什麼，就是覺得021好像是考官A的人。」

他說完，又覺得這話有點像廢話，補充道：「我是說，感覺他們是有聯絡的，不像看上去的那麼生疏。」

秦究「喔」了一聲，毫無意外。

「老大你知道啊？」922來勁了，「那這個對比就很懸殊了。你看A那邊的人排號是什麼？021，兩位數還很靠前。我們這邊就比較慘，154這個排名中規中矩，我……唉。」

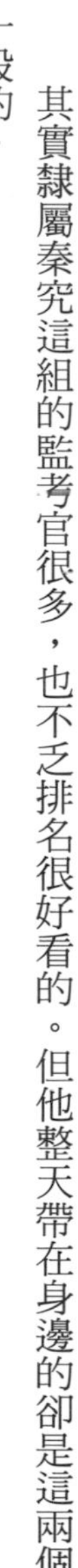

其實隸屬秦究這組的監考官很多，也不乏排名很好看的。但他整天帶在身邊的卻是這兩個排名一般的。

922時常覺得自己不夠氣派，並強行替154表達同感。

但秦究毫不在意。

922以前還問過秦究為什麼就挑上他和154了，秦究回答說因為順眼。

非常秦究式的回答，無可反駁。

不過事實證明，他們相處得確實很好。

922偶爾會想……即便不是監考官，不是這個身分、不是這個環境，沒有什麼需要綁定在一起的事務，他們應該也會成為關係不錯的朋友吧。

「你怎麼了，你排名墊底了？」秦究有點好笑地看著他。

922一想：「不，還有1006。」他頓時又來了精神。

眼看著半邊禁閉室已經有了變化，秦究說：「行了，你出去吧，這幾天盯著點。」

「行，有什麼意外情況我找機會告訴你。」

922剛走，那片廢墟的情景就覆蓋了整個禁閉室。

秦究這組的習慣是不看監控，021跟他們混了一陣子，原本已經被同化了。但這次她又改了主意，因為游惑問她的話。

監控室裡，幾個輪換過來的監考官支著頭，百無聊賴地盯著螢幕。

021也不見外，進屋拉開一把椅子坐下。

「不去休息？」旁邊的監考官問她。

「反正也沒什麼事，過來看看。」021說。

「一會兒考完試，還得給這幾個考生安排休息的地方吧？」

「嗯。其他考生還有最後一晚才能結束考試，他們得在這裡過夜。」021心不在焉地說。

「睡哪兒？」

「睡……」

021正盯著大螢幕上屬於老于的那塊。

裡面也沒什麼特別的，好像就是間醫院。他被一個病容深重的女人抓著手，垂頭聆聽著對方的話。

那個女人面容蒼白，幾乎瘦脫了相，手腕的骨頭突出來，細得不盈一握。好像稍微用點力，就能把她的手臂折斷。

也許是病人沒有力氣，她說話很慢，透出一股極其冷靜……不，冷漠的氣質。

021甚至能想像出她輕而飄忽的聲音。

在她的對比之下，老于就顯得情緒濃重。某一個瞬間他似乎非常激動，猛地抬起頭來，鼻翼翕張。

021懷疑他會掙脫掉那隻手，跟對方爭吵起來。但他最終只是煩躁地抓了抓頭髮，低著頭不動了。

021看了片刻，心想這很恐怖嗎？

沒吧，還不如隔壁那個叫舒雪的姑娘。

準確地說，這八個考生都挺奇葩的。

于聞在堆積如山的卷子裡奮筆疾書，頭髮大把大把地掉成禿瓢，他哭得特傷心。

楊舒的禁閉室就是大型實驗室，她在裡面忙得焦頭爛額，一會兒這個出錯、一會兒那個有問題。

吳俐最初也是實驗室，後來陡然一變，又成了「鬼屋」。無數看不見臉的人影環繞在她周圍，而她站在其中，抓著本子在記錄什麼。

楚月是一片空白，廣袤無邊的空白，她一個人安靜地坐在那裡。

唯獨舒雪這裡是恐怖片，到處都是拿著刀追她的手，飛濺的血液糊了滿屏，甚至還有一隻從她肚子裡鑽了出來。

021只看了一眼就不忍心了。

當她的目光重新回到老于這邊，她發現場景有了變化——

那女人似乎已經交代完了，老于站在床邊，兩手捂著眼睛和頭，似乎在自我掙扎。

過了片刻，他疲憊地放下手，點了點頭，對床上的女人說了幾句什麼，然後轉身要走。

結果發現，房門口正站著一個人。那是一名十一、二歲的男生。

從螢幕的角度看過去，可以看到他烏黑的髮頂以及下半張臉。

021的心臟猛地一跳。儘管沒有看清全臉，但她還是瞬間意識到了那是誰。

那是小時候的游惑。

老于面對著門口的人，不知怎麼的，臉上血色盡褪。

021不知道螢幕中的人發生了什麼事，在想些什麼。但她直覺很重要。

其他幾名監考官不知在看什麼，忽然發出一陣詫異的低呼。

021倏然回神，趁著別人沒注意，抬起手機對著那塊螢幕拍了幾張照片。

「怎麼會這樣？」

「我第一次看見……」

021的心跳慢慢壓下來，監考官們七嘴八舌的議論終於落進她耳中。

「你們在看什麼？」她納悶地說。

監考官們聚在某兩個螢幕前，衝她招手說：「來看！妳見過考官A和001的禁閉室嗎？」

021咕噥著走過去，說道：「見過啊，一個黑咕隆咚悶頭睡覺，另一個把廢墟當休息處就差沒端份下午……」

「茶」字還沒出口，她就愣住了。

因為面前的兩塊螢幕跟她說的不一樣。

最主要的是，游惑的畫面變了。

不知什麼時候，游惑所在的禁閉室也變成了一片廢墟，和旁邊秦究的那塊一模一樣。

「A的禁閉室長這樣？」

「我第一次見。」

「我也是……」

其中一名監考官說：「A進過禁閉室嗎？沒有吧，我怎麼記得以前有個說法，說禁閉室不關A和Z啊，禁閉室不對他們起效吧？當然，現在不一樣了。」

「A的我肯定沒見過，001的倒是早有傳言，說他根本不怕禁閉室。」

「這地方是哪兒，我怎麼沒見過？」

「……會不會是當初發生系統bug的地方？」

監考官們思想正直，三言兩語就歪到了那次的系統bug上，紛紛討論起那天可能發生的情況。

只有021一臉木然。

反正bug什麼的，她沒參與，也不瞭解。

她就覺得這兩塊螢幕長得跟情侶頭像似的。

三個小時後，考生被放出禁閉室。

其他人都是一副被蹂躪過的樣子，尤其是老于，額頭脖子都是冷汗，看上去有點失魂落魄。于聞還在確認他頭髮的存在，幾個姑娘也有點發呆。

楚月倒是沒什麼事，面色如常。

反常的是游惑。

他沒有頂著起床氣，沒有打哈欠，沒有透出什麼不耐煩或傲慢的情緒。

他站在禁閉室門口摸著耳釘走神。

「在想什麼？」

臉頰被人碰了一下，游惑瞥眼一看，看到了秦究的手指。

對方剛從隔壁出來。

顯然廢墟不是個睡覺的地方，他的嗓音裡依然透著疲倦的啞意。

游惑盯著那兩根手指，忽然想起剛認識秦究的時候，對方站在樹林中整理圍巾，手指夾著一角，將它掖進大衣領口……

廢墟裡的血腥味又漫了上來。

他閉了一下眼睛，抓住秦究的手指將他拽回自己這間禁閉室。

門沒關嚴，留著一條細小的縫隙。

走廊上的燈光就從縫隙中照進來，監考官們在不遠處商議考生的安頓問題，聲音清晰地傳進來。

兩人近在咫尺，秦究偏頭看了一眼透光的門縫。

忽然低頭親了一下游惑的下巴，「怎麼了，禁閉關得意猶未盡？」

「不是。」游惑說

他始終抓著秦究的手，非常用力，勁瘦的指關節骨骼突起。

秦究敏銳地感覺到了他的異常，聲音溫沉下來：「……想起什麼了？」

「嗯。」游惑應了一聲。

單聽聲音依然是低而懨懶的調子，幾乎聽不出什麼問題。

但他應完就抬起秦究的手，偏頭吻在手腕上。

脈搏貼著他的薄唇，一下、一下突突跳動，沉穩有力。

門外的光落在游惑臉側，照得他鼻梁挺直，輪廓漂亮又鋒利。

秦究垂眸看著他，喉結動了一下。

他直覺對方想了不好的事情……血味沖天快死了也說不定。他忽然感到一陣焦躁，第一次因為自己監考官的身分而感到極度焦躁。

他想立刻鑽進特殊中心，撤掉系統曾經的清理指令，把所有記憶找回來。

兩個人的事只有一個人記得，是最孤單的。

「行吧，那我們湊一下騰出幾間來。」監考官的聲音又傳進來，「考生呢？帶著去樓上吧。」

021和幾個負責調配的監考官從走廊拐角走過來。

幾個狀態不好的考生正坐在長椅上休息，活像在醫院裡。

「六個，還有兩個呢？」

「對啊，A和001呢？」

說話間，一扇禁閉室的門開了，游惑從裡面走出來。

監考官納悶地說：「主考官你怎麼又進去了？」

他跟游惑沒有高齊那麼熟稔，當面不會直接叫A，習慣了叫主考官。

他剛想說「那001又去哪兒了」，結果就見001從同一間禁閉室裡出來了。

監考官：「嗯？」

他面色古怪了兩秒，又覺得自己可能想多了，於是恢復正常說：「走，我帶你們去房間。給你

們騰了幾間出來，可能得有幾個擠一擠，不過床挺大的，睡兩個人不成問題。」

他們是這樣設想的：于聞父子睡一間，四位姑娘兩人一間。至於剩下兩位……

他們對曾經的上司有點偏心，所以給游惑安排了一間非常舒適的房間單住。

至於秦究，922主動要跟154擠一擠，把房間讓給他。

021聽到這安排就是一聲嗤笑，監考官們不明所以。

不過很快，他們就反應過來了。

因為他們眼睜睜看著考官A和001極其自然地進了一間房。負責的幾名監考官當場當機。

游惑沒管他們，把房門關上，轉身就從口袋裡摸出手機。

禁閉結束的時候，021突然借了他的手機，對著自己螢幕拍了幾張圖，然後還給他說：「我看到了你舅舅的禁閉室，不知道有沒有用，你回去看看。」

游惑在窗邊的椅子裡坐下。

對面其實還有一張椅子，但秦究沒有坐過去。他趴在游惑高高的椅背上，問：「在找什麼，這麼急著翻手機？」

「照片。」游惑毫不避諱，抬了一下手機。

「新收到的？」秦究提醒說：「沒走網路吧？」

「沒有。」游惑看了他一眼：「不問我哪裡來的？」

「差不多能猜到。」

「001的排位沒白來，觀察力還行。」

游惑把手機重心挪到右手，方便頭頂的秦究一起看。

秦究喔了一聲：「跟排位A的比呢？」

游惑頭也不回地說：「還差點。」

說完頭髮就被撩了一下。

游惑消極抵抗地「嘖」了一聲，手指已經點開了照片。

照片不算高清，螢幕拍螢幕總會有礙事的水紋橫線，更何況021還拍得匆忙，第一張就是糊的。

但秦究還是能認出來，這拍的是監控螢幕，螢幕裡是某個人的禁閉室。

他有點意外。

「誰的？」秦究掐頭去尾問了一句。

「老于。」游惑把圖放大一些，指著畫面裡的一個人影說：「這兒呢。」

雖然臉糊成了馬賽克，但老于脖子前勾的姿勢實在很有特點。

蒼白的床以及糊成一團的花籃同樣很有特點，游惑又一眼認出來，「應該是在醫院。」

秦究垂下手指，把照片往右邊挪了挪，露出床上的另一塊馬賽克問：「這是誰？」

游惑有些遲疑。

這似乎是整張照片裡，唯一讓他感到陌生的存在。

秦究看著滿圖馬賽克，有點摸不著021的目的，「還有別的照片嗎？能看清眼睛鼻子的。」

游惑依然怔愣著。慢了兩秒他才點了一下頭，滑到下一張照片。

畫面瞬間清晰，就像高度近視終於戴上了眼鏡。這次不用放大，就能看清床上人的五官。

「認識嗎？」秦究問。

他看了游惑一眼，對方眉心微微蹙起，盯著那個病容深重的女人，似乎在努力模擬她沒生病的樣子，又似乎只是在出神。

片刻之後，他看見游惑眉頭一鬆，緊抿的嘴唇扯出一絲自嘲的笑，說：「認識，我媽。」

秦究徹底愣住了。有一瞬間，他突然不知該接什麼話。

他以為那是游惑的某位遠親，甚至不相干的陌生人……怎麼也沒想到會是這個答案。

游惑看著照片安靜了很久，直到有人用手指安撫性地刮著他的臉。

他回過神來，看了秦究一眼，「是不是有點意外？」

秦究說：「確實有點。」

「她……」游惑的目光又落回到照片上，沉聲說：「去世很早，我記得她沒生病時候的樣子，不過時間太久了很模糊，照片上的又有點失真，所以……」

他沉默了幾秒：「剛剛沒認出來，有點對不起她。」

房間裡的燈光色調單一，照得人臉和嘴唇幾乎一個顏色，看上去就好像……他正因為這張突然出現的照片以及照片中突然出現的人而難過。

「應該就是這個時候。」游惑的聲音依然平靜，只是很低。他指著照片說：「老于跟她關係很好，過世前後好像都是他操辦的，我理論上的爸據說是個畫家，流浪派吧？不想留了就跑得無影無蹤的那種，我沒見過，也不會有人在我面前提……」

說到這些，他慣常的嗤嘲語氣又流露出來，不過轉眼又收了回去。

他這段話裡總在用「應該」、「好像」這樣的詞，秦究敏銳地覺察到他對那段時光，或者說對那些人和事模糊又陌生。

也許是因為他那時候年紀還小，但是……

游惑似乎能讀到他的想法。沉默片刻後，他又解釋道：「我一直讀的是寄宿制學校，小學、初中、高中包括後來的軍校都是。小時候是因為沒人照顧……」他看著照片中的女人說：「她太忙了，週末或者月假回家才能見到她……也不是每次都能見到。」

印象裡，她似乎總穿著白袍，不是剛回來就是又要出門。

他們之間的交流不算很多，可能是母子兩個太像了，都不是活潑熱情的人。

游惑很小的時候，碰到問題會問她。

她是個聰明又厲害的人，總能給出精準的答案，但是表述的方式太過成人化，小孩難以理解。然後她會用更為理性複雜的東西，去解釋上一個答案。

就好像她面對的不是幾歲的孩子，而是什麼學者或同事。

因為記憶真的太淡太少了，想起她的時候五官都是模糊的，只記得一抹白色。

游惑從極度模糊的記憶中回神，對秦究說：「我記得的就是這些……可能也被篡改過。」

上次楚月的話猶在耳邊，他們記得很清楚。

楚月說，游惑的幼年和少年期都跟系統捆綁著的，系統的升級核心就藏在他的眼睛裡，見他所見的、經歷他所經歷的。如果對此毫無印象，那一定是被干擾了記憶。

干擾必然是存在的，但秦究希望關於家人，至少關於父母的這些，還能對游惑保留幾分真實。

因為他有種直覺……如果這些都受了干擾，那真相可能會讓游惑更不開心。

秦究看著照片有些出神。

那個女人靠在床頭，抓著老于的手在交代著什麼。

看久了，確實能從她的眉眼中看出三分熟悉。秦究看得很仔細，希望能從模糊的影像中看出一些遺憾或深沉的情緒。

然而沒有。

她就像在說某件無關緊要的小事。

秦究說：「篡改的應該是跟系統有關的部分，這些不包含在內吧。」

「不一定。」游惑手指蹭過螢幕，轉頭對秦究說：「她的病發展得很快，住在醫院的那段時間，我一次都沒有去過。按照記憶，這個場景我應該從沒見過，但是……」

「打賭嗎？」游惑隨口說著，就像在說某個打發時間的小遊戲。

他手指往後劃了一下，照片換了一張。

女人依然在說話，老于卻異常激動。

再劃一下。

女人無動於衷，老于在抓著頭髮，似乎在做萬難的選擇。

繼續劃。

又一張之後，畫面中終於出現了第三個人。

那是多年以前的游惑自己，依照他的記憶，本不該出現在病房裡。

看到這張照片的一瞬間，他恍然抓住了一些東西。他似乎聞到了一股濃重的消毒水氣味，那是獨屬於醫院的特殊味道……還有老于愕然的臉。

游惑許久之後輕嗤一聲。

「看，賭贏了。」

他把手機往上抬了一下。

手指倏然一空，有人把手機抽走了。

「不一定。」秦究的手臂箍過來，肌肉溫熱而堅實，「禁閉室而已，不代表完全的真實。」

游惑「嗯」了一聲。

窗外是黑沉的夜色，他和秦究的身影清晰地映在玻璃上，雖然是虛影，卻比什麼記憶都真實。

他忽然就覺得無所謂了。

「老于那邊我要問清楚，我看他也挺想說的。」游惑說。

只是轉眼的工夫，他的語氣就比之前好多了。

秦究應道：「挑個合適的時機。」

「吳俐上次說有話要告訴我們，還沒聊成。」游惑又說。

「也挑個合適的時機。」

「我懷疑這兩邊是同一件事。」

「那倒更好，查漏補缺。」

游惑點了點頭，後腦杓的頭髮蹭在秦究胸口，「不過老于不一定說真話。」

「別忘了你那個傻弟弟，實在不行可以唬他兩句。」秦究提醒。

「有點道理。」

「那我呢？」秦究問。

游惑側頭看著他，薄薄的眼皮被燈光勾出狹長的弧，「你什麼？」

「考官先生在這偷列清算名單，唯獨漏了最大的對頭，我豈不是很沒面子。」秦究索性開起了玩笑。

游惑從半瞇的眼眸間看著他，忽然伸手摩挲了一下他的脖頸和喉結，淡聲說：「考官Gi的處罰任務……讓主考官高興就行。」

窗簾厚重，合上之後密不透光。

窗玻璃上蒙著夜晚的涼意，依然能透過布料傳到屋裡，但在浴室裡卻全然感覺不到。

勁瘦修長的手掌抵在滿是水汽的玻璃上，在蒸騰不斷的熱氣和嘩嘩水流中繃直又曲起。

水順著游惑的脖子流下，沿著肩背和腰腹勁瘦的肌理淌下去，到人魚線和胯骨。

秦究的吻落在游惑肩窩，對方仰了一下脖子，又瞇著眸子轉頭看過來。

他知道，他的大考官是個硬茬，不論看到什麼、想起什麼、遭遇什麼，總能在最快最短的時間裡讓自己冷靜如常。

他們之間，從不需要一邊倒的安慰和憐惜。

——我不是來救你的，我是來愛你的。

【第三章】

八人反派小隊正式成軍

這一天，監考處大螢幕的滾動資訊格外多。

很多考生撐過了前期，偏偏在最後關頭放鬆警惕，不幸折在這裡。

資訊多數是半夜刷出來的，除了輪值的監考官，其他人都沒看見。

922和154就負責守後半夜。

他們凌晨四點到樓下，去餐臺挑了熱乎早餐，在窗邊一張長桌旁落坐。

「早。」

桌邊已經坐了兩位監考官。

他們灌著提神的咖啡，目不轉睛地盯著螢幕。

「你們來之前剛刷過一陣屏。」其中一個監考官說：「宣告死亡了幾十個，看得我早飯都吃不下去了。」

922遺憾地「啊」了一聲，舉著剛挖的一口蛋糕，吃也不是，不吃也不是。

154倒是淡定，一勺一勺斯文地喝著燕麥粥。

他們跟這兩位監考官不熟，因為負責國內外不同考區，平時也見不著面。但四個人無言對坐到天亮實在尷尬，所以很快就有一搭沒一搭地聊了起來。

「你是不是很早以前考的試？」吃不下早飯的監考官問922。他年長一些，說話間不自覺把922當成晚輩。

「對。」922點頭說：「我考試挺早的，跟我們老大001同期的。」

一說到001，監考官「喔」了一聲，神色複雜地咕噥著：「001……欸，001當考生的時候，全監考區都知道這麼個人。太混了，系統為他補充了多少規則。」

「……」

922舉著蛋糕，默默看著他。

監考官又改了口：「不過現在想想，確實挺牛逼的。」

從這群初始監考官嘴裡摳一句001的好話著實不容易。

922看他便祕似的表情，又忍不住想笑：「當然牛逼，不然能排001嗎。」

「他最開始還不是001，那時候代號是Gin，我記得特別清楚……」監考官講起以前的事又來了精神：「你們轉成監考官之後，都有一張配套的考生卡吧？」

922沒反應過來，154摸出一張房卡似的卡面擱在桌面上，又「食不言寢不語」地繼續喝粥。

「喔，你說這個啊？」922指著卡說：「平時也用不著，就是萬一違規了，可以拿它在休息處刷，臨時顯示一下分數。」

「對，就這個。」監考官說：「最初可沒這東西，轉成監考官之後，准考證號就作廢了。」

922第一次聽說：「喔？」

「就因為001當了監考官還違規，系統添加了監考官的處罰規定，然後我們每個人都有了一張個臨時考生卡，懲罰專用。」

922：「居然是這樣？老大的卡我見過，尾號被人漏輸了一個字母，是Gi。」

「是嗎？」監考官說：「第一批卡是A親自製的，他挺仔細的，一般不大會犯……」

他想說A不會在這種事上犯錯，但想想對方是001，那就不一定了。

這就是故意挑釁吧？一定是的。

他回想著當初的情形，再想想現在的A和001，覺得腦子壞了真要命。

他怔忪片刻又回神，轉了話題對922說：「那你應該也挺厲害的，那時候參加考試的人都是精挑細選的。」

922連忙擺手說：「吹過了、吹過了，我當時碰到的幾名隊友都挺強的，不過運氣不好，最後成功通過的也就001。我反正不行，但運氣還可以，才僥倖留到了現在。」

「你倆不是同一期的考生啊？」監考官衝154抬了抬下巴，「我看你們感情挺好的，還以為是一路同伴過來的呢。」

154嚥下食物，這才說：「不是，我比他晚。」

922點頭說：「對，他當考生比我晚，當監考倒是比我早一點，我通過考試之後元氣大傷，在休息處混了很久。」

說話間，大螢幕一陣叮咚亂叫，死亡宣告資訊又來了。

幾人止住話題，倏然沉默下來。

這次資訊刷得很瘋，螢幕接連滾了兩分鐘沒停過，

叮咚的提示音響成了片，每響一次都代表一個鮮活的生命歸於沉寂。

這種事情不論見多少次，都少有人能無動於衷。

轉眼間刷過近百名考生，其他三位監考官臉色都不好看。

922徹底擱下了蛋糕勺，唯獨154例外。

他看了一眼螢幕，低頭沉默片刻，又一口一口繼續喝起了粥。

那兩位監考官再看154的眼神就不對了。很顯然，他們把154當成了冷血的人。

很多陌生人都會對154產生這種初印象——棺材臉、刻板、總是公事公辦的樣子。以前922見不得朋友被誤會，總會找機會替154解釋一下。

他常說：「你們如果見過154的禁閉室，就不會這樣想了。」

別人的禁閉室，看到的都是和自己相關的場景。154的禁閉室卻跟他自己無關。

他的禁閉室會反覆重播各種考生死於考場的模樣。

熟悉的、不熟悉的，說過話的、沒說過的……都是他曾經遇到過的考生。

別的監考官唏噓過、遺憾過，慢慢就忘了。他雖然從不提起，但全都記得。

很久以前922調侃過154，說他當了監考官怎麼還那麼害怕禁閉室。

自從見識過一次，他就再沒開過這類玩笑。

死亡宣告響了一夜，像是最後的狂歡。

早上八點整，陰沉沉的雲層散開，太陽出現在考場上空，清晨微冽的風吹拂而過。

無數考生從睡夢中醒來，發現小樓除了自己空無一人。

系統的聲音在每棟小樓中響起。

【一位表親得知雪麗的父母橫生意外，而布蘭登小鎮總有怪象，將小孩子留在這裡太不合適了。表親已於清早抵達小樓，接走了那對可憐的兄妹……】

更可憐的考生們對街道廣播豎起了中指。

系統頓了一下，為了表述精確，它又不情不願地補了一句：

【個別異變考場例外。】

還個別……

所有考生都知道，個別考場序號叫一九七。

【雪麗兄妹臨走前留了可愛的字條，將小樓贈予客人暫住，就當是提前送你們的節日禮物。】

【至此，單人作戰的第一階段正式結束，聯合考場剩餘考生一千四百二十七人。恭喜這一千四百二十七位考生，你們表現出了應有的才智與過人的勇氣，順利通過了這一階段。】

【從現在起，你們擁有四個小時的休整時間，可以睡覺、用餐、整理個人用品等等，請自由支配、盡情享受。】

【四個小時後中午十二點整，第二階段考試將正式開始。】

它說這段話的時候，監考區受罰的八位老油條一句都沒聽見。

受禁閉室影響，他們大半都沒起床。

在這群人中，游惑居然算醒得早的。

他睜眼的時候，秦究的手臂正越過他去拿什麼東西。

「吵醒你了？」秦究問。

游惑木了一會兒，等睏勁緩過去才開口說：「沒，剛好醒了。幾點了？」

秦究抓著手機說：「正要看，八點三十分。還要再睡會兒嗎？」

話音剛落，游惑已經閉上了眼睛。

秦究低頭看他，「真要睡？」

游惑呼吸平穩，片刻後嗓音沉啞地說：「沒有，閉目養神。」

秦究悶聲笑起來。

游惑「嗯」了一聲，像是睡死過去。

又過了很久，他動了動嘴唇說：「第二階段一般什麼時候開始？」

「一般會有休息時間，中午或下午。」秦究說。

「進了考場找老于聊聊。」游惑說。

秦究翻看著自己的手機，忽然想起了什麼事，他撥了撥游惑的耳垂，「大考官。」

游惑閉著眼「嘖」了一聲，似乎不滿，但絲毫沒有要躲開的意思：「說。」

「我在想……我以前是不是見過你？」秦究說。

游惑：「……你在說什麼胡話？」

「不是指系統裡，我是說小時候。」秦究思索片刻說：「老于禁閉室裡的你多大年紀？

十二、三歲？」

「十二。」游惑說。

「可能角度問題，我看到的時候覺得有點眼熟，沒準曾經見過呢？」秦究說：「你有其他照片嗎？小時候的。」

游惑：「……」

見他沒動靜，秦究又開始玩他耳釘。

眼看著那側脖頸越來越紅，游惑終於伸出一隻手臂，眼也不睜地在床頭櫃上摸索。

他把手機塞給秦究，說：「應該有一張，不知哪百年前跟于聞的合影，你找吧。」

秦究拿到的時候，指紋鎖已經解了，整個手機毫無保留地敞在他面前。

不過游惑的手機內容非常乾淨，簡潔到一目了然，就連相冊裡的東西都很少。

秦究一眼就找到了那張「不知哪百年前」的合影。

照片裡的于聞非常小，小到可能還不會走路，全靠身後人撐著才能保持直立。

撐著他的是一個男孩，頭髮烏黑，體格清瘦，眉眼五官非常俊秀。

秦究看到他的瞬間愣住了。

游惑沒睜眼都能感覺到他的異樣。

「怎麼了？」他終於睜開眼，轉頭就見秦究皺著眉。

「這是你？」

秦究把男孩的臉放大，給游惑確認。

「不然呢？你見過別人長這樣？」游惑沒好氣地說。

秦究沉默片刻，說：「我還真見過。」

游惑：「嗯？」

這句話下來，他就真的不犯睏了。

「什麼意思？」

「兩三年前吧，我在另一個人那裡見過他小時候的照片。他給我看的就是這張，說辭都一樣。他說這是很久以前跟親戚小孩的合影。」

「誰？」游惑盯著秦究。

秦究說：「……154。」

游惑愕然。

那一瞬間，他幾乎懷疑是不是自己弄錯了，不小心錯拿了別人的照片。

但這種想法顯然很荒謬，單是于聞父子就可以證明這張照片的歸屬。

況且，雖然照片和現在相差了近二十年，但他和照片裡的男孩依然有六分相似。

照片裡的人是他，這點毋庸置疑。

那麼154呢？他究竟是出於什麼理由，把別人的童年照當做自己的用？

游惑忽然翻身坐起來。

被子鬆鬆垮垮地裹著他窄瘦的腰腹，他若有所思地對秦究說：「你想，一般人什麼情況下會借別人的東西？」

秦究：「自己沒有的時候。」

游惑：「什麼人會沒有童年照片？」

秦究沉默片刻，說：「或者這句話應該這麼問——什麼人會沒有童年？」

他們對視一眼，神色變得複雜起來。

什麼人會沒有童年？

如果僅僅是指人生的一個階段，那誰都有。只要是個人，就一定會有那個成長過程。

除非……他不是。

除非154根本不是一個正常概念裡的「人」。

那他是什麼？

游惑不可避免地想到一個存在——系統。

從秦究的眼神來看，他應該也想到了相同的答案。

楚月說過，曾經很長一段時間，系統一直存在於他的眼睛裡，以他的視角認知世界。

如果它還以游惑的視角認知自我呢？那確實有可能把童年的游惑當作自己。

游惑又想起很多關於154的事，很多當時沒有注意的細節——

他忽然想到自己第一次感到被窺探，就是在第一場考試的監考處，在那棟小樓的走廊裡。

那時他正在跟154說話，整條走廊除了他倆沒有其他人在場。

如果154是系統，那就很好解釋了。那是因為對方的存在，讓游惑下意識感到警惕。

他又想起曾經有人開玩笑說如果系統如果擬人化，那一定是個不通人情的撲克臉。

154的形象跟這種假設很像，又不完全一致。

他刻板認真，總是一副公事公辦的模樣。但在非公務狀態下，他又會突然表現得很跳脫，似乎不那麼正經。

其實，比起那種單一的假設，154這種性格才更接近系統本身。

畢竟它曾經的學習對象有兩位，游惑和楚月。

它繼承了其中一人的淡定沉靜，又繼承了另一人的活潑直率，最終就會表現出這樣的兩面性。

諸如此類的細節很多，游惑越想越覺得這個猜測無限接近於真相，154就是系統本身。

但是……

「也不大對。」秦究沉吟片刻，用詞隱晦地說：「如果真的是我們猜的那位，有幾點怎麼都說不通。一是它沒有這樣做的動機……」

不論是考場、監考區還是休息處，系統幾乎無處不在、無所不知。

它何必把自己擬成人呢？

「二來……」秦究特別混帳地哼笑了一聲，說：「二來要真是它，我們早被逮住八百回了，還有今天？」

游惑說：「不排除它打算等我們全部會合，一網打盡。」

秦究想了想說：「確實不能排除，不過還有一點。」

游惑：「什麼？」

「別忘了它的優越感。」秦究提醒道。

游惑愣了一下，立刻明白了他的意思。

系統極其自負，它最核心的堅持就是它自以為的優越性。

絕對的理性和絕對的恪守規則，是它和人最大的區別，也是它覺得自己遠遠高於人的關鍵。

它怎麼可能放棄這些優點，把自己變成一個「普通人」？

游惑思索片刻，又想到了另一樣存在——他們正試圖尋找的修正程式。

如果154不是系統，會不會就是那段失蹤的修正程式？

「比起猜來猜去，我喜歡更直接的方式。」游惑說。

聽見房門外有了人語聲，秦究套上長褲又伸手撈來乾淨襯衫。

「我也喜歡，不過有點冒險。」他嘴上說著冒險，表情卻不以為意。

游惑「喔」了一聲，反問：「目前為止，我們幹過一件不冒險的事嗎？」

秦究坦然道：「沒有。」他說完就笑起來。

襯衫的鈕扣還沒扣上，他敞著前襟，露出來的胸腹肌肉結實精悍，透著一股落拓不羈的英俊氣質。

「那就勞駕我們考官A先起個床？」他衝游惑伸出一隻手，說：「要拉一把嗎？」

「滾。」游惑不輕不重地拍開他的手，掀開被子下了床。

十分鐘後，警報聲響徹整個監考處。

【有考生違規破壞監考處資訊系統，請相關監考官立即就位，予以嚴厲處罰！】

【有考生違規破壞監考處資訊系統，請相關監考官立即就位，予以嚴厲處罰！】

154剛從浴室出來，正要套上睡褲，就被922扯走了手裡的東西，「趕緊，又有事了！我就說怎麼剛剛眼皮跳了半天！」

「你先把褲子給我。」154一把奪回睡褲，簡直要翻白眼，「我聽到警報了，老大和那位又搞事了？」

922心說浴室沒喇叭，你水開那麼大聲還能聽見？狗耳朵嗎？

「算了聽見正好，趕緊換正常衣服！」922積極得很，把乾淨衣服一件件扔過來。

154看也沒看就往身上套，結果發現袖子長一截，褲子也長一截。

他又把這些衣服扒下來，扔回922這個棒槌臉上，「這是你的，把另一套給我。」

「噢……我說怎麼不對勁。」

等922穿好衣服的時候，154已經一身俐落地開門了。

「算了你先下去，我馬上！」922套著一條褲腿在床邊蹦。

托922這個大傻子的福，154單槍匹馬下了樓，在信息室碰到了秦究和游惑，人贓並獲。又單槍匹馬將兩位帶到三樓，最後……單槍匹馬被四隻手拖進了禁閉室。

154滿心只有MMP。

「老大你們幹什麼？」

154被摁坐在椅子上，秦究及游惑一人一邊撐著桌子，秦究垂眸對他說：「藉著禁閉室，問你一點事。」

「這種小事直說就可以了，不用搞成綁架。」154沒好氣地抓住桌沿，想要站起來，「問什麼事啊？老大？」

「就想問一下，你究竟……」

秦究說到這裡居然卡頓了一下，他臉上少有地出現一絲遲疑。

游惑當然知道他在遲疑什麼。

154跟了他這麼久，張口就問「你究竟是誰」有點傷人。

秦究舌尖頂了一下腮幫，還在斟酌，游惑已經替他問出口了。

「你是系統嗎？」

154愣了兩秒，臉色刷地變了。

游惑這句話雖然直得令人嘔血，卻有他的考量。

在不確定154的身分之前，他不可能把修正程式的存在抖摟出來。

他選擇這麼問，一來如果154真的是系統，他也沒多暴露什麼。

二來，如果不是系統，對方一定會即刻否認。沒有哪個無辜者希望自己跟變態扯上關係，只會唯恐避之不及。

那時候再追問也來得及。

結果154的反應兩邊不靠。

他表現得既不像被揭穿索性撕破臉，也沒有立刻否認他和系統的關係。

他僵了很久才扯著嘴角說：「你們覺得我像嗎？」

這次游惑依然答得很快：「一般，不算很像。」

154的臉稍微有了一點血色。

他嘴唇動了好幾下，似乎也在斟酌。

又過了很久，禁閉室周遭開始出現變化，154才突然動彈說：「我……可以算系統，但也不準確。」他掃了一眼四周，舔著乾澀的嘴唇說：「能回去再說嗎？禁閉室快生效了。」

游惑又想起他和154第一次聊天的內容，沒記錯的話，154似乎特別害怕禁閉室。

系統會害怕禁閉室？這個想法讓他更放鬆了。

他說：「離徹底生效大概還有兩分鐘，你要不長話短說，不然我們還得再找點東西搞破壞。」

154愣住：「找東西搞破壞？你們故意的？」

游惑：「不然怎麼來這裡說話？」

「……」154木著臉問：「你們搞出全樓警報，就是為了把我拖進來說幾句話？」

秦究：「是啊，排場夠大嗎？」

154默然無語。

過了片刻，他癱著臉說：「老人，其實想要不被監控地聊會兒天，跟我說一聲就行了，我有辦法讓你們在房間聊，不一定非得搞得這麼……轟動。」

秦究：「嗯？」

看到他的表情，154繃住臉把椅子往後挪了一下。

「你能遮罩系統監控？」秦究問。

——你他媽能遮罩為什麼不早說？

「以前不大行，容易出岔子，現在穩定點。」154立刻道：「我知道你不喜歡整天被盯著，昨天讓給你們的那個房間其實就開了遮罩，在裡面說話不會被窺視。」

游惑心說怪不得。

怪不得他們鬼混那麼久也沒收到系統任何警告。

秦究抹了一把臉，說不上來是高興還是不大爽。

他沒好氣地盯著154看了半天，指著門說：「行了走吧，一會兒耗完三個小時去找你。」

154一秒也不想在禁閉室多待，健步如飛出去了。

留下兩位大佬撐桌對望，自己把自己尷尬笑了。

三個小時說長不長，說短不短。

熬完禁閉，游惑和秦究敲開了154和922的房間門。

922去樓下餐廳吃午飯了，剛好給了他們聊天時間。

154這次沒再吞吞吐吐。

「從哪裡說起呢，我想想……要不還是從頭吧，不然我怕越說越亂。」

154斟酌一下說：「我其實只能算系統的一部分，還是被割棄的一部分……」

當年系統藏在游惑和楚月的眼睛裡，通過他們來培養「人」的特性、培養獨立思考的能力，讓它以人的視角不斷學習升級，以期達到高度智慧化。

這種做法其實是有用的。

最初的最初，系統其實不是現在這樣。

它在某些瞬間會表現出一些「人情味」，甚至在做某些選擇的時候，會受到人性柔軟面的影響。

一旦摻雜了非理性的東西，選擇的結果就變得有風險。

緊隨而來的，就是偶爾的懊惱與後悔。

系統的特性讓它本能排斥這些，於是這種情況沒維持多久，它就毅然決然地把「人性柔軟面」剔除了。

這個被剔除的部分，就是154。

「很長一段時間，我一直以垃圾程式的形式存在著。」154說：「在系統核心區的備份站裡……你們可以把那裡想像成電腦的回收箱。」

在回收箱的時候，他是被遮罩的狀態，接收不到外界的任何變化。直到三年多前，秦究和游惑第二次試圖摧毀系統。

「你把我從備份站裡放了出來。」他對秦究說。

「我？」

秦究毫無印象：「所以你就是傳說中的修正程式？」

154愣了一下，搖頭說：「修正程式？我不是。」

「據我後來的瞭解，你們是留了一段修正程式作為後路，主要是你利用許可權方便弄出來的。」他對游惑說。

「確實是個好東西，不過你們要做的事風險太大，或許是覺得單一保險還不夠？總之，你把我從備份站裡放出來了。」154對秦究說。

他從「垃圾集中處」移出來之後，怕被系統主體察覺，悄悄躲藏在系統內最魚龍混雜的地方——休息處。

然後就得知考官A被系統除名，001生死未卜在療養院吊命。

154說：「我在休息處躲藏了一個多月，然後意識到最好的偽裝就是把自己變成考生，進而再變成監考官。」

所以154找了個機會，跟著休息處的一波考生進了考場。

考試對他而言其實不麻煩，他的存在就是全場最大的外掛，因為系統的規則根本在保護他——系統設計的考試，總不可能搞死系統自己。

他故意把自己控制在最中庸的水準，不像曾經的秦究或現在的游惑那樣扎眼，但又能算一個優秀考生。

於是他又順理成章地變成了監考官。

秦究一醒，154就把自己插到了001的組員名單裡。

這是他表達友好和感謝的方式。

當監考官，他依舊講究不出頭也不拖後腿，選了154這麼個簡單平淡的排名。

他骨子裡既有系統「規則化」的一面，又有從游惑、楚月那裡學來的東西。托這一點的福，失憶後的秦究看他還算順眼。

於是慢慢的，他有了兩個同伴——001和922。

一個是上司，一個是同事，性格都和他天差地別，但他們相處得不錯。

他身上，人味越來越重，系統的痕跡越來越輕。有時候，他甚至覺得自己就是一個人。一個有過去、現在和未來，會哭會笑的完整的人。

「這三年你怎麼從來不提？」秦究問。不只是沒提，甚至一直沒有表現出任何異狀。

154說：「……老大你講點道理，有記憶還好，你那失憶的狀態。我要一上來就跟你說我是系統的一部分，你下一秒就要把我變回垃圾程式吧？」

秦究想了想，居然覺得真有可能，畢竟他從不掩飾自己對系統的反感和針對。

「不過不止因為這個，還因為那時候我只是空有一個名號，不敢動什麼許可權。」154又說。

為了不被覺察清除，他和系統主體之間的聯繫一直是切斷狀態。這種狀態下，他沒有系統許可權，就是個完完全全的普通人，頂多知道的事情、記住的規則比常人多。

後來，他發現秦究和游惑雖然行動失敗，卻給系統留下了諸多隱患。

越來越多的bug出現在系統中，就像他們埋好的不定時炸彈。藉著bug的掩護，154開始試著動用一些許可權，但依然很小心。

「我不能確定這些許可權能帶來多少幫助，也不能確定你們再來一次一定會成功，所以我始終在猶豫……」154說：「哪怕剛剛在禁閉室，我都還在猶豫。我當然可以幫你們，也一定會幫你們，但我不知道這樣做是害人還是救人。」

他見過太多、太多死亡了。除了作為垃圾程式的那段時間，系統裡死去的每一個人他都記得。他不希望在秦究、游惑的身上再見一次。

房間裡安靜了一瞬。

許久之後，秦究忽然開口說：「其實沒什麼區別。」

「什麼？」154愣了一下。

「這世上有什麼事不是冒險嗎？在我看來沒有，不是冒當下的險，就是冒以後的險。」秦究不緊不慢地說：「所以你不論選哪樣本質都差不多，就看哪條路遺憾更少了。」

秦究頓了一下，又牽著嘴角笑起來，「這可能是瘋子的謬論，但友情建議還是試一下，摧毀系統這種事，不試幾次多可惜？」

「試了還有摧毀的可能，不試，那就永遠困在這裡了。」

154還在沉默。

游惑忽然開口：「你其實早就選好了。」

154一愣：「什麼？」

「你早就在動手幫忙了。」游惑說：「我第一場考試就是你們在監考，這麼多場下來，兜兜繞繞總會碰到你們，別告訴我只是隨機和巧合，我沒這種手氣。」

154倏然沒了聲。

是，他其實早就選好路了。只是走得如履薄冰，生怕一個莽撞會害死這群人。

房間重歸安靜，秦究沒有催促，游惑也沒有。

半晌過後，154終於開口說：「我的許可權依然有限，不可能做得太出格，一旦讓系統主體注意到，後果很麻煩。」

秦究點了點頭，「能讓我立刻想起以前的事嗎？」

154：「……不大行。」

「那能把我送到特殊區嗎？我自己去撤銷。」

154：「……現在也不大行。」

「我禁閉室裡的那片廢墟是核心地嗎？送到那裡也行。」

154：「……」

秦究：「……」

「要不我還是反悔吧。」154木著臉說。

秦究笑了。

游惑說：「考場開遮罩行嗎？」

154總算碰到一個範圍內的，活過來說：「全考場不行，太顯眼了。在主系統眼裡就是無數考場中間突然黑了一大塊，它瞎了才注意不到。但小範圍可以，我幫你們開一棟房子的遮罩，這樣你們有事商量也方便。」

「直接把我們幾個遮罩掉，這樣說什麼都方便。」

154說：「也行，這樣黑點還比房子小。」

這雖然算一個小忙，卻比什麼都讓人放鬆。

「還有一些隨機性的東西，我可以幫忙動點手腳。」154說：「至於你們說的核心區……我再努力努力。現在我只要一接近那些地方，系統主體肯定會直接報錯，這比你們自己摸過去還危險。」

他咕噥著：「得想個辦法，讓主體對我放行。」

說到這個，游惑又想起了修正程式，「如果帶著修正目的呢？」

154「啊」了一聲，拍手道：「修正可以，如果我能帶上修正程式，就能以發現漏洞自我修復的理由強行開道。但是……你們那個修正程式在哪裡？」

「你也沒法找到它？」

154為難地搖搖頭，「我找人容易，找程式難，因為整個系統主體無處不在，存在感太強了。在系統裡找程式，就相當於在海裡找某一滴水。你們都比我找得容易。」

「但我們無從下手。」

「可能跟我當初一樣，也藏在哪裡了。如果休息處或者某個考場出現bug，或是一些突然性的紊亂，你們就多留意一下。要麼是你倆留下的隱患，要麼是修正程式導致的。」

眨眼的工夫十二點就到了。

系統的通知響徹在小樓中，驚了154一跳。

【第二階段考試即將開啟，請監考官將相關考生送往考場。】

【請監考官立即將相關考生送往考場。】

三人對視一眼，心照不宣。

「走吧，我現在聽見系統聲音手都抖。」

154說著率先走向門口，秦究和游惑跟在他後面。握住門把手的時候，他忽然想起什麼頓住了。

「怎麼了？」

「沒，就是忽然想說……你倆真的瘋。」154說：「你們就不怕我真的是系統本身嗎？就這麼問上門來？」

秦究說：「還行吧，我只是在賭。」

154一愣：「賭什麼？」

「賭我挑朋友的眼光。」秦究說。

朋友。

這個詞對154來說比什麼都重，尤其在袒露身分之後。這說明對方把他當成了一個獨立的個體，一個完整的人。

154笑了一下。他看了游惑和秦究一眼，又在開門前板回棺材臉。

「922那邊……」

「我回頭找機會告訴他吧。」154一本正經地說瞎話：「我怕那傻子嚇哭。」

「時間到了，老大，我帶你們去考場。」他公事公辦地說，一如往常。

他們在監考官的帶領下原路返回，沒走多遠于聞就慫了，因為沿途的樹林裡全是墳墓。

「你們好慘，住在這裡不瘮得慌嗎？」于聞問。

「不。」154說得淡定。

922剛張開嘴，又默默閉上了。

過了一會兒，他牙疼似地說：「監考官無所畏懼。」

他們終於從綿延不絕的山林墓地裡走出來，看到了緩坡下的城鎮。

「順著緩坡下去，這個城鎮就是考場，我們只能送到這裡。」154說。

【檢測到考生游惑回到考場，請監考官離開。】

樹林旁邊支著根電線杆，杆子上的廣播沙沙響著。

「行了，我們先走一步。」

監考官們打了聲招呼轉頭離開。154走了一段路，又忽然回望過來，衝游惑和秦究眨了眨眼睛。

「什麼情況？」楚月注意到了這個小動作，小聲問游惑。

「就是告訴我們一聲，我們被遮罩了。」游惑說。

154說，系統一定會檢測他們是否入場，所以遮罩只能在進入考場之後才開。

剛剛這個小動作就是他們之間的約定。眼睛眨一下，代表遮罩已開，你們自由了。

「遮罩？」楚月一驚，「是我理解的那個意思嗎？」

「對。」秦究看向四周，說：「能感覺到變化嗎？」

他們這種長年累月生活在監控中的人，稍有變動都能覺察出來——空氣中那種無所不在的監控感確實消失了。

楚月說：「能感覺到，你知道我想到了什麼嗎？」

秦究：「什麼？」

「感覺自己像個吃太多撐得肚皮溜圓的人，這會兒突然鬆開了皮帶。」楚月說：「太舒服了。你們怎麼做到的？」

「妳說呢？」秦究笑說：「有人幫忙。」

楚月往身後看去，監考官們已經不見蹤影，只剩林子盡頭一泓白霧。

「154？」她輕聲說。

這事要解釋起來有得說，好在楚月很聰明，從結果逆推能猜個大概。至於具體的那些，也沒必要在路上問明白。

順著緩坡下去是一條車道，公路邊豎著一個巨大的黑色標牌，上面刷著一行白字：布蘭登鎮兩百公尺。

「這是咱們之前看過的牌子嗎？」于聞咕噥說。他們去監考處的時候，也見過這樣一個標牌。

「是這個嗎？不是吧。」舒雪盯著牌子說。

游惑也覺得不大像。

「但路是同一條啊，我記得這個彎道，旁邊那棵杉樹被雷劈過，你看那塊黑漆漆的。」舒雪指著一棵半邊焦枯的樹。

她經常在考場中穿梭，到一個地方總會下意識找個標示性的東西，以免找錯地方。

游惑又盯著那個標牌看了一會兒。在他抬手摸耳釘的時候，他終於明白怪在哪裡了。

「標牌換地方了。」游惑說：「從左邊換到了右邊。」所以他抬手的瞬間才會感到景色說不出的彆扭。

「不只是標牌。」秦究說：「整條路都換了方向。」

就像有人把這片景色做了一次鏡面翻轉。

往左拐的路變成了往右拐，左邊的杉樹站在了右邊……每一樣東西都翻到了另一側，像是軸對稱的複製黏貼。

他們一臉古怪地轉過彎道，看見了熟悉的景色。

雪麗家的小樓豎立在路邊，籃球場在它對面，兩者之間夾著一條長直的街道，把他們正在走的這條路打橫截斷。

街道一頭隱約可以看見海岸線，另一頭隱沒在白霧裡。

街道廣播沙沙作響，又出現了系統的聲音：

【現在是十一點五十五分，距離第二階段考試正式開始還有五分鐘，請所有考生做好最後準備，從庇護所裡出來。】

庇護所？

游惑四下看了一圈，唯一能稱得上庇護所的只有雪麗家……一棟一家三口全死完了的小樓。

其他考場，考生們紛紛停下手裡的事。他們茫然幾秒後反應過來，背上背包，小心翼翼地拉開大門。

外面依然是孤零零的街道、孤零零的籃球架，景色沒有絲毫變化。

【布蘭登鎮是一座美麗安寧的濱海小鎮，共有鎮民五萬人，他們一直過著快樂安逸的生活。但是這幾年，布蘭登小鎮漸漸變得古怪起來。】

【起初是有人忽然失蹤，報了警卻怎麼也找不到。鎮民們安慰著失蹤者的可憐家人，心裡有一點慌，卻並不影響正常生活。後來報警的人和員警都失蹤了，大家才意識到事情有一點糟糕。】

【不過這種糟糕日子沒有持續很久，很快，那些失蹤的人們又陸陸續續重新出現，說自己不小心在山裡迷路了，或是有些抑鬱出門散心了，沒跟人說。布蘭登鎮的鎮民熱情淳樸，相信了這些話，很快把那些失蹤事件拋到了腦後。直到某一天，他們又發現了新的問題。】

「不愧是聯合考試，題目都這麼長……」于聞咕噥著。

系統還在滔滔不絕，它這次轉了性，竟然要把背景解釋清楚。

【……那些失蹤過又回來的鎮民開始頻繁地鬧出笑話，左右不分，開車拐錯方向，甚至走錯回家的路。再後來，其他人發現，他們之中的左撇子變成了右撇子，拿放東西總是和以前相反。】

游惑忽然想起雪麗父母的日記，裡面曾經寫過一段，說他們的牆紙和矮櫃都是熱心的鄰居幫忙弄的，可惜櫃門裝反了，牆紙也是。

【鎮民們終於意識到，失蹤的人根本沒有回來，回來的已經不是原本那個人，而是怪物。他們把這種怪物叫做鏡像人。從此，整個布蘭登陷入了噩夢之中，因為鏡像人總是極度饑餓，但力氣、速度都遠高於正常人。只有兩種辦法可以緩解他們的饑餓，把活人投進鏡子，或者喝他們的血。】

【鎮民們不甘等死，開始反抗，他們製作了專門捕殺鏡像人的弩箭，就藏在鎮子各個角落，三箭命中可以殺死一個鏡像人。】

【鏡像人也不甘示弱，他們在不斷壯大隊伍，一個吃飽了的鏡像人每隔三天可以利用鏡子製造一個同類。】

【小鎮四處分布有若干面神奇的落地鏡，每面落地鏡每天最多可以吞下五個活人，五十箭可以擊碎一面鏡子。】

老于捂著頭，說：「等下，我有點暈，這都什麼亂七八糟的玩意兒？我感覺就是一大坨句子，強行懟過來。」

吳俐說：「別的不用管，就記兩個數字，五和三。」

于聞：「這兩個數字放一起我就頭暈。」

吳俐不解：「為什麼？」

于聞：「全國學子的大禮包，五年高考、三年模擬。」

吳俐：「……那你就照這個記。」

「喔。」于聞掰著指頭咕噥：「一面鏡子一天吃五人，五十根箭毀一面鏡子。然後三根箭能弄死一個鏡像人，鏡像人每隔三天懷次孕。」

老于：「我可能老年癡呆要提前了，還是很暈。」

于聞說：「拿出你平時買東西算帳的勁來。」

他們還算好，至少人多，還有說話和商量的餘地。

其他考場的考生們白眼都要翻上天了。

好在幾場考試下來他們都有了經驗，早早開了手機錄音，把題目內容都錄了下來，以免沒聽清。到這兒，系統還沒放過他們，仍然在嗶嗶。

秦究忽然低頭說：「回頭有機會，我要去查查耳朵。」

游惑一愣：「受傷了？」

「不是，我只是突然意識到，系統的聲音跟你有點像，以前卻一點兒沒發現。」

游惑：「我聲音這樣？」

其實音色真的很像，應該有最初模擬的成分在裡面。但加上語氣和語調，就是兩種截然不同的結果。

一個非常好聽，讓人忍不住想逗他說話。

另一個……讓人想炸了它。

秦究很快就後悔了。因為考官A先生聽完他說的話，就決定當個冷傲的啞巴。

【溫馨提示：沒有弩箭的鎮民手無縛雞之力，所以他們害怕落單，總會群體行動。但太多人也不安全，十人以上（包含十人）聚在一起就像一隻剛出爐的烤雞，會把五百公尺以內的所有鏡像人吸引過來，請務必小心。】

「所以我們要扮演鎮民。」秦究從這話裡聽出了意思。

游惑連「嗯」都不「嗯」了，只是點頭。

秦究：「……」

系統終於介紹完了長到令人窒息的題目，開始宣布考試方式，果不其然，它說：

【本階段考試為參與式答題，所有考生在進入布蘭登鎮後默認為普通鎮民。截至目前為止，整個布蘭登鎮的普通鎮民還剩兩千零一十九人，鏡像人有一千零二十二人。】

聯合考場所有考生聽到這兩個數字都皺了眉。

這是加上他們之後的資料，也就是說，當他們進入布蘭登鎮的時候，每碰到三個人就有可能存在兩個鏡像人！這他媽嚇唬誰呢？

【考場上發生的每一次捕獵行為，都會導致分數的加減。做出符合自身身分的行為，就會加分，反之減分。】

【例：考生甲作為普通鎮民的時候，殺死一個鏡像人，加三分，誤殺一個普通鎮民，減三分，摧毀一面鏡子，加十分。弄壞一件武器，減五分。】

游惑敏銳地捕捉到了一個用詞——作為普通鎮民的時候。

這說明什麼？難道考生還有作為鏡像人的時候？

他拱了秦究手肘一下，張口正要說話。但想起聲音這回事，又在秦究眼皮子底下把嘴閉上了。

秦究：「……」

001先生非常絕望，怎麼才能讓他這位A先生屈尊出聲？

不過游惑沒出聲，其他人卻議論起來。

「不是，等等，我們一會兒進鎮子，手裡肯定是沒有武器的。要是運氣背一點，正面撞上一大波鏡像人，怎麼辦？」于聞說：「太沒道理了吧，這是聯合考場還是聯合墳場啊？」

整個聯合考場上，發出這種抱怨的人不止他一個。

系統就像在解答似的，又補了一句：

【沒有武器的鎮民，可以嘗試跑向最近的庇護所。布蘭登小鎮沿海地帶一共有十棟庇護所，請記住你身後這棟小樓的模樣，因為庇護所和它長得一模一樣。躲進庇護所的考生，可以不被襲擊。最長躲藏時間為兩小時，每間庇護所最多可以藏兩位考生。不是所有考生都有進入庇護所的權利，全場考生按分數排名，即時分數排名前百分之五十的考生有隨時前往庇護所的權利，後百分之五十的考生不能進入庇護所。】

【進場分數按照第一階段的成績計算。】

于聞他們臉都白了。因為他們上一輪專注搞事，正確答案沒寫幾個，錯誤答案倒是寫滿了，還漏做一題。

緊接著，各個考生都聽到了自己的分數和排名。

廣播切為單線，毫無感情地說：

【考生游惑，第一階段累積成績排名為：百分之九十九，暫時無權進入庇護所，再接再厲。】

報完分數後，所有人的手背上都出現了一行紋身似的字，把這個恥辱的成績印在了上面。

于聞搓了兩下說：「擦不掉。」

楊舒說：「可能之後即時分數和排名都顯示在這裡。」

他們八個都是一樣的。

終於……輪番打擊過後，系統說：

【道路盡頭就是布蘭登鎮主城區，第一階段考場將在五秒鐘後消失，祝你們好運。】

身後，滾滾白霧開始吞沒雪麗家的小樓。

游惑抓了秦究一下，大步流星往道路盡頭走去。

布蘭登鎮終於露出全貌。和他們之前俯瞰的模樣不同，沒有紅紅白白的屋頂，也沒有繁盛的花草，只有空無一人的街道和灰敗的小樓。

這裡是陰天，街燈十個破了八個，接觸不良地閃爍著。

它就像某個世紀的倫敦，房子上半截都淹沒在灰濛濛的霧裡，能見度不算高，保不齊哪裡就會突然衝出一個人來。

不過整個鎮子都異常安靜，安靜得就像一座死城。

「那麼多鎮民和鏡像人呢？」

「都藏起來了吧，誰會在街上大搖大擺地走？」

「我們好像就是。」

秦究噓了一下，仔細聽著。

不遠處似乎有腳步聲，在霧氣裡盪著回聲。這時候敢上街的，應該也只有剛衝進來的考生了。

對方意識到了自己動靜很大，腳步聲很快就壓下去。周圍又恢復了安靜，讓人有點不安。

「先找武器。」秦究壓低聲音。

題目裡說了，鎮民們製作了專門殺鏡像人的弩箭，藏在鎮子各個角落。既然是排名百分之九十九的差等生，就要有放棄庇護所準備硬剛的自覺，首先就需要一件武器。

游惑已經盯上了一處地方。那是一家小型電影院，圓堡似的。巨大的燈牌脫落褪色，落滿了灰塵，也不知道倒閉了多久。門口的石雕人像倒在地上，把門擋了大半。旁邊的窗玻璃碎了一地，邊緣還有不知哪年留下的血跡。

游惑打了個手勢，輕聲朝窗戶走去。

于聞看著那棟建築，感覺這地方空間大、東西多，人……估計也有不少。

他突然感覺自己在玩真人吃雞，他哥帶頭跳了機場。他馬上就有落地成盒成就了。

門鎖扭曲卡死了，他們從毀壞的窗戶翻進一樓。

游惑對身體力量控制得極好，落地很輕。秦究同樣俐落乾脆，悄無聲息。

兩人開了個好頭，結果後面的人一個接一個踩在碎玻璃上，咔嚓聲接連不斷，到老于這更是「咚」地一下，回音在大廳裡迴圈了好幾遍。

「對不起……」中年發福的老于滿臉驚惶和羞愧。

游惑擺手示意沒事，他本來也沒指望潛行。弄出動靜剛好，我不動敵動，還省得自己費勁去找。

結果不盡如人願——游惑帶頭在一樓等了一會兒，卻並沒有引來什麼人。

一樓是電影院的售票大廳，整體較為空曠。除了一排零食票務吧檯和兌票機，就只有模樣復古的星光樓梯。

游惑走到票務檯前勾看，因為光線原因，檯子陷在陰影之中，裡面一片漆黑，看不清有什麼。

他撐著琉璃臺面利索地翻進去，抓著手機燈彎腰尋找，結果發現櫃檯底下有團黑漆漆的東西，只露出冰山一角。

秦究就在不遠處查看兌票機，見他彎腰半天沒動靜，走過來看了一眼問：「找到東西了？」

游惑點頭，他剛想伸手，又想起什麼似地打開抽屜。

本打算找個塑膠袋湊合一下，誰知居然讓他在雜物堆裡找到幾副白手套。

歐皇游惑頓時對這家電影院有了好感。別的不說，至少在這裡他的運氣很不錯。

他拆了一副手套拋給秦究，自己戴了一副，又把剩餘的拍給探頭探腦的于聞他們。

「啊？還用手套這麼講究？」于聞摟著懷裡的東西一愣。

結果他哥已經消失在了櫃檯後面，沒說話。

于聞無聲詢問：哥？你怎麼了哥？

他一頭霧水地趴在櫃檯上，本打算看看游惑怎麼了。

就見游惑伸手在櫃檯底下摸了幾下，抓住一個東西往外一拽！

拽出一個人。

他臉朝上，皮包骨——字面意義上的「包骨」，能看清頭骨有棱有角的那種。黑黢黢的眼洞直勾勾地「看著」上面。

「哎喲我操……」于聞爆出一句粗口，差點兒被掀一跟頭。

這是一具乾屍。看模樣是被某一個……甚至幾個鏡像人吸乾了全身的血，乾癟地死在這裡，身上還穿著白襯衫黑馬甲，馬甲胸口繡了一個LOGO，應該是負責售票的電影院工作人員。

游惑默默看了幾秒，又把這位工作人員推回去。

于聞冷靜了一下，忙不迭戴上手套跑了。

游惑在櫃檯裡面迅速翻了一個來回，除了一具乾屍給了他Surprise，什麼東西也沒找到。情感來得快去得更快，他又不喜歡這倒楣電影院了。

秦究沒比他好到哪裡去，兌票機附近找了一圈，同樣毫無收穫。

反倒是楊舒他們突然招手，輕聲叫道：「過來看。」

游惑和秦究走過去。

「我剛剛腦子一抽，想試下電梯還有沒有電，結果發現門居然是開著的。」于聞說。

電梯是被大家下意識忽略的一個地方。

畢竟電影院都破敗成這樣了，電梯不可能還能用。也就于聞這種小傻子會別出心裁一下。

游惑走近一看，就見電梯門果然沒關嚴實，留著一條縫隙。

因為裡面沒有燈光，黑漆漆一片，電梯又本來就在陰影裡，所以粗看之下很難發現。

留出這條縫隙是因為電梯裡面還倒了一個人，他的手垂落在地，其中兩根手指剛巧卡在門裡。

楊舒用手機燈光照著縫隙說：「看，這人身上插著幾根箭。」

「我看看。」秦究接過手機，藉著燈光細看幾秒說：「行，可以把門扒開。」

雖說弩沒有找到，先收集一點箭備著也是好的。

「這電梯門太剛了，我們試著扒了一下，沒動靜。」

于聞這話剛說完，就見他哥和秦究一人一邊，把電梯門強行拉拽開來。

他看著兩人筋骨繃直的小臂，羨慕極了。心說都是肉做的，怎麼區別能這麼大！

電梯裡倒著一個女人，跟剛剛的乾屍不同，她看上去就像剛死沒多久，深紫色的毛衣上沾了大片血，已經凝固成了黑色，地上也有一灘早已乾涸的血跡。

整個電梯瀰漫著一股發酵和血腥氣混合的味道，令人窒息。

「這就是鏡像人？」大家咕噥著。

女人金髮白膚，也沒有什麼標誌和記號，看起來和正常人沒什麼區別。

這是他們第一次看到鏡像人，如果真的都長這樣，那他們之後的日子就很麻煩了。就這種「怪物」，隨便混一兩個在人群裡，絕對沒人發覺出來。

布蘭登的原始鎮民少到只剩五百多人，而鏡像人從最初的那小撮發展到現在一千人，恐怕有這個原因在裡面。

游惑拔了她身上的箭，幾人精神緊繃地等一會兒，見女人沒有絲毫要詐屍的意思，這才悄悄鬆了口氣。

保險起見，他們離開的時候把她往裡面挪了一點，將電梯門關嚴實了。

這箭直愣愣地抓在手上也不大合適，游惑目光掃了一圈，瞄上了于聞挎著的包。

他也不客氣，走過去拉開拉鍊就把箭斜著塞了進去。

于聞感覺自己揣了塊傳國玉璽。他把挎包轉到面前摟住，又納悶地看了一眼四周，「哥，這麼半天都沒動靜，這裡不會真沒人吧？」

他的語氣有幾分偷著樂的意思，誰知他哥點了一下頭，又沒搭腔。

于聞：「啊？」

他轉頭問秦究：「我哥怎麼了這是？沒下語音包啊？還是我剛剛犯什麼蠢了？」

秦究：「……」

他摸著下巴略有點尷尬地咳了一聲，「跟你沒關係，我的錯。」

「啊？」于聞當即凶了一下：「你惹他什麼了？」

但他轉而又茫然道：「不會啊，我哥脾氣是不算好，但也沒見他認認真真生過誰的氣啊？」

「沒生氣。」生氣能給人發手套？

秦究有點無奈又有點好笑地說：「你哥就是不想出聲。」

于聞：「……」不知道為什麼，他感覺自己抱了個狗食盆。

樓梯口貼了個平面圖，顯示電影院一共五層。

一樓是大廳，地下一層是車庫，上面三層都是影廳。

游惑帶頭去了地下一層。

他以為這裡會停滿了車，誰知整個車庫只有一小部分車位被占了，那些車也不知在這裡悶了多久，落了滿滿一層灰，看著像被棄用很久了。

那些鎮民被鏡像人弄得人心惶惶，估計也沒心思來看電影。

車庫有點大，游惑和秦究一人帶三個，決定分頭搜。

游惑搜得很快，腳步幾乎沒停過，眼睛一掃就走。

沒想到的是于聞也很熟練，除了碰到車的時候會抹開灰塵往車窗裡看一眼，其他時候也是一掃就跑。

四分之一個車庫掃下來，他們手裡多了點雜物——

幾塊不知哪裡掉落的薄鐵皮、一把消防錘、一根保安棍，還有一個是于聞要的——不知誰家孩子落在車邊的彈弓。

「哎，破地圖看著挺大，窮得要死……」

于聞一下一下拉扯著彈弓，看到哪裡有大小合適的石子都會撿起來。

游惑在遠一些的地方，隱約聽到他的話，回頭看了一眼。

他這個回頭太突然，以至於某些東西反應不及，還沒來得及藏好。

他餘光瞥見某輛車後面黑影一閃，有什麼東西縮了回去。

那輛車就在于聞身後。

游惑眉心一皺，拎著剛撿的保安棍就要往那邊去。

他剛邁步，車庫裡突然響起系統的聲音：

【考生Terrence Chu遭遇三名極度饑餓的鏡像人，宣告死亡。】

【考生王婭思遭遇一名饑餓的鏡像人，宣告死亡。】

這才開考多久？接連兩條死亡宣告讓所有考生都愣了一下。那些不是考生的就毫不在意了——

于聞正在彎腰撿車輪旁的石子，被系統播報弄得分神。

就那麼一瞬間的工夫，車子後面突然竄出來兩個人影，抄起一枚薄長的刀就掄了過來。

「我日！」于聞只來得及罵這一句。

他下意識閉了一下眼，結果預料中的疼痛卻沒有來，反倒是肩膀倏然一輕。

——不好！包！

于聞猛地睜眼，就見兩個精瘦身影一手拿著刀、一手抱著包，轉眼已經奔走了。一系列動作「行雲流水」，一看就知道成天打劫！

其他東西倒沒什麼，踏馬的好不容易找到的箭就這麼沒了！

他眼前一花。另一個人影已經竄了出去，以極快的速度直追那兩人。

是他哥！

于聞當即吃了一顆定心丸，但他沒有就此不管。而是快跑一段距離，然後掏出撿來的彈弓，瞇起一隻眼睛，對著那兩人奔走的方向就是兩下。

嗖嗖——兩顆石子飛出去。

其中一個人「啊」了一聲，撲通摔了，嘴裡還衝另一個人喊著：「你先上去！」

下一秒，那人就被游惑摁地上了，接著便是一頓慘叫。

打劫誰不好，打劫八人反派小團夥。

只花了十秒鐘，那人就被掄得乖乖交代了老巢，「我、我們是躲在三樓的，就、就想多囤一點弓箭。鏡像人太多了，不好打。」

「什麼情況？」其他人聞聲趕來。

于聞指著地上的男人說：「他們打劫！我的包被拽跑了，那些箭都沒了！」
嫌犯臉懟著地，兩手拗在背後，被游惑單膝壓得動彈不能。
秦究大概頭一回被打劫，挺新奇地評價了一句：「勇氣可嘉。」
嫌犯被堵了嘴，嗚嗚咽咽的估計非常悔恨。
「你說他們？」秦究掃了一眼地上，沒看到于聞的包，「另一個跑了？」
「對，這人被我哥揍了一頓全招了，說他們躲在三樓，估計回老巢了。」
「那就去老巢抓人唄。」楚月說。
「這人怎麼辦？我們也沒繩子可以捆他。」
舒雪一臉無害地掏出一卷東西說：「寬膠帶可以嗎？我剛在那個保安室抽屜裡翻到的。」
于聞衝她豎了個拇指說：「姐，學壞了。」
秦究捆人是老手，三下五除二就把那倒楣蛋捆了個嚴實，還留了一截「線頭」，牢牢拽在自己手裡。
游惑還把他嘴給封了。
一行人當即追往樓上。電影院的樓梯像螺紋，繞著整個圓堡旋轉向上。
他們剛拐到二樓，頭頂某處突然傳來輕響。
游惑側身一讓，拽住衝太快的傻弟弟掄到後面。
于聞被掄得一暈，還沒反應過來，又被秦究強硬地摁住頭，低身下去。
那瞬間，有東西蹭著他的頭髮飛過。
就聽噹啷一聲，于聞回頭一看，一枝箭矢掉在牆邊，尖利的箭頭閃著寒光。
于聞腦子當即「嗡」地一下，頭皮發麻。
如果剛剛他哥反應稍慢一點，或者秦究稍慢一點，這枝箭就釘在他腦袋上了。

于聞越想越後怕，臉都白了。

他抬頭一看，三樓樓梯旁有個剃著平頭的人影，手裡舉著一把弩，肩上還背著一個敞開的包。包帶上的白條紋異常顯眼，于聞一看就認出來，那是自己剛被搶的！

我日！打劫不夠還要滅口！

于聞剛想罵人，就聽耳邊一聲冷笑，兩個人影先後竄了出去。

他定睛一看——游惑、秦究。

得，對方跑不掉了。

打劫的小平頭本想搞個埋伏斬草除根，反正把人搞死了還能把箭拔回來再利用。結果倒好，搞來幾個大麻煩。小平頭狗急跳牆，弩箭亂射。

一時間，金屬破風的鏘聲響個不停。都說刀劍無眼，隨便一個普通人碰到這架式都會知難而退。偏偏他碰到的不是。

他又連射三箭，繞過樓梯打算往下跑。剛轉頭，一個人影撐著樓梯扶手翻過來，落地截斷了他的路。不是游惑又是誰。

小平頭猛地刹住車。毫秒之間，秦究的腿已經從後面掃過來了。

就聽「咔嚓」一聲。

小平頭覺得自己要麼手折了，要麼肋骨斷了。他撲地的瞬間，又被游惑撈回來，手肘卡著他的脖子一別。

「操——啊！」他痛得眼前一黑，靈魂出竅。

等他從痛覺和窒息中回過神，發現自己被人摁在牆上，渾身上下哪裡都痛。

小平頭張口就想喊「救命」，可惜對方反應更快，當即團了個東西塞進他嘴裡。可憐他「救」字才喊了一半，活生生被堵成一聲「嘰」。

他掙扎幾下毫無用處，只好認命。

摁著小平頭的是游惑。他衝秦究偏了偏頭，示意可以開始恐嚇了。

秦究撿起掉落在腳邊的箭。他回頭張望一眼，這裡是牆拐角，其他人還躲在上面某處，暫時也沒人看見。

他摩挲著尖尖的箭頭走到游惑身邊，低頭親了對方一下，說：「偏頭什麼意思？我看不懂。」

游惑：「……」

秦究又親他一下，「還不打算說話？」

游惑：「……」

背對他們的小平頭以為秦究在問自己，當即努力揚起脖子，嗚嗚嚕嚕地表達憤怒，示意自己嘴被堵著說個屁！

秦究把箭插回他背後的包裡，摁著後腦杓把小平頭懟回牆壁，不緊不慢地說：「不急，你等會兒。」

小平頭：「嗚？」

可能是這場景太滑稽，也可能是秦究一下一下太鬧人了，游惑終於還是沒繃住。

他「嘖」了一聲，對搗亂的人說：「先把這智障東西處理掉。」

小平頭：「嗚？」

「行，沒問題。」搗亂的心情很好，懶洋洋應下，轉臉對小平頭說：「來，交代一下，你是考生還是鎮民？」

小平頭：「嗚嗚嗚。」

秦究「喔」了一聲：「忘了你嘴還堵著。」

他摘下那一團黑黢黢的東西，問游惑：「這什麼？」

「手套。」游惑抬了一下空空如也的右手，「摸了乾屍又摸了機油，有點髒了。」

小平頭聽得快窒息了，「我操你他媽拿這……」

他剛罵一半，秦究捏住他的嘴，晃了晃手裡的東西笑說：「我建議你說話乾淨一點，不然就這輩子都別說了吧。」

小平頭一臉驚恐地看著他，一個髒字也不敢吐了。

「你是考生還是鎮民？」秦究問道。

小平頭抿了一下唇。

秦究說：「好了，考生。」

真是鎮民的話，聽到「考生」兩個字就該糊塗了。

秦究：「所以你進場就該聽見了，弩箭是用來殺鏡像人的，你浪費起來倒是不心疼。」

小平頭回嘴說：「我……我射錯了！槍還能走火呢，況且我哪裡知道你們也是考生，萬一是鏡像人呢？」

秦究笑了一聲：「鏡像人會在車庫找武器？」

小平頭嘴唇動了動，狡辯不了了。

「十幾根箭都沒射中一個人。」秦究拍了拍他的肩說：「這種準頭就別霸著弩了，萬一不小心又射錯就不妙了，你說呢？」

小平頭：「……」

「不說話就是默認？」秦究摘了他的包，又拿了他的弩拎在手裡，完事還說了一句：「就當送了一份見面禮吧，謝了。」

小平頭差點嘔出一口血來。

「這裡就你們兩個？」游惑問。

小平頭說：「不是，還有幾個……在樓上。我們運氣不大好，一進考場就碰到了鏡像人。還好旁邊有個剛倒下的鎮民，就拿了他的弩和箭，幾個人一起弄死了鏡像人，躲進來的。」

他們來得特別匆忙，直奔樓頂縮在小房間裡。本想一邊透過窗子觀察下面的人，一邊在這裡打造大本營。

「我們還沒仔細搜過這裡，所以我倆下樓打頭陣，結果就看見你們翻進來了。」小平頭說。

游惑朝樓上看了一眼，問：「所以弩不止這一把，箭也不止這些？」

小平頭很警惕，「你要幹麼？」

「樓上那些跟你一樣混帳嗎？一樣我們就連窩抄了吧。」秦究說。

四樓，放映室裡。

一個學生模樣的男生一本正經地站在那裡，語重心長地安撫著其他幾人，「真的，你們放心，我算過。六個人是最好的組隊模式，咱們這樣的是絕品隊伍。為什麼？過會兒我跟你細說。」

他分析道：「總之，三枝弩箭搞死一個鏡像人嘛！六個人算高配隊伍，唯一的缺陷是人數略多一點點，如果再來四個，咱們就會成為活靶子。但是沒關係，不用擔心。且不說我們還在放哨，就說別的考生，真沒幾個會上來就湊這麼多人。」

「要考慮的因素很多的，剛進考場，大家肯定先挑棟房子躲著，能找武器先找武器，誰先想著組隊啊是不是？咱們這是意外。所以放心待著吧，絕對沒事。」

這話剛說完，大門就被禮貌地敲響了。

學生納悶了一下說：「誰啊？」

他拉開大門一看，小平頭鼻青臉腫地站在那裡說：「我被搶了。」

「啊？」眾人一愣：「誰啊膽子這麼肥？我們這麼多人呢！」

「就是。」

小平頭側身一讓，後面烏烏泱泱湧出一片人頭。

粗粗一數，八個。屋裡的人蹭地就站起來了，面露驚恐。他媽的說好湊不齊十個呢！這都十四個人了！

放映室裡，場面一度變得異常混亂，因為其他人都快急瘋了，領頭的學生還在認親。

他看到游惑和秦究，激動地叫道：「哥！」

于聞：「啊？」

他踮起腳，努力從游惑身後露出臉來，盯著「敵方領頭」問：「你誰？管誰叫哥？」

「叫他們兩個，游哥和秦哥。」學生克制了一下心情，又瞄到了後面的吳俐和舒雪，招手說：「小吳姐姐、小舒姐妳們也在啊？」

「還記得我嗎？」他非常懂得抓重點，指著自己的腦袋說：「臉可能沒啥特色，但我這一頭奶奶灰應該挺特別的。」

秦究說：「是挺特別的，狄黎是吧？」

狄黎特別開心，笑出一口小白牙，「對！」

「哥，他誰啊？」于聞悄悄問。

游惑偏頭說：「上次歷史同考場的，跟你差不多大。」

舒雪笑咪咪地衝狄黎打招呼，補充道：「挺厲害的男生，開場排第一呢，小學霸。」

學霸啊……

「那我們沒有緣分。」于聞委委屈屈地縮回去，突然有了危機意識。

狄黎倒是沒什麼危機感，他難得見到同齡人，還挺高興，問道：「有緣啊！你也是游哥考試認識的弟弟？」

于聞說：「什麼認的，我是親的！」

狄黎更高興了：「親的？那你肯定也很厲害！我叫狄黎，你呢？」

「于聞。」

狄黎：「于？」

于聞訕訕地說：「親表哥。」

狄黎又笑了，「喔，一樣！那也是親的。」

狄同學說話依然很直，但就衝這一句，于聞對他的好感度暴漲八十分。

他們幾個是很高興，但其他人快瘋了。

「別聊了！」終於有人忍不住了。

出聲的是一個男人，中等身材，左眼被什麼東西撓過，腫得睜不開，但這不妨礙他用右眼瞪著不速之客。

游惑他們倏然收聲，抬眼看向他。

獨眼也不怵。對方確實人多，但他掃了一圈，全特麼是老弱病殘，沒一個能打的，僅有的兩個年輕男人是領導者，估計還是看臉和身高選的。這種人他見多了。真貨沒有，就會裝逼。

獨眼身體緊繃，處於預備攻擊狀態。手臂肌肉隆起，撐得袖子快要爆開。

他盯著來人，對狄黎說：「你認識的？那好辦了。看在認識的份上自覺一點，這裡我們占了，凡事講個先來後到。給你們兩分鐘，換個地方。」

狄黎不高興了：「說什麼呢？」

「人數超了看不見？」獨眼惱怒道：「數數不會？十人以上會引來附近所有鏡像人，你看看現

在幾個人？」

「七個。」游惑說。

獨眼難以置信：「多少？」

游惑勉強耐住性子：「七個。」

獨眼掏了掏耳朵，「你再說一遍？」

游惑：「……」

獨眼眨了眨眼，罵了句我靠，然後唾沫星子橫飛地指著人說：「光你們這一票就八個人了！你他媽小學數學靠臉過的？」

游惑徹底沒了興致：「我們算一個人，加上你們六個，一共七個。」

獨眼被這種演算法驚呆了。

狄黎也呆了，「游哥，你……」

「我們組了個隊。」游惑剛說完上半句，就咔咔兩聲響。

獨眼已經架起了弩。他瞄著游惑說：「我不跟你胡攪蠻纏，也不想聽你廢話。真智障也好，裝的也好，都跟我無關。我警告你們，別浪費時間，識相的趕緊滾。」

「怎麼說話的？叫誰滾？把弩放下來！」狄黎板起臉來。

「學生。」獨眼對狄黎說：「看你是小孩兒，說話又頭頭是道，所以剛剛給你幾分面子，聽聽你的建議，但不代表你就真是根蒜了。」

這話說完，他旁邊那個黑皮也架起了弩，另一個摸出了彈簧刀，不裝友好了。

三人同時對著游惑他們，像一種無聲的威脅。

狄黎拍了拍背在胸口的包，說：「蒜好看嗎？誰想當蒜。你別忘了箭都在我這裡，你們弩上就一根，射完沒了，拿什麼嚇唬人？」

獨眼壞笑一下說：「學生，你還沒混社會呢。哥哥先教你一件事，但凡碰到好東西，記得先自己藏一點。」他說著，背手掏出一把箭來晃了晃。

狄黎臉色驟變。

「我夠仗義了。鏡像人你們還沒見過吧，知道他們有多難打嗎？」獨眼說：「你們搶了一把弩，我也不要你們還了，權當是個見面禮，就是狗來了我也得順手餵兩骨頭不是？也請你們心裡有點數，見好就收，拿著弩重挪地方。鏡像人不來，對你我都好。」

游惑冷嗤一聲，對秦究說：「你挪嗎？我懶得動。」

「我也懶。」秦究笑著對獨眼說：「我這人呢什麼都有，就是沒數，怎麼辦吧。」

說完，他回頭問楚月說：「我以前看過資料，妳是不是對弓箭還挺拿手？」

楚月說：「你看的什麼盜版資料？不過也還行。」

「那就夠了。」秦究把弩往她手裡一塞。

「給我幹麼？你呢？」楚月說。

「對這種不會說人話的，我就喜歡打重點。」

獨眼和黑皮扣動弩箭的瞬間，秦究拍了游惑手掌一下，兩人瞬間竄了過去。

楚月「呵」地一聲，拎起弩箭瞇眼就是一下。

射箭的同時，她還用弩擋掉了對方的來箭。

利箭蹭過獨眼的臉，釘在牆上。

狄黎心想：哎呀，差點兒準頭。

結果就見獨眼為了躲楚月的箭，往右偏了幾公分，剛巧直迎游惑的拳頭。

楚月連射三箭，一箭沒中，卻總能把人逼到游惑和秦究面前。

【第四章】

組團開怪敵我難分

三任前監考官的配合默契非常，收拾人簡直以秒計數。

剛剛還叫囂著「請你們有點數」的獨眼他們，轉瞬就背對背坐在了地板上，身上捆了好幾道，待遇比那倆打劫的還差。

六人小組被綁了五個，狄黎就此單飛。

「學霸，你挑隊友的眼光有點問題啊。」于聞拍了拍狄黎的肩說：「這都是些啥？」

「哪是我挑的隊友啊。」狄黎也不裝了，撇著嘴說：「我運氣不好，一進考場就碰到兩個鏡像人和五個凶神，我一個手無縛雞之力的學生，能怎麼辦？只能靠嘴。」

凶神們都被捆了，又碰到老熟人，狄黎自然有什麼說什麼。

原來，當時鏡像人衝過來的時候，小平頭順手抓了他擋在面前當靶子。還好他反應快，就地一蹲，連滾帶爬躲過去，這才免了一劫。

「這麼賤？」于聞感嘆著，手裡彈弓噌地飛出一顆石子，打在小平頭腦瓜上。

小平頭操了一聲，縮著脖子齜牙咧嘴。

「對，那弩就是我先撿到的，被他們擼了。後來我發現脫不開他們的圈子，就乾脆在他們打鏡像人的時候兜著圈子撿箭，射一根撿一根。」狄黎狡黠又得意，「你猜怎麼著，他們打完一看──漂亮，箭全在我手裡了。要不然你以為他們為什麼帶我？還不是因為弩空了。」

「難怪。」游惑說。難怪小平頭要打劫他們，原來是箭不在自己手裡。

「進了這裡我就開始給他們洗腦，我沒弩，他們沒箭，還能怎麼辦？湊合聽我扯唄。」狄黎說：「你們來的時候，我正跟他們說六人隊伍的好處，本來想忽悠他們輪流守夜，弩也輪流用，這樣我才有機會。」

秦究覺得這小孩挺有意思，說：「我就說怎麼會是六人隊伍最優。」

狄黎說：「正常來說肯定是三人最優嘛。這可是聯合考場，哪國的人都有。人都有傾向性，肯

定優先找自己國家的組隊，所以隊友還是要挑的。三人組數量小，容易湊齊。一人抓一把箭，搞死鏡像人也相對容易一點。但對我來說肯定六人組最優，隨便碰到幾個人就離十不遠了，他們肯定慌死了，我能趁機跟別的隊伍溜走。」

他嘿嘿一樂，說：「看，這不就跳槽了嘛。」

于聞嘆為觀止，「你這麼短時間裡想了這麼多東西？」

狄同學一向不謙虛：「聰明嘛。」

于聞：「咦？」他第一次見到這種款式的學霸，一時間有點不消化。

狄黎沒再刺激他，而是轉頭問游惑和秦究：「對了，哥，你們剛剛說八個人算一個，究竟什麼意思？」

游惑言簡意賅跟他說了組隊卡。

狄黎一臉羨慕，「啊！怪不得你們還湊在一起。不過我也算幸運了，來聯合考場居然能碰到你們。游哥你不知道，第一階段考試的時候，我聽到廣播報你名字特別激動！」

游惑：「……那是死亡宣告吧？」

「不是，我剛開始還是嚇到的，都懵了。後來每天都能聽到七八回，就……嗯……」

狄黎撓了撓頭，趕緊換話題：「既然這樣，那我們現在就是七個人，數量還行，稍微有點風險，再來一個三人組就麻煩了。所以我們現在怎麼辦，是換地方還是先窩著？」

說話間，秦究已經挑了一把弩箭，正在卸上面的零件。

游惑瞥了他一眼，問：「幹什麼，破壞贓物？」

「不敢。」秦究說：「我在做魚餌。」

「魚餌？」

「拆掉零件，把不能用的空弩放到一樓大廳……」

沒等他說完，游惑就「喔」了一聲，表示明白了，但還是提議說：「拆兩個差不多了，組裝起來麻煩。」

秦究：「……親愛的，你一個主考官，組這東西要十秒嗎？」

游惑「嘖」了一聲：「一秒也麻煩。」

秦究服氣地看著他，轉頭特別迅速地拆了所有零件。

游惑抬腿就要給他一腳。

「行了行了，回頭我裝，不勞大駕。」秦究笑著讓了一下，拎著空弩箭就下去了。

于聞愣了一下，咕噥說：「魚餌釣誰啊？」

過了兩秒，他猛地反應過來——這是要湊十人隊開怪啊！

還是個送到嘴邊的旋轉流水席。

在危險的地方，武器永遠是最具吸引力的東西，哪怕你只想找個角落窩到天荒地老，也會希望窩著的時候懷裡抱著一把弩。這樣就算鏡像人找上門來，還能試圖自救一下。

拿弩當誘餌確實是個絕妙的主意。

眾人上一秒還在震驚，下一秒就全湧到樓下了。

留下被捆的五個人一臉懵逼。

「我怎麼覺得他們特別興奮呢？湊十個人，草他媽瘋了吧！」小平頭習慣性爆了粗口，罵完又條件反射地縮了脖子。

「你抖什麼，人都下樓去了，沒人堵你的嘴。」

「條件反射。」小平頭嘟囔著：「你不知道，那兩人太難搞了。」

「我怎麼不知道，你看看我這烏青烏青的臉。」

小平頭依然在嘟囔：「那倆男的瘋也就算了，怎麼連孕婦都跟著湊熱鬧！她大著肚子是能打還

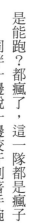

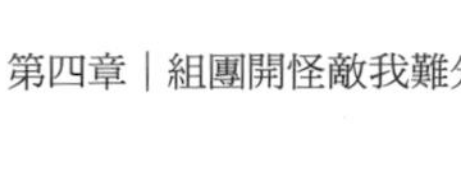

是能跑？都瘋了，這一隊都是瘋子。」

同伴一邊說一邊咬牙別著手腕，「別瘋子長瘋子短了，你怕疼嗎？不怕的話聽我一句，把左手手腕卸了從繩子裡強行拗出來，其他就好解了。趁著他們下樓放那破魚餌，咱們趕緊溜。」

「嗯，我寧願斷手也不想被鏡像人包圍。」小平頭打了個寒顫，「之前圍攻成功純屬僥倖。但是弩還在他們手裡……」

「弩別管了，地方也讓給他們，先跑了再說。」

他們在樓上奮力掙扎的時候，樓下正在商量弩放哪兒。

影院一樓中間有塊空地，正對著大門和玻璃窗，那裡沒有任何遮擋。如果把弩放在那裡，路過的人只要掃一眼就能看見。

于聞這種直腸子就覺得那是絕佳位置。

楊舒當即就否決了：「太假了，要是我肯定不信。開什麼玩笑，那麼顯眼的地方放著一把弩，肯定早被人收了啊，怎麼可能一直留著，要麼弩是壞的，要麼有詐。」

吳俐說：「謹慎點的都不會信。」

「有道理，那還是藏起來吧。」牆頭草于同學又說：「就吧檯後面，我哥摸乾屍的地方，那裡就很隱蔽。」

游惑瞥了他一眼，「是隱蔽，明年都不會有人發現。」

于聞委委屈屈地縮回去了。

秦究最終放弩的位置很講究。

他放在倒塌的石雕旁邊。從窗戶這邊看過去，那只弩被一臺取票機擋了大半，只露出很小的一角。這是個很容易被忽略的位置，偏偏窗外的光投在那裡，又很容易把人的目光引過去。

「成了，先這樣吧。」楚月找了視覺死角，把眾人拉過去，蹲守他們可愛的新隊友。

沒多久，窗外傳來了腳步聲。

游惑目光一動，衝秦究豎起兩根手指。

腳步聲有兩個，一個拖遝一些，可能是累的。另一個頻率低，應該是個頭高步子大。他懷疑是一男一女。

游惑猜得沒錯，經過這裡的是一對年輕男女。

男的銀灰短髮，女的是典型的拉丁裔。從身材來看，他們體格應該很不錯，但之前似乎受過傷，形容都很狼狽。

其實考試進行到第四門，年紀太大或太小的考生已經見不到了，全部集中在十六、七歲到三十五、六這個年齡段。就連體型都出奇相似，畢竟身體素質不好的人，根本扛不到現在。

所以游惑這支八人小隊才更顯得奇葩。

這對男女警惕著霧裡的情況，彎著腰繞過影院。

在經過門口的時候，女人直起上身，習慣性地朝門裡張望一眼。

他們交流的語速很快，男人還帶著義大利那邊的口音，但不妨礙游惑他們聽明白。

「別看了，走吧。去對面那幢灰屋頂房，那房子看起來不錯。不管怎麼說，能有一把弩就算走運。」男人說。

「等等。」女人走了兩步又退回來，重新趴在窗戶上。

「怎麼了？」

「我好像看見了一把弩。」女人招了招手說：「你來看。」

「不可能。」男人咕噥著退回來，還不忘警惕地看了幾眼身後，「這種大地方一定是很多人的首選目標，早被人搜過了吧。」

「我真的看見了，那裡。」女人手臂穿過破碎的玻璃，指著某個角落說：「那是弩吧？」

男人訝異地說：「是的，還真是！」

「來吧，翻進去把它拿出來。」女人撐著窗戶就要翻，卻被攔住了。

「等等，我還是覺得有問題。」男人有點遲疑。

「老實說那位置挺難發現的，我第一遍就差點沒看見。」女人說：「別考慮那麼多了，有把武器總比空手強。我們又不去別的地方，只是一樓。」

男人眼珠一轉，心想也對。如果有人窩在房子裡，那也會挑頂層待著，視野好能預警，實在不行可以跳窗翻出來。不管怎麼說一樓肯定是空著的。

兩人當即拍板，一前一後翻了進去。結果摸到放弩的地方一抬頭，對上了一排視線。

真的是一排。

男人頭皮嗡地就炸了，女人差點兒叫出來。

「午安。」秦究抬手衝他們打了個招呼，用他們能聽懂的話解釋說：「別慌，我們想組個十人隊，有興趣嗎？」

這對男女WTF、Holyshit叫成一團，弩都沒碰，轉頭就翻出去了。

剛剛的狼狽拖遝不復存在，轉瞬就跑得無影無蹤。

「這麼大反應？」秦究挑眉說。

游惑靠在牆邊說：「可能覺得方圓一公里的鏡像人下一秒就殺過來了。」

楚月說：「再等等吧，要不我們先避避，留點看上去沒什麼威脅的人在這兒？」

狄黎和于聞自告奮勇，舒雪也扶住了腰開始裝真．孕婦。

不負眾望，五分鐘後，一個黑人小哥就悶不吭聲摸進來了。

這次更誇張，他跟陰影幾乎融為一體，瞪著一對白眼珠子震驚地看著舒雪，可能在想大肚子為什麼能苟活到第四門。

小哥花了一秒鐘，判斷這裡有詐，連開口的機會都沒給狄黎，扭頭又跑了。

接著是第三波、第四波……

他們等了一個小時，沒一條魚願意陪他們瘋。

「算了，別守株待兔了，乾脆拎著弩去巡街吧。」楚月提議說：「三把弩，咱們一人一把，他們幾個先在這裡躲一會兒，掃乾淨這塊再換地方。」

于聞他們都懵了。

流水席就很可怕了，巡街又是什麼魔鬼想法？

不過這可怕的提議最終沒能實現，因為有人給他們帶來了意外之喜——在他們騙隊友的這段時間裡，小平頭他們居然真的從捆綁中掙脫出來，利用小個子的優勢，從側窗翻出去四樓直接溜了。

可惜他們運氣太差，沒溜多遠就見到了熟悉的景象。

一個人影跪在濃霧中，埋頭於某個東西上，時不時發出窸窣的吸吮聲。

他們跑過去的時候，吸吮聲忽然停了，那個人影抬起頭來，藍色的眼睛在霧氣中透明發亮。遠遠看過去，好像他整張臉都只有那雙眼睛，以及嘴邊大片新鮮血液。

不好！鏡像人！而且不止一個。

下一秒，濃霧中又出現幾個瘦長身影，隨著他們迅速靠近，逐漸清晰起來。

他們速度真的奇快，好像每眨一次眼睛，他們都會倏然前進一大截。

小平頭的尖叫壓在喉嚨裡，腿腳一軟，扭頭就跑。他們剛跑沒幾步，就在拐角撞到了另外幾個考生。那幾人已經形成了條件反射，一看他們在逃，當機立斷開始跟著跑。

「操！跟著我們幹什麼？」小平頭在飛奔中怒道。

「不是有鏡像人追嗎！」考生們回應。

他們在逃跑中慌不擇路，等反應過來的時候，小平頭發現他們已經跑回到了電影院門口。

這下好了，十個人是真的齊了……

不知道是不是錯覺，他聽到了大批鏡像人奔來的腳步聲。

「快快快！把門搞開！」

「別催別催，越催手越抖！」

「我去看看別的入口。」

門被砸響的時候，游惑正在清點箭矢數量分成三份。秦究坐在吧檯上重新組裝那把弩，金屬機簧在他靈活的手指間轉換撥動。

游惑聞聲抬頭，側門的門鎖咔咔直晃，有人試圖撬鎖。

「別費勁了！這邊窗戶能爬！」另一個人高聲叫道。

「新隊友終於來了？」秦究把最後一塊金屬片卡進槽內，不慌不忙地抬起眼。

游惑將最後的箭矢擼進背包，轉身就見一顆腦袋從窗戶探進來，短刺刺的平頭髮型非常眼熟。

於此同時，樓梯上傳來匆忙的腳步聲。

沒等露臉，于聞的聲音已經傳了過來：「哥——一個好消息一個壞消息你聽哪個？」

「你慢點，我抱著東西呢。」狄黎的聲音緊隨其後，他抱怨了一句也跟著叫道：「游哥、秦哥，樓上那窩被捆的土匪跑了，但他們跑得太急，私藏的箭沒帶走。」

于聞：「……」

兩個男生一前一後奔下來，「哥，樓上的土匪……欸？」

話音戛然而止，因為他們看到了翻窗進來的小平頭。

他翻得太急，跳進來還踉蹌了好幾步，灰頭土臉地瞪著屋裡的人。

「學霸，我是臉盲嗎？」于聞拱了拱狄黎，「這人怎麼長得跟搶劫犯那麼像？」

「沒盲，就是他。」

狄黎摟緊了箭，直愣愣地問小平頭：「你沒跑？你沒跑費那麼大勁翻出去幹麼？」

小平頭差點兒被他梗出血來。

游惑嘲道：「熟悉熟悉樓房構造吧。」

小平頭無聲罵了一句操。

「我他媽倒是想跑！」他也不避諱了，「一出去就碰到鏡像人了我能怎麼辦？」

「那你就原路返回來自首啊？」于聞衝他豎了個拇指說：「牛逼。」

「……」媽的這夥人一個比一個嘴毒。

小平頭簡直想再翻出去，但是情況不允許。

他根本不想跟這些人廢話，「弩呢？把弩給我，我自己出去殺！不然鏡像人翻進來你們一個也跑不掉！快點！別你媽浪費時間！」

這人簡直不帶媽媽不會說話，游惑聽得不耐煩，「你覺得我會給你嗎？」

說完他把一包箭遞給秦究，自己抓了一把弩和一包箭。

「楚月呢？」秦究接過箭，轉頭看了一圈，「她可以出來鬆鬆筋骨了。」

于聞說：「他們幾個要去趟洗手間，楚姐一起去了。」

游惑二話不說，把第三把弩和箭袋丟給于聞，「你拿一把。」

于聞一愣：「我？」

「你不是挺厲害？」游惑記得老于說過，于聞小時候好動，他總擔心這孩子以後毛裡毛躁的，就常教他一些需要定心定神穩住手的東西。這小子別的不說，準頭一直很好，什麼套繩、飛鏢、彈弓、射箭他都玩得很溜。

「會用嗎？」游惑正想教一句，于聞已經像模像樣地抬起了弩，說：「會，你們用的時候我一直學著呢。」

一看游惑把弩分完了，小平頭當場急眼。

柿子挑軟的捏，他一臉凶相就要往于聞那邊撲，就聽嗖嗖嗖三聲齊響。

秦究和游惑同時扣了機簧。

一根箭貼著他的肚子飛過去擋住了路，一根箭打到了他伸向于聞的手……

還有一根箭擦過他的耳朵，噹地一聲釘在窗框上，嗡嗡直顫。

這根箭來自于聞。

其他幾個被追的人剛翻進來就被箭嚇了一跳。

他們舉起手說：「別激動、別激動！我們沒問題，我們跟著他跑過來的。」

他們指著小平頭說。

小平頭站在距離于聞幾步之遙的地方，渾身都是冷汗。

剛剛那三箭只要有一根稍偏一點，他今天就得跪在這裡。他盯著于聞手裡的弩，心有不甘。

于聞直起脖子，對他說：「柿子挑軟的捏是吧？我手裡有東西的時候，最好別把我當弱雞。」

那幾個新人一看，小平頭的處境也很尷尬，立刻補充道：「我們也不是一夥的，只是都在被鏡像人追，所以……」

秦究挑眉，「這麼牆頭草？」

那幾個人尷尬極了。

游惑餘光防著小平頭，一邊打量來人。新鑽進來的一共有六個人，從站姿就能看出來他們分三組。

進門就在說話的是個清瘦男人，三十出頭的樣子，穿著螢光綠衝鋒衣和水洗白牛仔褲。他旁邊站著一個留披肩髮的女人，年紀相仿，穿著螢光粉。就這身衣服，一看就是情侶或夫婦。好在兩人皮膚夠白，不然這套情侶裝就是災難。

在他們身後，一邊站著一個皮膚黝黑的中年男人，袖子壞了一條，露出來的手臂肌肉結實。另一邊是三個學生模樣的男生，其中兩個是白人、一個像是東南亞一帶的。

中年男子顯然是個單打獨鬥的，一看屋裡這麼多人，轉身又翻出去了。他一陣疾奔，轉眼消失在了對面某間商鋪裡。

學生們猶猶豫豫，似乎也想走，但看著外面飄蕩的霧，又縮了回來。

他們嘰嘰咕咕地說著話。

游惑隱約聽到了一些字句——

「人太多了。」

「那離開這裡？」

「萬一別的房子沒有武器該怎麼辦？」

「對，他們至少有弩。」

秦究從吧檯上下來，走到窗戶邊朝外面看，「說了半天，鏡像人呢？不是在追你們嗎？」

「你別離窗子那麼近。」螢光綠看著他，又躊躇著跟過去。

鎮子上依然飄著霧氣，近處的還好，遠一些的建築被吞沒在灰濛濛的顏色裡。

一切看上去都那麼安靜，彷彿這只是某個多霧的清晨而已。

忽然，遠處的街道響起啪嗒啪嗒的腳步聲，像小孩子趿拉著鞋子跑過，在空蕩蕩的街道上響起回音。

游惑拎著弩箭，敏銳地朝那個方向看去，霧氣裡什麼影子也沒有。

下一秒，那種啪嗒啪嗒的腳步聲又響起來了，這次在截然不同的地方。

游惑皺起了眉。

兩個地方隔著三條小巷，就算跑過去也需要一段時間。

狄黎打了個寒噤，湊過來對游惑說：「之前就是這樣。」

環境太安靜，他不自覺壓低了聲音：「那些鏡像人可嚇人了。他們慢慢走路的時候，跟常人沒區別，但是突然加速可以從一個地方瞬間往前挪一大截。」

狄黎說：「游哥你玩過一個遊戲麼？木頭人。就一個人面對牆壁站著，後面是一排哥們兒從起點出發，數三聲一回頭，所有人都近了一截。我看鏡像人就這種感覺。」

「感覺周圍好像一個人都沒有，結果一眨眼……」他的話剛說一半，不遠處的霧氣裡突然出現了細細長長的影子。一條接一條，密密麻麻圍了一圈，讓人頭皮發麻。

游惑「嘖」了一聲，抬起了弩。

正如狄黎說的，他只是一眨眼，那些細長影子就倏然到了近處，出現在霧氣邊緣。

沒有霧氣的包裹，他們長得就像最普通的人，跟屋裡的游惑他們幾乎沒有區別。

又是一眨眼。這群人已經到了電影院門口，一聲不吭地盯著屋裡的人。

他們的眼神麻木中透著興奮，那不是看人的目光，那是在看一桌熱氣騰騰的大餐。

再一眨眼，窗玻璃噹啷破碎成片，鏡像人已經貼到了門邊。

他們爬進來的一瞬間，游惑的箭已經直射過去。

反應用了兩秒，攻擊卻只在一瞬間。

游惑的弩頭對著入口，以極快的速度裝箭、扣機簧，再裝箭、再扣。

可即便這樣，也顧及不到所有。

屋子裡兵荒馬亂，人影飛竄。

那些鏡像人就像沒有痛覺一樣，額頭上釘著一根箭，只是麻木地後仰一下，又繼續爬窗。就像一窩蝗蟲入境，防不勝防。

好在游惑、秦究兩人配合默契。他攻擊誰，秦究的箭總會緊跟其後釘在對方身上。

于聞一開始沒跟上節奏，但他反應快，三次下來就開始跟著他哥走。

轉瞬間，三個人幾乎達到了高度一致的狀態。

第一個鏡像人被射中三次，蒼白的臉迅速變得扁平，就像是被抽了氣的娃娃，從立體變成平面，然後輕飄飄地落在地上。

接著是第二個、第三個……沒得多久，地上攤開了七八張薄薄的人。

這種變化實在有點噁心，屋裡的人簡直沒法落腳。

忽然，有人尖叫一聲，接著便是吃痛的悶哼。

游惑轉身看去——側面不知哪處門開了，屋子裡多了一處入口。

兩個鏡像人衝進來，抓住了那兩個白人學生，壓在地上貪婪地咬住脖子。

學生掙扎了片刻，眼睛倏然瞪大。

游惑當即轉移弩頭。

嗖嗖嗖——三根箭釘住一個，那個鏡像人猛地僵住，下一秒就滑落在地，瞬間癟了下去。

「快起來！」于聞叫道。

那個學生茫然片刻，捂著脖子坐起來，連滾帶爬地躲到游惑他們身後。

另一個鏡像人突然學了聰明，在游惑對準他的前一刻，撈起學生直衝門外，像一個要把獵物叼回去吃的野獸。

這麼一個插曲，瞬間打亂了三人的節奏。

兩邊同時有鏡像人爬進來，就是有八隻手也顧不及。

就在此刻，樓上突然響起了一道聲音：「還有箭嗎？」

游惑回頭一看，楚月直接從樓梯一半的位置翻下來了。

他想都沒想，把弩和箭包拋給她說：「妳來！我去堵人。」

下一秒，秦究也兩手空空地過來了。

游惑抬頭一看，發現他的弩和箭到了老于手裡。

兩人一人帶了一捆廢舊電線和一把彈簧刀，閃身翻了出去。

游惑落地抬頭，眯眼估算了一下鏡像人下一瞬的落點，電線紮成的圈毫不猶豫甩了出去。

眨眼間，那個鏡像人剛巧出現在那裡，被掄了個正著，踉蹌了一下，肩上扛著的學生滾落下來。

屋頂上傳來幾聲腳步，秦究已經提前跑到那邊，一把拽起了那個倒楣學生。

鏡像人怒而轉身，又追了過來。

游惑看準了位置，所有的攻擊都貼著秦究的腳後跟，硬是攔住了鏡像人。

那個學生被秦究安置在柱子後面，茫然半晌後終於從驚恐中回神。

他嘶了一聲，轉頭看過去，就見眼前一陣眼花繚亂，電線似的東西被甩出呼呼風聲。

起初，他沒明白什麼情況，那兩個人為什麼總對著空地方把電線抽得啪啪響。

幾個輪迴之後，他目瞪口呆。

因為他發現，不是游惑和秦究兩位大佬抽了空。而是鏡像人速度太快，那兩人反應更快，每一次都提前抽在鏡像人的下一步落點上。

五分鐘後，那些鏡像人愣是沒能離開這條街半步。

這活像一個大型抽陀螺現場，游惑和秦究兩個人不用靠近半步，就把他們控在了電影院門口的空地上，進退維谷。

學生以為這就是騷的極限了。可惜他錯了。

當屋裡的鏡像人被清理完畢，楚月探頭出來招了個手。

兩個大佬立刻換了計策。

他們一個負責控制群體，另一個瞄準某個鏡像人抽。抽得他不得不翻進屋裡，然後被三根早早等著的箭送上西天。

一個死了，大佬就抽過去第二個。

如此往復。

學生張著嘴，無話可說。

兩位大佬的操作讓他想到了一個東西——打網球時候的發球機。

這特麼就是兩個人形發球機！

人家餵球，他倆餵人。

這一架打得行雲流水，看得那學生通體舒暢，連害怕都忘了。他甚至覺得那些鏡像人滑稽可笑，透著一股笨拙感。

這太奇妙了。不過很快，他就笑不出來了——

影院門口只剩下四個鏡像人，只需再抽幾下，依葫蘆畫瓢把他們送進門裡，他們就會像之前的同伴一樣，被三根箭矢釘死當場。

可就在這時，其中一個少女模樣的鏡像人往右弓身，作勢要跑。就像之前的無數次掙扎一樣。

啪——皮質的包線抽在她即將落腳之處，在地上抽出一道白痕。

不論是速度、力道還是威懾力都無可挑剔，卻抽了個空。

因為少女在做出那個動作後，一個急剎，轉頭出現在了截然相反的方向。

假動作？這些鏡像人居然學會迷惑人了？躲藏的學生愣了一下，突然毛骨悚然。

當局者迷旁觀者清，他不知道那兩位先生有沒有反應過來，反正他看得一清二楚。

那個少女做了一個假動作，給自己爭取到了一次攻擊的時間，下一秒就消失了。

學生愣了一下，匆忙在四周找尋。

忽然，幾顆細碎的石子撲簌簌掉下來，彈在學生頭頂。

他「Ouch」一聲抬起頭，就見那個脫身的鏡像人趴在屋簷上，勾著長長的脖頸探出頭來，自上而下地往屋裡看。

接著，她又像貓頭鷹一樣脖子不動，整張臉翻轉過來看向學生，露出了細密的牙。

學生嚇瘋了。他張開嘴卻叫不出聲音，順著石柱癱滑下去。

嗖，一柄彈簧刀橫飛過去。

鏡像人猛地一縮脖子，以一種奇詭的姿勢扭曲著，這才勉強躲開刀刃。

她不再覬覦美食，手腳並用翻到一邊，就像爬行動物長了一張少女的臉。幾個眨眼間，她已經到了街的另一頭，從屋頂一躍而下，鬼魅一般投入灰霧裡。那條長直的影子很快就消失了。

游惑把一個鏡像人抽進屋交給楚月他們，又勾住另一個離得近的，強力拖到窗邊。

這個鏡像人塊頭大，力氣更是嚇人，抓人的力道能把骨頭碾碎。

游惑一邊避讓，一邊用手肘搗碎殘留的玻璃，抵著窗框借力一送，帶著鏡像人翻進大廳。地上全是碎玻璃，他就像沒看到。他撐地就是一個翻滾，膝蓋壓著鏡像人，兩手鐵鉗一樣扼住脖子。

「A你讓一點！」楚月叫道。

他們翻進來的角度太刁，楚月的弩頭只能瞄到他，瞄不到被他壓著的人。

可只要稍微一動，那個鏡像人就會反擊。

游惑沒讓，偏頭叫了一聲：「Gi！」

秦究跳進來。

他把手裡捆緊的鏡像人扔給楚月，一把抓住地上的箭矢，將箭狠狠扎在對方胸口。

鏡像人的臉扭了一百八十度，對著游惑的手腕張開嘴，露出密密麻麻的牙齒。

游惑厭惡地皺起眉。

在對方咬下去的瞬間，秦究又抓了兩根箭。

他一把揪住對方的頭髮，迫使對方仰起臉來。

「我同意你咬他了嗎？」秦究問完，把那兩根箭也扎了下去。

大塊頭瞬間僵住，灰藍色的眼珠迅速蒙上一層白翳。

秦究丟開他的頭髮，那個沉重的腦袋「咚」地一聲砸在地上。

秦究站起身，垂下手指碰了碰游惑的臉。

游惑喘了幾口氣，抓著他的手借力站起來，活動著泛疼的肩膀和手臂。

游惑踢開大塊頭擋路的手，轉頭看了一眼門外說：「還是跑了一個。」

「跑不掉，下次一樣抓回來。」秦究按住他的肩頸肌幫他放鬆。

游惑餘光看到他手掌側面一片血色。

「怎麼弄的？」他避開傷口按住秦究。

秦究不大在意地擦了擦，「可能抓箭的時候蹭到了玻璃。」

「還有脖子這邊。」游惑說。

秦究伸手摸了一下，果然摸到一片殷紅。

他衝被捆的那個鏡像人努了努嘴，說：「這位拽住電線不鬆手，我就順手把他綁了，掙扎的時候抓了一下。」

「別用手！我去拿藥。」楊舒說。

「我還有一點消毒酒精。」吳俐跟著她上了樓。

最後三個鏡像人也很快癟了下去，變成薄薄一片貼著地。

這時候再看，屋子裡簡直滿目狼藉。

那對螢光夫婦縮在牆角，小平頭躲在吧檯後面，東南亞小哥白眼一翻，癱在樓梯後面奄奄一息。

那些鏡像人一旦變得扁平，就像在地上鋪了一塊完整的人皮。他們少說弄死了幾十個，地上層層疊疊，乍一看，簡直觸目驚心。

扎在鏡像人身上的箭滾落在一旁，狄黎踮著腳在人皮中穿梭，一邊想吐，一邊撿起那些箭。

于聞拎著弩，喘了好一會兒才發覺自己兩手痠痛，抬個胳膊都抖。

「剛剛一直在彎腰亂跑的是你啊？」他對狄黎說。

「什麼亂跑？誰亂跑了？」狄黎抓著滿手的箭說：「我一直在撿箭，這是一級戰鬥物資你懂不懂？沒箭你打個屁。」

「喔。」于聞累得像大狗，伸著舌頭拖著調子。氣喘勻了他才又說：「我說呢，一包箭也就十一、二根吧，怎麼射來射去不見少。」

狄黎：「……那就是你腦子的問題了。楚姐姐還跟我說辛苦了小心點，你呢？」

于聞嘿嘿嘿笑起來說：「辛苦了，小心點。」

笑得好特麼智障。狄黎心說。

老于當過兵，技術可以，但畢竟上了年紀又虛胖，抓著弩倒在一把椅子上歇氣。

他癱了一會兒，忽然也嘿嘿樂了幾聲，跟于聞如出一轍。

「看來我還算寶刀未老啊。」他有點得意。

「對啊，我都不知道我射箭的速度居然這麼快。」于聞說：「吃雞的時候要這麼溜，我就是絕地雞皇。」

「什麼雞黃？」老于沒聽懂。

狄黎蹲在旁邊說：「麻煩雞皇高抬貴腿讓一讓，我把這根掉下來的箭撿了。」

他們其實有點過度亢奮，也許是因為剛剛二十分鐘高度緊張。

螢光綠最先緩過來，他從牆角爬起來說：「你們太強了吧……剛剛射箭的速度簡直不是人。」

于聞裝著大尾巴狼說：「誇張了、誇張了，我哥他們才不是人。」

螢光綠看向游惑和秦究的眼神很熱切，「真的……真的太強了，太快了。」

游惑瞥了他一眼。

出於禮貌，他沒表現出什麼，但這種語氣真的讓他很不適應。也不知道是太誇張了，還是太肉麻了。不過……

「是有點快。」游惑咕噥著。

秦究低下頭問：「說什麼，剛剛沒聽清。」

「我說是有點太快了，你覺得呢？」

秦究撇了撇嘴，若有所思。

游惑等著他開口，餘光又瞄到了他的脖子，殷紅的血珠又從傷口裡滲出來，順著他瘦而有力的線條往下滑……

秦究回神的時候，就看見游惑舔了一下微乾的唇縫，神色淡淡地看向別處。

他愣了一下，剛想問對方想什麼呢，就聽狄黎輕呼一聲。

「分數變了！」

狄黎擼起袖子，抬了一下自己的手腕。在手背底端到腕骨的地方，有一片刺青似的東西，上面印著他的姓名、准考證號以及即時分數。

說是即時分數，毆打鏡像人的時候其實沒有變化，還是打完這一場才開始結算。

狄黎之前趁亂給兩個鏡像人補了最後一箭，所以他的分數連續跳了兩個加三，總分直逼三十，非常高。

小平頭他們一聽到這話，第一反應是撈起袖子看自己的分數。

不過很快他們就反應過來，剛剛他們什麼也沒幹，並不會有變化。

「游哥、秦哥，我可以看你們的分數嗎？」狄黎搓著手，比他自己考試還亢奮：「我剛剛數了

一下，咱們這次一共搞死了二十七個鏡像人，二十七個！什麼概念？八十一分啊！」

自從進了這倒楣系統，他還沒見過這麼高的分數！

小平頭勾著頭，如果脖子可以伸長，他這會兒已經伸到游惑手背上了。

但他礙於面子，還是沒有顛顛地湊過來。

狄黎沒什麼負擔，一看游惑點頭，立刻圍了過來。

老于父子、舒雪包括剛下樓的吳俐和楊舒都圍了過來，他們的狀況特殊，八個人手上印的都是游惑的准考證號和分數。

「還真算一個人？」狄黎驚奇地看了一圈。

緊接著，八隻手上的數字慢半拍地有了變化。

狄黎開了個玩笑說：「來，見證奇跡的時刻……」

話沒說完，八隻手的總分旁邊多了個負三。

狄黎：「啊？」

然後又一個負三。

系統就像故意噁心人一樣，非要按人頭算，一個一個跳。跳了好半天，終於跳完了二十七次。

見證奇跡的時刻到了：殺了二十七個鏡像人，共計負八十一分。

出於學生的本能，狄黎閉了一下眼睛。

減完之後，八個人手上的分數已經磕磣得不能看了。

但下一秒，他突然意識到一個比分數更要命的問題……

為什麼這幾個人殺了鏡像人，卻是減分呢？

同樣懵逼的還有于聞他們：「這不對吧？弄錯了吧？」

游惑和秦究對視一眼，之前那些古怪的感覺突然間有了解釋——

為什麼第二階段開考，他們返回鎮子時看到的東西都是鏡像的？

為什麼剛剛打鏡像人，他們沒有想像的吃力，甚至有點超出常人範圍？

為什麼他看到秦究流血的時候，會覺得口渴焦躁？

因為第一階段的他們全都進過鏡子。

狄黎非常聰明，他腦子一轉就明白了原委。

「所以你們其實……」早就是鏡像人了？

小同學一抬頭，八個鏡像人默默瞅著他。

他想了想，咕咚一下把後半截話嚥回去，換了個問題。

「你們餓嗎……」

這話不問還好，一問八個人都來了感覺。

狄黎很慌：「為什麼這麼沉默？」

眾人有點遲疑。

狄黎：「真的餓啦？」

「你等下，先別提這個字。」于聞吞嚥了一下口水。

看到他這個動作，狄黎更慌。

不過他很快發現，這八個人的臉色並沒有比他好多少。

游惑一臉不爽。秦究要笑不笑的，那表情說不上來是嘲諷更多還是尷尬更多。至於楊舒他們……他們都還懵著。最明顯的就是于聞，他看著比狄黎還要慌。

也是。真心實意打了個半天才發現自己是敵營的，這誰受得了。

——平常心、平常心。

狄黎做了個深呼吸，讓自己冷靜下來。

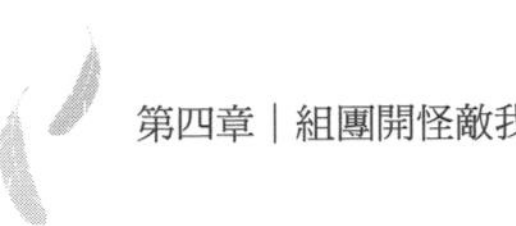

理智告訴他，面前這八個人都是危險的，甚至比題目本身安排的那些鏡像人還要危險。

但情感上，他不想把這群人放在對立面。

遠一點的地方突然傳來幾聲動靜。

狄黎轉頭看過去，就見小平頭從吧檯後面站起來，跺著發麻的腿朝這裡瞄，一副想知道分數又拉不下臉的模樣。

狄黎想都沒想，立刻「臥槽」一聲，用足夠亢奮的語氣大聲叫道：「我就說吧！八十一分！好高！」

于聞一臉疑惑。

這位同學用盡了畢生演技繼續大喊：「照這麼下去，你們考完這門不得兩百多分？那不就直接通過考試啦？」

于聞一把抓住他的手，用口型說：「你等會兒，悠著點吹。」

狄黎衝他使眼色，又對游惑他們說：「哥，一樓玻璃敞著怪不安全的。我們能別在這杵著嗎？我怕又有鏡像人竄進來。」

傻子都看得出來他在幫忙遮掩事實，因為不遠處還蹲著幾個外人。

「去樓上。」游惑說。

眾人陸陸續續走向樓梯，狄黎猶豫了一秒，咬牙跟上去了。

「那個……」有人躊躇說：「我們能待在這裡嗎？」

游惑回頭一看，問話的是螢光綠，另外三名被救的學生也捂著傷口，眼巴巴地看著他們。

說是「待在這裡」，其實隱藏含義就是：我們可以加入你們嗎？

如果是半個小時前，游惑肯定樂意。可現在不同，他們成了鏡像人，讓考生加進來……那是瘋了嗎？

「不能。」游惑說。

樓下幾人都愣住了，可能沒想過對方拒絕得這麼直接。

「能不能再商量一下？」螢光綠臉色蒼白，只有兩頰微微泛起一層很薄的紅，真的是硬著頭皮在說。

游惑無動於衷：「不用商量。」

秦究看了他一眼，忽然可以想像當年考官A被形容為「系統代言人」的樣子了。

「我們身體素質都還可以……」螢光綠轉頭看向那三個學生，像在尋求一種支持。

學生輕聲地說了句「please」，看上去可憐兮兮的。

「你看，我們都很想留下來。雖然算不上厲害的隊友，但需要人手的時候我們可以湊數。」螢光綠繼續說：「我保證，不占用你們的食物、藥品……任何資源都不用考慮我們，任何。」

他強調完，又放軟了語氣說：「我們只是找人做個伴。」

他說話語氣像個在國外久居的人，所以跟那三名外國學生交流沒什麼障礙。做完保證後，他轉頭小聲對學生們解釋了幾句。學生們立刻舉起手來拍胸脯，一副跟著他一起做保證的樣子。

游惑皺了一下眉。

秦究手指點了幾下說：「何必呢？你們、我們，再加那位臉拉得比驢長的板寸，人太多了。你們不怕再引一批鏡像人過來？」

螢光綠愣了一下。

白人學生聽了翻譯，連忙搖頭。

近三十個鏡像人圍攻過來都團滅了，足見這群人多厲害。跟著他們總比單打獨鬥來得強。況且剛殺完一大波鏡像人，附近暫時應該不會來新的。

螢光綠說：「我們不怕。」

秦究「喔」了一聲：「我們怕。」

螢光綠：「……」

這麼連環拒絕下來，誰都堅持不住。

螢光綠垂頭喪氣地說：「那……那好吧。」

小平頭頂著一張冷嘲熱諷的臉，低聲罵了一句：「踟什麼東西踟，我稀罕嗎？操。」

他說著，拖著有點發麻的腿，一瘸一拐地走了。他三轉兩轉就消失在了拐角，再不見蹤影。

螢光綠摟緊老婆長長嘆了口氣，也出去了。

唯獨那三名學生還僵著。

兩名學生脖子上有傷，慶幸的是拯救及時，不至於血流不止。

他們猶猶豫豫地走了幾步，又轉過頭來，用英文對游惑他們說了句：「謝謝，雖然不能留下來，但還是非常感謝。」

楊舒咚咚咚下了樓說：「等下，這是止血貼，這幾顆是消炎藥，萬一傷口有什麼問題就處理一下。我們東西也不多了，就這樣。」

學生眼珠噌地亮了。打頭那個就是差點兒被鏡像人扛走的，他對游惑這群人的好感比誰都深，他指了指隔壁問說：「我們可以待在那棟樓嗎？」

楊舒沒忍住說：「我們又不是街道辦的，管天管地還管隔壁嗎？愛住住唄。」

學生笑起來，藍色的眼睛像哈士奇：「那棟樓裡說不定也有武器，萬一再碰到鏡像人，你們打開窗戶衝隔壁喊一句Jonny！我會衝過來幫忙的！」

好不容易把這群熱情的學生送走，游惑他們回到頂樓。

這層沒有影廳，主要是放映室和各種辦公室。通透的窗戶可以讓他們觀察到樓外的景象。

游惑坐在窗臺上，看到那對螢光夫婦小心翼翼地在周圍轉了一圈，似乎不知道該去哪兒。

最後還是Jonny他們開了窗，把那兩個可憐蛋叫過去了。

放映室的門咔噠一響，最後一個人進了屋，是綴在末尾的狄黎。

游惑收回視線，看向他。

剛要開口，狄黎搶先說話了：「我不走。我沒地方去，在這種地方找到一個合拍隊友的機率很小，找到一個足夠厲害的合拍隊友更難。」

秦究挑著眉，「所以你就找了一群合拍的敵人？」

狄黎：「……那你們餓了會把我吸成乾屍嗎？」

游惑：「難說。」

狄黎背靠著門老老實實站著，有點無辜。

「我看剛剛那三名學生就挺好。」楚月說：「你去找他們吧。」

狄黎委委屈屈地說：「那幾個人是還行，但是他們已經三個人了，三角形最穩固，加我一個就沒那麼穩了。」

游惑說：「已經不穩了。」

「啊？」

「剛剛那對情侶也去隔壁了。」

「那倆穿得跟螢火蟲似的情侶？」楚月說：「五個人也還行吧，小梨子過去挺合適的，他們缺個領頭。」

狄黎反應了一會兒才知道小梨子是叫他。

他搖頭說：「我不去，那對男女我總覺得在哪見過，有點眼熟。」

「眼熟不是好事？」于聞說：「一見如故。」

狄黎一臉「你是智障嗎」的表情，「考場上見過的人，但凡活躍一點的我都不會只是眼熟。只

有毫無存在感的人，我才會死活想不起來在哪裡見過。你想想什麼樣的人才會毫無存在感？」

于聞說：「弱的？」

狄黎說：「弱一點其實沒關係，很多人雖然不厲害，但他願意出力幫忙。我記性不差的，只要主動表示自己可以幹點什麼的，我肯定都認識。就那種從頭縮到尾的我記不住。」

于聞想了想說：「好像也是，剛剛確實沒見他們幹什麼。」

狄黎呵了一聲：「我就直說吧，之前有箭掉在他們腳邊，他們都不知道撿一下。」

于聞感嘆道：「好吧，你看人還挺細。」

「反正我不怕你們，也不想走。這樣好了，你們如果感覺到餓，就說一聲，我立刻躲開把自己保護起來。」狄黎說。

話都說到這份上了，游惑他們也沒堅持趕人。比起驅趕，他們現在更需要弄明白自己的處境。

吳俐說：「我剛剛在腦子裡理了一下。首先我們上一輪都進過鏡子，又從鏡子裡出來了，按照這場考試的背景定義，我們算是鏡像人。」

「對。」

吳俐伸出一根手指，「那就有一個問題，真正的鏡像人不是本尊，是鏡子裡的那位代替原主。可我們是本尊。這樣來看，我們跟原汁原味的鏡像人應該有細微區別，區別在哪裡？」

「暫時看不出。」游惑說：「要有活的鏡像人做參照。」

吳俐點頭說：「對，所以我們要抓一個活的。」

這位小姐說起綁架都特別理性，滿身正氣。

她頓了一下又道：「然後，題目說過，考生基本默認為鎮民，做出符合身分的行為會有加分，不符合會減分。所以考生殺鏡像人加三分、殺鎮民減三分，因為殺的是同類，不符合身分。系統很刁，舉例只舉了一種，現在看來，反過來應該也一樣。」

她豎起第二根手指說：「我們殺鏡像人是殘害同類，會減分。那麼如果要加分……」

她沒有說後半句，但所有人都明白。要加分，可能就得殺鎮民。

屋子裡靜了一瞬，狄黎有一瞬間頭皮一麻。

結果游惑說：「保送卡都不要，要分幹什麼？」

眾人噗地笑出來。于聞笑得尤其暢快，萬萬沒想到他有對分數如此豁達的一天。

楚月卻提醒道：「你別忘了現在的考試制度，每門考試結束的時候，分數排名為D的考生會直接淘汰。」

「……」眾人瞬間笑不動了。

于聞試探著問：「淘汰是怎麼淘汰？」

秦究沉聲說：「抹殺存在，換言之就是消失。就是……再也找不到了。」

他說完看了游惑一眼。

咔嚓——沉悶的屋內突然響起一聲輕響。

「什麼東西斷了？」

眾人循聲望去，老于手忙腳亂地蹦起來，面紅耳赤地捂著腚說道：「走神了，沒看到椅子上放著包。」

「我靠，包裡都是箭啊！」于聞目瞪口呆，連忙把包拎過來，「老于你……你還行吧？」

老于尷尬得直搖手，「沒事沒事沒事，看我幹什麼，你看箭！」

「看著呢。」于聞埋頭翻找了一下，訕訕地說：「老于……你該減肥了。」

他拎了一根箭矢出來，從它折成兩截的狀態來看，應該是懸在椅子邊緣，被老于生生坐斷的。

老于尷尬到無以復加。

狄黎卻突然叫道：「對啊，還有武器呢！」

「什麼？」

「只記得你死我活了，差點忘了還有武器。題目不是說，考生無故損壞武器扣五分嗎？那反過來，你們損壞武器就可以加分。」

狄黎為這個發現興奮不已。

但秦究卻說：「不一定。」

狄黎一愣，「為什麼？」

「我之前拆過那把弩，拆到只剩一個不能用的空架子。」秦究說：「我加分了嗎？」

「可能是因為你能組裝回來。」狄黎不信邪地等著……

五分鐘過去，他們手上的分數毫無變化，眾人臉上均是掩不住的失望。

「為什麼啊？這不公平。」狄黎說

「說反了，這才相對公平。因為對鏡像人來說損壞武器太容易了。你想，隨隨便便折一根箭、拆一架弩就能加分，那我們豈不是太舒坦了。」

考試會讓他們這麼舒坦嗎？不可能的。

事情變得有一點糟糕。不過很快，更糟糕的事來了——他們感覺到了饑餓。

于聞的肚子第一個出聲，叫得九曲十八彎，愣是被隔音牆弄出了三百六十度環繞立體式音效。

這是個很滑稽的場景，卻沒有一個人笑。

狄黎懵在當場，驚恐地看著他。

于聞捂著肚子感受了兩秒，咕噥說：「有點餓，但是好像還行？」

「什麼叫還行？」狄黎一條腿都邁出去了，聞言又停住步子，謹慎地問：「有點餓是多餓？」

「就是吃也可以，不吃也可以的意思。」于聞安撫說：「你先別慌，真的，我看你也沒覺得你是烤雞。我這人就是腸胃反應快，不是很餓也叫得歡。你們呢，餓嗎？」

他說著，轉過頭來問了一圈。

楚月搖了搖頭說：「確實還行，非要打比方，就像是嘴閒著想嗑點瓜子那種，吃是肯定吃得下，但絕對沒到很餓的程度。還沒我在雪麗家難受呢。」

其他人也紛紛附和，說在忍受範圍內，聊聊天說說話轉移一下注意力就過去了。

狄黎稍稍放心了一點。

但他很快意識到有兩個人沒吭聲——最大佬的那兩位。

小同學脖子一僵，轉頭看過去。

就見游惑依然坐在窗臺邊，手指撚著耳釘。單看表情沒什麼問題，一如既往的冷淡，就是嘴唇好像抿得特別緊。

而秦究的目光落在他撚耳釘的手上，似乎……有一點擔心？

狄黎很不安。

他想了想，伸出了右手小拇指。

之前撿箭的時候，他在地上撲來滾去，這裡蹭破了一小塊皮，黃豆粒大小。

狄黎試探著晃了晃小指頭，問：「這樣呢？」

于聞噗地一聲，想說這哪能有效果，血都不流了。

結果他剛要張口，游惑突然從窗邊直起身，大步流星往門口走。

「哥你怎麼了？」于聞問。

「A？」楚月也叫了一聲。

「沒事，我去隔壁辦公室睡一會兒。」游惑說。

這間辦公室不算大，只有一張桌子和長沙發。

游惑把門關上，撐著辦公桌緩神。

跟于聞他們不同，他的饑餓感來勢洶洶，比在雪麗家難受多了。

可能是因為八人小隊用的是他的名字，所以他的反應比誰都重。

他又一次體會到了「餓得燒心」的感覺。

這棟樓裡每一個人的存在感都變得極強，就像長桌上擺了一盤色澤火候都剛剛好的烤雞，焦酥的香氣濃郁撲鼻，而他是個餓了數月的流浪漢。

這種饑餓感席捲上來的時候，幾乎能讓人失去理智。

那些鏡像人發動攻擊的時候，之所以人不像人鬼不像鬼，恐怕也是因為饑餓燒頭。

不過游惑是根硬骨頭。越是難忍，他就越要強行摁下去，也越發沒有表情。

他臉是冷的，心跳卻又急又重。

隔音牆對別人有用，在他這裡卻收效甚微。即便關著門隔著走廊，他也能聽見同伴們的聲音。重重疊疊，或輕或重，模糊地交疊在一起。

咔噠一聲。辦公室的門被人擰開又關上。

游惑頭也不抬。

他能聽見對方皮膚下的脈搏在搏動，清晰有力，血液汩汩流淌，比什麼東西都誘人。

「難受得厲害？」有人在他身邊低下頭。

是秦究。

他的聲音沉緩，壓得很低。對現在的游惑而言太近太清晰了，就像是帶著顆粒的溫水順著耳窩淌進去。

游惑閉著眼偏頭讓了一下，說：「你先出去，順便……」

他有點焦躁，喉嚨很乾，說話間不得不停頓一下。

「順便再把你反鎖起來？」秦究完全能猜到他想說什麼，補完這半句，他說：「這個要求很過分，換成是我，你鎖嗎？」

「……」游惑悶著頭緩了一會兒，擰眉看他。

結果就見秦究抬起手，瘦長好看的手指在頸側摸了一下，剝開了楊舒給他黏的止血貼。

每一點細微的聲音都異常清晰，血味裹在皮膚透出的溫熱氣息裡傳遞過來。

秦究拇指抹了一下，傷口輕輕裂開，更新鮮的血開始往外滲。

「試一下麼？」秦究說。

游惑的眸光落在他頸側，有那麼一瞬間幾乎移不開來。

片刻後，他又閉上眼啞聲說：「不試。」

秦究看著他。

他的大考官這張冷淡的臉實在很適合說「不」，有種難以言說的吸引力。如果是平時，秦究甚至喜歡逗他這樣說話，但現在不行。

這場考試讓他感到不舒服，不知道是因為那句「就此消失」還是別的什麼。

他比任何時候都見不得游惑難受。

他不知道鏡像人一直保持饑餓會是什麼樣，看今天來的那一波，恐怕不會很好，人不人鬼不鬼，行屍走肉而已。

「知道為什麼讓你試嗎？」秦究嗓音沉緩，在夜色籠罩的房間裡居然透著少有的溫和：「因為我知道你是清醒理智的，我知道我們A先生比誰都有分寸。」

他歪過頭向游惑敞露脖頸，像是玩笑卻又無比認真地說：「我可以毫無負擔地把要害送到你面前。因為你不會失控，不會真的把我當成食物。」

怪物之所以是怪物，不是因為做了什麼，而是它為什麼做。

那才是它醜陋的、令人厭惡的根源。

——你即便舔了血，也永遠不會是怪物。

游惑半睜開眼。

他甚至能聽到隔壁樓的聲音，那些人似乎在竊竊低語，也許是在聊天，還有人在喝水，水流順著咽喉流淌下去……

秦究手指點了點脖頸，低聲問他：「親愛的，可以送我一個吻嗎？」

糾纏的吻裡有血的味道，這種味道居然讓他們覺得熟悉。

就像看見曠野大雪包裹著硝煙，凌厲、危險卻又抵死纏綿。

游惑翻了個身，跪壓在秦究身上。

他用手背擦掉唇縫間殘留的一絲血跡，微亂的襯衫在長褲和腰間堆疊出皺褶。

秦究仰在沙發上任他壓坐著。

他微微抬起上身，側頭摸了一下頸側，「親愛的，你未免太有分寸了點，我一度懷疑你是來給我清理傷口的。」

「……」游惑垂眼看著他，不鹹不淡地說：「你痛覺神經死了吧。」

秦究笑起來。

雖然嘴上這麼說，但游惑確實非常小心。好在有點效果，那種令人難忍的饑餓感減輕了一些，至少不至於表露在臉上。

令人訝異的是，秦究的饑餓感也得到了緩解，就好像他們是一體的。

「對了，關於淘汰，我其實想到了一個主意。」秦究說。

「什麼主意？」游惑問。

「按照考場規則，淘汰是考試結束之後的裁判結果。那個時候，我們這支八人小隊會自動解散。到時候，這個成績就是你一個人的。」秦究點了點游惑的長褲口袋，「這時候就很慶幸，那張保送卡在賭場遊了一圈又被我們贏回來了。等到成績出來的瞬間，你記得用掉這張卡。」

「然後呢？把我送出系統再被清一次記憶？」游惑說：「你想都不要想。」

秦究說：「當然不是。我記得這種情況有一定機率可以卡個bug。我想在那之前找一下154，看他能不能幫忙把機率變成百分之百，用保送卡的效力讓你不被淘汰，同時卡在bug點上，讓你不被送出去。」

這倒可以考慮。游惑沉吟片刻，正要開口說什麼，又忽然頓住了。

「怎麼了？」秦究問。

游惑豎起手指示意他先別出聲。

饑餓感尚未完全褪去，過度敏感的聽力幫了他一個小忙。他聽見西側的牆壁上傳來窸窣的聲音，就像有什麼東西在悄悄往上爬。

西側拐角處有一間休息室，此時狄黎就躺在那張折疊床上。

自從其他人感到饑餓，他就被安頓在了這裡，免得被誤傷。但他躺了二十多分鐘，也沒有絲毫睡意，反而越來越清醒。

他在腦子裡琢磨著各種問題，間或穿插著之前的考試回憶。

忽然，他餘光瞥見窗外有個白花花的東西。就好像……是誰的臉正抵在窗外，眼珠一轉不轉地窺視著他。

狄黎猛地一驚，脖子沒動，悄悄轉了眼珠看過去。窗外空空如也，只能看到隔壁那棟樓的陽臺，遠在五公尺開外。

他半閉著眼保持著均勻呼吸，愣是僵了一分鐘。白臉終於又出現在了窗外，他牢牢趴在四樓牆壁上，狄黎幾乎可以想像他的姿勢，就像一隻爬行動物長了人臉。

那個人臉他還見過……正是那個被婉拒離開的螢光綠。

狄黎差點停止呼吸。他在窒息中突然想起一件事——他知道自己在哪見過這位螢光綠了！在照片裡。

他之所以對這位先生印象不深，不是因為自己記性不好，也不是對方表現太差。是因為他只見過照片裡的對方。

那是考試的第一階段，在雪麗家的小樓中。書房的玻璃櫃裡有一個紙箱，裡面摞著一堆雜物。壞掉的小儀器、錶盤、網球，打捲的便利貼還有一堆相冊和相框。多數是雪麗父母的舊物，跟當時的題目關係不大，很多考生都沒有細看。

但狄黎不同。這位小同學有著理科高中生特有的毛病——刷題刷多了，喜歡逐字逐句摳條件，還生怕漏掉隱藏條件。

他在探索雪麗家的時候，就像一條搜尋犬。每一樣東西都要過目，不管重不重要，反正他腦子裡要有個一二三四的關係樹。

那應該是一張合照，照片裡有雪麗一家和螢光夫婦，就在雪麗家後院拍的。

他們是鄰居。

相框背後應該還有字，但是字的內容狄黎現在想不起來了。他當時每樣東西都用手機拍了照，以防萬一。

現在只要掏出手機就能看，但是……螢光綠的手指已經將窗戶拉開一條縫，緊扣的卡鎖變了形，根本關不住他。

他就要進來了！

狄黎一蹦而起，猛撲過去。他拽住伸進來的那隻手，按著滑動的窗子狠狠砸過去，卡住了螢光綠的手腕。對方進也不是，出也不是，吊在四樓窗外跟他較勁。

螢光綠似乎並不惱，隔著一層玻璃衝他緩緩咧開嘴。狄黎這才看清，他的牙也是又細又密。

我日。一瞬間，雞皮疙瘩直沖天靈蓋。

狄黎用了此生最大音量尖叫：「哥——鏡像人！活的！」

砰——

他出聲的同時，房門被人撞開。

這麼快？

狄黎眼前一花，兩個人影已經掠了過來。

螢光綠的笑凝固在嘴邊。他想縮手，已經來不及了。下一秒，他的手被更大的力道抓住，猛地往裡一拽。

哐！

他被拽得一頭撞在窗玻璃上，臉都變了形。螢光綠瞪著眼，對上游惑面無表情的臉，他又用力掙了一下。

哐！

又撞一回。

螢光綠：「……」

他掙了三次，被拽著撞了五回！頭撞暈了，脾氣也撞沒了。

那倒楣催的窗戶終於完全打開，螢光綠被人強行拖進房間裡。他媽的……力氣比他還大！

他轉頭就衝窗外喊：「別管我！快跑！」

秦究探身出去，就見螢光粉緊緊扒在三樓和四樓之間，正仰頭看著這裡。

「跑啊！愣著幹麼！他難道能上牆追妳嗎！」螢光綠伸長了脖子，又對老婆吼了一句。

剛吼完，他就看見秦究翻出去了。

螢光綠：「……」

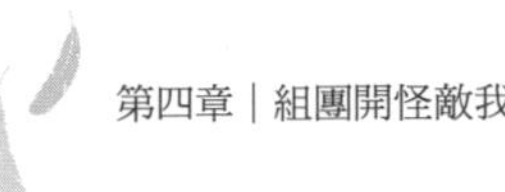

游惑回頭看了一眼，嗤聲說：「他還真能上牆追。」

螢光綠臉氣紅了。

片刻之後，他跟他的夫人就團聚了。

兩人被捆得結結實實，坐在放映室中間。旁邊圍了一圈人，一人手裡抓著一根箭，箭頭齊齊對著他們，好像只要說錯一句，就會被扎成刺蝟。

眾人臉色很緊張，時不時瞄向大門。

又過了好一會兒，門開了。

楚月閃身鑽進來說：「帶回來了，三個人都活著。小吳說失血量不算太大，傷口處理一下就沒問題。」

說完，她又轉身去給游惑、秦究幫忙。

不一會兒，隔壁三個倒楣學生就都躺在了屋角。

吳俐拿著藥盒進來，跟楊舒兩人一起蹲在地上處理著。

狄黎說：「躺地毯上不好吧？旁邊休息室裡有床，或者沙發也行啊。」

「就在這裡吧。」秦究走到窗邊，撩開簾子往外看了幾眼，「這三個小鬼身上血味太重，一路過來也不知道有沒有引來什麼東西，說不定再來扒回窗子呢。」

說完他拎了一把椅子，和游惑一起遠遠坐在牆角。

狄黎正納悶，就聽屋裡一陣七零八落的椅子響，除了兩位醫生，其他所有人都自覺挪遠了。

「幹麼啊這是？」狄黎問。

于聞捏著鼻子說：「那邊有血味，聞久了會餓，離遠點免得失控。」

狄黎：「喔……」

這話剛說完，螢光綠激動地嗚嗚幾聲。

「嗚什麼呢？」

游惑前傾身體，伸手摘了他嘴裡堵著的手套，「說。」

螢光綠呸掉嘴裡的線頭，說：「你們也是鏡像人？那你抓我幹什麼？」

真是個哪壺不開提哪壺的棒槌。

游惑又把手套塞回去。

螢光綠：「……」

狄黎一拍腦門，掏出手機就開始翻相冊，「差點忘了。他們兩個本來就是這裡的鎮民，然後變成了鏡像人，不是考生。他們是雪麗的鄰居，我記得雪麗父母在日記裡提過有一對亞裔鄰居，還有一張合照。我都拍了，等我找找……」

他抓著手機走到游惑和秦究面前，拇指飛快地翻著。

其他人也跟了過來，于聞指著他的手機說：「我天，你怎麼連床底下的襪子都拍？」

狄黎理所當然地說：「我一進房子就拍了每個角落，包括一些東西的擺放順序和位置，以防萬一嘛。還有一些我認為特別的東西，會重點拍一下。不考慮周到一點，怎麼活這麼久？靠蒙嗎？」

蒙了十八年的于聞一臉羞愧。

「草坪……草坪……」狄黎咕噥著，突然眼睛一亮，「找到了！」

那確實是一張合照，雪麗一家站在左邊，螢光夫婦站在右邊，背景是一片簡單的草坪和小樓一角。

【第五章】

這世上的事，其實可公平了

看到照片的瞬間，游惑眉心擰了起來。

照片中的螢光夫婦沒有穿得這樣休閒，他們穿的是白袍，像是醫生或者研究員會穿的那種。

也許是他過度敏感吧，他忽然想起了他媽媽。

狄黎「啊」了一聲，說：「我知道當時為什麼重點拍這張了。」

「為什麼？」于聞問。

狄黎：「因為他們兩個是唯一有身分象徵的人。」

于聞：「啊？」

「我看過雪麗家所有照片，有用的沒用的，各種合影。」狄黎說：「別人都穿的是毛衣、T恤、牛仔褲、裙子，反正就是誰都會穿的那些，一大堆照片看下來，我對照片裡的人也不瞭解，他們每個人的資訊都是模糊的。你懂我在說啥麼你就點頭？」

于聞撓了撓頭說：「唔，你繼續說。」

「這麼說吧，鎮民就是不相干的NPC，雪麗日記說張三是木匠，那他就是木匠，李四是老師，那李四就是老師。所有的資訊都是從雪麗和雪麗父母這裡獲取的，他們本身是沒有區別性的，都是路人甲，懂嗎？」狄黎說。

「但是這對夫妻穿著白袍，這能限定他們的身分，跟別的路人甲鎮民不一樣，所以很特別。」

狄黎咕噥說：「我當時以為他們是什麼關鍵人物呢，結果考到最後也沒用上。」

他當初的重點都在白袍上，反倒忽略了長相。

所以螢光夫婦換了身衣服再出現，他就沒能立刻認出來。

他又往後劃了一下，翻到下一張照片。

就見相框背後是雪麗父母寫的字，說這張照片是和Lee以及Lee的妻子一起拍的。

「他們最近剛結束工作在這裡休假，Lee似乎有心事，總是鬱鬱寡歡。也許是工作的事令他擔

憂或是不開心？不過他們非常友善。」

「Lee？」

螢光綠嗚嗚兩聲。

游惑摘下堵嘴的手套，螢光綠喘了幾口氣。

他嘴角還有一絲血跡，除此以外，很難把他跟那些不人不鬼的鏡像人聯繫在一起。就像狄黎說的，這對夫妻和其他鏡像人、和這座小鎮格格不入，就像把真人投進了動畫片裡。

「你是這裡的人？」游惑問。

Lee的眼光茫然了一瞬，「這裡？」

秦究補上名字：「布蘭登鎮。」

Lee愣了片刻，點頭說：「喔，對啊，我和Kelly搬來這裡，我們休了一個長假。」

他頓了一下，又補充道：「很長的假期，之前太累了。」

「那你之前是做什麼的？」

「我之前……」Lee卡殼了，他扭頭看向妻子說：「你們能把她嘴裡的那玩意兒去了嗎？我們跟其他鏡像人不是一夥的。我們不害人。」

「不害人？他們三個鬼害的？」于聞指著牆角三個學生說。

Lee囁嚅著：「我們太餓了，非常非常餓。但我們確實不想害人，所以每個只喝了一點。」

狄黎說：「那你們爬我窗子幹什麼？」

「因為不夠。」Lee說：「你看到其他鏡像人了嗎？他們瘋起來能吸乾一個人。我們可以克制，但也得吃飽，不然餓久了會失控的。」

他看了屋裡人一眼，嚥了一口口水，說：「我本來想，這麼多人，每個只要一小口，就夠我們撐過一天，你們也不會有事。我們可以非常好地相處下去。誰知道……」

誰知道撞瘟神槍口上了。

秦究忽然問他：「為什麼不想害人？」

Lee不知想起什麼，面露厭惡，「因為我們跟這裡的人不一樣。」他面色蒼白透著病態，說話倒是有條不紊：「最開始變成這樣的時候，我和Kelly喝過對方的血，因為……怎麼說，我們覺得這其實是一件非常私密的事情。但結果很糟糕，喝完當天是有用，但第二天的饑餓感會成倍累加，那一瞬間我覺得我快瘋了！太難受了我扛不住，所以只能找普通鎮民。」

他看了一眼那三名學生，面露遺憾地說：「這已經是我們能想到的最好辦法了，少吃多餐。」

神特麼少吃多餐，眾人一臉無語。

游惑的表情不大好看，按照Lee的說法，明天他會更加煎熬。

「少吃多餐也不是長久之計吧？」舒雪說。

「當然不是，但至少可以維持到我們變回普通人。」Lee說。

「可以變回去？」

「可以。」Lee說：「鎮子上有一面鏡子比較特別，可以讓我們變回去。」

眾人突然激動的模樣嚇了Lee一跳。

游惑不大信：「你確定？」

「確定。」Lee說：「但鏡子的擺放位置總在變。」

「那鏡子有什麼特殊標誌嗎？」

「上面雕著一個六芒星。具體我也不清楚，沒見過。但它肯定是特別的，見到的時候一定會認出來。」Lee說。

能變回去就算好消息，眾人鬆了一口氣。

游惑又問了他幾句關於以前的事情，發現他非常迷糊。

不知道是考場沒給他設定過去，還是……就像很多監考官一樣，受系統影響太久忘了過去？

大家七嘴八舌商量著，各自回了之前待著的房間，準備收拾一下就去找那面鏡子。

游惑卻沒有動。

他鬼使神差地從手機裡調出一張照片，遞到Lee和Kelly面前，問道：「認識她嗎？」

照片上，他媽媽坐在病床上，病容深重。

Lee愣住了。

他扭動了一下被捆的身體，問游惑：「你認識她嗎？她是誰？我、我好像跟她一起工作過。但我不記得了……」

「我不記得了……」Lee茫然地念叨幾句，突然說：「我的皮夾！對，幫我拿一下皮夾！」

「在哪裡？」

「口袋裡，在衣服裡面的口袋裡。」

說話間，秦究已經從他休閒衣的領口伸進去，掏出一只棕色錢夾。

錢夾深處藏著一張照片，那是一張很舊的照片，看時間拍攝於很多年前。

「你們究竟多少歲？」秦究問了一句，把照片遞給游惑看。

Lee說：「四十……四十多吧。」

他連自己多少歲都記不清了，他居然一直沒有意識到。因為這個鎮子上的人從不會問這些問題。

如果不是碰到這幾個人年輕人，如果沒有被審問，他可能會繼續在這裡渾渾噩噩地轉下去，喝血、活著，然後花不知多久的時間去找一面鏡子。

游惑看著手裡的照片，照片裡有一排人，都穿著讓他熟悉的白袍。

除了年輕十多歲的Lee和Kelly，他還看到了兩個熟悉面孔。

一個是他媽，一個是他在國外休養時的負責人吳騁醫生——吳俐的大伯。

游惑全身的血都冷了下來。

篤篤篤——房門突然被敲響。

于聞勻了幾枝箭給老于，抬頭問：「誰啊？」

游惑的聲音傳進來：「我。」

「哥？」于聞跨過地上的包，傾身過去擰開門鎖。

門外除了游惑還有秦究和楚月，于聞愣了一下說：「要走了嗎？我跟老于還在收拾東西。」

游惑越過于聞朝裡面看了一眼——老于正擼著袖子，把背包拉鍊拉上。

也許是因為燈光的襯托，老于比之前又瘦了一些，臉和脖子隱約出現了分界線，手臂也依稀有了肌肉的輪廓。

這樣的他，終於有了一點當過兵的樣子。

游惑突然想起來，于聞曾經開玩笑地說過：「我爸性格這麼莽，喝大了還喜歡吹牛，連小時候徒手揍狗這種事都吹過，唯獨沒吹過部隊生活，我估計他那兵當得不咋地。」

他只知道老于當過幾年兵，沒什麼大抱負加上學歷受限，很快就退了。

偶爾有人問起，老于總是搖手直笑，說：「欸……算了算了，好漢不提當年勇，我都發福成這樣了。」

仔細想來，他好像真的很少提以前。

老于拎著包站起來，問：「現在就走？」

游惑回過神來，「沒有，不急。我們去找吳醫生問點事情，一起過來？」

老于一愣：「現在啊？」

「嗯。」

「那……」老于四下掃了一眼，把散落的東西擼進外套口袋，說：「行，那一起去吧。什麼事

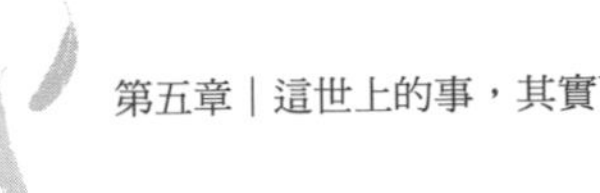

現在問？」

「找到點東西。」游惑晃了晃手裡的棕色錢夾。

老于不疑有他，跟于聞一起出門。他本以為是全員開會，結果游惑並沒有叫上其他人，這讓他有一點納悶。

吳俐的房間只有她一個人，另外兩個女生結伴去洗手間了，順便給那三個學生換止血貼。

開門見到他們時，吳俐有一點意外。

她看了一眼牆上老舊的掛鐘，問：「不是約好了夜裡十一點出發？還有一個半小時呢。」

楚月開門見山地說：「不是提前出發，是來跟妳請教幾個問題。」

「請教？」吳俐一愣。

楚老闆說話一貫直爽，她們關係又不錯，很少會用這樣的詞。這說明，要問的東西非常嚴肅。

吳俐示意他們把門關上，「隨便坐，什麼問題？」

「進考場前妳提到過一個項目。」游惑提醒道。

吳俐曾經說過，自己參與過一個項目。只是當時系統全方位監控，她不方便多說，一直說要等合適的時機。

他們跳進這個考場，就是因為這裡有可以說悄悄話的地方。

楚月說的隱祕空間雖然沒找到，但他們獲得了154的幫助，全員都被遮罩了。除非踩到加分或扣分點，否則系統聽不見他們，也看不到他們。

這就是說悄悄話的最好時機。

吳俐是個極度理性的姑娘，總能精準地判斷什麼時候該說什麼話。

所以，她開口得非常乾脆。

「專案是我五年前參與的，跟著我大伯，也就是你的主治醫生。」吳俐說：「小楊有跟你說過，他正常情況是不下臨床的吧？」

游惑點了點頭。

吳俐說：「我最初聽說他給你治過腦傷和眼傷，非常意外。但後來想到你的記憶狀況，再想起那個項目，就不意外了。」

「我當時還在讀博，專業能力比現在差不少，完全沒想過會進那個專案組，因為大伯對我的要求非常高。以他的標準來說，我是沒資格參與的。」吳俐回憶道：「後來過了兩年我才回過味來，他那時候應該是需要一個可以完全信任的幫手。」

當時的吳俐年紀不大，資歷也淺。說是參與專案，其實自始至終都徘徊在周邊，從沒有接觸過核心。

「我要做的就是一些觀察性研究，研究對象是一群……」她斟酌了一下，用游惑他們容易理解的方式說：「大腦受過非典型性干擾的病人，就跟你們兩位的狀況一樣。」

她指向游惑，又指了一下秦究。

「那批病人既有國內的，也有國外的，跨度很大。我以為是專案組徵集的志願病患，用來研究新的治療方法。」

最初，吳俐沒有產生任何懷疑。

她每天認真記錄那些病人的狀況，仔細觀察著每一個共同點和不同點，筆記記了十來本。她雖然接觸不到核心研究，但時不時會問一聲治療方法的研究進度。

她斷斷續續地跟了兩年，終於意識到一些問題。

「先是病人的身分。」吳俐伸出一根手指說：「我最初收到的資料有每個病人的基本資訊，身高、體重、年齡等等，其中包含了職業，寫得五花八門。但後來我發現，最初的資料應該是不準確的，因為那些病人大多是部隊出來的。那時候我還能說服自己，軍人的奉獻精神比較強，在志願者

裡占大多數也可以理解。但後來又出現了一個問題。」

吳俐伸出第二根手指，「我觀察對象有增加。最初只有六個人，四個月的時間裡陸陸續續增加到了十四個，之後六個月裡多了兩個。第二年突然靜止，沒有新的病人加進來。」

「觀察對象增加為什麼算問題？」于聞有點好奇。

吳俐說：「因為樣本是很重要的東西，在一個研究周期內，樣本變化是大忌，會直接影響到結論的準確性。一般就算要增減也是一個周期結束，得到了階段性結論之後。況且增減也是有計劃有目的的，四個月加八人，六個月加兩人？這種加法太亂了，毫無規律。」

于聞「喔」了一聲，差不多明白了。

吳俐又伸出第三根手指，「還有最後一個問題——專案中途更換過地方。」

「什麼意思？」游惑問。

「大概第五個月左右，人伯通知我換了一處實驗室。到第二年年初，又換過一次。最後一次直接搬到了國外。」

當初的吳俐感到奇怪，這種搬遷已經算得上頻繁了。

「而且兩年下來，所謂的治療方案幾乎停滯不前，至少我沒看到什麼實質性的進展。」

吳俐說：「我當時隱約覺察到，整個項目都有一點問題。比起研究治療方案，他們更像在躲什麼東西。」

就好像……一邊保護那些病人，一邊躲避著什麼。

「搬到國外之後，我就沒再繼續參與了。」吳俐說：「但因為那些疑惑和問題，我一直查找相關的資料，也格外注意大伯的情況。三年下來也有了一點眉目——十多年前，我大伯作為醫學方面的專家顧問，參與了某個聯合研究項目。結合現在的情況來看，應該就是這個篩選性質的考試系統。參與的主要開發人員既有國內專家，也有國外的。我曾經見過合照。」

吳俐說：「系統在運行過程中出現了一些問題，就像人工智慧突然有了接近於人的思想。出於懲罰或者自我保護的原因，它干擾了一些人的大腦記憶，我的那些觀察對象就來源於此，他們不記得任何與系統相關的事情，這就導致大伯以及其他相關人員有點無從下手。」

「我後來發現，大伯這幾年其實很緊張。因為曾經的主創人員頻繁有人出事，我一直在想，是不是那些人也被系統拉進來了。小楊有跟你們提過我和她是怎麼被拉進來考試的嗎？」

游惑點頭，「在妳大伯家。」

「對，從他書房出來的時候。」吳俐說：「我後來一直在想，會不會是系統拉錯人了。它想拉進來考試的不是我和楊舒，而是我大伯。我倆只是撞在槍口上了。」

「不一定。」游惑說：「也許它想拉的是妳和妳大伯兩個人。」

他忽然想起154曾經說過的話，他說考試系統的篩選條件是「危險的人」。也許最初的定義是一些能被部隊吸收的偏才，但隨著系統失控有了自主意識，它對「危險」的定義也會有變化。

創造它的人總是最瞭解它，包括優點，也包括弱點。

對系統而言，這些人都是不定時炸彈，都是活生生的威脅。

吳俐想了想，輕輕「啊」了一聲說：「也不排除這種可能，畢竟我也算半個參與者。怪不得大伯建議我這兩年不要接跟部隊有關的專案，我以為他是怕我發現什麼。現在想想……也許是後悔拉我進項目了，希望我離得遠一點，免得被波及。」

「他瞞著妳我可以理解。」游惑皺著眉說：「但他為什麼不告訴我？我在醫院療養了那麼久，他有很多次機會告訴我來龍去脈。但他只說我是訓練受的傷。」

吳俐說：「應該是不敢說，他這幾年的警惕性很高，有時候會過度敏感。可能是因為你在系統裡待了很久，他懷疑你被系統干擾了，成了它的助力。」

游惑想起了自己的眼睛，忽地安靜下來。

也是。他跟系統的關係幾乎接近於共生，誰敢保證他的立場始終堅定純粹呢？

誰都不敢冒這個險。

吳俐覷了他一眼，補充道：「警惕性高這點你不要怪他。我曾經從他的通話、資訊以及偶爾的聊天裡發現，他們一直在聯繫部隊那邊，幫忙組織了一些人，類似於敢死隊性質，但始終沒有成功。如果是我，也會懷疑有人一直在給系統幫忙。我在大伯那邊見到過一個人，應該是部隊安排的。當時聊過兩句，後來……再也沒見過他。我想，應該是凶多吉少了吧。」

她有一會兒沒說話，似乎在回憶。

過了片刻，她輕聲說說：「這種敢死隊的人員挑選你知道的，大多是沒什麼牽掛的人。沒有複雜的社會關係也沒有後顧之憂，萬一出事了，能把傷害範圍縮減到最小。」

這話其實說得很委婉。

直白點來說，那些敢死隊的最佳人選就是沒有父母親人的獨狼。如果不幸有傷亡，除了知情者，沒人會發現，也沒人為他們難過。

範圍最小的傷害，就是只波及他們自己。

游惑沒有想到會在吳俐口中聽到這些。

他愣了一下，忽然轉頭看向身邊的人。

秦究窩坐在沙發裡，手肘支著下巴，表情自始至終沒有發生過任何變化，就好像在聽什麼不相干的事情。

他感受到了游惑的目光，轉過頭來無聲地笑了一下。

這種笑是他常有的，帶著渾不在意的心態和一絲安撫。

這也許就是敢死隊挑出來的人吧，這就是所謂孤狼的特質。

即便是這種時候，他的第一反應依然是安撫最在意的人，告訴對方——用不著在我身上投注任何擔憂，我沒有關係。

——可是我有。

游惑抓住身邊的手，嘴唇抿得平直。

這個叫秦究的人，永遠也不可能把傷害範圍控制在自己身上了，因為身邊多了一個游惑。

他有關係、他會難過。

秦究手指撓了一下游惑的掌心，然後抽走那只棕色錢夾，將藏在錢夾裡的舊照片遞給吳俐，「妳說見過研究團隊的合照，是這些人嗎？」

吳俐接過去，只看了一眼就詫異道：「你們哪來的照片？」

「那位Lee先生友情提供的。」秦究問：「這麼說，研究人員確實就是照片裡的這幾位？」

「不止這些，我見過人更多的。這張可能是核心人員的合照。」吳俐一一辨認著，看到她大伯的時候略微停頓一下，輕嘆了一口氣。

「核心人員……」秦究輕聲重複了一遍。

「當然，我只是猜測。因為不同的幾張合照裡都有這幾位，所以我才能認得這麼快。」

吳俐的手指在照片中央停下。

那裡有一個男人的臉被菸頭燙掉了，只剩下圓形的焦斑。

「這不是你們燙的吧？」她問。

「當然不是。」

秦究和游惑也問過Lee，對方理直氣壯地承認道：「我燙的，怎麼了？」

但問到這人是誰，為什麼要燙掉他，Lee就再次陷入了迷茫。

他抓著照片，稀裡糊塗辨認片刻說：「不知道，不記得了，但是看到這個焦斑我就生氣。」

「都是他，都怪他。」然後Lee就反反覆覆咕噥著這句話。

從這種反應來看，他變成現在這副樣子，多多少少都跟被燙掉的人有關。

「妳看過的照片裡，有和這人體型相似的嗎？」秦究指著焦斑問。

那個男人體型微胖，個頭不高。從脖子和垂著的手來看，應該有點年紀了。

吳俐本想搖頭，突然又頓住說：「啊，有一個。」

「誰？」

「看這張照片的排位，這個人應該是團隊核心，或者牽頭者。」吳俐說：「提到核心，我倒是知道，不過沒見過真人，只在一張照片裡看見過他，也是在最中間的位置，唯一一個坐著的。我知道的就這一位，這個項目還有沒有別的領頭者我就不清楚了。」

「有線索就行，那張照片妳有嗎？」秦究問。

「沒有，我能看到合照已經是運氣好了，不可能給我機會偷拍下來的。」

這在意料之中，秦究點了點頭，「那可以描述一下他的樣子嗎？」

吳俐：「……」

在理性客觀的吳小姐眼睛裡，人都是行走的解剖圖，描述長相這麼主觀感性的事，不在她的功能範圍內。

她默然兩秒，補充道：「不過我記得他的樣子，如果真能見到，我想我應該可以認出來。」

秦究點了點頭說：「那就夠了，謝謝。」

「應該的。」

秦究拿回照片。合照中，那個跟游惑肖似的女人就站在菸頭燙出來的焦斑旁邊，即便是拍照，她都沒有露出笑容。

她總是這樣嗎，即便對著家人？秦究忍不住想。

他遲疑幾秒，還是把照片放進了游惑手中。

游惑垂眸看了好一會兒，最終將照片翻轉方向，擱在老于面前的茶几上。

從吳俐提到研究團隊起，老于就再也沒出過聲。他的兩隻手絞得很用力，始終處於高度緊張的狀態。直到游惑把照片推到他面前的一瞬間，他的臉刷地白了。

就連于聞都覺察到了不對勁。

「老于？老于你幹麼了？」他拍了拍老于的肩。

對方毫無反應，依然直愣愣地看著那張照片。

于聞跟著看過去，然後就愣住了。

因為他在照片裡看到了游惑的媽媽，那個他應該喊姑媽的女人。

這個姑媽長年身體不好，去世很早。于聞只在很小的時候見過她，他對這個姑媽的全部印象都來源於照片，因為老于的相冊裡有很多她的照片。

老于常說，小時候他們姊弟倆感情最好。

每次聽到這句話，于聞都會問：「那後來呢？」

老于總說：「她特別有出息。」

他答非所問，于聞就自動理解成後來姑媽太厲害了，所以跟他這個不大厲害的酒鬼爸爸生疏了。

再後來，就去世了。

于聞其實一直想知道，「特別有出息」是怎麼個出息法。

現在……他總算明白了，面前的照片就是佐證。

剛剛吳姐姐說什麼來著？喔，就是這張照片上的人，組團設計了這個害人的考試系統。

他姑媽赫然是其中之一。

那老于……于聞茫然地看向他爸。

老于在游惑的沉默中坐立難安，過了好半晌才艱難開口：「小惑啊……」

他欲言又止，嘴唇開開合合好幾次，最後頹然地說：「算了，既然這樣……你想知道哪些事？問吧。」

游惑安靜片刻，淡聲說：「你願意告訴我什麼就說什麼。」

就這一句話，讓老于悶了頭。

又過了許久，他啞聲說道：「行，好。也憋了這麼多年，乾脆都說了吧。我確實……很早就知道這個系統了。剛剛小吳醫生估算的時間其實有點出入，據我所知，這個項目真正開始能往前追溯二十好幾年，跟你的年紀差不多。你媽媽很厲害，當時就是核心成員。」

「我不是一直說自己當過兵嗎？前前後後一共當了六年，前兩年是正常服役，後面四年被調到了這個項目的研究中心。我不是參與項目的，只是站站崗、巡巡夜，事很少，挺清閒的。」

老于手指捏著照片一角，邊說邊有些出神。

那時候，他覺得跟這項目沾點邊都是一件值得驕傲的事情，至於他直接參與的姊姊就更厲害了。

從什麼時候開始一切都變了味呢？

好像……是他發現小外甥的眼睛不對勁的那天起。

那時候游惑四歲還是五歲？

他有點記不清了，總之很小，小得好像隨便生個病受個傷就會夭折似的。

就因為這樣，他得知游惑被牽扯進項目的時候，反應才會那麼大。

他感到毛骨悚然，又極端憤怒。

更令他難以接受的是，他姊姊對此應該是知情的……不僅僅是知情，甚至可能是這件事的促成者。

因為對方非常冷靜地說：「客觀來講，這對小孩本身沒有傷害。這個操作沒有創口，跟戴一塊智慧手錶本質上沒有區別。你只是一時接受不了這種方式和理念而已。」

老于無論如何也理解不了，為什麼針對自己的孩子可以做到「客觀來講」，就好像她只是在說某隻實驗用的小白鼠一樣。

那一刻，他覺得自己從沒認識過這個姊姊。

姊弟倆爆發了第一次真正意義上的爭吵。說是爭吵，其實他姊姊始終很冷靜，激動的只有他一個人而已。

因為對方越是冷靜，他越覺得陌生和害怕。

年輕時候的老于比現在還要莽，做事全憑一股衝動。

他說服不了姊姊，又接受不了對方的做法。更重要的是，他只要一看到小外甥的眼睛，就整夜整夜地做噩夢。於是他很快走了一波手續，退伍回家了。

他氣憤地想：「又他媽不是我兒子，我瞎操心個什麼勁！」

事實證明，他真的是個操心命。

就算離開了那地方，不再接觸任何和項目相關的東西，他還是會不斷想起那個小外甥。煩得厲害了，就找幾個朋友出去喝酒胡侃。

酒鬼老于就是這麼被叫出來的。

老于有時候會想，血緣真是個神奇的東西。他只是舅舅而已，頂多照顧了游惑小幾年，怎麼就這麼操心呢？但他又會想，連他這個舅舅都會心疼，他姊姊怎麼能做到那麼鐵石心腸的？

也許是近臭遠香吧，後來幾年他跟姊姊斷了聯繫，因為專案的保密關係，他見不到她和游惑，也接收不到他倆的資訊。

時間久了，他琢磨琢磨，又似乎能明白他姊了。

對她而言，這個兒子的出生把她的生活軌跡弄得一團糟。丈夫離開，工作被耽誤，精力不濟，她的身體也留下了種種病根，後來再也沒有真正健康過。

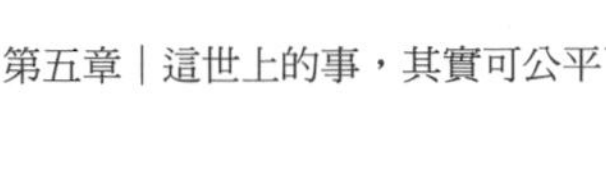

她對這個孩子，大概真的沒有那麼深的感情吧。

但明白不代表贊同，老于依然排斥這種做法。

這對曾經感情很好的姊弟，慢慢變成了幾年見一面的親戚。

他有了自己的家庭、自己的兒子。但每一次見到游惑，他都忍不住滿懷愧疚。他其實不知道自己有什麼可愧疚的，但他就是忍不住。

那孩子越大越冷淡，話不多，也不愛親近人，因為很多人都怕他。

別人不知道原因，怕得莫名其妙。但是老于知道，所以他越是害怕，就越心疼這個外甥。越心疼，就越怕游惑有一天會知道原委，知道他眼睛裡藏著東西，知道……主張這樣做的人是他母親。

在很長一段時間裡，這成了老于最擔心的事情。

終於有一天，這件事也真的發生了。

老于永遠都記得那一天。

他姊姊靠在病床上，用一如既往的平靜音調對他說：「……游惑眼睛裡的東西在他成年之後就可以取出來了，具體看需要吧。我知道你一直在想什麼，但最好不要去干擾那個進程。系統現在的發展略微有一點……超出預料，干涉多了會發生什麼很難說。」

她說：「我可能確實不適合當一個母親，最開始總忍不住把對他爸的怨氣和嫌惡帶到他身上，實在很難純粹地喜歡他。我本來就不是感情充沛的人。比起小孩，我對專案成果的熱情可能更多一點。你知道我為什麼要讓他變成系統的學習對象嗎？因為我想啊……如果他是專案成果的關鍵部分，我會不會有多一點耐心，把他照顧得更好一點，也更喜歡他一點。」

「不過後來發現，我還是想得太簡單了。因為時間長了，連我自己都怕看他的眼睛。有時候他盯著我看久了我會想，是他在看我，還是他眼睛裡的那個東西在看我。」

她說完安靜片刻，然後轉頭對老于說：「我知道你一直心疼游惑，但還是少放一點感情吧，他以後……」

這句話最後沒能說完，因為他們看到了站在門口的人。

直到現在，老于也不知道當年的游惑聽見了多少。他只記得自己當時驚出滿身冷汗，也記得少年游惑那張冷淡的、毫無血色的臉。

那一瞬間成了他後來做噩夢的永恆主題。

如果可以，他想倒退回那個時候，捂住游惑的耳朵、攔住他的腿。

所以很多年後，當游惑被系統除名，記憶被全盤干擾，老于其實是高興的。

因為他會忘記那些事。

「這兩三年……我其實知道你還有事沒辦完，也知道這裡應該有人會試著拉你進來。我一直在想辦法避免這件事，拉你去人多熱鬧的地方，讓于聞多跟著你。但沒想到系統會連我們一起拉進來。」老于說：「舅舅想得比較自私，就是不想讓你再來這個鬼地方。」

他頓了一下，又補充道：「這也是你媽媽當初的意思，她意識到了這個項目的問題挺後悔的，所以叮囑我好好照看你，如果你傷到哪兒或者送掉半條命，我以後下去了可沒臉見她。」

直到這一刻，他也依然堅持——他還是會在講述來龍去脈的時候修飾一下，省去一些、跳過一些。他依然希望游惑永遠不要想起那些事，這樣，在他的記憶中，他的媽媽就只是天性冷淡，不善於表達，不苟言笑……而不是不喜歡他。

老于想，他這個酒鬼莽夫其實幫不了什麼忙。

他唯一能做的，大概就是當一個窮操心的舅舅吧。

游惑的目光落在那張照片上，很久沒有說話。

老于有點心虛，因為最後那幾句話是他編的。他生怕游惑會追問真假，一句謊話總要用十句去圓，解釋多了，難免會露出破綻。

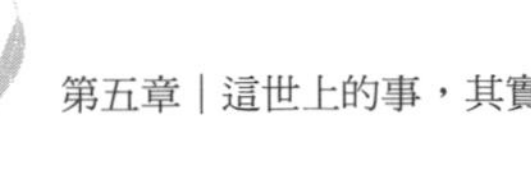

他這個外甥太聰明，老于擔心會被當場戳破。尷尬事小，他怕游惑會難過。

誰知游惑並沒有追問。他只是從照片上收回目光，點了一下頭。

又過了好一會兒，他抬眼問老于：「你剛剛說，她意識到了專案的問題？那個時候就有人意識到問題了，為什麼專案還會繼續？」

老于完全愣住，「你……你就問這個？」

游惑「嗯」了一聲，淡聲說：「她有跟你提過原因嗎？」

老于眨巴著眼，傻了好半天。

于聞看不下去，輕輕拱了他一下。他這才回神，連忙搖頭說：「沒有，沒說過原因。她過世之後，我跟項目那邊的最後一點聯繫也沒有了，畢竟那個保密級別不是我能接觸到的。我當時聽她那麼說，還以為項目要停了。直到你後來又被牽進去，我才發現他們居然還在搞。」

「那當初發現問題的人應該不多。」游惑說。

「為什麼？」

游惑平靜地說：「人多了，總有幾個清醒點的。」

老于張了張口，發現這話沒法反駁。

「可能……可能就只有她發現了吧。」老于只好順著他的話說。

「不止，應該兩個。」游惑又說。

老于覺得自己可能沒長腦子：「還有誰？」

游惑指著照片中間的焦斑說：「這個。」

一個專案出了問題，下面的人都發現了，領頭者不可能毫無察覺。而且這個項目能繼續下去，一定有他的推動。如果他沒有出力，問題也不可能瞞上那麼多年。

Lee說過，這個人害了他們，應該就是這個意思。

所以，他們是出於什麼原因，不想終止這個項目？

吳俐插了一句：「有些做研究工作的人，投入的心血和時間太多，就不想停下來。可以理解為成本太高吧，別說這麼大的項目。就是我寫博士論文的時候，實驗中途出了點問題，都會有點消極心態，覺得算了，不想推翻重來，要不就這樣糊弄一下吧。當然，只是一時的，最後該重來一樣要重來……」吳小姐冷靜又耿直地說：「這麼講可能不大禮貌，但是出了問題還選擇放任繼續的人，在我這裡不配被稱為研究員。」

游惑淡淡接了一句：「在誰那裡都一樣。」

該說的已經說完了，老于也好，吳俐也好，暫時也提供不出更多資訊。

牆上掛鐘的分針已經轉了一圈多，預定的出發時間快到了。

游惑拿起茶几上的照片，重新放回Lee的錢夾裡，沒有太多留戀。

秦究起身理了理衣服，衝他伸出手。游惑借力站起身，手就再沒鬆開。

如果是以前，老于看到這種場景一定會覺得扎眼。但今天不同。他看著兩人一前一後往外走，居然覺得挺好的，他很慶幸。

就在老于出神的時候，游惑一腳跨出門又忽然停了一下。

他扶著門框，轉頭對老于說：「謝謝。」

老于愣住。

他撞上了游惑的目光，剎那間，腦子裡「嗡」地一下。

他知道了！老于心想。

他知道我沒全說真話，知道我編了一些話安慰他。他都知道了……

下一秒，游惑已經不在門口了。

透過敞著的門，老于能聽見走廊裡的腳步和低語，他聽見那兩人去了走廊深處，開了一扇門又

吱呀一聲關上，留下一室安靜。

老于忽然想對去世多年的那個人說：姊，看到沒？當年的妳不會為這孩子心疼，現在的他也不會因為妳難過。

這世上的事，其實可公平了。

深夜的布蘭登鎮沒有霧，房屋輪廓變得清晰許多。

一行人沿著陰影，悄聲走在大街上。

「這才是出來的最佳時間。」狄黎的聲音壓得像耳語，小聲說道：「能見度比白天高多了，還有路燈……」

他話還沒說完，街拐角的路燈就接觸不良地忽閃著，發出滋啦輕響。

「雖然路燈在鬧鬼。」狄黎頓了一下繼續說：「好歹能照個十公尺、二十公尺，總不至於迎面竄來一群鏡像人我們還毫不知情。」

于聞說：「朋友，你現在就被一群鏡像人包著呢。」

狄黎：「……」噢，忘了。

他們趕夜路的順序很講究，游惑、秦究帶著Lee走在最前面，楚月和老于抓著弩殿後，楊舒和吳俐帶著Jonny他們三個受傷的學生走中間，于聞也拎著弓，和狄黎兩人緊隨其後。

換句話說，狄黎他們確實被鏡像人包圍了，想想還挺刺激。

秦究抓著手機看了一眼時間，轉頭對Lee說：「我們已經繞著這一帶兜了半小時，你確定這附近有鏡子？」

Lee點了點頭，「確定。」

「你那雷達準不準？」

「準的。」

出發前，Lee終於擺脫了「戰俘」身分，跟游惑、秦究來了個聯合，因為他能感知到鏡子。

Lee說，鎮子上的鏡像人對鏡子的存在很敏感，就好像在腦子裡裝了個雷達，如果附近哪裡有鏡子，鏡像人很快就能找過去。

這大概就是血緣的力量，畢竟都是鏡子「生」的。

但游惑他們不行。

可能「生」的方式不正規吧，他們跟原生態的鏡像人有點差距。所謂的鏡子雷達他們就沒有。

「有雷達你都找不到那面特別的鏡子？」游惑問。

Lee說：「不是說過嗎？鏡子會換地方的，而且是隨機。比如今天我在這個牆邊看到一面，明天路過這裡，這面鏡子可能就不在了，也可能鏡子還在，但已經不是之前那一面了。總之，不確定因素很多。有了雷達也要做好長久戰的準備。而且鏡子附近總有許多咱們的同類，有些餓瘋了，就分辨不出誰是自己人了，誤傷是常有的事。所以還是警惕一點比較好。」

話音剛落，游惑餘光瞥到右側方有東西忽閃而過，就像是誰的眼睛。

他猛地轉過頭去，只看到牆角的垃圾袋旁掛著一隻風乾的野貓，皮毛炸著，烏溜溜的眼睛靜靜地看著他。

「怎麼了？」眾人有點緊張。

「沒什麼，有東西在跟蹤吧。」游惑說。

眾人：「啊？」

這叫沒什麼？

「都是鏡像人怕什麼？」游惑納悶地說。

眾人又「喔喔」幾聲咕噥道：「條件反射。」

可沒繞多久，游惑又瞥到了一片影子。

餘光裡，那片影子形狀奇怪，有好幾處支棱的尖角。

就像是好幾名考生在那裡彎著腰，每個人手裡都抓了一把弩，並悄悄地把弩頭對準了這裡。

游惑正想過去看看，Lee突然叫道：「哎呀找到了，我確定，有一面鏡子就在這裡。」

有人說話，牆邊的影子一驚，又齊齊縮了回去。

下一秒，游惑隱約聽到了雜亂的腳步聲。

「跑了？」秦究走過來。

「你也聽到了？」游惑說。

「耳朵不如某些人敏感。」秦究指了指自己的眼睛說：「剛剛看到影子從牆那邊劃過去了……看我幹什麼？」

敏感是什麼流氓形容？游惑面無表情。

秦究摸了摸臉，「怎麼，沾到髒東西了？」

游惑看他表情特別正經，又覺得自己誤會了。

他收回目光正色說：「沒有，隨便看看。剛剛……」

話沒說完，他餘光就瞥到秦究在笑。

游惑抬腳就給了他小腿一下。

力道不大，秦究連讓都沒讓。他笑說：「踢我幹什麼？」

游惑漠然說：「控制不住，聽到鬼話就有膝跳反應。」

「這麼大的膝跳反應第一次見，開眼了。」秦究不緊不慢地問：「所以我之前的話哪個詞用錯了?麻煩主考官先生指正一下，我看看能不能換。」

「……」游惑嘴唇動了動。

秦究眼裡笑意更深。

游惑衝遠處眾人所在的地方一抬下巴，說：「搗亂滾那邊去。」

秦究抬手在嘴唇前打了個叉，然後比了個「請」的手勢說：「剛剛要說什麼?繼續。」

繼續個屁，忘了。

游惑沒好氣地盯著他，片刻才道：「那幾個你看清是什麼了嗎？」

秦究搖了搖頭，「太暗了。不過應該是考生，鏡像人翻牆可沒那麼累。」

「我也這麼覺得。」游惑納悶地說：「但考生跟著我們幹什麼？」

遠處的Lee：「……」他感覺自己像一縷空氣。

「嘿……」他抬手晃了晃，示意游惑和秦究看他，「那邊有什麼東西嗎?我說我找到了一面鏡子，就在這裡！」

他指著身後一棟小房子說：「我可以確定，就在房子裡！」

游惑和秦究對視一眼，這才不慌不忙地朝那邊走去。

這棟房子雖小，卻一點也不妨礙主人在裡面造「迷宮」。

可能是為了隔出儘量多的房間，布局非常奇怪。

「這家是生怕小孩找到門嗎？」于聞忍不住說。

Lee抬著鼻子，邊嗅邊說：「你還真說對了。自從鎮子上鏡像人多了，鎮民就開始改造房子了，格局越弄越複雜，這樣萬一鏡像人摸過來，可以藉著牆壁遮擋，拖延一會兒時間。平時也能防止小鬼亂往外跑。」

「那有效嗎？」

考生 #EX—LIBRIS

監考官的幫助

註 你出色的表現贏得了監考官的青睞，有權在考試期間向監考官提一次額外要求，監考官有義務滿足你，有效期截止至下一場考試結束前。

《全球高考3》木蘇里／著 愛呦文創

考生 #EX—LIBRIS

臨時抱佛腳

註 憑藉本卡可出入監考處一次，在監考官的陪同下挑選任一物品、工具。不要小看它，沒準兒就是你破局的關鍵。

《全球高考3》木蘇里／著 愛呦文創

考生 #EX—LIBRIS

黑卡

註 對正在實行的考試制度不怎麼滿意？沒關係，來場改革換掉它。

《全球高考3》木蘇里／著 愛呦文創

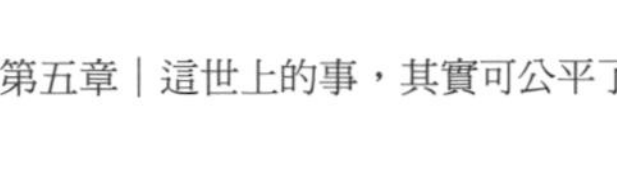

「你覺得呢？」Lee攤開手，「有效會是這種結果嗎？」

「剛開始有點效果吧，躲藏和拖延時間確實挺好的。但是架不住鏡像人越來越多、越來越多。他們數量增長太快了。」

Lee說著頓了一下，又苦笑道：「喔，錯了，是我們。」

說到數量，游惑其實一直有點納悶。

原本的鎮民數量遠大於鏡像人，按理說應該很快能剿清，怎麼最後勢態還反了，鎮民成了少數？

他簡單問了一句。

Lee說：「起初是沒找到合適的武器，鏡像人餓瘋了很可怕的，那就是一場屠殺。後來鎮民摸到了頭緒，鏡像人才開始有意識地繁殖——我們叫繁殖，其實就是藉著鏡子創造新的。」

「怎麼創造？」

「轉化鎮民。」Lee說得含糊：「抱歉，這讓我想起了一些不大好的場景，噩夢一樣，我不想多說。」

「喔，你也是被轉化的？」于聞說完又捂住了嘴，「好吧不提了。」

他很識時務地閉嘴了，但他哥沒有。

游惑說：「轉化有什麼好處？你不是說鏡像人之間也會相互殘殺嗎？」

Lee說：「是啊，不過自己轉化出來的鏡像人可能會友好一點吧？也算家人了，餓瘋了也會有所顧忌。」

他們繞過玄關的牆壁，穿過客廳，忽然聞到了一絲血味，浮散在空氣裡。

游惑擰起眉。對現在的他們而言，血味就像盛宴剛掀開蓋，不小心就勾得人胃口全開。

Lee所有注意力都在找鏡子上，對這點血味不大在意。

他還在說：「後來鏡像人的數量增長更快了，知道為什麼嗎？」

于聞忍著口水，拚命轉移注意力，捧場道：「為什麼？」

「因為有些鎮民主動想轉化。」

「啥？瘋了嗎？這也主動？」

「聽起來是挺瘋的。」Lee說：「但你試著設想一下，你住在某條街上，左右鄰居都變成了鏡像人，房子一棟接一棟空了，時不時有東西來爬你的窗戶，威脅著你。你不知道自己能活多久，熬過今天，還能不能熬過明天。」

眾人試著想了一下，一陣惡寒。

「挺可怕的對不對？這種時候就會有人想：不如變成鏡像人吧！變成鏡像人就不用受這種罪了，從被捕食的獵物，轉化成捕食者。」Lee輕聲說：「速度可以變快，力氣可以變大，五感會更敏銳。我可以覺察到鎮民靠近，他們卻覺察不到我的聲音……」

可能是他聲音很輕，語氣又比較溫和的緣故，這段話聽起來居然很有道理。

狄黎突然說：「聽得我都想試試了。」

Lee一頓，乾笑一聲說：「別開玩笑了。」

「真的。」狄黎看上去一本正經的，「客觀想一想，我們這些考生……啊，你可能不理解我們為什麼說自己是考生，你就當客人吧。反正我們這種客人，做鎮民真的很吃虧。先要保證自己找到武器，再要保證自己射擊有點準頭，接著看到鏡像人手還不能抖，最好還要有同伴幫忙一起攻擊。滿足這麼多條件才能多活幾天。」

他攤開手說：「我剛剛設想了一下，最穩妥的方法，就是進考場之後先把自己轉化成鏡像人，苟活比鎮民容易多了，然後利用幾天時間找你說的特殊轉化鏡子，找到了就緊跟著它。等到考試結束的那天，藉著鏡子把自己轉回鎮民。完美！」

Lee似乎很詫異，高挑著眉。

他看著狄黎，過了很久點頭說：「事實上，確實有很多像你們一樣的客人會選擇這種做法。」

「很多？」

「對，很多。」

說話間，街道廣播突然又響了起來。

這一天下來，廣播響過很多次。每次響起，就意味著又有考生送命了。

不過這次的廣播很特別，系統平靜地播報：

【考生Alexander遭遇極度饑餓的Yves，宣告死亡。】

【考生陳晶晶遭遇極度饑餓的Yves，宣告死亡。】

【考生Hailey遭遇極度饑餓的Yves，宣告死亡。】

「饑餓的Yves？」眾人一愣。

以前都是說「極度饑餓的鏡像人」，今天卻突然有了名字。

他們立刻意識到，這就是Lee所說的情況了。有考生主動轉化成了鏡像人，把自己變成了捕獵者。

狄黎說：「看，這位應該跟我分析到一起去了，是個理性人。」

于聞：「嗯？學霸你吃什麼餿飯了？怎麼說話這麼奇怪？」

「你才吃餿飯了！我就感慨感慨，環境危險嘛。」狄黎說著，還對Lee道：「是吧？」

Lee：「……是吧。」

可能是話題走向不大對，大家都沒再開口。Lee一扇一扇門打開，專心找著鏡子。

越往裡面走，屋子裡的血味越重。

游惑腳步頓了一下，他的嘴唇和喉嚨變得乾燥，饑餓感又捲土重來。

「還沒找到？」他問了一句，臉比平日更白了。

Lee看向他，訕訕地解釋說：「鏡子在的地方血味確實會比較重，因為每扇鏡子都是鏡像人的大本營。這裡應該來過很多鏡像人，你們稍微忍一忍，就最後一個房間了。」

他說著，擰開了門把手。

門開的一瞬間，沖天的血腥味鋪天蓋地湧上來。

太要命了……眾人腦中「嗡」地一聲，像是被人用力錘了一下腦幹。

那是一種天旋地轉的暈眩。

意志力薄弱一點的，比如于聞，現在腦子裡只剩四個大字——給口吃的！

誰都好，什麼都行，只要能緩解一下他的饑餓。他現在只要看見一個脖子，就想啃過去。

我都這樣了，我哥呢？于聞心想。

他在昏沉中轉頭看過去，還沒看到游惑呢，先發現Lee和他的妻子Kelly不見了，一併消失的還有狄黎以及Jonny他們幾個學生。

明明剛剛還站在那裡的！

他掃了一圈。

在令人發瘋的饑餓中，他忽然意識到，這個打開的房間裡沒有鏡子，只有滿地流淌的血。兩個奇怪的身影鬼魅一般行走在夜色中。每個眨眼間，他們都會出現在更遠的地方，三兩下就消失在了路的盡頭。

這兩個身影不是別人，正是Lee和Kelly。之所以影子形狀奇怪，是因為他們肩上一邊扛著一個人。鏡像人非同尋常的力氣在此刻體現得淋漓盡致，這對清瘦蒼白的夫妻扛人像扛棉花，面不改色氣不喘。

布蘭登鎮的小巷縱橫交錯，加上寬闊的街道，少說也有百來條。Lee和Kelly卻熟門熟路，到哪個路口該往哪裡轉，他們都清楚極了，就像走過千萬次。

他們穿過好幾個街區，經過四個岔道，沿著一條小河的末端來到樹林邊。這是小鎮的邊緣，樹林一直蔓延到山上，沿著石階上去，就是布蘭登鎮的墓園。

Lee左右看了幾眼，走進墓園。他在一座高高的十字墓碑前停下，把肩膀上的人丟在地上。

狄黎、Jonny以及另外兩名考生歪七八扭地躺著，不省人事。

趁著游惑他們餓得發暈，Lee和Kelly把這四位真正的普通人放倒，又利用小屋的布局，成功把這幾個人搞來這裡。

「安全嗎？」Kelly低聲問：「我眼皮一直在跳。」

「活人的眼皮才會跳。」Lee毫不客氣地說。

Kelly說：「你知道我的意思就行，我第一次碰到這樣的客人。」

Lee說：「不用緊張，我可以保證，我們的客人正在剛剛那個房間裡享用宵夜。」

「萬一……」

「沒有萬一。」Lee打斷她的話：「那麼多血，有幾個鏡像人能把持得住？沒有人。」

Kelly指了指他，又指了指自己，「我們就沒有跪在地上舔血。」

「我們不同。」Lee說：「我們創造了那麼多孩子。」

他蹲下去，從樹叢裡摸出一把鏟子來。看動作的熟練程度，肯定沒少來。

Lee鏟掉表面的黃土，露出下面的棺木。他用幾根手指就翹掉了棺蓋上的封門釘，打開了棺蓋。

令人意外的是，棺材裡面並沒有躺著什麼人，只有一面碩大的鏡子。

正如Lee所說的，這個鏡子一看就很特別，跟他們在雪麗家見到的穿衣鏡完全不同。

鏡子周圍是銀黑色的復古花紋，頂上用細碎的珠寶碎片拼了一個六芒星。

「你們這是要幹麼？」狄黎的聲音突然響起來。

Lee一個激靈。

他抬頭看過去，就見那幾個學生已經醒來，正警惕又驚恐地看著他，最害怕的就是狄黎，腿軟哆嗦得彷彿不是他。

Lee「哈」地笑了一下：「沒要幹麼，只是來給你們幫個小忙。」

「給我們幫忙？」狄黎一臉震驚，似乎沒見過這麼不要臉的人。

「你不是說按照理論分析，轉化成鏡像人活命的機率大嗎？」Lee輕聲而溫和地說：「我就是來幫你的。」

Jonny立刻說：「不用！」

「要的，這就是現成的鏡子，我還給你們挑了最好的一面。」Lee說。

「不！」狄黎說著瞄向棺材裡的鏡子，眼尖地看到了六芒星。

他一掃而過，對Lee說：「把我們轉化了對你有什麼用呢？你自己不是也說過嗎？沒有，起碼沒有明顯好處。」

「我說了你就真的信？」

Lee短促地笑了一聲：「當然有好處，沒有好處我為什麼不乾脆吸乾了你們呢？」

「我轉化的鏡像人相當於都是我的孩子們。我需要的時候，他們會跟著我，比如去電影院附近狩獵。他們喝足了血，我就算沒有找到合適的供血對象，饑餓感也會減輕。」

「有他們在，我可以像以前一樣過得非常從容，享受我的休假。你告訴我，為什麼不呢？」Lee說。

「所以這鏡子不能把我們轉回去？」狄黎問。

「可以。我不會騙人的，當然可以轉回去。但我為什麼要轉呢？現在的我，既擁有超出一般人的身手和速度，又能保證絕大部分的清醒，不會成為行屍走肉。」

狄黎餘光瞄向Lee和Kelly身後，又繼續道：「你不怕被我游哥和秦哥找上門嗎？」

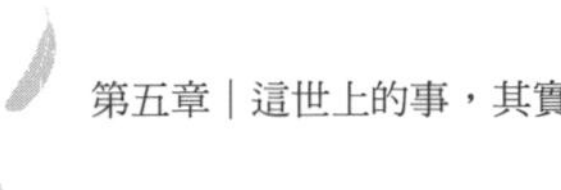

「你知道鏡像人面對那麼多血，需要多大的克制力嗎？尤其他們之前就沒吃飽。」Lee笑了笑說：「我拿我的腦袋保證，他們此刻正趴跪在地上，毫無尊嚴地舔著那些血。」

他說著，又搖頭重複了一句：「毫無尊嚴。」

剛說完這四個字，他腦袋後面突然掀起一陣風。

下一秒，他就被人抓住後脖，一把摁進棺材。

他的鼻梁擠在底部的鏡子上，扭曲得幾乎變了形。透過鏡子，他看到自己背後多了兩個人。

其中一個拎住了Kelly，另一個一腳踩在棺材邊緣，抓著脖子將他拎起來，低沉的聲音在他耳邊響起：「謝謝帶路幫我們找到了鏡子。冒昧問一下，你剛剛說誰毫無尊嚴？」

「……」Lee的心聲：草。

「你們不是應該……」Lee難以置信地瞪大眼睛。

秦究彎著腰，笑容落在鏡子上，對Lee來說充滿了威脅性：「應該怎麼？應該被那些血味誘惑得失去理智，就地趴在地上舔血？」

——難道不是？

Lee滿腦袋疑惑，心想自己是潑了一地紅顏料嗎？怎麼毫無影響！

游惑把Kelly捆好了扔進棺材裡，大步走過來揪住Lee的另一邊衣領說：「那麼難看的姿勢我不會，要不你示範一下？」

說完摁著他的後腦杓，咚地磕在鏡面上。

游惑低下頭冷冰冰地說：「舔。」

Lee：「……」

麻煩的客人他沒少碰見，會反擊的客人同樣很多。但凶成這樣的，他真的是第一次見。

那些血真的毫無作用？不可能啊！

Lee被摁到變形，他艱難地轉動眼珠，努力瞄向身後的人。

這時他才發現，游惑的臉色是蒼白的，手臂因為過於用力，筋骨在側面拉出筆直的輪廓。透過大力收緊的手指，他能感覺到游惑滿身的焦躁。

——他餓了，饑餓難耐。

Lee在心裡想著，被擠歪的嘴唇中漏出一聲短促的笑。

血還是有效的，非常有效！

身後這個冷冰冰的年輕客人正在經受前所未有的煎熬，在場每個人血管裡汩汩的流動聲都在引誘他，尤其是那幾個新鮮可口的學生。

他正在強忍，所以不耐煩，所以憤怒。

Lee從唇縫中擠出幾句話：「難受吧？一定特別難受。我……咳，我可以理解。你……你現在把饑餓帶來的焦躁發洩在了我身上，沒關係，我很大度。但你會後悔的。」

「要不了幾分鐘，你就會撲在那幾位學生身上。過於克制自己是不好的，你現在再吸血，一定會控制不住自己，你會直接吸乾他們——喔！」

最後一個字扭轉成了痛叫。

游惑又一次強硬地將他砸上鏡面，半邊臉都砸出了血痕。

嘶——

狄黎和Jonny齜牙咧嘴，隔空都能想像到那有多痛。

但這不妨礙Jonny叫好：「打他！居然還想把我們扔進鏡子，混蛋！」

但他不敢叫得太大聲，因為他也發現兩位救星的狀態都不怎麼樣，游惑尤其糟糕。

他怕Lee的假設成真。其他鏡像人衝上來，他還有逃生的可能。游惑、秦究如果衝上來，他就真的涼了。

身邊突然響起摩擦聲，Jonny轉頭一看，狄黎已經利索地解了繩子。

「你可以解開？」Jonny用英文驚叫。

狄黎回得很流利：「可以啊，之前跟別的考生學來的絕技。」

「可你他媽為什麼現在才解？」由於過度驚訝，Jonny甚至迸了粗話似的語氣詞。

「因為我在充當魚餌！」

「啊？」

「你在驚訝什麼？」狄黎問：「你不是在跟我一起裝誘餌嗎？」

Jonny：「我沒有啊，我是真的被抓來的。」

狄黎：「……」

Jonny：「你憑藉演技，我憑藉實力。所以你之前對Lee的話那麼有興趣，全是裝的？」

狄黎：「我只是想多套幾句話。」

Jonny看看游惑、秦究，再看看他，悄聲問：「你們什麼時候商量的？」

狄黎：「沒商量，操作全靠意識。」

Jonny：「啊？」

Lee在游惑和秦究的強壓之下極其狼狽，但他並沒有惱怒到絕望。面具戳穿之後，他的每一句話都在刺激人。他致力於描述游惑饑餓失控的樣子，就像一隻孜孜不倦的蚊子，繞在耳邊瞎嗶嗶個不停。

秦究簡直要聽笑了，這種時候他越是笑，越是讓人感到不安。他正要治治這位叨叨的前研究員，游惑突然攥住他的手腕。

「怎麼？」

游惑食指抵著唇，啞聲說：「有人來了。」

他的聽力正是敏銳的時候，本想聽一下來人方向早做準備，結果發現——動靜來自四面八方。

游惑：「……」

下一秒，他手指一緊，秦究立刻反應過來！

他們藉助地勢迅敏翻身。

鏘——

幾隻曲弓的手指劃了過來，鋼爪一般砸在棺木上。

游惑和秦究只要再慢一秒，「鋼爪」就會落在他們臉上。

這是鏡像人常用的攻擊方式——披著濃霧或者夜色而來，鉗住獵物的頭往側邊一拉。有時候力道太大，就會發出「咔嚓」一聲，直接斷掉。但這無所謂，只要他們露出了誘人的肩頸線條……

他們兩個翻身很有講究，躲開了攻擊，卻依然繞著Lee。

於是Lee剛想要跑，結果起身就被薅住了。

游惑抬頭一掃，眨眼的工夫，包圍他們的又有近三十個鏡像人。他還在裡面看到了熟悉的面孔——一位年輕小姐。

這位小姐Jonny應該最熟，因為白天第一批鏡像人圍攻電影院的時候，這位小姐就是其中之一，就是那條跑掉的漏網之魚。

她從游惑、秦究手裡逃脫之前，還趴在屋頂像貓頭鷹一樣翻著臉往屋裡看，把當時倚在柱子邊的Jonny嚇得差點尿如雨下。

游惑一直以為她當時往屋裡看，是因為惦記活人的血。

現在想來，恐怕就是在找Lee。

白天那批圍攻他們的鏡像人，沒準都是Lee的「孩子們」。

正如他所說的，他讓「孩子們」跟著，就跟著。需要「孩子們」來救他，就會來救他。

看，這不是又引來一批嗎？

思索間，那位小姐已經連攻了五次。

鏡像人速度奇快，並以此為榮。

她以為自己招招都能中，沒想到被攻擊的客人踏馬的比她還快！

只要她伸手，游惑總能在那之前把Lee抓過來當盾，防禦全靠Lee的臉。

她撓了五爪子，爪爪倒楣的都是Lee。

不僅游惑這麼幹，旁邊的秦究也一樣。

誰要打他，他都把Lee抓過去。

Lee：「……」

這幫「孩子們」是來給他找場子的，找到最後他全場最慘。

狄黎和Jonny他們已經躲到了墓碑旁，對游惑來說，看清近處夜幕中的鏡像人不成問題，但對他們這種非鏡像人來說太黑也太快了。

「游哥、秦哥！要開手機燈給你們照明嗎？」狄黎壯著膽子叫道。

叫完，他們幾個迅速換了個躲藏位置。

「用不著。」秦究說：『他快被打哭了。」

狄黎：「哈？誰？」

果不其然，總被打的Lee終於不堪其辱，叫道：「等等！停下！」

那些「孩子們」很聽話。

游惑和秦究等的就是這個聽話。

游惑沉著臉，轉頭朝某個地方抬了一下手，Lee還沒反應過來他是什麼意思，耳邊就響起了呼呼風聲。

那是長箭刺破空氣直奔而來的聲音。

Lee的臉更白了！

他下意識看向林間那個方向，就見楚月、于聞和老于三個人正架著弩瞄著這邊。

舒雪她們三個姑娘一人手裡拿著一捆電影院找來的繩子，鬼魅般一眨眼就到了面前。

被包圍的鏡像人本能地要躲流箭，同時還要避開游惑和秦究的近身攻擊。

他們意識不到自己的活動範圍正在被壓縮，等Lee反應過來的時候，他們已經擠成了一團。

舒雪她們趁機抖開了繩子，見縫插針地繞起來。

三位姑娘連拉帶拽，繞了好幾圈，然後用力一抽，Lee以及他的「孩子們」就被捆在了一起，像個蠕動的百腳蟲。

狄黎聽見一聲喘著粗氣的「好了」，他愣了一下，打開手機電筒一照，就見舒雪她們正把一大團「人」拖到墓碑旁，拴狗一樣拴在釘死的石碑上。

楚月他們垂下弩走過來，呼吸粗重。

狄黎這才意識到，他們應該是忍著要命的饑餓，一路追過來的。

「唉我去，學霸幫我拿一下弩。」于聞粗聲粗氣地說著，把弩塞給狄黎，自己一屁股坐在地上，垂著頭歇氣。

「還行嗎？」狄黎小心地問。

于聞晃了晃腦袋又站起來，「不行，坐這裡更餓了。」

狄黎：「……」他和Jonny幾人對視一眼，不約而同捲起了袖子，活像體檢抽血似地伸出手臂說：「要不……要不你們來一口？」

于聞看著那一排胳膊，深深嚥了一口口水。

「不了、不了、不了。」他又很快慫回去，擺手往後讓，「我意志力很薄弱的，咬了萬一控制不住呢？你們離我遠點。」

他們都這麼難受了，游惑的饑餓度還要再翻好幾倍。

他沒有回到墓碑和棺材旁。

這一片地方樹木繁茂，在夜色中站成一捧又一捧黑影。

他垂手站著，沒有加以克制的情況下，呼吸又急又重。正如Lee所說的，他確實饑餓難耐，這種感覺比白天更加難以忍受，幾乎讓他失去自控力。

喘了一會兒，游惑後退一步，身體倚靠在一株大樹的樹幹上。

他抬手在自己頸側劃了一道，鏡像人的特性使他輕而易舉劃破了皮膚，血珠很快滲了出來。

游惑偏了一下頭，對秦究說：「這次你來。」

Lee有一句話他很贊同——這是一件非常私密的事。

他不可能隨便抓一個人去吸血，也不可能讓誰來動他的。

只有秦究。

Lee他們被綁在墓碑上。他抽了抽鼻子，又舔了一下嘴唇說：「誰在舔血，我聞到了味道，不是地上潑的那種。是新鮮的，剛從皮膚裡滲透出來的。」

這人說話很輕，之前覺得他很溫和，現在只覺得一陣惡寒。

狄黎想把襪子脫下來堵他的嘴，不過礙於教養和禮貌，還是沒這麼做，隨他去說。

沒過一會兒，于聞咕噥說：「我好像好點了。」

楚月也揉了一下胃說：「好像是沒那麼餓了。」

這話剛剛說完，墓地裡就響起了幾聲悠長的胃鳴。

「誰啊？還餓成這樣？」楚月納悶地問。

狄黎指著墓碑說：「跟咱們無關，現在是他們的肚子在叫。」

說話間，游惑和秦究一前一後地回來了。

Lee歪頭看著他們，「啊」了一聲，說：「剛剛是你們，我告誡過的，嚐同類的血只是一時的，長久不了，明天會更難受，時間久了會發瘋。」

秦究拇指抹了一下唇角，對他說：「這就用不著你操心了，你不如組織組織語言，交代一下從鏡像人轉回正常人的條件。」

說話間，游惑掃了一眼被捆的鏡像人。

很難保證其中沒有曾經的考生，這也是他們這次沒有直接射殺的原因。

如果真的有以前的考生，說明從鏡像人轉化回正常人並不容易，甚至……非常、非常難。否則他們為什麼不轉？

Lee抿著唇，一副不打算告知的模樣。

游惑又想到了那張研究員合照，照片中的Lee和Kelly笑得非常溫和，跟現在判若兩人。

也許和雪麗、薩利兄妹的情況一樣，在這個背景故事中，所有從鏡子裡爬出來的NPC都是副本。他們經歷相同、回憶相同、長相也幾乎一模一樣，但終究不是本人。

真正的Lee和Kelly，大概只存在於照片了。

Lee以為游惑正在走神，下意識朝棺材看了一眼。

這個細微的動作被秦究捕捉到了，他挑了一下眉，回頭看了棺材一眼，大步走過來。

「怎麼了？」楚月就站在棺材旁邊，正看著那面鏡子。

「剛剛他在看這裡。我在想鏡子後面會不會有關於轉化的說明。」

【第六章】

願我們在硝煙盡散的世界裡重逢

「你當這是什麼批發小商品啊，背後還給你貼個簡易說明書？」楚月一臉稀奇地看著秦究把鏡面翻過來。

結果還特麼真的有！

秦究看到一塊印著字的紙，抬了抬下巴說：「看見沒？如果沒有說明，第一個知道這面鏡子能轉化的人又是哪來的資訊？」

「找到了？」游惑走過來，彎腰細看紙上的內容——

這是一面奇妙的鏡子，你可以試著和它做個交易。受傷瀕死的人可以在這裡獲得新生，只要有經驗老道的人帶領和引導。

很顯然，這段說的就是怎麼把鎮民轉化為鏡像人。

「受傷瀕死的人？」狄黎用手機打著燈，念到這裡頓了一下。

眾人看向Jonny他們三位倒楣學生，突然意識到Lee所說的一半都是鬼話。

他早已不是那個研究員了，也早已沒有所謂的人性。他之所以每位學生只吸一部分血，不是出於憐惜，只是為了滿足這個條件而已。

在電影院門口，他折損了一大票「孩子」，所以要再找幾個填補空位。

如果他直接吸乾Jonny三人的血，那轉化之事就泡湯了。

「獲得新生就是變成鏡像人？」于聞咕噥說：「這是我見過最不要臉的話。經驗老道的人帶領和引導？」

狄黎指著墓碑旁拴著的Lee說：「就是指他這種鏡像人帶著吧。」

于聞非常直白地「嘔」了一聲。

這位弟弟嘔得太真實，游惑往旁邊讓了一步。

于聞訕訕地捂了嘴，悶聲悶氣地說：「我就表達一下噁心。」

獲得新生的你也許會發現自己有點奇怪，也許會感到跟曾經的生活格格不入，別擔心，哪個交易不用付出一點兒代價呢？

好吧、好吧，如果你是個容易後悔的人，那也沒關係。你擁有一次後悔的權利，因為這是一面寬宏的鏡子，可以包容一切，再找不到第二個這樣大度的鏡子了，整個布蘭登鎮僅此一面。

反悔同樣需要付出代價，你得這樣做：

「說明書」在此處突兀終止，游惑湊近看了一眼，發現這張紙其他三邊都被磨出了毛邊，唯有底面格外齊整，就像被人用刀劃切過。

眾人一口老血差點兒嘔出來。

楚月罵道：「哪個手欠的王八蛋把關鍵資訊偷了？」

秦究拖著調子說：「稍等，我去請教一下。」

他和游惑轉頭就去找Lee。

沒過幾分鐘，Lee就被請教得快哭了。

「不是我！」Lee崩潰叫道：「我甚至不知道鏡子後面有東西！」

「證據。」游惑冷淡的聲音從墓碑背面傳來。

Lee更崩潰了：「這哪裡來的證據？」

Jonny他們悄悄探頭看了一眼，又鵪鶉似地縮回來，在棺材旁站成一排老老實實的墩，手指悄悄畫十字：謝天謝地，這倆是隊友。

「真的不是我，我其實只知道這面鏡子可以讓鏡像人轉化回普通鎮民，但這是聽說來的。」

Lee頗為混蛋地說：「我只需要知道這點就夠了，足夠用來誘惑一些客人了。至於轉化的條件是什麼，那不是我所關心的，畢竟我並不想要變回普通鎮民。」

他頓了一下，語氣又變得有點嗤嘲：「誰想變回去呢？我現在不是很好嗎？培養的孩子越多，越自在。何必要回去過擔驚受怕的日子。你相信嗎？這鎮子上的老朋友們，但凡轉化成鏡像人，就沒有後悔的。只有客人，只有你們這些客人會貪心不足，既想變強，又想給自己留條後路。」

又過了一會兒，游惑和秦究從墓碑後面出來了。

其他人聽了個一清二楚，問道：「現在怎麼辦？他簡直一無所知。」

游惑卻說：「有一句還算有用。」

「哪句？」

「只有客人會貪心不足。」

秦究又在鏡子旁彎下腰，伸手摸了摸那張紙的下沿，轉頭對游惑說：「這條邊摸著還有點割手，那半截確實是新裁的。」

「對啊。」狄黎恍然大悟。

于聞：「什麼就對啊？」

「這是NPC的提示，只有客人會貪心不足。也就是說只有客人才會把鏡像人作為一種緩衝，變成鏡像人是為了保命或者刷分，等到考試快結束還要轉回普通人。」狄黎說：「客人就是考生嘛，這就意味著只有考生會仔細尋找轉換條件。明白沒？是考生幹的。」

「不是，考生找條件我可以理解，找到就找到嘛，他裁了幹麼？」于聞很不解。

這也是游惑在思索的一點。

找到條件的考生，為什麼要把條件裁掉呢？唯一的解釋就是這麼做對那人有好處——減少競爭？免除麻煩？還是別的什麼？

眾人七嘴八舌議論了一番。

楚月說：「都有可能吧，不過咱們說什麼都只是憑空猜測。不如直接把人找出來問一問了。」

「找誰？」

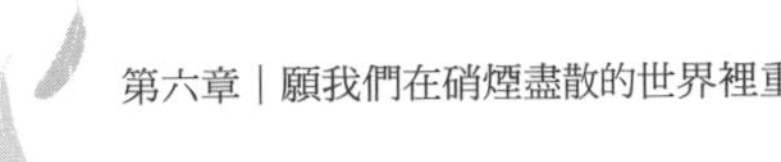

「忘了？廣播不久前還播報過，考生某某某遭遇到了饑餓的Yves。這位饑餓的Yves就是咱們要找的人了。」

于聞恍然大悟：「對啊！既然那個人知道了轉化條件，肯定就會試一試了，所以他現在是個鏡像人了！那我們直接打聽著去找他就可以。」

狄黎卻說：「不一定。」

于聞：「為何？」

「不是誰都有勇氣立刻變成鏡像人的，萬一轉化是騙人的呢？那豈不是被坑大發了。起碼拿到了先驗證一下真偽吧？」狄黎說。

「怎麼驗？」

「合理猜測一下，當然是忽悠別人來做，真正知道條件的人在旁邊觀察。如果對方成功了，他再嘗試。」

「那要這麼說，第一個冒頭的Yves就可能是被忽悠的？」

「不排除可能。」

眾人又發起了愁。

如果連目標都不能確定，找起來必然是大海撈針，雖說布蘭登是個小鎮，也不是真的只有巴掌大。千把人在這裡流動不斷，追著找要找到什麼時候？

秦究卻打破了沉默：「苦著臉幹什麼？用不著費那個勁。」

如果拿到條件的就是Yves，他一定會回來這裡。

如果他是被人哄騙的，那哄騙他的人一定會看著他回來這裡，看著他嘗試出結果。

「歸根究柢，在這裡守株待兔就行。」

墓碑背後，被拴著的Lee忍不住發出一聲輕笑，譏嘲地咕噥著：「守株待兔……」

「你閉嘴。」狄黎離墓碑最近，他瞪了Lee一眼。

但Lee的反應還是提醒了他，他擔憂地說：「秦哥，守株待兔會不會有一點點慢？換位思考一下，如果我變成鏡像人來保命，肯定不可能早上來轉成鏡像人，晚上就轉回鎮民，又不是吃飯喝水。我擔心，在這守株待兔的話，可能要活生生守到考試結束前的最後一刻。」

真的太慢也太被動了。

這句話他沒好意思說，畢竟秦究游惑都是他崇拜的對象。

「沒關係。」秦究抬起手，拇指與食指捏出一條縫隙，說：「我們可以稍微讓那兔子來得快一點點。」

「稍微？」狄黎納悶了：怎麼叫稍微讓兔子快一點點來？

十分鐘後，學霸同學感到了一絲後悔。

因為以游惑、秦究為首的魔鬼們開始巡街了！

真巡街，大搖大擺滿哪兒晃的那種。

由於這群魔鬼中間夾雜著四個細皮嫩肉的學生，對鏡像人來說就是一隻烤雞出來散步了，酥脆流油地叫囂著：餓嗎？有本事你來抓我啊！

這種誘惑實在難以抵擋，所以他們走到哪裡，就有鏡像人追到哪裡。

然後開場即結局——那些追撲上來的鏡像人，一個都沒能回去。來一個抓一個，來一群抓一群，誰都跑不掉。

Jonny他們看得目瞪口呆。

一晚上，僅僅花了一晚上的時間，游惑他們就達成了「凶名在外」的成就。整個布蘭登小鎮的人都知道，有這麼一窩歹徒，專挑鏡像人下手，他們已經在外面流竄一夜了。

起初，系統廣播時不時還能聽到饑餓的Yves。可見對方也浪得正歡，毫無顧忌地到處作祟。

到了第二天上午眾人發現，那個Yves突然安分下來，已經將近六個小時沒有動靜了。

下午兩點，他們把新抓的十三個鏡像人塞進一間地窖。

順著木樓梯上來的時候，游惑忽然停了一下腳步。

秦究：「怎麼？」

他側耳聽了幾秒，說：「差不多了。」

他隱約可以聽見，有人在悄悄跟著他們，似乎是聽了「凶名」來一探究竟。而且對方氣息略有一點亂，不像其他人那樣是好奇。這位朋友略有一點慌。

眼下，大多數鏡像人根本不像活人，大概也不知道「慌」字怎麼寫。會慌的，恐怕只有那位餓餓的Yves。

一個人開始產生擔憂，一定會關注擔憂的源頭。

對Yves而言，他需要擔心的只有兩樣，可能殺他的，以及可能救他的。前者是游惑他們，後者是那面鏡子。他看完了魔鬼小組，接下來會去哪裡就很明確了。

巡街小組終於收手，一行人終於回到了樹林公墓裡。他們這次沒有氣勢洶洶站一排，而是三三兩兩分散開來，各自找了個隱蔽點的地方躲著。

不多時，一名穿著棕色短夾克的男人小心地走進樹林，一邊走一邊往四周掃視，一副警惕的模樣。但他的下巴又是高抬著的，顯出三分傲慢，就好像他原本春風得意，忽然被人戳了痛腳。

看到他的一瞬間，眾人就知道——守株待兔的那個兔來了。

游惑打著手勢，示意大家觀察一下附近還有沒有其他人，比如悄悄躲在暗處觀察Yves的人。

很快，楚月那邊豎了一根食指，又轉而豎起拇指。這表示，她那邊發現了一個暗中觀察的人。

下一秒，眾人猛地從林子竄出，連帶著將Yves和那個鬼祟趴伏的人一併抓獲。

狄黎默默掏出手機，計算著時間。從他們夜裡做好決定，到現在人贓並獲從其中一人的衣服內袋裡掏出下半截紙，前前後後一共花了不到十二個小時。

這是他這輩子見過最快的守株待兔。

不對，這特麼哪是守株待兔啊，這分明就是釣魚執法！

但是好爽！

狄黎咧著嘴，笑得特別舒心，其他人的反應也跟他差不多。可是這種好心情並沒有持續多久。

楚月將捲得很細的紙片展開，看清上面的內容後，她的臉色唰地就變了。

後悔的人同樣可以跟鏡子做一場交易，非常簡單，一百個換一個。你如果能找來一百個普通鎮民，請他們代替你，你就自由了。

很划算的買賣，不是嗎？

這就意味著，他們想要轉換回去，就得拿其他考生來換。把別的考生變成鏡像人，他們才能恢復正常。這他媽還怎麼玩兒？

公墓不遠處有個「小別墅」，現在成了游惑他們歇腳的地方，配合歹徒傳聞來形容，這就是所謂的老巢。

這幢房子其實是小鎮公墓的陳列館，二樓有簡單的咖啡座和餐座，四面環窗，視野非常開闊，適合這幫人觀察外面的動態。

一樓就很詭異了，四面牆上掛滿了大大小小的照片。門邊立著一個告示牌，牌上寫著：你可以在此紀念任何人。

相框都是黑色的，照片也都是遺照，布蘭登鎮已故之人有數萬名，應該都掛在這裡了。每個人面無表情，活像一個流水線上下來的。

第一次踏進這裡時，幾個學生差點兒扭頭就跑。

但他們最終還是把「老巢」定在了這裡，因為地下有個儲藏室，足夠裝下一個鎮子的鏡像人，

他們抓來的那些就都捆在裡面。

普通鎮民根本不靠近這裡，考生也不敢進來。

就連鏡像人在這裡都會變得老實又安靜，因為他們自己的照片就釘在牆上，就像一個證明，赤裸裸地提醒道：你們已經不能被稱為活人了。

游惑把新抓來的兩人綁在一樓正中央的柱子上，數萬張臉就那麼面無表情地看著他們。

五分鐘前還在犯倔的人當場就招了：「我、我叫Natt，這張說明確實……確實是我第一個找到的，因為我剛好從這一帶進的考場。」

「這個轉化條件看著有點難，我不大敢自己去試，就、就引了幾個人過去。」Natt的英文口音很重，說得斷斷續續非常緩慢。

「幾個人？」秦究問。

「四個。」

Natt朝身邊的Yves看了一眼，說：「其他三個人都很猶豫，我想應該是害怕了，只有他很快就把自己轉化成了鏡像人。於是我悄悄跟著他，想看他進展得順利不順利。順便……順便把那半張說明給裁了。」

游惑問：「為什麼裁？」

Natt：「藏起來。」

游惑沒說話，但臉上明晃晃地寫著「你是不是傻逼」。

這種操蛋條件，居然還真有人當寶貝？簡直開了眼了。

Natt嘴唇嚅動了一下，他似乎想反駁什麼，但話到嘴邊又嚥下去了。

很明顯，這人還想留點底，不想這麼快把所有東西抖摟出來。

問了幾次依然沒結果，秦究點了點頭，「行吧。」

他直起身對游惑說：「等我一下。」然後轉身上了樓。

Natt看著秦究不慌不忙的背影，莫名很緊張。

不一會兒，秦究又下來了，手裡拎著一團東西。

Natt還沒看清，旁邊的Yves就有了激烈反應。他呼哧呼哧地喘著氣，試圖掙脫繩子，整個人都變得焦躁起來。

Natt臉色一變，終於知道了。

是血！

秦究拎著一團浸了血的紗布，直勾勾地懸在Yves鼻尖前。

血味刺激了Yves的神經，使他逐漸失控。

游惑一把鉗住Yves的肩膀，扭轉方向。

考生Natt正臉直面饑餓的Yves，Yves衝他張開了嘴——

「我說！」Natt滾倒在地，扭得像個大白蟲，「你們把他拉開！拉開！」

狄黎聽到動靜，一溜小跑下來，把秦究手裡的紗布拿走，扔得遠遠的，以免引發隊友們的內部騷動。

秦究說了句謝，把指尖的一點血擦在Natt衣領邊。

Yves直勾勾地盯著那一塊，齜著牙要湊過去，Natt快瘋了。

「你們，你們簡直……」Natt憋了半天，憋出一句：「流氓！強盜！」

游惑「喔」了一聲。

秦究笑起來，「謝謝誇獎。不過你已經跑不掉了，與其罵人，不如說點有用的？」

Natt被他們折磨得精疲力竭，他癱軟在柱子上，破罐子破摔地說：「我進這個考場之前，其實想辦法問了一些資訊。你們知道的，有的休息處只要手裡有東西，就能換來一點資訊。我問了一些

過來人，運氣很好，剛巧有人提到了聯合考場的這一場。」

秦究說：「這種聯合考場的考試內容每次都不一樣。」

Natt：「但背景大同小異，主核總是類似的吧？況且問了心裡安定點，知道得多一點總比一無所知要好。」

「那你都問到了些什麼？」游惑問。

Natt說：「這場考試最關鍵的事就是活下來。你們沒發現嗎？之前的題目只說了怎麼殺死鏡像人，以及怎麼殺死鎮民，沒有說我們要考多少天，怎麼樣才算結束。據說這個考場是觸發制的，達到某個條件的時候，系統會說最終的要求。觸發條件每次都不同，沒法猜。但不管怎麼樣，考生都是完全被動的。誰也不知道什麼時候才會觸發那個條件，在那之前，我必須保證自己活著。作為鎮民也好、作為鏡像人也好，只要活著就行。」

「很顯然，變成鏡像人更容易活下來。」Natt說：「否則，在這個考場耗的時間越久，鎮民越危險。因為力量對比太懸殊了。我知道你們認為湊一百個鎮民太難了，一個鏡像人每隔三天才能轉換一個鎮民，一百個的話，那得在這耗一年。是吧？」

他嘖了一聲，搖頭說：「其實不是的，我查過了。打個比方，如果我轉化了你，那麼你就算我的孩子……」

他說得正得意，一抬頭對上游惑冷冰冰的目光，又咕咚嚥了口唾沫，改口道：「你轉化了我，我算你的孩……不，下屬。總之，這樣再等三天，我和你可以各轉換一個鎮民。我轉換的這個，也會累計到你的數量裡，明白嗎？然後再過三天，咱們四個人每人又能轉化一個，這些依然都累計在你的數量裡。」

「就像一棵樹。我是一個分枝，這個分枝上所有細枝長出來的果子都算我的。而你是主幹，包括我在內，所有分枝的果子都算你的。這樣算下來，對你而言，一百個鎮民也不用很久。」

「你知道，聯合考場的考試時間總是很長的，我估計起碼要考到這個數。」他伸出三根手指，說：「因為人多，情況複雜，題目刁鑽，三十天能結束就算不錯的。所以考試結束之前，你一定能達到條件轉回鎮民。」

Natt說著抬起眼，那兩個男人表情不變，絲毫看不出他們的內心想法。

但沒關係，他篤信這番話足以讓對方瞭解情況。

「我知道，你們很想轉換回普通鎮民。」Natt說：「而我也想更安全地活下去。咱們合作一下怎麼樣？我可以利用普通人的身分，幫你們引來鎮民和考生，保證你們有足夠的血喝，也保證有足夠多的人讓你們轉換……前提是保證我的安全。」

秦究的嘴角又要牽出嘲諷的弧度，Natt連忙補充說：「還有一種！我自願讓你們轉換，你們把我變成鏡像人，然後我去抓別的鎮民和考生，一變二、二變四、四變八。只要算好了人和時間，就能事半功倍，省時省力。」

Natt小心翼翼地等著兩位發話，「你們覺得怎麼樣？」

游惑垂眸看了他一會兒，彎腰問：「你說呢？」

Natt：「多麼划算的買賣。」

兩分鐘後，Natt帶著他的買賣滾進了地下，跟饑餓的Yves臉對臉捆在一起，身邊圍繞著百來個同樣饑餓的鏡像人。

Natt嗷一嗓子就昏過去了。

拿別人換自己這種事，游惑他們可做不出來。

不論是一百換一，還是一換一。

一樓的三面牆都被照片掛滿了，只有第四面還有大片空白，給剩下的鎮民和考生留著位置。

秦究就站在那堵牆的面前，看著某個黑色相框，相框裡是游惑的臉。

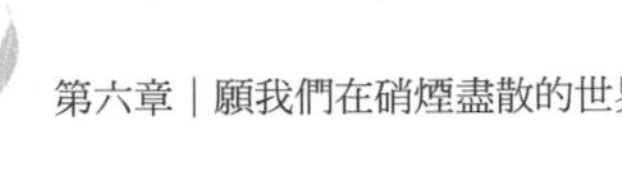

他和其他鏡像人一樣，被活人的行列開除，掛在了這個陳列室裡。

照片是系統預設的，跟准考證上的差不多，只是露出了肩膀和前胸，還能看到游惑靠坐的沙發背邊緣。

他想問游惑，這張照片是他自己的，還是系統抓拍的。但話未出口，就恍然出神。

因為他看著這張照片的時候，腦中忽然浮現出一個場景……

那是一個夜晚，他在某個同僚的屋裡商討事情，又或者是閒聊？記不清了。

從幾句印象模糊的稱呼來看，那時候他應該剛成為監考官不久，還不是001。

他們在客廳裡，沙發旁有兩面巨大的落地窗，形成一片透明的夾角。如果不拉窗簾，就可以清晰地看到窗外的一切。

身邊有說話聲，他端著玻璃杯站在落地窗前，看向對面。

透過深濃夜色，他能看到另一棟房子，客廳同樣有大片的落地窗，就正對著他所站的方向。他甚至記得那個角落有一盞簡單的落地燈，旁邊是灰藍色的沙發。

他端著杯子的手指了指，問身邊的某個人：「對面是誰的房子？」

「主考官A。」同僚回答。

冰塊磕在杯壁上，秦究了然地輕輕「啊」了一聲。

「怎麼？」同僚問。

「沒什麼，隨便問問。」秦究說。

「你別在這裡站著，他一直不喜歡這種敞開式的設計，一會兒就該關窗簾了。」同僚又說。

秦究懶懶地應了一聲，卻不想挪步。

考官A客廳的落地燈和壁燈光線交織，照在窗玻璃上煌煌一片。

游惑高挑的身影從樓梯下來，他走到茶几邊，彎腰拿起一只遙控器，似乎打算關上落地窗的窗簾。他在按下按鈕前忽然頓了一下，轉頭朝這邊看過來。過了很久，他才轉回頭去。

他把遙控器扔回原位，在沙發裡坐下，一邊解著袖扣、一邊低頭翻開茶几上的文件。

「發什麼呆？」游惑的聲音響起來。

秦究轉頭看著他。有一瞬間，他甚至有點反應不過來。愣了兩秒他才回過神來——場景中的那人就在身邊，他們之間沒有窗玻璃、沒有黑夜，觸手可及。

秦究倏然一笑，他轉頭指了指照片說：「沒，怪某人的照片太好看。」

游惑看著那張黑白上墳臉，一時間不知道是自己男朋友的審美死了，還是純粹逗他玩。

從鏡像人轉回普通人代價太大，眾人直接忽略不再考慮。

事情兜了一圈，最終還是落回到秦究的提議上——速戰速決結束考試，用保送卡來製造bug，確保游惑不會被淘汰。

要速戰速決，就意味著必須儘早觸發條件，引出題目的最終要求，畢竟有了要求，他們才能想辦法結束。眾人在「觸發條件是什麼」這個問題上爭論了一會兒。

最終游惑一句話終結所有：「把鏡像人全捆了就行了。」

Jonny他們滿臉WTF。

不過稍加解釋，他們就明白了箇中關聯。如果把鏡像人全捆了，對所有考生來說，生存威脅就不存在了。如果不出新要求，這個考場還有什麼存在的必要呢？

既然系統不讓他們好好過日子，那就都別過了。

僅僅花了三天時間，這群魔鬼就逮空了大半個考場。

鏡像人的生活朝不保夕，水深火熱，原本的優勢地位蕩然無存。

最糟心的是，造孽的都是同類。

速度、力量、敏銳程度都不相上下，對方還多了腦子。這怎麼打？

在這種順風環境下，考生們也忽然奮起，射箭都更準了。他們甚至有種感覺，就好像再堅持一兩天，這門考試都可以直接過了。

第四天夜裡，沉寂許久的系統終於上線，標誌著條件被觸發。

布蘭登小鎮各條街道迴盪著刻板的廣播聲。

【本場考試最終一問觸發條件共計兩個。】

【一、有生命活動跡象的鏡像人數量低於普通鎮民數量的百分之二十。】

【二、有生命活動跡象的普通鎮民人數低於鏡像人數量的百分之四十。】

【現考場觸發條件一，由此判定鏡像人再無翻盤可能。清除布蘭登小鎮上所有的鏡像人，本場考試即為結束。祝各位好運。】

廣播響起的時候，游惑他們正站在某個破舊商戶的天臺。

布蘭登鎮的房屋普遍只有兩三層，這棟商戶是鎮中心最高的樓，一共有四層半。

三天碾壓式的勝利讓他們成為了考生的主心骨，大批考生跟他們一起聚在天臺頂上。人群效應使得方圓一里內的鏡像人全部衝了過來。

他們沿著天臺架了一圈弩，打算做最後的清理。

結果這番廣播讓所有人停住了攻擊。

游惑他們也是一愣。

他們原本的計畫是儘快結束考試，然後用掉保送卡把游惑的淘汰抵消。

現在結束考試的條件是「清除所有鏡像人」，當然也包括他們幾個。這就變成了一個死局。

樓底下堆滿了鏡像人乾癟的皮，幾名奔跑速度過人的考生，正試圖把樓底的箭撿回來。

他們剛直起腰，就聽見空中突然傳來「嗖」的破風聲。

不論是位置還是方向，都跟之前不一樣。

他們愣了幾秒，突然反應過來，那箭是從別處往天臺射的。

「什麼情況？」他們面面相覷，一步三個臺階地奔上樓頂。

就見楊舒和老于身上各中了一箭，正滋滋往外冒血，雖然不是要害部位，但對他們的影響出奇地大。每個人的臉色都灰得厲害，就好像活人氣已經被抽離了大半。

吳俐跪在楊舒身邊給她做急救處理，而游惑他們則在兩人身邊圍了一圈，眸光冷冷地看向對面某個樓頂。

天臺上一片死寂，考生們都被這一瞬間的變故弄懵了。

對面樓頂上，幾個人影架著弩箭小心翼翼地走出來，其中一個人剃著毛刺刺的平頭。

他弩頭對著這邊說：「剛剛系統說的沒聽見嗎？清除所有鏡像人，所有明白嗎？你們圍著的這幾個就是啊。我們跟了好幾天了，他們用了組隊卡，算是一個人。知道一個人意味著什麼嗎？」小平頭說：「再來一箭，不論射中他們之中的誰，這一組都會一了百了，被清除乾淨，比其他鏡像人還好對付。」

天臺依然沒人吱聲，有一部分考生遲疑地看向游惑他們。

小平頭又道：「愣著幹什麼？打啊！你們不想結束考試了？」

他突然加大了音量，幾個考生被激得挪了一下步子，手裡的弩箭抬抬放放，猶豫不定。

游惑皺起眉，肩背慢慢繃直。

就在其中兩個人終於抬起弩箭的時候，幾個人影突然橫插過來，擋在前面。

是狄黎和Jonny他們幾個學生。

「來，有臉就把箭往這裡射。」狄黎指著自己的頭說。

僵持的時間不過幾秒，卻彷彿有一個世紀那麼久。

突然，幾聲機簧輕響打破僵持，有人給弩上了新箭。

游惑朝聲音來處瞥了一眼，有三個人抬起了手中的武器，背對他們，面朝那兩位蠢蠢欲動的考生。其中一人不屑地嗆道：「媽的孬貨牆頭草！」

罵人的這位頂著一頭土黃雞毛，聲音粗啞，個頭中等，單看背影毫無特色，在人群之中沒什麼存在感。直到他剛剛擼起袖子，露出兩條紋了身的手臂，這才顯出幾分辨識度來。

游惑看著他紋成動物園的膀子，突然覺得有點眼熟。

很快他就反應過來，這人他認識。

不止他，于聞、舒雪和老于如果記性好一點，也能認出來——這是他們第一場考試的隊友，那個小流氓似的紋身男。

他動了動脖子調整準心，游惑看到了他的左臉。

確實是紋身男。許久未見，他的臉上多了一條長疤，從額頭到臉頰，直貫整個左眼。

兩個牆頭草臉脹得通紅，他們抓著弩的手攥得死緊，關節繃得發白。

「我……我覺得那個平頭雖然……」其中一個嚥著唾沫，緊張地說：「但話糙理不糙。」

「你他媽的理不糙。」紋身男開口依然粗話連篇。

他頭也不回，朝游惑他們這邊撇了撇嘴：「這幾個人我以前見過，又裝又傲，臉臭脾氣大，我特別煩他們。後來考了幾場發現，陰招一套一套的畜生到處都是，他們這種的居然還是稀罕物。憑良心說，這場沒他們可死不了這麼多鏡像人，我昨天就該涼了。」

他完好的右眼盯著牆頭草，同時還盯著對面的小平頭，「我就是個臭脾氣的流氓，但混有混的規矩，今天就把話放這裡了！誰要當畜生孬貨誰當，我要臉。」

咔咔——天臺又響起了機簧聲。一個又一個身影架起了弩，他們背對著本該射殺的「鏡像人」，箭尖不約而同朝向了本是同類的小平頭。

這其中，幾個是真心、幾個是從眾，隔著皮囊誰都無法分辨。但沒關係。至少這一刻，他們留給游惑幾人的都是後背。

還有一大批人不知該如何選擇，他們乾脆垂下了手。

眨眼的工夫，整個天臺風向瞬變。

那兩棵牆頭草囁嚅著，在群壓之下收起了弩。

小平頭騎虎難下，無聲罵了一句「操」。

瘋了，都他媽瘋了！他在心裡罵罵咧咧，眼珠開始四處亂瞄，試圖找個機會改變局面。

就在關鍵一刻，他餘光瞄到灰霧裡又出現了細長的影子——上一波鏡像人剛死完，更遠處的那些已經趕了過來。來得正好！

密密麻麻的人影瞬息而至，小平頭大叫一聲：「小心樓下！」

對面弩箭「嗶」地一響，小平頭就勢一矮身，藉著圍牆遮擋連滾帶爬回到角落。

自私的人對誰都一樣。他躲藏的時候，完全沒有給同伴招呼，於是下一秒，他就聽見了同伴的悶哼聲。

中箭了？

小平頭一邊飛快裝箭，一邊在心裡盤算：對面那幫人碰到鏡像人會立刻調轉矛頭，先把第一波箭射出去，然後裝第二枝箭，這其中會有個攻擊的空檔，而且節奏會亂。他只要掐準這個時間，給對面一下，說不定就成了。

與此同時，剩餘的鏡像人也不會太多，這麼多考生耗點時間肯定能順利拿下。平均一下，他還有機會拿到更高的分。

小平頭在心裡默數：三、二、一。

他從掩牆後面探出來，弩頭直指正前方——

結果當頭一箭！

他看到近在咫尺的鋒利箭尖，瞳孔驟縮，來不及做任何反應！

嗖——箭尖擦著皮膚而過。

渾身的血都湧到了動脈，在頸側瘋狂跳動。他就像被人猛拽了一下衣領，瞬間仰摔在地。

小平頭瞪著天空，拚命呼吸。

他這才反應過來，這枝箭角度刁鑽，貫穿了他的衣領，將他狼狽地拽倒在地。射箭的人沒打算給他痛快！

他呼哧了幾下，突然聽見一聲輕響，就像什麼東西落在了樓頂上。

他頭皮一麻，掙扎著抬起脖子。餘光所至的遠處，他看見游惑從肩上卸了弩，睜開半瞇的左眼，把武器塞給了身邊的人。

而近處……秦究已經在樓頂了！

「你怎麼上來的？」小平頭聲音都劈了。

秦究手裡勾著兩枝箭，上一秒還在樓頂邊緣，下一秒就到了小平頭面前。

他蹲下身，拎起小平頭的衣領，哼笑一聲說：「嚇傻了？你不是說了嗎，我們是鏡像人啊。」

小平頭手指蜷曲，剛要去抓掉落的弩，就聽咔嚓一聲。

劇痛襲來的瞬間，他才意識到，秦究乾脆俐落地卸了他的手腕。

樓頂又是一聲輕響，游惑也上來了。

秦究拎起小平頭的弩，裝好箭回頭問游惑：「親愛的，楊小姐哪裡中的箭？」

「右胳膊。」

秦究點了點頭，對著小平頭的右胳膊就是一箭。

「啊！」小平頭慘叫。

這種弩都是鎮民特製的，對付突然拉近的鏡像人都綽綽有餘，更何況普通人。箭尖釘進皮肉，血瞬間湧了出來。

游惑掩了一下鼻尖，從秦究手裡抽了弩。

他連腰都沒彎，偏頭抵著弩沿，對著小平頭的鎖骨又是一箭，「這是老于的。」

「啊！」小平頭在地上滾著，嘴裡不乾不淨地衝離他最近的人罵：「操你媽！嘶——」

秦究看著他，說：「不好意思，我還真沒有。」

下一秒，小平頭就正臉挨了一拳。

堅硬的骨骼打在他顴骨上，他一頭磕在地上，腦子嗡嗡作響，天旋地轉。

他使勁眨了眨眼，模糊的視線才清晰起來。

就見游惑甩了甩手，冷冷地說：「這是額外附送的。」

血液汩汩流淌，在地上蜿蜒，腥甜刺鼻，對鏡像人來說卻是最誘人的美餐。

游惑皺了一下眉，拍了拍秦究說：「走了。」

小平頭掙扎著抬起頭。樓頂邊緣突然冒出了好幾個腦袋，五六個鏡像人沒去湊對面的熱鬧，聞著血味上來了。

「不行……不行！」小平頭周身發涼，掙扎著要去撲秦究和游惑的腿，「不行！你們不能走……救我！我跑不過他們！你們害的，都是你們害的！」

秦究腳步一頓，轉頭說：「沒記錯的話，我們在電影院好像救過你一回？現在看來，你也沒有把命當回事。」

小平頭瞪大了眼睛，鼻翼翕張。

「那就算了吧。」小平頭聽見他說。

下一秒，那兩個身影就從樓頂翻身躍了下去。

瘋子。兩個瘋子！

小平頭絕望而無聲地罵著。

那幾個鏡像人已經翻上樓頂，手腳並用竄了過來，像餓瘋了的蜥蜴……

最後一批鏡像人在瘋狂圍攻考生聚集的樓，箭如雨下。

秦究落地避開箭尖，對游惑說：「叫154吧。」

「想到辦法了？」

他們八個人確實是個麻煩，只要他們還好好地站在這裡，那群考生就沒法結束這場考試。要想把考生安全送出去，他們就必須被清除出這裡。

這就像個死結。

「是有個不算辦法的辦法。」秦究說：「對我們幾個來說有點麻煩，但至少能把這些不相干的人送走。」

154來得比任何時候都快，僅僅兩分鐘的工夫，他就出現在了樓底。

「餐廳被考場動態刷屏了，你們負了多少分你們自己看過嗎？」154拉了拉衣襬，掩去趕路的痕跡，強行一絲不苟，「再這麼刷下去真要出bug了！」

秦究說：「那不正好？」

154：「……核心區都沒能進呢，能稍微低調一點嗎老大？」

他叫慣了老大，一時間也改不了口。

「所以喊我來幹麼？我這幾天全程繃著神經，就等著你們叫呢。」

秦究說：「這個考場不是有附加題嗎？」

154點頭說：「對。」

秦究：「幫我們強開一下。」

154：「啊？」

「不是，你要幹什麼？」他抬頭望了一眼平臺，據他所知，整個考場的考生都聚在上面了，「你還沒考過癮啊？附加題有條件限制的，人數也有限制，不可能全拉進去。」

「全拉進去幹什麼，我又不是系統。」秦究沒好氣地說。

154：「……」

「把我們八個拉進去就行。」

題目說的是清除鏡像人，正常情況下，這個清除就是指統統殺了。但特殊情況也能鑽個空子，因為這個考場有附加題。

從現在的情況看，考生沒能開出附加題來，那麼附加考場就相當於另一個空間。

這就像一間房子，他們現在這個考場就是那間主臥，附加題就相當於門外某個儲物間，不算在主臥的範圍。

把他們八個人拽進那個空間，對第二階段的考場來說，他們就是不存在的。換句話說，就是被清除了。

「不用真的開考場。」秦究說：「強行觸發條件動靜太大了，有點麻煩。只要把我們塞進去暫避一下，系統判定考試結束就是瞬間的事情，只要能保證那個瞬間我們八個不在這裡就行。」

154有點遲疑。

游惑問：「很難？」

「理論上來說行得通。」154說：「每個階段的考試正式開始也會有半分鐘左右的緩衝。老大的想法沒問題，可以趁著那段緩衝時間讓你們在那邊避一下，只要掐準時間，就不需要真的開附加

題。但是……」

游惑：「但是什麼？」

154說：「風險很大。」

游惑：「風險？」

154說：「一個是速度問題，稍微耽擱一點點，就有可能觸發一個通知程式，本場考試所有監考官都會意識到，你們強行開了附加題。只要有一個人，順手點了確認，系統就能順理成章做出處理。」他頓了一下，又說：「這還不是最大的，還有生命風險。你們想想，把人從一個考場瞬間切換到另一個考場，這個過程還得特別快。字面理解一下就能發現風險有多大了。這中間只要出一點點差錯……」

他用手指比了條縫隙，一臉嚴肅地說：「你們就完了，沒準會出現一半身體在這邊，一半身體在那邊的情況。我從沒試過，但是真的不排除這種可能。」

秦究說：「是有點難看。」

154：「……」這他媽是難看不難看的問題嗎？

游惑說：「試試再說。」

——真切半了你找誰再說去？

154真的服了這兩位。但他轉念一想，現在的情況也只有三種選擇：耗死所有考生，直到某一部分忍無可忍對他們舉起武器。或者他們自覺地搞死自己。

比起這兩種，開附加題居然是最安全的方式！

154無奈地點了頭。

附加考場如果出現，也只會在第二階段考試即將結束的一瞬間，時間極其緊迫。

他回到監考處就拽上了922，兩人去了資訊中心，死死盯著考場的動態詳情。

考場時間十四點二十八分，第三枝箭從某個弩機上飛離，直指最後一個鏡像人。

922觸電似地說：「現在！」

154類比系統本體，發出一段指令。

就在那個瞬間，系統似乎覺察到了似的，指令卡頓了一下，儘管這個卡頓不到一秒，依然帶來了極大風險。

154臉色驟變，猛地抬頭看向監考官的訊息處理屏。

在那塊螢幕上，每個監考官手機上的訊息以及處理方式都會呈現出來，清清楚楚。

監考處的某個房間裡，021的手機叮地一響，蹦出一條提示資訊：

『疑似有考生違規開啟附加題。』

底部有兩個選項：

『確認為不實資訊。』

『已核實，立即處理。』

021愣了一下。

餐廳大螢幕刷了幾天的動態，所有監考官都知道，這個考場最有可能搞事的是誰。更何況021。她瞬間明白了，手指飛快在「確認為不實資訊」上點了一下。

資訊被遞送至垃圾箱，她卻有點不安。

比她更不安的是154和922。

他們擔心其他監考官。

當年A和001暗中合作，試圖摧毀系統，之所以失敗，是因為在關鍵時刻被系統覺察到了。那時候154還處於被本體系統清除的狀態，不知道具體情況。

但他一直認為，真正覺察到的不是系統本身。因為人與人之間的某些細節不是程式能感知的，

能感知的一定是人。

只有人才能領會那些情緒，捕捉到那些微妙的東西。況且在那過程中，系統還有過特殊的升級，那一定是在人為操作下進行的。

154一度懷疑當初有人告了密，或者有人提點了系統。

他擔心是監考官中的某一位。

雖然這場考試的監考官，他都篩選過，為的就是不時之需。但此時此刻，他依然有點忐忑。

叮——

監考處各個角落幾乎同時響起了資訊聲。

監考官們紛紛低頭看向手機。

154盯著螢幕，幾乎不敢呼吸。

下一秒，螢幕刷出了新動態。

監考官172確認為不實資訊，已遞至垃圾箱。

監考官066確認為不實資訊，已遞至垃圾箱。

監考官115確認為不實資訊，已遞至垃圾箱。

……

三十多條資訊瞬間刷完，每一條的內容都大同小異。

154愣了一會兒，長吁了一口氣。

他忽然覺得，人真的很神奇。明明是完全獨立的個體，在碰到一些事情時，居然會做出一模一樣的反應。

這或許是他們當年能成為同僚的原因——一種被稱為信仰和默契的東西。

監控考場動態的大螢幕受到了前所未有的關注，每一位監考官、每一雙眼睛都有意無意地盯著它。

突然，大螢幕閃晃了一下，就像電視信號不穩定似的。

花屏轉瞬即逝，很多人甚至沒有看見。

021扶了一下墨鏡，對身邊的高齊和趙嘉彤咕噥：「我眼皮跳得厲害。」

高齊說：「怕什麼，也不是第一次了，妳看我就不擔心。」

他語氣輕鬆，泰然自若地伸手去拿酒。

剛抓住杯子就被趙嘉彤按住了，「你端我的溫水幹什麼？」

高齊：「……」

墨鏡都擋不住021的白眼。

高齊裝逼不成慘遭打臉，索性抱了胳膊說：「反正……求他們儘量低調一點吧。」

154給這個房間開了遮罩，他們說話暫時不用有顧忌，萬一出了意外，也方便照應和處理。

趙嘉彤安撫說：「那兩位就算了，但這次有154參與在裡面，他謹慎古板多了，應該會壓著A和001一點，總不會太出格，放心。」

與此同時，考生雲集的布蘭登小鎮也出現了異動。

最後一個鏡像人變成皮囊飄落在地時，整個小鎮突然晃動了一下。

「地震？」狄黎條件反射似地蹲下，咕噥道：「這地方還會有地震？」

「場景模擬這麼真實？還是因為我們快考結束了？」

其他人也紛紛彎腰。

他們站在樓頂，晃動感比地面強烈一些，一時間很難判斷這個異動嚴不嚴重。

狄黎摸索著溜到天臺邊，抓著欄杆往樓下看。

旁邊的Jonny緊緊攥著他的後脖領，生怕他被晃得翻出去。

「你在看什麼？」Jonny問。

「我在看秦哥他們。」狄黎說：「我看看他們在哪兒，剛剛還在樓下，問問他們一會兒打算怎麼——欸？」

話沒說完，他就看到了游惑幾人的身影，就在街拐角。

籠罩著小鎮的灰霧還沒散，他們的輪廓朦朧不清，剛剛那個瞬間甚至還消失了，就像被霧吞了似的。不過下一秒又出現了。

狄黎晃了晃腦袋，以為自己眼花，他衝那邊拐角喊道：「哥——」

那幾個人轉頭看過來。

狄黎：「好像地震了！你們找個空曠地方……」

于聞抬了一下手，抬頭招呼道：「不是地震！我們要回避一下，一會兒你們應該就能結束這場考試了！」

狄黎懵了：「啊？」

他看見秦究對于聞說了一句話，于聞轉頭就衝他喊：「喔對，秦哥說考場可能會有點不穩定，你們最好從樓上下來，或者找個掩體！總之，別擔心，等穩定了你們就能出去了。」

狄黎愣了一會兒突然意識到，這群人可能又打算做點什麼，來確保大多數人的安危。

他有點擔心：「你們要幹麼？」

「放心——」于聞遠遠衝他喊道：「好好活著，回頭出了系統，有機會找你打籃球！」

灰濛濛的霧氣漫上來，又一次吞沒了他們。

緊接著，整個布蘭登鎮又開始格格搖晃。

狄黎顧不上多想，扭頭招呼所有人：「趴下，不是地震，趴一會兒，很快就好了。」

對這群考生而言，只是外界環境不穩。但對游惑他們來說，就沒這麼輕鬆了。

濕漉漉的霧突然湧動起來，像寒冬臘月最凌厲的風，往來不息。

游惑偏開頭，用手肘掩住臉。

「我感覺有一百個人揮著鞭子抽我的臉……」

于聞彎腰護著腦袋，喊得聲嘶力竭，可話剛出口，就被風吹散了。落在游惑的耳朵裡，就像隔了八百公尺，遙遠又模糊。

他感覺有兩股力道在拉扯他，一個往左邊拽，一個往右。兩邊都蠻得像牛。

這一刻，他總算明白了154的風險預警。

切換考場，真他媽不是人幹的事！

唯一可以慶幸的是，痛苦應該只有一瞬間，忍一忍就過去了。

游惑忍著不適，抬眼看出去。霧氣淡了幾分，隱約可以看到熟悉的街道正在消失，房屋變矮，就像有人把一幅城市畫像揉成一團，每個線條都在扭曲，色塊相融。

他知道，他們正從考場抽離，一隻腳已經站在了附加題裡。

就在這關鍵一刻，所有變化突然停止。接著，新舊考場的拉扯陡然變得更為激烈。

于聞髒話直飆，試圖減輕這種痛苦。

他喊道：「說好的幾秒鐘呢我日！這得有一百來年了吧！我感覺我要裂了！真的要裂了！」

楊舒和老于的傷口重新崩開，血味在眾人鼻端散開。

楚月說：「情況不大對。」

話音剛落，原本已近消失的布蘭登鎮重新回來了，但狀態更加詭異。

他們彷彿陷入了某個紊亂的磁場，房屋時有時無，街道一會兒出現在左邊，一會兒閃到右邊。路燈滋滋作響，人聲忽遠忽近。

突然，街道廣播的指示燈亮了一下，一個聲音從裡面傳出來。

【能聽見嗎？】

游惑肌肉一繃，下意識以為系統又來了。

【老大？A？能聽見應一聲，我不能占用太久！】

秦究抬頭：「154？」

【是我，長話短說。切換出問題了！】

「什麼問題？」

【檢測到了一些異況，感覺像其他程式，不知道是不是老大跟楚老闆的監考官警報器，因為有兩個異常點。時間緊迫我來不及細查，切換考場本來就很容易出問題，有一丁點閃失都不行。兩個其他程式的存在，對切換造成了干擾，現在很危險。】

游惑說：「那先中止吧。」

【中止不了。】

游惑：「……」

秦究說：「能排除嗎？」

【怎麼排？把你跟楚老闆拆了嗎？】

秦究：「……」

楚月說：「你直說能怎麼辦吧。」

【只有一個辦法，把你們一起打包除名，直接扔出系統，但是……】

眾人愣了：「這叫什麼辦法？」

【不然看著你們被撕開？不剩多少時間了，失敗的切換拖久了會引起整個考場的紊亂，那樣更可怕。】

話音剛落，游惑就領會到了什麼叫整個考場的紊亂。

閃晃的街道上，那些堆積在地的鏡像人突然膨脹，就像復活了似的，下一秒又重新爆開，輕飄飄地滑落回去。

腥熱的血四處飛濺，在考場和濃霧中流淌潑灑。

游惑感到手背一熱。他低頭看過去，不知哪個鏡像人倒在腳邊，血淋了他小半邊身體，袖子、手背、腰間殷紅一片。

也許是衝鼻的血腥味太醒腦，游惑突然抬頭說：「你剛剛說什麼？拖久了會導致考場紊亂？」

【對。】154被坑怕了，說完又立刻問：【你要幹什麼？】

游惑說：「紊亂算bug嗎？」

【當然啊！】

游惑說：「那就行了。」

【什麼？怎麼就行了？】

游惑快速說道：「既然bug了，名正言順應該清掃一下。你能不能直接把考場連到雙子樓？我們從那邊走。」

【我……】

從語氣來看，154可能想爆個粗口。

鑑於情況特殊，時間緊急，他又把粗噝回去了。

廣播聯通的沙沙聲戛然而止，小綠燈熄了。

922衝進房間的時候，021他們出了一聲冷汗。

該來的還是要來……

高齊問：「怎麼樣？」

922把門砰地關上，說：「切換沒成功。」

眾人臉色煞白，「那他媽不就涼了嗎？」

「沒。」922說：「考官A出了個主意，現在換Plan B。」

「說。」

922指著021說：「聚集所有監考官。」

又指著趙嘉彤說：「檢查所有手機，網路全部切換成線路一。」

最後指著高齊說：「做點熱身活動。」

「幹麼？」

「我們要回監考區了。」922說。

「不是切換不成功嗎？考試結束不了，我們怎麼回監考區？」

「所以不是正常地回。」922說起來還有點恍惚：「你知道A和我們老大之前被處罰麼？就是從那棟樓下去，進入某個紊亂的考場做清掃。現在相當於反著來，我們要從那裡爬上去。」

高齊他們一臉懵逼。

021問：「哪幾個人？」

922：「不是幾個，是整個。整個考場都紊亂了，154得把一千多個考生，連同咱們這幫監考官一起拖過去。」

021：「……」

說好的154謹慎小心不招搖呢？

五分鐘後，監考區雙子大樓。

負責看守處罰通道的老人忽然接到一個異常通知，說四樓的控制室出現了資料卡頓的小毛病，他得去看一眼。

老人尋思著一時半會兒不會有考生被送過來，便起身順著電梯下了樓。

偌大的房間頓時空無一人，資訊核驗臺螢幕暗著，處於待機狀態。

西沉的太陽在天邊鋪開一片金紅，給落地窗鍍了一層乾淨的光膜。

突然，核驗臺螢幕亮了一下，自動閃出四個字：核驗通過。

落地窗上白光一掃，玻璃瞬間消失，傍晚的風直灌進屋，裹著大片不知從何而來的霧。

氤氳霧氣中，一個高大的身影翻了上來。他站在高樓的窗沿，居然毫無懼意，甚至還彎腰向窗外伸出手去。

下一刻，另一個人握住他的手，也翻了上來，動作俐落又漂亮。

接著是第三個、第四個……

他們在獵獵風聲中站直身體，衣服沾染了大片鮮紅，帶著一身濃重的血味，落拓不羈。

這個臨時制定的Plan B有個別名——全員棄考，直抵老巢。

這就好比一千多號人集體越獄，獄警就算吃了蒙汗藥，也不可能發現不了。

154說，當所有人離開考場闖進雙子樓，系統一定會進入警戒狀態。它和獄警的區別是，就算情況再緊急，它也一定會按照程式走。

果不其然，系統的聲音自考場傳來，冰冷機械。

【考場狀況異常，檢測不到任何考生，異常等級為A級，請監考官立即處理！】

監考官們齊齊站在雙子大樓窗臺邊，922確認道：「各位！網路切換成線路一了嗎？」

眾人晃了晃手機，表示早已照做。

922衝154點了一下頭。

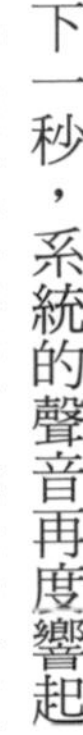
下一秒，系統的聲音再度響起。

【訊號線路繁忙，無法聯絡監考官，正在重試。】

這種情況下，系統就無法把考場紊亂的責任扣在監考官腦袋上。

一般來說，系統會嘗試聯絡三次，這個過程大約半分鐘。

如果三次聯絡全部失敗，系統會將事故的危險等級調整至S，並把處理權移交給監考區的其他監考官，直接遠端抽調過來處理問題。

眾所周知，這種抽調是有順序的——優先主監考。也就是以前的A，以及現在的001。

某種程度而言，系統的眼光比誰都騷。但這種排序又是規則的一部分，所以它屬於被逼著騷。

如果遠端抽調再次失敗，系統的警戒狀態會再次加強，直接判定事故會威脅到系統核心，由核心應激程式來處理。

走到這一步就很嚴重了。它會封鎖整個事故考場，直接銷毀。於此同時，核心區域內的相關程式會跟著做調整。

以前，這種核心調整需要游惑和楚月兩人參與，因為他們是系統的參考，這也是他們許可權極高的原因。「造反」失敗後，監考官就無法參與這種核心調整了。

「雖然監考官無法參與，但你們知道的，如果說系統哪個時候最容易有漏洞，那一定是自我調整的時候。」154和游惑、秦究商量得明明白白：「核心區域開始調整的瞬間，防禦級別會變得不穩定，我們可以趁機鑽進去。」

因為緊接著系統會變得高度「自閉」，核心區固若金湯，就成了一個暫時的避難所。真正的核心區是沒有監控的，因為沒人會監控自己，包括系統。這就好比人的眼睛長在臉上，是用來向外看的，而不會往身體裡面鑽。

以前楚月就長年守著核心，她在那裡可以跟游惑說兩句真心話，只要不出那個門，就不用擔心被窺探。

現在，那裡空無一人。

【訊號線路繁忙，二次聯絡失敗，正在重試。】

「從現在開始到系統鎖死核心區，一共有三分鐘的時間，」154對一眾監考官交代著：「全部轉移過去不可能，而且安全時間短。這裡是處罰臺，可以連接到所有的bug考場，你們找一個相對安全的，帶著全體考生躲進去。」

「你們呢？」有人問。

「我們去核心區，想辦法干擾系統的自我調整，開一條從bug考場直通休息處的通道，你們到時候轉移過去，我們在那邊會合。」秦究說。

「休息處？」眾人很疑惑，「轉去休息處幹什麼？」

「補充物資，配上武器，順便幫我們再弄一張好人卡。」游惑抽出自己剩餘的兩張卡牌，「需要湊齊三張。」

「組隊？」狄黎知道他們的組隊事蹟，當即反應過來。

其他老牌監考官均是一愣，接著紛紛張開嘴：「你、你們不會是要……」

秦究打斷他們：「現在這個情況，跟全員通緝有區別嗎？既然都到這份上了，那不如組個整隊，玩個大的。」

【訊號線路繁忙，三次聯絡失敗。】

【該聯合考場即刻作廢，全盤封鎖。】

【倒數計時五秒。】

「那就回頭見。」留下這句話，游惑他們已經鑽進了電梯。

在154催命似地幫忙下，電梯「嗖」地就下去了。

高齊瞪著眼珠，指著電梯井說：「這是下樓麼？這是自由落體吧？」

「別廢話了，趕緊來這邊，我們時間也很緊。」021走到落地窗邊，強勢地招呼眾人。

【三、二、一——】

他們剛在邊緣站定，接連不斷的爆炸聲就傳了上來。

「臥槽真的炸啊？」有人驚呼。

考生和監考官們都屏住了呼吸，熱浪和衝擊波迎面撲來，幾乎要將他們掀開。眾人朝後踉蹌了一下，再回到邊緣時，那個紊亂的聯合考場已經消失不見，樓下已然換了場景。

【正在聯絡監考區。】

正如154所說的，系統毀完考場就切換到了方案二。

不出意外，這個聯絡也會被154先想辦法干擾掉，但架不住懲罰通道的守門老頭會回來。臨時製造的小故障拖不了他多久。

「我在切換bug考場了，馬上！」

「快！抓緊時間。」

幾秒過後，負責切換的監考官叫道：「好了！找了個我所知道最容易的！」

「稍微麻煩一點兒也沒事，這麼多監考官還搞不定一個bug考場麼？當我們吃乾飯的？」

「是啊，好歹都是初始監考官。」

這話說完，他們不約而同笑了一聲。

「準備進考場——」021說。

考生們還很懵：「怎麼進？還從原路爬下去？」

021搖頭說：「爬有點慢。」

考生：「那怎麼進？」

好問題。

021摘下墨鏡抓在手裡，說：「從某兩位那裡學來的，我示範一下，看好了——」

她深吸一口氣，然後義無反顧地跳出窗外。

眾人：「……」

高齊撓了撓腮幫子說：「這位小姐當年沒能進001那組有點可惜，這性格賊他媽合適。」

趙嘉彤翻了個白眼，一腳把他蹬了下去，接著自己也跟著跳了。

片刻之後，懲罰通道敞開的窗臺上出現了一幕震撼的場景——

千人同跳。

「還剩一分鐘。」154皺著眉，有點焦急。

通往核心區域的電梯很久沒人用過了，154費了一些勁才成功開啟它。

他們此刻正站在電梯裡，過快的速度讓人變得很重，心也穩穩沉著。

「一會兒出電梯會看到一條走廊，三扇門。」154飛快地交代著：「左邊第一扇是特殊處罰區，楚老闆知道。」

楚月點了點頭。

「那裡構造簡單，適合躲藏。一會兒我們先進那裡，等系統自我封鎖核心區。」154說：「第二扇門進去，類似於垃圾集中區。對系統來說是垃圾，對你們來說卻很重要。」

因為恢復記憶的關鍵都在這裡。

「早就想來了，每次提起來都會有人說我瘋了。」秦究玩笑道。

楚月：「我就說過。」

154頂著棺材臉附和：「確實瘋，沒毛病。」

秦究高高挑起眉。

154又補充道：「這裡是系統的敏感區，一切撤銷行為都要有專門的授權，相當於鑰匙。這鑰匙對我來說都是個難題，給我一個月，我能保證給你破開，但現在時間緊，所以成功率只有百分之三十。我知道就算只有百分之三十，你們也一定想試，我先把話放在前面……」

他瞄了一眼秦究和游惑說：「百分之七十的可能，我們會失敗。這裡是核心區，出問題系統會立刻有反應。所以很大機率，我們會遭遇垃圾資訊銷毀程式。我們必須以這輩子最快的速度從裡面出來，哪怕慢零點一秒都會慘死，屍骨無存的那種。」

「好。」游惑答應下來。

秦究也點了點頭。

154說：「至於第三扇門，就是一部分主控中心。我儘快給那些考生開一條去休息處的路。」

游惑和秦究記憶受限，對核心區域瞭解不深。楚月這幾年又不在中心，不清楚細節變化。謹慎起見，暫時是154在主導行動。

【聯合考場事故危險等級調整為SSS。】

【核心程式自我檢測即將開啟。】

【核心區域準備自動封鎖。】

【警戒程式將持續五秒，清掃整個核心區。】

154屏住呼吸，電梯速度突然轉為龜爬。

眾人被這種速度上的轉變弄得心跳紊亂，不由自主緊張起來，就連楚月都在深呼吸。

【五、四、三——】

紅光掃過所有空間角落，就連空氣中的塵埃都發出了嗶啵響聲，像被電流炸到。

如果一個活生生的人不巧在這五秒內闖入，就會像這些塵埃一樣被永久清除。

【二、一。】

最後一秒倒數結束的瞬間，紅光消失，電梯門恰到好處打開。

「快！進第一扇門！」154催促。

【二次清掃開始。】

眾人幾乎是踩著點鑽進了那扇門，門縫裡漏了一絲紅光進來，撩到秦究的手肘，那一小塊布料瞬間消失，露出一片手臂皮膚。

游惑抓了他一把。

「還行，沒破皮。」秦究乾脆把損壞的袖子捲了幾道。

他倆反應還行，其他人臉都白了。

很快，系統的聲音又響了起來。

【三次清掃結束，核心區已封鎖，自我檢測程式開啟，預計時間四十八分十二秒。】

154說：「之後的清掃每隔十秒來一次，我們得掐準了時間。」

922意識到了重點：「等下，門外的清掃每隔十秒一次，你們如果在門裡失敗了，又要以最快的速度衝出來。萬一這兩個時間沒對上……」

「就橫豎都是死。」楚月說：「所以我說進中間那扇門就是瘋了！」

「勞駕盼點好的。」秦究說著和游惑對視一眼，「你們在這等著別動，我們兩個過去一趟。」

154長長吁出一口氣，小心按住感應鎖，「我努力吧。」

說完，門「滴」地響了一聲。

轉眼間，游惑和秦究已經閃了出去。

門裡眾人大氣不敢喘，知道聽見隔壁發出咔噠的關門聲，這才稍微回神。

「我……」于聞嚥了口唾沫，「再來這麼幾次，我心臟病都要搞出來了！」

在他們懸著心的時候，游惑、秦究和154已經站在了第二扇門裡。

這扇門裡的構造非常複雜，無數透明的晶管彎彎繞繞，連接著電子柱、主機殼以及各種觸控臺。看到這個場景的瞬間，秦究動作頓了一下。

按照正常規則，這種核心之地只有曾經的游惑和楚月見過，他成為001的時候，這種許可權已經被關閉了。

但他卻有種似曾相識的感覺，就好像他曾經冒著極大風險，悄悄來過這裡。

「我見過這些東西。」秦究沉聲說。

154正活動手指準備破除限制，神情極度緊繃。所以話音落下好幾秒，他才反應過來這句話的意思。

「你見過？」154一愣。

緊接著，他心說不好！

這個愣神耽誤了兩秒，許可權核驗已經開始掃描了。

154臉色一變，正要說「出去重來」，就見紅光已然滑了過來，在掃過游惑側臉時突然停住。

下一秒，螢幕上蹦出一行字：檢測到撤銷金鑰，核驗通過，可以執行撤銷口令。

房間陷入漫長的安靜，三人沒想到會出現這種轉折，愣在當場。

許久之後，游惑摸了一下側臉，皺眉咕噥道：「撤銷金鑰？」

緊接著，他的手指碰到了耳垂，某個稜角分明的東西硌著指腹，在紅光直照下慢慢有了溫度。

那是他始終戴著的耳釘。

很久之前的某一天，考官A乾淨的耳垂上突然多了一樣東西，跟他一貫的性格不大相符。

秦究問他，怎麼突然會戴上耳釘？

他說沒什麼，昨晚做了一個夢。

那是一個奇怪的夢境，裡面有兩個身分相異的秦究，也有兩個身分相異的自己。醒來之後，他只記得沖天的大火，還有秦究坐在桌沿看他的神情。

秦究說：「你站的地方太暗了，我總是看不清。」

所以，他找來了亮一點的東西，釘在自己的安全區。這樣，不管身在哪裡，都能被對方看到了。

後來又是某一天，在曠寂的硝煙中，秦究把冒險準備好的金鑰悄悄替換上去。

如果他們不幸失敗，這樣東西終會派上用場。

金鑰生效，記憶就會恢復。

裡面有他的過往、他的信念，以及他的愛情。

這一切組成了完整的秦究。

親愛的，我把自己放在你耳邊，你會聽到的吧。

願我們在硝煙盡散的世界裡重逢。

【第七章】

還沒離開，就已經開始想念

早早準備的金鑰解決了最大的許可權阻礙，154一個箭步衝到控制臺。

這裡面，被系統劃定為垃圾的東西浩如煙海。

「記憶板塊……歷史操作……」154一邊咕噥一邊飛快翻頁，「關於內部人員的記憶刪除和調整操作太多了。」

這些年下來，系統針對太多人做過太多干擾，大到整片整片地清除，小到某個細節的模糊處理和調整。想要準確地挑出游惑和秦究的部分，非常困難。

不是行不通，是需要時間。

現在的他們，最缺的就是時間。

「我在這裡太容易被預警了。」154說：「稍微過分一點就會被系統盯住。」

他說著頓了一下，因為他忽然意識到自己已經無限接近於中央核心了，卻並沒有激起系統的報錯反應。

是因為系統正忙著自檢，變遲鈍了？

154疑惑地犯著嘀咕。

眼下時間緊迫，他沒空多想，這個猜測剛冒出頭就被他摁了回去。

「大概要多久？」秦究問。

154手指不停，「五分鐘左右。系統應該做了匿名和混淆處理，剛剛第一遍粗篩沒篩到你們，我得細篩一遍。」他抬頭看了一眼螢幕說：「你們這個金鑰等級很高，許可權有效時間有三十分鐘，放心，夠用了。」

秦究點了點頭。

這句話說完不到一分鐘，屋內突然閃了兩下紅光，螢幕上跳出一行字：

『警告！操作涉及敏感項，許可權將在十秒之內鎖定！』

154臉色一變。

「敏感項？」

「說明我正在篩的這組目標裡有你們。」154說。

「這組多少目標？」

「一千個。」

屋內一陣安靜。

這本來是件好事，此刻卻起不了任何安慰效果。要在十秒內找到精準目標，還要從這裡撤出去，簡直天方夜譚。

「別找了，一鍵全撤吧。」游惑說。

154猛地抬起頭，「全撤？所有人？」

這是一個浩大到他沒想過的方案，一鍵全撤，意味著系統做過的所有記憶干擾操作都會被撤銷，不論是誰。

聽聽都很刺激！

『警告！許可權將在五秒之內鎖定！』

154看魔鬼一樣看著游惑，然後一掌拍在「撤銷」鍵上。

無數大大小小的記錄在螢幕上瘋狂滾動，快到根本看不清字。

『警告！四！』

警告條已經變成了最危險的深紅色，觸目驚心。

「快走！」154叫道。

三人直奔金屬門。

『三！』

154手指懸在感應鎖上，卻沒有立刻按下去。

游惑一直在心裡數著秒，知道他為什麼停頓。

因為門外每隔十秒啟動一次的清理程式還剩最後兩秒，要等程式結束他們才能開門，否則同樣是死。

『二！』

154的手依然穩穩懸著，但臉色已經很難看了。

一秒的時間差簡直生死時速，能把人逼瘋。

『一！』

警告倒數到最後一秒，154一把摁住感應鎖。

滴——金屬門應聲而開。

游惑的耳釘裡忽然閃了一點紅光，又在眨眼間熄滅，代表著金鑰許可權已失效。

身後的屋內，三面牆上伸出黑色圓管，像百來個突然抬起的槍口。火柱從圓管中噴出，瞬間淹沒所有。

三人踩著火舌衝出來。

操控臺和螢幕裹在安全罩裡，在沖天火光的映照下，螢幕上滾過最後一片資訊，靜靜地彈出一個提示框——

『撤銷指令執行完畢。』

『記憶庫垃圾區全部清空。』

那一刻，系統裡有太多人做出了相似的反應——

922開門的手頓住了，臉上出現了一瞬間的恍惚。

楚月正在跟于聞說話，張口卻走了神。

舒雪揉著胳膊忽然停下，輕輕「啊」了一聲。

在他們隔壁，被調離崗位的守門老人剛趕回懲罰通道，他正要去看核驗屏，腳步卻突然緩慢下來，走了兩步之後，他茫然地站住了。

還有更遠的地方，更多的人……

當然，還有游惑和秦究。

那個瞬間，秦究忽然回頭看了一眼。

金紅色的大火在翻滾燃燒，熱浪直撲過來，乾燥而滾燙。

記憶瞬間湧入腦海的感覺和它一樣。

某年冬天，西南某條偏遠的山道上出過一場事故，一輛車衝出圍欄翻下了山道，車上是四口人——一對夫妻帶著老人和剛滿兩歲的兒子。

有人說，那是曾經的緝毒警被尋仇；也有人說，只是自駕遊倒楣碰上了下雪天，山道路滑出了意外。不同的傳言卻有相同的結局，人們都說，那一家老少無人生還。

其實不是。

那天的山坳蓋著雪，又濕又冷，本不容易活。可汽車前座燒起來的火持續不斷地發著熱，居然成了一種庇護。

在這種另類的庇護之下，那個兩歲的孩子僥倖保住了命。

不久後，他被遠遠送走。換了姓氏、換了籍貫、換了一切與之相關的資訊，和車禍中喪生的三人再無任何關聯。

有時候，不過分關注就是一種保護。這種保護會帶來一個相應的問題，就是孤獨。

這個倖存的孩子卻有點例外。

都說出生在冬天的人堅毅、內斂、沉靜，而出生在夏天的人熾烈、浪漫、恣意。

他生於仲夏末尾，但真正的人生又起始於那個深冬。也許就是因為這樣，他融合了兩種近乎矛盾的性格。

他不孤，只獨。又瘋又獨。

像在冰酒裡點一捧火。

他念書、長大、進軍校、進部隊……也許自己都沒有意識到，他在走一條和父母相似的路。

直到某一天，他自願加入那個敢死隊，把命拴在腰間。那一刻，兩條路終於有了重合的痕跡。

這也許是刻在骨血裡的冥冥之中。

有人說，記憶一般起始於三周歲，再早的事情太久遠了，留不下什麼印象。

但他記得那個冬天。

車裡三人的長相、聲音、說話神態以及笑起來的樣子，他都忘了，一點兒痕跡也不留。但他記得那個山坳的冬天。

很久以前的某一次，不記得是跟哪些人的聚會上，有朋友非要拉他配合一個遊戲，類似於不過腦的快問快答，對方說一個詞，他回答想到的第一個詞。

他興致缺缺，答得敷衍。

只記得那人說「家」，他忽然想起了那個山坳被雪覆蓋的樣子——

一邊是冷冰冰的雪，一邊是火。

這是他一切記憶的開端。

他加入敢死隊後，拿到了一份關於系統的已知資料。那份資料一半在強調任務的危險性，一半

在介紹任務目標。

他的任務嚴格來說有兩個：一是試探系統規則的底線，相當於給所有人畫一個圈，他在哪裡，極限就在哪裡。二是干擾系統核心。

在他的任務清單裡，系統核心同樣有雙層意思。既是指冷冰冰的機器，也指與核心相關的人。資料裡寫著，有兩個人和系統關聯緊密，說他們是系統的一部分也不為過。

這兩個人的立場標註為「不樂觀」，危險等級標注為「S」，許可權等級也是「S」。

他的任務是盯住這兩位，把他們從高位剝離下來，奪取許可權，適當的時候甚至可以看管控制起來，俗稱「軟禁」，然後從他們入手關停或者銷毀系統。

敢死隊人不多，本著雞蛋不能同籃的原則，每個人的任務目標都不盡相同。只有一個名叫聞遠的隊員任務跟他有直接關聯。

進系統前，他把姓氏改回了最初，姓秦。

因為資料上說，系統具有干擾性和迷惑性，進入系統人很容易遺忘現實的事情，時間久了甚至會產生一種錯覺，覺得自己本就是系統裡的人，是它的一部分，就像遊戲中的NPC。

這個姓是他和現實最重的聯繫，只要還頂著這個名字，他就終能想起自己是誰。

事實證明，資料裡的警示並非危言聳聽。

敢死隊的成員以考生身分進入系統，分散在各個考場。很長一段時間內，他再沒見過那些人，只能從其他考生、休息處以及一些事情上猜測隊友們的任務進度。

相較於其他人，秦究瘋多了。

其實，試探系統的規則底線有更安全謹慎的做法，只是會耗費一些時間。他偏偏選了最危險也最囂張的那種。

他的每一次試探都驚天動地，別說全考場了，恐怕全系統的人都或多或少有所耳聞。這樣其實有個好處——不論敢死隊的其他成員在哪裡，能都得知他的進展和資訊。

秦究第一次違規，負責處理的是一位附屬監考官，例行公事地關了禁閉就放他回來了。

結果沒多久，他又犯了第二次。

這次，附屬監考官沒按捺住，請來了主考官。

那是秦究第一次見到游惑。

當時的秦究正站在某個二層小樓傾斜的屋頂上，把堵在天窗上的怪物屍體扔開，屋子裡幾名考生的哭聲總算變得沒那麼鬧心。

他聽見不遠處傳來腳步聲，有人踩著滿地乾枯的樹葉和怪物殘肢朝這裡走來，那麼冷靜的步調一聽就不是哪個考生。

秦究甩掉手上的血，踩著棕紅屋瓦轉身看去。

一個高個兒年輕人站在不遠處，穿著襯衫戴著「A」字臂徽，長直的腿裹束在軍靴裡，在滿地血淋淋的殘肢枯葉中，顯出一股肅殺又冷淡的氣質……就像大雪落滿了寒山。

那個瞬間，不知怎麼的，秦究忽然又想起那個冬天的山坳。

鐵銹一樣的血腥味裹在雪沫裡、生死、冰火、寒冷和灼熱、所有矛盾的東西都在那個場景裡，危險卻畢生難忘。

「違規考生秦究——」屋簷下的人折了手裡的通知條，抬眼看向他，「跟我去監考處。」

秦究目光掃過他的臂徽，漫不經心地想：主監考官A，那個需要清掃掉的「S」級危險人物，我的任務目標。

因為「任務目標」這四個字，考生秦究盯上了考官A。

不過很快他就發現，對方並不是那麼好盯的。

在這個系統的考場上，一位考生要想見到監考，既可以通過提問的方式，也可以通過犯規的方

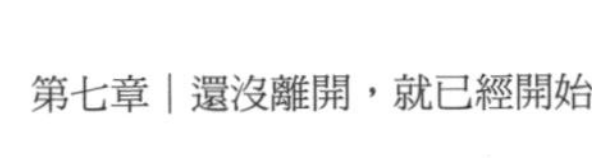

式。腦子正常的人都會優先前者，因為簡單多了。

最初的時候，秦究也這麼試過。

隨口編一個無關痛癢的問題，再在考場上寫下「A」這個代稱。監考處總是很快就給予回饋。要不了幾分鐘，負責答疑的人就會出現在秦究面前，但並不是他要找的那位。

「我寫的好像不是F。」當時的秦究抱著胳膊靠在門邊，目光掃過對方的臂徽。

考官F看到他也很頭疼，「我知道，你寫的是主考官，他現在有事，所以就我來了。你碰到了什麼問題？」

秦究把隨口謅的問題拋出來，考官F感覺他在找茬。

不過找茬的考生不是他一個。被考題搞出怨氣的人太多了，發洩發洩也正常，考官F見怪不怪，答完就跑了。

鑑於「考官A有事」，秦究那天特地等了很久，直到考場的太陽從東到西，白天變成黑夜，他才又編了一個問題，再次寫下「A」這個代稱。

結果幾分鐘後，他和F又見面了。

說不上來他和F誰更不爽一點，反正他明白了所謂的「A現在有事」純屬放屁，那位主考官只是懶得管答疑這種小事而已。

從這之後，考生秦究就走上了專業違規的道路。這和他測試規則底線的方法一模一樣，也算兩不耽誤。

那時候還沒有「違規三次，監考官全程監考」的規定，畢竟在秦究之前，沒有人會這麼毫無顧忌、無法無天。

所以嚴格來說，他違規的次數比後來的任何一個考生都多。

起初，是他出於任務目的單方面在找麻煩，但考官A總都能毫不手軟地把麻煩找回來。碰到一個旗鼓相當的對手，其實是一件很痛快的事情，能讓日子變得不那麼無聊。時間久了，甚至會有點沉迷其中。

他們之間的針鋒相對是什麼時候開始變得微妙的，已經很難說清了。

唯一能說清的恐怕只有轉折。

那是秦究的第三門考試，考的是數學，他在那場考試裡碰到了趙文途。

不過對當時的他來說，趙文途只是一個人品不錯的考生而已，和無數過路人一樣。

那場考試中，秦究常常坐在窗沿桌角，手裡撥弄著一個很小的薄片，琢磨著怎麼才能接觸到系統的核心——監考區。

作為考生，一般情況下他根本沒有進入那裡的機會，也沒有別的考生能給他提供參考。

那個考場裡有個四五歲的小女孩，乖巧安靜，偶爾會蹭到他旁邊，奶聲奶氣地問他一點問題。

小女孩指著薄片問他：「這個透明的，是魚鱗嗎？」

秦究說：「是眼睛。」

小女孩本來想摸一摸，聞言噫了一聲，沒了興致。

那個薄片並不是真的透明，只是表面塗層比較特殊，會根據周圍環境變換顏色，乍一看就像透明的，貼在哪裡都很難被發現。

考數學之前，他在休息處碰到了敢死隊的聞遠，這個薄片就是他給秦究的。

這個年輕人身手比其他隊員遜色一些，跟秦究更是差得遠，性格又有點直楞。但能進敢死隊，總有他的過人之處。

他是隊裡負責技術的。

當然，秦究跟他接觸有限，只知道他看著毛毛躁躁，其實挺細巧的，所有需要動手的東西他都

很擅長，有點一通百通的意思。

聞遠說：「這東西我改裝的，加了點塗層，可以理解為性能差一點的針孔攝像機。」

秦究問他：「性能差一點是差多少？」

聞遠：「唔，超過十公尺的東西可能會糊成馬賽克。」

秦究挑起眉，他又補充道：「材料有限，理解一下嘛！而且它有個好處，背面材料有自融的效果，貼在哪裡超過一週，就會消失，被發現的風險要低一點。」

「這個自融什麼意思？帶點腐蝕性？」秦究問。

「可以那麼說吧。」

「那貼過的地方豈不是有個斑？」

「呃……不排除這個可能。」

看在理解萬歲的份上，秦究把這東西收了。

他本來不打算用，但半途又改了主意。

那是數學考試的第三天，他們碰到了一個相當麻煩的怪物。一定要形容的話，它就像是一盤滾燙的散沙，可流動的，滑到哪裡常常沒人發覺。

它會聚成人形，模仿成任意一個考生的模樣，乍一看很難分辨真假，迷惑性極高。

那天，怪物變成了那個小女孩的模樣，騙了隊裡一位考生的同情，差點兒把那位考生活活燒死。不過秦究一路追它到城郊樹林，反將一軍，把它燒死了。

監考處順理成章接到了通知，考官A帶著那場的附屬監考官Q過來了。

他們進入樹林的時候，被燒死的怪物剛巧解體為散沙。

林間的風毫無道理地亂颳一氣，散沙撲面而來。

考官A閉著眼偏開頭，抬手擋了一下。就聽見Q在身邊「呸呸」兩聲。

Q的腳步有點亂，踩得枯枝劈啪作響，蓋住了其他動靜。

等到A反應過來時，一陣勁風掃過後頸，有人用手肘勾住了他。

眨眼的工夫，他就被人壓在了滿地枯葉上，造反的就是他要抓的違規考生。

「你幹什麼？」考官A微微抬起頭，冷臉問道。

秦究膝蓋強壓著他的腿，一隻手摁著他的脖頸，拇指抵著要害。

他趁亂把聞遠給的薄片貼在了考官A軍褲的皮帶上，動作間，手指不小心隔著襯衫碰到了對方勁瘦的腰。

那一瞬間，他能明顯感覺到對方腰腹繃緊了一下。

秦究頓了一下，抬眼看向考官A的眼睛。

旁邊的考官Q睜眼就看到這麼個場景，倒抽一口涼氣：「瘋了你？」

趙文途和另外一名考生追過來幫忙，看到這個場景也驚呆了，大氣不敢喘。

秦究撤了力道，鬆開兩隻手說：「不好意思，把我們的考官先生當成怪了。」

考官A皺著眉把他反掀在地，兩人幾乎來了個位置交換，「騙鬼呢？」

秦究任由他壓著，指了指不遠處的散沙說：「沒騙你，這場的題目模仿能力太強，想變成誰就變成誰，我費了不少工夫才燒了它。」

他重新看向考官A淺色的眼睛，低沉的聲音裡透著懶散和玩笑的意味：「剛剛那場景太像怪物復活了，你來得真不巧。」

趙文途在旁邊幫著解釋，手忙腳亂說了半天。

考官A重重壓了秦究一肘，這才站起身，冷冰冰地拍著身上的枯葉。

「要幫忙嗎？」秦究指著他的脊背和後腰。

「用不著。」考官A側身讓過，衝他一偏頭說：「去監考處，你走前面。」

「行吧。」

那次的禁閉全程都由考官Q負責，A進了監考處就冷著臉進了休息間，沒理人，估計換衣服去了。秦究把薄片貼在腰帶上就是這個原因，衣服每天都要換，但是腰帶不會。

考官A是核心人員，進出系統核心區應該是常事，雖然聞遠做的那玩意兒有點「先天不足」，但多少也能看到一點有用的資訊。

不過這個「先天不足」的薄片最終還是沒有派上用場。

因為這場考試結束的時候，他踩點違了個規，誤打誤撞被帶進了監考區。

那是秦究第一次進雙子大樓。不知該說巧還是不巧，他在等電梯的時候，旁邊的那部電梯剛到一樓，有兩個人從裡面走出來。其中一個半邊襯衫都是血，另一個人架著他。

看穿著，那兩個應該都是監考官。

考官A朝那兩人的背影看了一眼，片刻後又收了回來。

秦究看到他垂下眼，眉心極輕地皺了一下，又轉瞬恢復成一貫冷懨懨的模樣。

「剛剛那位怎麼回事？」秦究問。

考官Q臉色也有一點蒼白，「他啊，違反了一點規則，有點失職，所以被罰了。」

秦究有一點意外，他朝考官A瞄了一眼，儘管他當時不知道自己為什麼要在那一瞬間看向A。

「你們也會違規？」他問。

「當然，你們有你們的規則，我們有我們的。」考官Q說。

秦究聞著空氣殘餘的血味說：「你們的懲罰怎麼看著比考生還重？」

考官Q說：「看違規程度吧，小事小懲，大事大懲。」

那次，秦究沒有額外生事，只瞭解了雙子大樓的一些情況，因為他有點心不在焉。

他偶爾會想起那個被處罰得血淋淋的監考官，再突然想到考官A和他腰帶上的薄片。

清掃考場結束的那天，原定來送他的考官Q沒有出現，來的是考官A。

他開著一輛黑色的車等在雙子樓前，搖下車窗冷冷淡淡地說：「上車，送你回休息處。」看上去並不大情願。

那天車裡的氛圍很微妙，微妙到時隔多年再回想起來，依然記得在車裡的感覺。

兩個鋒芒外露的人處在封閉的環境裡，偏偏又離得很近。那是一種安靜氛圍下的劍拔弩張，同時又含著一點別的意味。

車子最終停在休息處的某個街角，秦究從車上下來，令他意外的是，考官A也從車上下來了。

那天的考場天氣很好，深秋的風依然有點寒涼。

秦究站在書報亭旁，看著考官A。有那麼一瞬間，他覺得A似乎有話要說。

他等了幾秒，對方卻並沒有開口。

於是他鬼使神差地說了一句話：「下場考試，我試著安分一點，爭取不勞主考官大駕。」

因為他突然不大想藉考官A的手去接近系統核心了，他想換一種方法。

考官A垂眼聽著，一貫的沒什麼表情。

他擦著秦究的肩膀走回車邊，打開車門的時候停了一下，扶著車頂轉頭對秦究說：「借你吉言，最好是別再見了。」

但聽那個話音，他應該是沒打算相信。

秦究的第四場考試出奇安分，監考官也不是A，他只在最後非常巧合地把等級掉成了「C」，被帶到監考區重來一回。

重來到第二回的時候，多日不見的考官A突然又出現了。

那次秦究抽到的重考是一個海上考場，需要坐船過去。

他剛在船艙坐定，就聽見頭頂的活板門又被人拉開。

他以為是那個嘮叨船夫，結果抬起頭卻看到了那張熟悉又冷淡的臉，對方踩著軍靴，拎著撬動活板門的長鉤，高高地站在甲板上。

他擺弄著船夫桌上的一盒菸，抬頭笑問道：「我又犯什麼事了麼，勞煩大考官親自來抓人？」

考官A居高臨下地看過來，說：「目前還沒有，之後難說。」

「那你怎麼來了？」

「系統規則調整，單場考試違規超過三次的考生，監考官需要全程監控。你前三場違規多少次自己數。」

「但我這兩場都很安分。」秦究依然話音帶笑：「懲罰還要溯及既往？」

考官A說：「這話你去問系統。」

他說著，沿著長梯下來了。

那塊方形的活板門之上，是黑藍色的夜空，桌上擱著明亮的汽燈，燈光投照在考官A的淺棕色的眸子上……

秦究突然發現，自己居然有點想念這位考官先生了。

在那艘海船抵達荒島的時候，秦究跟在考官A的身後上了甲板，不可避免地注意到了對方腰間的皮帶。

彼時距離數學考試早已過了一週，按照聞遠的說法，那枚黏在皮帶上的薄片應該會自我銷毀，銷毀的過程中黏著面帶有一定的腐蝕性，所以會在皮帶上留下一塊淡淡的痕跡。

但是沒有。

秦究仔細確認過，他貼上薄片的地方沒有留下任何痕跡。

那就只有一種可能，考官A在薄片自毀之前就發現了它，並且摘掉了。

秦究第一次真切地懷疑考官A的立場，而不僅僅是眼神、表情這種解讀起來太過主觀的理由。

不可否認，他很高興。

在荒島上的那幾天，是他們之間關係極為放鬆緩和的階段，某些瞬間甚至會讓人產生一種「他們是並肩戰鬥」的錯覺來。

但終究只是某些瞬間而已……

從那個考場出來後，接二連三發生了很多事──

考官A和當時被稱為考官Z的楚月被召進主控中心，一待就是好幾天。出來後，考官A又變成了那個難以招惹的「系統代言人」。

而秦究則發現，敢死隊的人正一個接一個地失去音訊。

接著，在不久後的一輪考試裡，他又一次碰到了聞遠。

那次的考場設定在某個軍事基地，初冬的天空總是陰沉沉的，又灰又冷。

他們沒有趁手武器、沒有合適的裝備，比任何一次都危險。

秦究被直升機投進一片戰區，落地就是一場廝殺，連招呼都顧不上打。

當他劫了一輛槍械運載車翻進車斗，背靠著掩體換彈夾的時候，聞遠從側面潛行過來。

他爬進車廂，丟了一套裝備給秦究說：「你可太牛逼了，不穿點裝備就敢對這種車動手，我剛剛從那邊過來，大氣不敢喘，看得一愣一愣的。」

聞遠指著遠處某片卸貨區，說：「那邊裝備多，我給你帶了一套過來。這麼大的考場落地就能碰見不容易，能算朋友了。你叫什麼名字？」

秦究裝好了兩套槍，正把其中一套遞給他，聞言就是一愣。

「你說什麼？」他皺著眉問。

聞遠「啊」地疑問一聲，以為自己哪句話說錯了，惹了這人不高興：「我沒說什麼啊，就說你很牛逼，交個朋友，問你叫什麼名字。」

求生欲使他又誇了秦究一句，結果把秦究的臉色誇得更沉了。

他一手抓著槍，接也不是，不接也不是。

聞遠：「啊？」

「你不認識我？」秦究問。

「我……應該認識你？」聞遠遲疑地說。

很難描述秦究聽見這話的瞬間是什麼心情。

考場之上，系統無處不在。他甚至沒法直接詢問對方，發生了什麼事，碰到了什麼事，還記不記得來這的目的，記不記得被稱為「D-to-D」的敢死隊。

他費了一番工夫才旁敲側擊地瞭解到事情原委。

原來聞遠在前一場考試中也踩點違規了，他被帶去監考區的雙子樓做了三天bug清掃處罰，卻在清掃快結束的時候碰到了意外。

很難說這是單純意義上的受傷，還是系統藉著他受傷的名義又做了點什麼。

總之，結果就是聞遠的手不再像以前那樣穩，也忘了自己究竟是什麼人。

秦究想起進系統前收到的資料，它提醒說進入系統的人會受到不同程度的干擾，慢慢忘記自己和現實之間的聯繫。

但他沒料到會干擾得這麼徹底。

他活了二十多年，要說哪些人可以算作朋友，一定有敢死隊那幾人的名字。

他們帶著同樣的目的，散落在一個生死難料的局面裡，既是獨立的，又能算一個整體。這樣的牽連放在正常環境下，甚至可以發展成至交了。

但他們不同。他們這群人其實沒有過任何私下的相處，算不上熟悉。又因為任務特殊，相互之間很多資訊甚至是保密的。

唯一相關的，只有任務和生死。

所以秦究把他們當做特殊的朋友，聞遠是其中最熟悉的一個。

現在，這位朋友也「消失」了。

種種事情不斷加重考生和系統之間的矛盾，這種火藥味不可避免地蔓延到了考生與監考官之間，也不可避免地影響到了秦究和考官A。

他們之間充斥著很多關係，對立的、衝突的、相吸引的，以及曖昧的。

每一重關係都在濃重的火藥味中不斷深化，越來越激烈。

這樣危險的關係，其實遠離是最平和的做法。

但他們誰都不是平和的人，他們骨子裡一樣瘋。越是危險，越要接近。

那次荒島上輕鬆平和的相處成了浮光掠影，一閃即逝。

他們開始了長時間的試探與周旋，每一句話，每一次接觸都帶著刀鋒劍刃。

偏偏這些試探永遠得不到理想的結果，因為整個系統之中，根本找不到一處可以認真說話的地方。他們厭惡束縛，卻不得自由。

直到某一天，秦究從另一位監考官的口中套出話來，得知禁閉室成了考場最特殊的存在。

因為系統最初的設計理念並不是「剝奪自由」和「無死角監控」。禁閉室涉及到太多人的內心和隱私，所以按照設計初衷和根本法則，這是系統不能監測的地方，是規則下的避風港。

但系統故意忽略了這條。直到最近，有人強硬地把這塊避風港打開了。

這個人是考官A。這是他和楚月那陣子長時間待在主控中心的原因。

突然打開的避風港成了很多事情的轉折——

兩位監考官在被窺探了二十多年後，終於獲得了可以喘息的地方。

而考官A和秦究之間的試探和周旋，也終於能得到一個坦誠的結果。

很奇妙，對於他們兩個而言，開誠布公地確認立場、攤出底牌並沒有讓他們的關係變得平靜緩和。因為他們之間充斥的那些東西都太過激烈了，不是簡簡單單幾句話就能捋平，鋒芒頓消的。

秦究一度覺得他們之間永遠不可能變得「平靜」。

每一次見面、每一次接觸都處於某個臨界值，只要稍微再過一丁點，就會發生些什麼。

不是「你死我亡」那麼慘烈的事情，他們畢竟是同行者，遠不至於那樣。

那該是什麼？在那之前的很長一段時間裡，秦究始終沒想出答案。

直到他們開誠布公說清立場的那天夜裡。

考官A站在門前正要離開，而他站在考官A身後，拇指從對方頸側收回，帶著一抹殘留的體溫和觸感。

他撚著指腹說：「你的領口有點潮，外面下雨了麼？」

考官A喉結動了一下，片刻後說：「沒有，下雪了。」

秦究點了點頭。禁閉室那一瞬變得很安靜。

又過了幾秒，考官A說：「我還有事，先走了。」

他轉動門把的時候，聽見秦究輕輕「啊」了一聲，表示知道了，但拖長的低沉尾音又透著一抹說不上來的微妙遺憾。

考官A手指頓了一下。

片刻之後，他忽然鬆開了門把。

那一瞬間，他們之間始終繃著的那條臨界線也跟著鬆了。

秦究目光一動，從考官A的手指移到對方清瘦的脖頸上。

他低下頭，吻在考官A的後頸。

按照監考區的時間來算，那天是新年伊始。

地下沒有窗子，但秦究知道，外面正下著大雪。
夜色下的寒風在樓宇間穿行，肅殺、凜冽。
他們在禁閉室裡吻在一起，這才是那些激烈關係的歸途。
荒島上的那場考試，大概是他們一生中最接近於「隊友」的時刻。
在那之後更為長久的時間裡，不論記得或是不記得，對立或是同行，他們之間永遠交織著愛情。就像他們之間永遠不可能變得「平靜」。如果有，那一定只存在於終老和死亡裡。
關於對付系統，考官A是有計畫的，這點秦究知道。
他一直以為，自己理所當然會被A拉進那個計畫中心，誰知並沒有。
很長一段時間裡，考官A絕口不提他的計畫。好像對他而言，只要知道秦究是同路人，他們並不真正對立，這就夠了。
他們有著最親近的關係，做著最私密的事情，面朝著同一個方向，相互之間會幫上忙，卻依然走在兩條路上。
這是孤狼的天性，秦究再清楚不過。
他以為自己已經是箇中翹楚了，沒想到有人比他還嚴重——考官A不僅獨，還夾雜著一點別的什麼東西……
最初，秦究不清楚那是什麼，直到他得知系統和考官A真正的淵源。
再看清那雙漂亮的、曾經被系統借用的眼睛時，他忽然明白，那是長久經歷養成的慣性，是一種特殊的封閉。
別人的封閉是為了自我保護，考官A卻不同，他的保護是向外的。
他總是在周圍畫上一圈危險區，自己習慣性地坐在危險正中，然後強勢地把別人全部推出圈去。就像他一直試圖勸服秦究，一旦考試順利通過就離開系統，別再回來。

為了這件事，考官A故意說了不少冷話，秦究也說了不少諢話。

他甚至會在最為親密的時刻，百般誘哄對方鬆口。

一邊看著對方肩背、脖頸或胸口漫上淺淡的紅，額頭死死抵著手背，悶聲皺眉說不出話來，一邊在心裡暗道自己真是個混蛋。

有時候考官A會在喘息中，半睜開眼不耐地看著他。

如果不是身體交纏，秦究懷疑他下一秒甚至會冷哼出來，可惜這種境況下效果總會大打折扣。

所以他常常是看秦究一會兒，聲音沙啞地說：「你現在像個反方臥底。」

「那我這次能臥成功嗎，大考官？」秦究總會順著話逗弄似地問。

然後他會說：「不能。」

這樣的否定答案持續了一陣子。實際其實不算長，在秦究的印象中卻好像過了很久很久。

後來回想起來，之所以會有那樣的錯覺，只是因為他們獨處的機會太少而已。

他一次一次不斷重考。隨著數字往上累加，秦究能明顯感覺到考官A在某一瞬間流露出來的情緒。那應該代表著不捨和軟化，但下一秒他又會恢復冷硬。

不過最終，秦究還是成功了。

交底的那一次，考官Z楚月也在。

多數時候都是她在說，另外兩人在聽。而每當A開口做補充的時候，她總會好奇地看向秦究，上上下下打量過無數次，甚至有幾分過度熱情。

後來的某一天，她對秦究說，那天的打量其實不大禮貌，但她真的太驚訝也太好奇了。因為在那之前她從沒想過，有一天，A會帶著某個人來，瞭解他們的全部。

她說：對我和他來說，這就是最大的禁區了。

兩位主考官的計畫準備了很久，是當時境況下的最優方案——牽涉到的人最簡單，傷亡範圍也可以控制到最小。

「這個計畫其實只涉及到一樣東西，就是主控許可權。」當時的楚月解釋：「主控許可權就是控制整個系統的許可權，平時都說我跟A手裡有最高許可權，那也是相對其他監考官而言，真正的最高就是這個主控許可權。說白了，把這個許可權拿到手裡，就能控制整個系統。那還不是想幹麼就幹麼。」

「所以這個許可權在誰手裡？」秦究說：「別說是系統自己，總該有點別的什麼備選項目。」

「厲害。」楚月對他豎了個拇指。

「正常情況下，這個主控許可權當然由系統自己掌控，這是毋庸置疑的。但只要設計者的初衷不是滿懷惡意，就一定會有應急方案。我們當時就是考慮到這點，所以一直盯著這個方向查。」

系統失控後，非常「機智」地把這些內容隱藏了，但只要它還受規則束縛，他們就總有辦法把隱藏內容翻出來。

「你們找到幾個應急方案？」秦究問。

「兩個。」A說：「一個緊急狀態，一個凍結狀態。兩個有順序先後。」

如果系統主控中心百分之七十處於癱瘓狀態，就會進入緊急狀態。在這個狀態下，系統會進入次高等級的自我修復中，主控許可權轉移到「緊急控制單元」。

如果「緊急控制單元」沒能止住頹勢，系統主控中心繼續出問題，最終達到全面癱瘓，那系統就會進入凍結狀態，主控許可權就會轉移到主考官手上。

這就好比自動模式不行，就轉半自動模式，再不行就只好轉成手動。

楚月說：「主考官目前就是指我和A，所以說涉及人員很少，只要我們倆不掉鏈子就可以。」

秦究問：「那排在你們之前的緊急控制單元是指什麼？」

「這個我們也不清楚，沒觸發過。」楚月說：「規則上把這玩意兒簡稱為S組，感覺像個應急

小隊，但這小隊從哪裡湊人呢？我倆討論過很多次，覺得這個S組應該還是指系統演化出來的，類似應急程式這樣的東西。」

秦究想了想，覺得也有道理。

按照這個排序，S組的許可權理論上應該比考官A和Z高，但他倆已經是監考官中的最上位了。比他們還高，大概就只剩系統本身了。

「所以，我倆的計畫其實很簡單。就是等一個合適的時機，在盡可能短的時間裡，讓整個主控中心陷入癱瘓，把主控許可權拿到手。先下一道指令把所有人放出去，再下一道指令永久關閉。」

秦究問：「什麼時候就算合適的時機？」

考官A說：「系統縝密度下降的時候，計畫B完成的時候。」

楚月笑道：「說起縝密度，你算個功臣。」

秦究挑眉問：「是嗎？」

楚月指著考官A說：「我跟他受到的限制比較多，因為我們必須保證自己看起來跟系統立場統一，這樣它才不會把凍結狀態下的主控許可權收回去。為了保住這個，我們行事必須合分寸，不能真正惹怒系統，就算搞事也得收斂著。整個進度就比較慢。」

「但是你不同，你來系統這段時間，逼著它打了多少補丁你知道嗎？」楚月一臉幸災樂禍，「喔你可能不知道，等你哪天去一趟主控中心，調出記錄一看就有數了，反正我看得心情好極了。補丁打得又急又多，難免邏輯上有對衝的，bug也就越來越多，表面的、潛在的，這些都會降低系統的縝密度。主控中心有個自測，縝密度低於百分之七十，系統會自己調整，我們打算等它降到百分之七十五。這樣造反的成功率比較高。至於Plan B……」

這個計畫一旦出問題，處理不好必定有傷亡，如果傷亡範圍大一點，後果不堪設想。他們不可能拿太多人的命去冒險，所以最好要有Plan B。

考官A說：「我在想辦法做一個修正程式，可能還需要一段時間。」

「那在這段時間裡，我幫你們繼續降一降系統的縝密度。」秦究說。

不過這個計畫在半途被打亂了。

對考官A而言，是突然收到了系統的紅色警告，說他和考生秦究交往過密。

對秦究而言，是達到了重考上限，直接被請出系統。

這個結果，秦究不是沒有預料。他在這之前悄悄找過考官Z楚月，讓她幫自己一個忙——如果被送出系統，請她留一個監考官的空位。

他一定會回去。

被送出系統的那個瞬間，秦究忽然想起了一件事——

等到系統垮塌，他們順利重歸生活的時候，要找一個合適的醫生，幫考官A仔細檢查一下眼睛。不是真的想查出什麼，而是要一個結果。

這樣從今往後，他的大考官就可徹底放下心來，再也不用垂下目光了。

他離開系統的時候，夏末剛過，初秋開了個頭。

最初的幾天，他應該都處在昏迷狀態中，醒來就發現自己身在醫院。

那是一個跟部隊相關聯的醫院，房間裡的布置總是一片純白中夾雜著零星的軍綠色。他盯著素白和軍綠的交界線發了很久的呆，直到一位護士過來問他：「在看什麼？」

他眯著眼沉默了一會兒，說：「沒什麼。」

只是那兩塊顏色拼在一起，就莫名吸引他的目光。

他在出神中問了護士一句：「你們這裡的眼科專家……」

說著說著倏然沒了聲音，因為他剛說到一半，突然想不起來自己為什麼要問這個問題了。

那段時間發生的事情，居然比任何時候都模糊。

後來的秦究一度懷疑，他是真的回到了現實，還是依然在系統的某個角落打轉？

他並沒有在那個環境下待多久。

某天清晨，他又一次被拉入系統，以監考官的名義。

他聽說同僚之中，A和Z許可權最高，被稱為主監考官。其他的人按實力排名，單字母已經全部用完了，所以他們這批新考官的代稱要用字母組合，他的代稱是Gin。

當天下午，新舊監考官被召集到一起開會。

他在會議室的長廊上見到了同僚口中的主考官A。

他穿著素白的襯衫和軍綠色長褲，正跟身邊的考官Z說話。大多時候是考官Z在說，他很少開口，偶爾會點一下頭。

聽人說話的時候，他總是微垂著眼睛。

初秋的陽光透過玻璃投照進來，在他臉上落下光和影。

明明那雙眼睛正落在陰影裡，但秦究卻覺得，自己見過它們在光的映照下淨透的樣子。

考官A在幾步之外剎住腳，抬眼看著這裡。

秦究忽然鬼使神差地問：「我是不是在哪裡見過你？」

考官A沒有說話。

很奇怪，他看上去明明很平靜，卻莫名給人一瞬間的錯覺……就好像他其實非常難過。

過了幾秒，考官A收回日光說：「沒有。」

很快，新舊監考官之間出現了一條微妙的分界線。

他們代稱不同、衣著不同、生活習慣不同、對系統的態度更是不同，很難融合到一起去。

在最初的一段時間裡，這種區別幾乎成了他們的日常談資。

秦究常會聽見同僚在閒談中說起這些，多數時候，他總是興致缺缺，懶洋洋地聽著並不參與。

只有當他們說起考官A，他才會將目光投過去。

秦究聽過很多關於考官A的說法。

說他跟系統頗有淵源，是監考官裡的特殊存在。

說他辦起事來總是不近人情，像一塊永遠不會融化的冰。

說他就連住處都比別人少幾分煙火氣，還安置了一間禁閉室，用於處罰情況特殊的考生。

說他就像是系統的擬人態。

在聽見某些描述的時候，秦究會有一瞬間的愣神。

明明是很正常的形容，他卻會感到一絲微妙的不爽，但他說不清這種情緒的來由。

有一次，同僚閒聊到半途忽然停住，那群人看向他，斟酌著問道：「怎麼了？」

秦究轉著杯子的手一頓，抬眼說：「什麼怎麼了？」

「你剛剛一直皺著眉，我還以為說錯話了。」

「我皺著眉？」如果不是同僚提起，他自己甚至意識不到。

一桌人都在等他下文，他輕輕刮了兩下眉心，面色恢復如常。

他哂然一笑，隨口接著他們的話說：「我只覺得那位主考官不大喜歡我，別的不清楚。」

有兩個棒槌居然跟著說：「是有點……我也覺得。」

秦究聽到這種附和，並不覺得開心，但這確實是很多人眼中的事實。

新舊監考官在考場分配上很少重疊，但交集並不少，尤其是在監考區範圍內。

秦究和很多初始監考官合作過，唯獨沒有考官A。

一次兩次就罷了，但次數多了時間長了……那就太過不巧了。以至於他生出一種錯覺，就好像考官A故意避過了那些場合，避免跟他有過深的接觸和合作。

他實在找不到原因，只能歸咎於考官A不喜歡他。

又過了不久，這批新加入的監考官對於系統失控的認知越來越深，這使得他們和初始監考官之間的分界線越來越寬。

等意識到的時候，他們已經變成了涇渭分明的兩個派系。

初始監考官們主張循序漸進，一點點對系統進行修正和調整，屬於溫和派。而新來的這批監考官則主張大刀闊斧，不行就報廢掉整個系統，屬於強硬派。

當然，所謂的派別都不是放在明面上的，沒人會在系統的全方位監控下嚷嚷著怎麼處理它，但每一個人心裡都清清楚楚。

理念不同，兩個陣營之間的問題越來越多，開會就成了家常便飯。他們需要一個場合，把衝突和對立都拋出來。

秦究和考官A的交集終於多了起來，只是每一次都伴隨著矛盾和爭執。

會議桌很長，他們分坐兩端，周遭是激烈的唇槍舌戰。

很奇怪，以前的那些合作其實很有意思，如果秦究和A在那種環境下相處、相熟，應該會很愉快，甚至可以成為朋友。

但當時A全都避開了。

而現在這些會議，氛圍總是激烈又混亂，說是最糟糕的相處環境也不為過，A卻場場都來。

很多次，秦究會突然感覺A在看他。

他抬眼望過去，有時會看見考官A正垂眼看著桌上的文件，有時會真的對上A的視線。

對方的目光越過混亂和爭吵，靜靜地投落過來。

秦究很難看清他的目光裡有些什麼，他在想些什麼……

光太晃眼了，桌子太長了。

某些極偶爾的瞬間，秦究會恍然產生一些錯覺。覺得這種交織著衝突和對立的相視似曾相識，他好像曾經也這樣長久地注視過什麼人，但他想不起來了，可能是在某個夢裡吧。

不知什麼時候起，他見到考官A的次數越來越多。

有時他們各自帶著一群人，在會議室的長廊或是雙子樓外擦肩而過。

有時他會看見那輛黑色的車。隔著車窗，他看不見對方的臉，也不知對方因為什麼停在街邊。

有一次，天色將夜，街邊的路燈亮起了光。

秦究和幾名同僚從雙子樓出來，正要往住處走，快要進門的時候，像是有感應似地朝遠處看了一眼。

一輛熟悉的車停在街角，拉下長長的陰影。

同僚見他突然停步，跟著停下來問他怎麼了。

他說：「沒什麼，你們先回去，我有點事。」

同僚茫然了一會兒，不疑有他，幾人打了個招呼，聊笑著進了住宅區大門。

人聲走遠，周遭又變得安靜下來。

秦究看著街角那抹沉寂的黑色，突然湧起一股衝動。

他想走過去，和車裡的人聊點什麼，什麼都行。

他們陣營相對，開口總是帶著一絲火藥味，這樣在路邊的閒聊從未有過，其實是無話可說的。

但當秦究反應過來的時候，他已經站在車門邊了。

他一手扶著車頂，彎腰敲了敲車窗。

考官A坐在駕駛座上，隱約可以看到他側臉的輪廓。

他的手似乎動了一下，彷彿要去放下車窗。

忽然，路燈白色的燈柱頂端閃了兩下紅光，很小的一點，像是儀器的提示燈，也像眼睛，直直對著秦究。

他抬頭看了一眼，忽然泛起一股說不上來的厭惡感。

而當他回過頭來，考官A似乎也剛從某處收回目光，嘴角抿成了一條平直的線。

最終，考官A還是沒有打開車窗。

喇叭響了一聲，秦究直起身，看見考官A晃了一下手機。接著，那輛車便頭也不回地開走了。

他摸出手機，螢幕上多了一條新收的消息。

消息來自一個陌生號碼，裡面是語氣冷淡的一句話：

『有事，什麼話明天開會說。』

秦究靠著燈柱抬起眼。

晚燈從頭頂照落下來，映得眼前一片黃白交織的光亮，有些刺眼。

他眨了一下眼睛，瞇著雙眸看向長街盡頭，那抹黑色的車影早已滑入夜色中……

他琢磨著那點兒說不上來的滋味，忽然意識到，他可能喜歡上了什麼人。

他喜歡考官A，卻反對對方的立場，所以他們依然是對頭。

他們依然會坐在長桌兩端，帶著兩方人相爭、對峙、唇槍舌戰……

但他想把對方領頭騙過來。

成為監考官的秦究依然是個麻煩的存在。對系統而言，他可能天生長了一根反骨——做考生的時候把違規當飯吃，做了考官依然如此。

他第四次違規的時候，系統忍無可忍。它在規則允許的前提下，增添了一種懲罰機制，把他罰去再考一門試。

既然要參與考試，那就相當於臨時考生了。做考生就需要准考證，而負責給他弄備用准考證的，是當時的主監考官A。

其他人不知道的是，設定準考證的那天，秦究本人也在場，是考官A通知他去的。

准考證的設定在系統的核心區，主控中心。那是秦究第一次正式地站在那扇金屬門前，還沒靠近，系統就發出了紅色警報。

秦究挑眉說：「中毒了嗎這位？」

【非主監考官禁止進入主控中心。】

系統刻板地說。

「不讓進？」考官A說：「那怎麼給他做身分核驗？沒有身分核驗，准考證就是廢物一張。」

秦究看過去，表情有一絲意外。考官A的脾氣他領教過，但他沒想到對方居然會用這種語氣跟系統說話，這可不像平日那些溫和派監考官的作風。

但系統卻像是習慣了，只是固執地強調：

【監考官Gin許可權不夠。】

「你究竟罰不罰？」考官A有點不耐煩。

【罰。】

「那就給他開許可權。」

他的語氣冷淡又強硬，系統安靜了幾秒。

秦究居然從那幾秒的沉默裡讀出了一絲委屈。

片刻後，系統又出聲了：

【開許可權可以，禁止在主控中心停留太久。】

「多久？」

【不能超過二十分鐘。】

考官A點了一下頭。

緊接著，紅光從秦究身上掃過，系統說：【考官Gin已添加至許可權名單。】

金屬門滴地一下打開，系統又說：【現在開始倒數計時，剩餘時間十九分五十九秒五九。】

這麼小氣的玩意兒也是難得一見，秦究簡直聽笑了。

他掛著那副不鹹不淡的笑意，跟在考官A身後進了門，本以為會看見一間像實驗室一樣的封閉房間，沒想到金屬門後面是一片樹林。

那些樹枝幹泛白，筆直地指向天空，細密的枝丫交織著，乍一看像灰藍色的煙霧連成了片。

考官A帶著秦究穿過樹林，遠一些的地方有一片平房，像金屬堡壘或是戒備森嚴的實驗倉庫。

建築外堆積著一些報廢的儀器、材料，高高低低地擺著，還停了幾輛車。那些車塗著迷彩色的漆，灰綠色的罩子上積了厚厚一層灰。

金屬網繞著它們箍了一圈，走到近處的時候，秦究看見網上掛著幾隻焦黑的鳥屍。

在視野的邊界，更遙遠的地方，隱約可以看到高樓。霧濛濛的，像城市的虛影。

「這是主控中心？」秦究站住腳步。

「嗯。」考官A說。

秦究掃視一圈，最終抬起頭，目光落在眼前的建築上。倉庫……不，主控中心鏽跡斑斑的大門頂上，白色的油漆噴塗著偌大的字：NA7232。

「這什麼意思？」他指著那串看不出意義的字元問。

以考官A在會議桌上的一貫脾氣，他是懶得搭理這種問題的。秦究做好了被敷衍的準備，卻聽見考官A說：「NA是簡寫，全名是Noah's Ark 7232。前面是代稱，後面是區域編號。」

秦究莫名覺得這個名字看著有點眼熟，就好像他曾經在某本書或者某份資料裡看見過。

「7232……」他念了一遍，問道：「軍事區域？」

「不是。」

考官A頓了一下，說：「住宿區域。」

秦究面露疑惑。

考官A說：「我和楚月……」

他說著，像是想起什麼般改了口道：「就是考官Z很久以前的住處，一個研究中心的住宿區域。系統順手拿來給主控中心做了名字。」

秦究看著他，忽然想起一些傳聞，說考官A和考官Z跟系統有些淵源。但他沒有想過會從考官A口中聽到這些。

今天的考官A有點反常。

少了其他人的注目、少了系統的聒噪，他好像沒那麼拒人於千里之外了。準確地說，他的稜角依然鋒利扎手，但不對著秦究扎了。

主控中心的外表老舊斑駁，可能也是借用了什麼研究中心的建築，但裡面卻是一片冷冰冰的金屬白和巨大的螢幕。

考官A沒有去動那些東西，徑直走向角落的一處控制臺，開了個小屏按照規定走流程。

秦究轉了一圈，將主控中心的東西看在眼裡，然後回到考官A身邊。

他兩手撐著檯面，難得安分地看著考官A忙忙碌碌。

過了一會兒，他忽然出聲問道：「你有想過換個陣營嗎？」

考官A手指頓了一下，他第一反應不是看向秦究，而是看向四個牆角。

「別這麼警惕。」秦究的聲音懶懶的：「我聽說核心區域系統是不監控的。」

考官A「嗯」了一聲，卻並沒有變得熱情起來，依然是公事公辦的模樣。

「雖然你是對面那群人的領頭，但有時候我會覺得，你來我們這邊更合適。」秦究說著從對方忙碌的手指上移開眼，看著考官A的側臉說：「考不考慮換個立場？」

考官A沒有看他，目光依然落在螢幕上，好像忙得根本挪不開視線。

他說：「不考慮。」

秦究輕輕「喔」了一聲，拖著長長的尾音。

他有一會兒沒說話，老老實實看著考官A輸入著他的各種資訊。

「還有兩個問題我想問很久了。」

「說。」

「我們明明是對頭，你為什麼對我的資訊記得這麼清？」秦究衝螢幕抬了抬下巴。

考官A手指沒停，但有那麼一會兒工夫，他沒有答話。

敲完一組信息，他才涼絲絲地說：「因為我是主監考官。」

「啊對，吵久了差點忘了，某種程度而言，你還是我的上司。」秦究翹了一下嘴角，又開口說：「那就最後一個問題。」

考官A正在給他調准考證號。

他一邊看著那串數字生成出來，一邊不急不忙地問說：「你介意跟我這個死對頭兼半個下屬談個戀愛嗎？」

考官A手一抖，直接敲了確定鍵。

旁邊的寫卡器「滴」了一聲，秦究拿起做好的卡，目光落在了准考證號上。就見那串數字的尾端跟著兩個字母——Gi。

秦究端詳兩秒，啞然失笑：「這是什麼？給對頭新取的暱稱？」

考官A抿唇看著他，那一瞬間表情極其複雜。

過了片刻，他「啪」地合上螢幕，擦著秦究的肩膀走向大門，頭也不回地扔下一句：「湊合用吧，別指望改了。」

那之後，秦究依然在不斷的違規中試探系統失控的程度。

強硬派越是肆無忌憚，就越顯得考官A為首的溫和派「忠心耿耿」，系統給A和Z的許可權也跟著越來越高。

這種對比讓立場不同的兩方人更加勢如水火。

很奇怪，會議桌上越是不留情面，私下場合裡秦究和考官A之間的曖昧感就越濃。有時候，秦究甚至覺得，下一秒他們之間就會發生些什麼，但考官A總會在那之前抽身。

那不是戲耍。

相反，每次抽身的瞬間，秦究都能在他身上捕捉到某種深沉的克制和掙扎。

不知為什麼，那種感覺總會讓他心臟一陣酸軟，就好像他知道那些克制和掙扎都是因為什麼。

因為什麼呢……

秦究一度以為自己永遠不會想明白，直到有一次被送到特殊區域受罰。

那是考官Z楚月的地盤，但那天不知怎麼的，楚月碰巧有事不在，送他受罰的人就成了考官A。

身分核驗通過，正要進處罰通道的時候，秦究瞥見螢幕上最底端有個「上一條」，說明在他之前，還有人來受過處罰。

他鬼使神差地點了一下，螢幕往前翻了一頁，那條處罰記錄便落入秦究和考官A眼中。那時候的處罰還不會掩去誰的名字，一切內容都寫得清清楚楚：

違規人：A

違規事項：與考生秦究關係過密。

處罰決定：白燈區、單次。

其他：應A要求，處罰延後五天。

寥寥幾十個字，連一頁的空間都撐不滿，秦究看到考官A猛然僵住的身形，忽然明白了所有。

他終於知道那些不知來由的情緒、似曾相識的場景、一切想得通的想不通的都是因為什麼了。

因為他擁有過身邊這個人，卻又忘記了。

那是秦究最瘋的一回。五天的處罰，他六個小時就出來了，沉默著，帶著一身的血和右手臂皮肉翻綻的傷。

按照規則，他被考官A帶回了住處的禁閉室。一關上門，他就把A抵在了門後，所有情緒都訴諸於那些糾纏和交吻裡。衝動的、壓抑的、激烈的，還有深情的……

他、考官A以及楚月終於又站在了同一條路上，開始在系統眼皮子底下暗渡陳倉。

那真的是最好的時機了——在秦究強硬派的拱抵之下，A和楚月的許可權達到了有史以來的最高。修正程式已經準備好了，系統縝密度甚至降到了百分之七十三。

主控中心沒有無處不在的監控，系統在這裡相當於瞎的，沒有眼睛。

既然沒有眼睛，它就沒法判斷一些細微的事實，尤其是基於情緒和情感的事實。比如當某個人在做某件事時，是懷著善意還是懷著惡意？

無法準確判斷，就無法給予即時指令。所以主控中心的應急程式都是按照死板規則來的。

正常情況下，當主控中心出現損毀，內部會自動啟動攻擊和防禦程式，損毀程度每加重百分之二十，攻擊和防禦程式就會增強一個等級。

增到四級，這個攻擊和防禦程式就跟「巡邏式粉碎機」沒什麼區別，誰在這裡面待著都是死路一條。

但有個例外。

如果主監考官在場，系統會天然地相信主監考官跟它一條戰線，會幫它阻止損毀，儘快修復。

為了不誤殺主監考官，攻擊和防禦程式前期都不會開啟。只有損毀度達到百分之五十，而主監考官依然沒能制止頹勢，這個程式才會啟動。

秦究他們打的就是這個主意。

他們早就估算好了——

考官A在場的情況下，主控中心損毀程度達到百分之五十，那個倒楣程式才會開啟，這時候是一級。損毀度達到百分之七十，它變成二級。達到百分之九十，它變成三級，這就是天花板上限了。因為就算達到百分之百，它也升不到殺傷力最強的四級。

另外，主控中心百分之七十都癱瘓的時候，S組就出來了。他們可以藉這個倒楣程式的殺傷力，去對付那個S組。

秦究和考官A打算分頭行事，從兩邊往中間摧毀，這樣速度更快、效率更高。

只要熬到百分之百，主控許可權就會落到考官A的手裡。

然後，一切噩夢就都結束了。

這其實是個穩妥的計畫，卻還是在關鍵時刻出了意外。

損毀程度剛到百分之三十，系統就突然開啟了攻擊程式，然後以每百分之十升一級的速度瘋狂加強。會發生這種情況只有一個可能——

系統突然能看見了，它又一次占用了考官A的眼睛。

其實很早之前，他們就討論過這個問題。考官A眼睛裡的東西早已確認禁用，跟徹底毀滅幾乎沒有區別，因為這種禁用系統也無法自動撤銷。除非有許可權比主考官更高的人手動啟用，但整個監考區，根本找不到比A和Z許可權更高的監考官了，又有誰能做到呢？

他們始終沒有想通這件事。

因為在找到答案之前，他們就已經沒有時間了。

關於那天，最清晰的記憶起始於炮火停息的那一瞬。

秦究在某根橫倒的金屬管上坐下，手肘搭著膝蓋，低頭悶悶地咳嗽，血幾乎不受控制地從各處傷口流淌出來，在襯衫上暈開大片刺眼的鮮紅。

他垂著眸子，拇指撥著眼睫，把擋住視線的血珠掃開，視線卻並沒有變得清晰。

攻擊其實已經停了，他卻依然能聽見接連不斷的轟鳴聲，覆蓋住了他想聽到的一切。

他想聽聽廢墟的另一端怎麼樣了，想聽聽考官A有沒有來，想聽聽對方的腳步是輕是重，又受了多少傷……

但是太遠了，耳邊也太吵了，他什麼都聽不見。

血腥氣混著硝煙的味道，不斷地撞進鼻腔。他坐了一會兒，伸手搆來圍巾，他把沾血的地方折在裡面，在脖頸上繞了一圈，又把剩下的部分齊整地掖進領口。

鴿灰絨遮擋住了大部分血跡，乍一看就像毫髮無傷。

做完這些，秦究終於撐了一下金屬管，試著要站起來。結果剛一抬頭，模糊的視線裡出現了一道人影。

他眨了兩下眼睛，想要看得更清楚一點，卻收效甚微，反倒是暈眩感更重了。

那幾秒的時間裡，記憶一片漆黑。

等他搖了一下頭，再重新抬眼，那人已經到了面前。

那一瞬間他是慶幸的，慶幸自己速度還算快，提前把狼狽和血污都藏起來了，免得惹人難過。

他抬著頭，長久地看著那個人。

其實根本什麼都看不清，但不妨礙他再多看一會兒。

他的大考官眼睛好像很紅，嘴唇開開合合似乎在說話。他往前傾身，努力想聽清，但耳邊依然只有炮火存留的轟鳴。

於是，他只能笑了。

他撚著手指間一枚小小的硬物，衝對方說：「大考官，低一下頭，跟你說個事。」

那人幾乎蹲跪在他面前。

秦究眯了一下眼睛，手指擦過對方的側臉。

觸到體溫的瞬間，他忽然開始覺得捨不得。

在一切計畫執行之前，秦究其實悄悄去過系統的核心區。

他嘗過一次記憶清除的滋味，所以在行動之前，他去「備份中心」弄了一份撤銷許可權，費了一番工夫藏在一枚耳釘裡。

又把被系統清除的人性部分放了出來，就是後來的154。

也是那一天，他在核心區發現了一樣被隱藏的東西。

那是一項不常用的系統規則——如果因為監考官的過錯，給系統帶來毀損，主監考官有一次豁免權。

按照他們的計畫，楚月坐鎮後方，不直接參與，所以不會有太過嚴苛的懲罰。但他和考官A不同，他們一旦失敗，後果難以預料。

而這項規則，就是考官A的保命符。

他之所以隱藏，是因為他早在很久之前，考官A就把這個保命符轉到了秦究身上。

那次做臨時准考證，他把秦究叫去核心區，就是為了這個。只有秦究的名字出現在主控中心的許可權名單上，他才有機會做這件事。

秦究看到後，又把豁免權悄悄移了回去。

防風林依然枝丫交錯，泛著霧濛濛的灰藍。

天空很遠，風帶著初冬的寒意。

他又聞到了硝煙的味道，不知道是自己身上的，還是A身上的，或許兩者都有。

他們又要分開了，這一次不知又會是多久，還有沒有重逢的一天。

如果再見面，還會記得自己曾經擁有這樣一個愛人嗎？

可能不會吧……

看，還沒離開，他就已經開始想念了。

游惑甦醒於那年年尾，緊急救治結束後轉到慕尼黑，在那裡繼續療養。

又過了四個月，反反覆覆徘徊在死亡線上的秦究終於脫離危險，在系統內的醫療中心睜了眼。

對於這場突如其來的變故，系統發布公告解釋為嚴重bug，然後將所有考生圈禁於休息處，監考官圈禁於監考區，關閉所有考場，進行了有史以來最長時間的自我檢測與調整。

主控中心的修復期過去後，系統將手伸到了監考官身上，原本的排位全部廢除，所有序號打亂重來。

楚月被摘了監考官頭銜，調去了最偏僻的休息處。她並不意外，畢竟早在很久之前，她就和A討論過「造反」的下場。其他跟他們相熟的監考官遠調的遠調、下貶的下貶。

系統就像得了疑心病，動來動去，動得最多的全是初始監考官，因為他們是對它最熟悉的人。

監考區因此流言不斷，每個人都在猜測發生了什麼，考官A和考官Gin究竟怎麼了。

鑑於兩人對外總表現得水火不容，所以在大多數人的猜測中，總是一個人做了什麼，而另一個人竭力阻止，最終兩敗俱傷。也有極少數的幾個人說，沒準兒關鍵時刻會聯合一下。

直到系統陸陸續續將考官A的痕跡清除，又將秦究的排位定為001，種種猜測終於戛然而止。

因為已經用不著猜了，這個結果就能說明所有。

還沒出醫療中心，秦究就成了很多初始監考官的眼中釘。

考官A曾經的好友高齊終日酗酒，渾渾噩噩，有次喝多了還差點大鬧特護病房，很快就把自己混成了監考官裡的吊車尾，編號1006。

不久後，系統從考生中抽調了一批人，加入監考官的隊伍。

一位軍校出來的女生張口就要求去001那組，但沒能如願。她最終被分去了第九組，帶著一個人的囑託進入監考官的上位區，編號021。

一個月之後，秦究出院，成為了新任主監考。系統從考生中篩選出了第二批新考官，那個被秦究釋放出來的系統碎片就混在其中，他成了001最早的下屬之一，編號154。

又過了數月，考生聞遠在機緣巧合之下被抽調為監考官，同樣成為了001的下屬，編號922。

從那天起，不論主考官001走到哪裡，一旁永遠有這兩位的身影。他們跟著秦究，處理著主考官日常需要處理的事務，開過大大小小數不清的會，看過滿屏堆積成山的記錄和檔案，走過兩百多個考場。

然後某一天，在隨機挑選考場的瞬間，154在無數待考的人裡看到了一個熟悉的身影，他毫不猶豫把監考目標定在了那裡——

那個考生叫游惑，是被系統除名的考官A。

【第八章】

我的大考官這麼好，我居然忘記了

系統裡的時間是混亂的。

常常是在考場裡熬過十天，回到休息處，日曆才剛翻過一頁。一號休息處已經轉到了深秋，二號可能還是初春。

只有站在監考區的大街上，才能看見時間流轉的影子，因為這裡受各個考場的影響最小，日月和現實幾乎一致。

監考官們都已習慣這種混亂，人在哪裡，就按哪裡的時間來算，說日月分秒都會看一眼手機。但當他們說到「年」，一定是以監考區的計時為准。

那個山中的夜晚，秦究拿著一張違規通知單，在風雪之中推開獵人木屋的門。

一屋子的考生惶惶不安地看著他，唯獨一位例外。

他一眼就看到了那個人，在澄黃爐火的映照下，就像一捧誤入的風雪。

那一瞬，距離他們分別已經過了三年。

三年，對游惑來說是眼盲時難以計數的漫長日夜，和後來獨自度過的七百多天。對秦究來說，算上考場和休息處的那些，一共有兩千多天。

兩千三百一十二天，他們相遇在寒風朔雪中。

以為是初見，其實是重逢。

回憶紛至遝來，一絲不落全部擠入胸腔，心臟脹得發疼，說不上來是太滿了，還是太重了。

核心區的火被154關在門後，但熱浪不減。也許是溫度太高了，剛剛的火也太烈了，刺得人眼睛酸澀滾燙。

游惑低著頭重重地呼吸了幾下，垂在身側的手捏緊成拳。空氣湧入肺腑，卻並沒有讓心臟變輕。滿足和疼痛同時存在，相互擠著，無處安置，無法消融。

他閉了一會兒眼睛，再抬眸，就見秦究仰著頭，突出的喉結在脖頸間滑動了兩下，某種深重的東西包裹著他，像看不見的火，很快就會燒過來。

秦究終於看了過來，眼裡一片紅。

突然有人驚叫一聲：「哥，你的手！」

游惑低頭一看，他的右手手背一片血紅——那個每隔十秒一回的清掃程式又啟動了，紅光移了過來。他的手背剛被觸碰，鮮血淋漓，而他在那個瞬間滿眼只有秦究，居然感覺不到痛。

另一個人的體溫包裹過來。

「先出去。」秦究的嗓音很啞，低低響在他耳邊。

下一秒，他們就踩著紅光的尾巴，撞進了第三扇門。

門裡的情景和記憶中的主控中心完全不同，游惑沒有看到那片熟悉的樹林，也沒有看到刷著NA字樣的金屬堡壘，更沒有遠處城市的虛影。這看上去就像一個半封閉的實驗室，一邊是螢幕和簡易化的主控臺，另一邊始終籠罩著一團霧。

「你們那次事情之後，主控中心就切割了，最核心的那些都不在這裡。」154一邊解釋，一邊以最快的速度開一條直通休息處的路。

記憶恢復只是一瞬，消化卻要很久。那幾分鐘的時間裡，所有記憶有變動的人幾乎都是混亂的。變動小一些的人還能回神，變動大的比如922，全程被于聞和老于拖拽著走。

他們分了三批，終於在第三扇門裡會合。

楚月眼裡也有一圈紅，她看了一會兒秦究又看了一會兒游惑，輕聲問：「還好嗎？」

他們點了點頭。

游惑聽見自己說了一句什麼，楚月長長吐了一口氣。

154在忙碌中抽空回頭，看著這邊又問了一句什麼，他也回答了。

他和秦究看上去一定很冷靜，以至於老于和于聞擔憂地湊過來看了他們好一會兒，又放心地讓開了。

但實際上他們後來說了什麼做了什麼，游惑全無印象。

他只能感覺到身邊站著一團烈火，一直在燒。

他自己恐怕也一樣。

他們只是在人前收斂了所有私人化的情緒，緊緊壓著。這件事對別人來說也許太難，對他們而言卻不是，因為很早以前，他們每天都在做這樣的事情。

那條通往休息處的路很快就打開了，順利得出人意料。

154皺著眉反覆咕噥：「奇了怪了，居然沒有觸發什麼警報程式，也沒有太複雜的防禦。不應該啊……」

吳俐問說：「正常情況下會有多難？」

「不是這麼說的，畢竟平時不會有什麼人膽大包天在這裡亂來，所以談不上有正常情況。但是……」154說：「我以為系統起碼會開幾個額外的攻擊防禦程式，但是沒有。」

一路過來，154一直在以最快的速度清除痕跡。不排除是他清理得太即時了，他們運氣又足夠好，所以系統最終定性的麻煩等級不大高，也就沒有費太大力氣。

但是……這個可能性真的太小了。

154更相信它是故意的，它有別的打算。

不過眼下他們沒那麼多時間考慮這個，既然已經走到了這一步，回頭是來不及了，也不符合他們的性格，不如按照計畫繼續走下去。

他們陸陸續續穿過那團霧，在那個過程中，154都懸著一顆心，深怕走到一半，系統突然醒悟切斷通道，把他們分散開來。

事實卻沒有，他們依然很順利。

眾人從濃霧中鑽出來，看到的是銀灰色的高樓、金屬塔、大片倉庫式的建築，中間夾著一些簡單的排樓，乍一看就像是學校或部隊的宿舍。那些排樓外面箍著院牆，牆外掛著金屬牌，刻著黑色的字：休息處中心旅社。

于聞他們是第一次來這裡，張著嘴愣了半天才問：「這是幾號休息處？幹什麼的？」

154說：「二號，也被稱為武器庫。」

「你是讓我們來搞裝備的嗎？」

「裝備是一方面，不僅僅是因為這個。」154解釋說：「還因為這裡比較特殊。」

他們說話的時候，游惑抬眼看向了更遠處。

那裡，三幢銀灰色的高樓夾著一座鋼筋和金屬皮打造的塔樓，是這裡最有標誌性的建築。

很久以前，游惑還是考官A的時候常會眺望到這些建築在煙霧中的影子。

不過不是在這裡，而是在曾經的主控中心。

每一次穿過那片樹林，穿過那圈金屬網，走向主控中心的金屬堡壘時，游惑都會朝天邊看一眼，那裡有高樓的虛影，常會讓人想到清晨被霧籠罩的城市。

那片虛影就是二號休息處。

游惑上一次這樣遠眺它是三年之前，他手裡捏著局部自毀的程式按鈕，前面是瀰漫的硝煙，背後是大片的血。

他在天光中閉起眼，按下那個按鈕，激烈的刺痛在眼睛裡乍然綻開。

他在那一瞬彎下腰，片刻之後又重新站得板直。他抿著唇，在接連不斷的疼痛中睜開眼。天光正在變暗，遠處的高樓虛影已經變得模糊。他很快就要看不見了，但他知道在廢墟的另一角，有人還在等他，他需要好好地走過去，在光亮徹底消失前再看一眼。

「特殊在哪兒？」于聞還在嘰嘰喳喳地詢問。

「特殊在這裡曾經可以聯通主控中心，只要你有許可權，並且知道路。」154說。

「真的？」于聞有點激動，「那我們現在去弄點武器？」

154說：「還不行，你們現在都算黑戶，一進武器庫警報聲能響成片。先找個地方落腳，給我一點時間。」

他帶著眾人繞過正規旅社，穿過兩片廢棄的區域，走到一排破敗樓房前說：「這是以前的旅社，看著破，裡面其實還行，水電我可以給你們開。」

「旅社？那怎麼變成這樣了？」

「因為這兩位當初造反的時候，從這裡弄了不少武器進主控中心，走的就是旅社那條路。」154指了指秦究和游惑說：「系統一怒之下，就把這邊報廢了。」

「那現在還能從這裡去主控中心嗎？」

「想得真美。」154說：「當然得重找入口。」

「你確定還有入口？」楊舒說：「如果是我，我就打死不用了。」

「所以妳不是系統。」154說：「主控中心必須保證有充足的軍械火力支持。對系統而言，重新開一條入口的風險甚至比以前還小。」

「先在這裡湊合一晚，我開了遮罩，等人齊。」

眾人陸陸續續上了樓，154把所有房間都開了，燈光和嘩嘩水聲同時出現。他們繃緊的神經終於有一絲鬆懈，積攢已久的疲憊席捲而來。

922還很茫然，154看不下去，把他拽進一間房。

整條走廊忽然安靜下來，所有「別人」都走了，只有游惑和秦究。

視線相觸的瞬間，那捧火瞬間就燒過來了。

從當年的考生秦究拿著資料盯上考官A到現在，他們相識五年，可實際上這五年將近四千天，相當於現實十年之久。

四千天裡，他們同在系統的時間不到一半，有交集的日子不到六百天，單獨相處的部分更是屈指可數。

沒有比他們更不像戀人的人了。

他們糾纏著撞進門，又糾纏到了桌上。

秦究狹長的眼睛半闔著，陷落在眉骨和鼻梁的陰影裡，依然能看到眼底一片通紅。

潮濕的汗順著清晰的肌肉紋理滴流下來，淌落在另一個人身上。

游惑抓著他的後頸喘息著弓起腰，聲音又悶在秦究的吻裡。

秦究吻著他微張的嘴唇、半睜的潮濕眼縫、脖頸的喉結，啞聲說：「我四年前就做過這些，吻過這些地方……我居然忘記了。」

「我的大考官這麼好，我居然忘記了。」

忘了兩次。

其中一次對方都記得……

游惑繃著腰線，清晰地感覺著他的存在，在他的動作下，眼裡籠起一片霧氣。

他在重重的喘息中，低頭看著秦究。淺色的眼睛天生帶著冷感，此時這種冷感之下又含著兩分情慾。

「補償我。」他說。

很久以前，有人摸著他的眼角說過：「你這裡還會難受嗎？等離開系統之後，我陪你再去檢查一下眼睛。」

後來這個人離開了一段時間，再回來的時候，這句話就只剩他一個人記得了。

再後來，當他有一天離開系統住進醫院，由醫生給他蒙上眼睛，連他自己也把那句話忘了。

只是在漫長的黑暗過去後，解開紗布的那天，他站在療養院的窗邊，看著天光從刺眼到平和，忽然覺得身邊少了點什麼。

那是一個年末，他聽著護士小姐在旁邊嘰嘰喳喳地說聖瑪利亞廣場那邊很熱鬧，不過除了那裡，其他地方都開始冷清，商店總不開，新年要到了。

療養院外是空空的街道拐角，他看著那邊，有時會覺得有幾分熟悉。

小護士問他為什麼走神，他說沒什麼。

他只是覺得自己似乎在哪裡見過這樣寂靜的街道，明明還沒入夜，街上就沒了人。那應該也是一個新年伊始，外面下著雪，他大步流星往住處走，就像是……想回去見一見某個人。

萬幸，兜兜轉轉這麼久，他還是見到了。

感謝萬能的154給這棟破樓開了水電，兩個廝混的人才能好好洗個熱水澡。

游惑濕漉漉的頭髮被他的瘦長手指耙梳向後。

浸過水的眉眼清晰乾淨，眼睫越黑，眼珠顏色就越淺，像蒙了一層無機玻璃。

「當初是154挑的你，還是你挑的他？」游惑眨掉眼睫上沾的水珠，轉頭問秦究。

「我挑的他，不過他的意向也很明確，很巧了。」秦究抱著胳膊斜靠著玻璃門，肩臂腰腹的肌肉線條俐落精悍。

「922呢？」

「也是我挑的。」秦究曲著兩根手指，指了指眼睛，「資料庫裡第一個挑中的，因為看著還算順眼。」他想了想，又補了一句：「你走之後就沒有備用監考官的說法了，都是系統挑好了統一進資料庫。」

其實在他們造反之前的那段時間裡，系統已經在考慮吸納新的監考官了，提了一部分人作為備用，名義上還是考生，接觸的卻是監考官的事務。

021就在裡面，游惑就是那個時候跟她有的接觸。

後來因為造反，系統不放心，把這群備用人員「打回原形」，統統篩查了一遍才把合格的人又提上來，直接轉為監考官。

021能順利通過篩查，也費了不少演技。

「自己人都挑中當了親信，眼光還行。」游惑淡淡地評價道。

秦究哼笑一聲，領了這份誇獎：「百分之九十九的情況下都還算準吧。」

「百分之九十九——」游惑眼也不抬地說：「所以那百分之一都在我這裡了？」

秦究瞬間收起笑，「唔」了一聲，含糊道：「也不全是。」

「你跟別人作過對？」游惑說。

秦究：「……沒有。」

「那不就行了。」游惑拎著毛巾看著他，偏了一下頭說：「讓開，我先出去。」

秦究眯著眼看他，忽然湊過去親了他一下，說：「不行，怎麼就行了。」

游惑：「嗯？」

這裡的浴室很狹窄，這位高個兒先生仗著地形優勢，親得游惑「節節敗退」。

「我洗完了，讓我出去。」游惑後仰了一下臉，皺著眉說。

並沒有任何作用。

秦究低笑了一聲，繼續親一下懟一下，把他懟回最裡面。

「我還沒呢。」秦究說：「一個人洗澡有點無聊，這位男朋友介不介意陪我再來一遍。」

「介意。」

秦究又親一下，「你再想想。」

游惑：「……」

他繃著臉跟秦究對峙許久，啪地開了花灑。

總而言之，最後154來敲門的時候，他們基本保持了衣冠楚楚的狀態。

「怎麼了？」秦究問他。

「沒事，不用擔心。」154說：「我只是剛剛估算探測了一下，雙子樓那邊的監考官和考生應該快要出來了，再有兩個小時左右。所以我先來打個預防針。」

「什麼預防針？」

「關於初始監考官的預防針。之前他們那麼配合我，一是因為時間緊急，他們清楚那個情況下不適合糾結疑惑。二是因為有你倆坐鎮，主要是你。」

154對游惑說：「畢竟都是老部下，他們願意付出信任。這份信任是對你的，不是對我的。所以回頭等他們來了，恐怕還得解釋一下。」

秦究說：「放心，那一幫都是聰明人，應該已經想明白大半了。」

「我知道，但多多少少會有疑問嘛。」154說。

游惑點了點頭，「等人來了我去說。」

「922呢，怎麼樣了？」秦究問道。

「他當初記憶被清除是在出意外的情況下。」154指了指腦袋說：「所以恢復的過程比一般人稍微難受點，之前說頭暈，窩沙發上睡著了。睡醒了估計會來找你。」

一陣夜風湧灌進來，吹得154臉疼。

他捂著臉納悶地說：「老大，你們大晚上把窗子都敞著幹什麼？」

游惑一臉高冷，揿著耳釘坐進沙發裡，聽著秦究睜眼說瞎話：「有點熱，透透風。」

熱？154默默掏出手機看了一眼當地氣溫，又默默塞回去。

「還有個事……」

「說。」

「既然你們都想起來了，我覺得有必要問一下。那次你們造反我在休息處，不知道具體情況。所以你們最後為什麼會失敗？」154說：「最好這次能避免就避免，是吧老大？」

秦究蹙了一下眉，當然這並不是針對154的，只是想起廢墟上發生的事情，他依然有點不平靜，因為那些事情都發生在游惑身上。

反倒是當事人平靜很多，他拍了拍秦究的肩，對154說：「因為我的眼睛。」

「眼睛？」154對他和楚月的情況再清楚不過，「但是眼睛裡的東西當時應該是廢除的吧？我記得我被剝離出來的時候，就已經廢除了。這個操作一般來說不可逆吧，反正按照規則，系統本體不能自動將它恢復使用。」

「對。」游惑說：「這也是我們始終覺得奇怪的一點，我和楚月在那之前特地確認過，確實是廢棄停用的狀態。但是它在中途開了。」

154臉色有點沉。

秦究說：「如果我沒弄錯的話，應該有許可權更高的人在當時進行了操作。但有什麼人比主監考許可權更高？」

154說：「考生和監考官裡肯定沒有。」

秦究和游惑對視一眼，瞬間抓住了他這句話的重點：「你是說……非監考官？」

游惑不知想起了什麼，忽然抬頭問154：「當初的那批研究員，還有人留在監考區嗎？不在考場，不當NPC的那種。」

154沉吟片刻：「其實有一個。」

「誰？」

「最初的設計者，也就是研究團隊原本的領隊。」154說。

他的說法和之前吳俐的猜測不謀而合，不管是照片上被菸頭燙過的人，還是所謂的攔路虎，都指向了項目的領隊。

154想了想又開口道：「但有個問題，我是被系統剝離出來的一部分，我這部分最初不帶那些核心資料。後來我偶爾能跟本體連結一下，也趁機試著複製過一些核心資料，但裡面不包括設計人員這部分。」

「那你是怎麼知道他留在系統內的？」

154說：「因為以前系統出問題的時候，我能感覺到有人在檢修。不是系統的自我檢修，是有人在幫忙。」

154回想了片刻又說：「但那已經是很久很久之前了，系統剛開始正式運行的那陣子。我懷疑他留在系統內就是為了時不時做點修正和調整。後來就再也沒發生過這種事了，我一度懷疑他是不是……死了？或者變成NPC了？又或者也被系統干擾了，以至於連自己是誰都忘了。只在關鍵時刻被啟動，幫系統做點什麼。」

游惑沉思片刻。

154雖然沒有那位主創的資料，但他說的這些東西還是提供了一些線索。

至少可以肯定，這個人應該在監考區內，他也許有著別的什麼身分，在關鍵時刻又可以接觸到系統的核心。

那會是誰呢……

154掰著手指開始數：「我可以列一些資料給你們參考，監考區裡排除掉監考官，一共有

一千七百二十一人。」

他彎起一根手指，說：「當然了，這裡面包含很多類型。像商店、餐廳、酒吧等等這些地方的經營、服務人員很難接觸到系統的核心區域，所以第一步排除掉一千一百四十四人，還剩五百七十七位。」

他又彎起第二根手指，「這五百七十七個都是資訊管理處、監控中心之類的地方，從理論上來說，都有一定機率能接觸到系統的核心，不過這裡面有老有少、有男有女。主設計人不是年輕人，所以第二步排除掉年紀、性別不對的，還剩一百八十七人。」

154彎起第三根，「其中有一小撮人的經歷特別清晰細緻，幾乎不可能有隱藏身分的問題，所以再排除這一部分人，還剩一百三十一個。」

在這種擺資料算機率的時候，154身上會顯出一絲系統的影子。不過這種感覺總會被打破，因為他下一秒就會流露出人的脾性——

「一百三十一個人，乍一聽不算很多，但延伸一下就非常麻煩。理論上誰都不能排除嫌疑，但是我也不可能現在就把他們從頭到腳分析對比一遍，就算我有工夫分析，你們也沒工夫看。在這種情況下挑一個人出來，純屬瞎蒙。」154晃著那三根手指抱怨。

誰知話音剛落，「瞎蒙」的人就來了。

「有一個人挺符合的。」

「我想到了一個人。」

游惑和秦究幾乎同時開口。

154木著臉，默默把手指收了，「誰？」

「雙子大廈處罰通道的守門老人。」游惑說。

秦究聽完笑了一聲：「想到一起去了。」

「守門老人？」154說：「他倒確實在這一百三十一個人裡，資料屬於比較模糊的，只有姓名年齡，系統裡這兩樣東西也不一定是真的。」

那位老人長年守在處罰通道口，很少出來，監考官也好、考生也好，包括監考區生活的其他人並不常去雙子樓，大多都跟他不大熟悉。

據說他記性不大好，記不清自己什麼時候進的系統，也記不清自己這些年做的很多事，只對一些特別的人有點印象。

而且他待著的處罰通道確實離核心區域不算遠。

154想了想說：「他確實是個很符合的人選，但這樣的也不止他一個。」

他又列舉了一些人，都跟這個老人有著相似的情況。

秦究說：「單看你說的那些條件，列出來當然不止他一個。但再加一個篩選條件就不同了。」

154問：「什麼條件？」

「他應該是我常接觸的人。」秦究強調道：「我做考生時期，在監考區裡常接觸的人。」

154露出一絲疑惑，瞬間又恍然大悟。

「對啊！」154說：「我只惦記著最後那次為什麼功虧一簣，差點兒忘了你們第一次聯手也被打斷過。」

那時候秦究還是考生，游惑是考官A，打斷的原因是系統發覺他們交往過密。

其實明面上他們的交往沒有任何問題。總結來說就是一個整天犯規，一個負責處罰，所有的交集都在這裡。

一個機器能發覺什麼？只有人。只有人才能看出那些暗流湧動、只有人才能憑藉某種直覺，過分敏銳地覺察到他們之間的聯合，覺察到他們可能想做點什麼。

一旦加上這個條件，其他的人都要從名單上劃去，數來數去真的就只剩下一位——那個處罰通

道口的老人。

秦究在監考處履行的每一次處罰，都需要從他眼前過。

考官A每一次來接人，同樣要當著他的面。

他見過兩人劍拔弩張的模樣，聽過他們之間的對話，次數甚至比大多數監考官都要多得多。

只是因為這個老人看上去太無害了，所以他們最初在考慮「攔路石」時，總會下意識忽略他。

游惑想到那個老人的模樣，又陷入了沉默。

為什麼呢？他實在很疑惑。那個老人在他的印象中不僅僅是無害，他見過對方跟秦究閒聊的模樣，甚至有幾分慈祥。

如果他真的是那個主創設計人，為什麼在系統失控的情況下依然要幫著它呢？僅僅因為它是他創造出來的？出於對「傑作」的感情？

瘋子才會這樣毫無理由、毫無邏輯地助紂為虐，但那個老人看著並不瘋。

這才是令人想不通的地方——

他創造出來的東西出了問題，他明明可以停下一切，把失控的系統銷毀。等出去之後，再在原有的研究基礎上修改調整，創造出更符合初衷的「傑作」，在可控範圍內訓練、篩選軍事人才。

但他沒有選擇跳出去，而是長久地留在系統裡。

又在系統的影響下，慢慢遺忘現實。他圖什麼呢？

游惑無法理解。就像他同樣無法理解那個生下他的人，為什麼對系統那樣衷心又癡迷。

「對了。」秦究突然問154：「你有那個守門人的照片嗎？」

「我好好的留個老頭的照片幹什麼？」154繃著個棺材臉，說完頓了一下又補充道：「不過……非要看的話，我也可以有。」

秦究：「那你可以一下。」

154：「……」

他掏出手機納悶地問：「你們不是都見過嗎，還要看照片幹麼？」

秦究看著他操作，解釋說：「我們在上場考試裡見過一張照片，裡面有那個研究團隊的領頭，不過很可惜，臉被菸頭燙掉了。比較走運的是吳醫生說她曾經見過那個領隊，如果再見到一定能認出來。我們再找她確認一下。」

154點了點頭，「喔，也是，確認一下免得冤枉好人。」

幾分鐘後，他們敲響了吳俐和楊舒的房門，說明來意。

154把手機遞給吳俐。螢幕上，那個老人坐在處罰通道後面，肩背有一點佝僂，銀灰色的頭髮被風吹得微微凌亂，他正看著空中的某一點出神，抿著的唇邊有深深的法令紋。

也許是靜態的關係，他身上的溫厚慈祥褪了大半，看上去確實有幾分「研究者」的影子。

154的照片很全，左側、右側、正面、背影各一張，全方位地將這個老人呈現出來。

吳俐皺著眉，來回劃著四張照片。

眾人目不轉睛地看著她，就見她仔仔細細翻完三個來回，抬頭說：「不是這個人。」

這個答案出乎意料，游惑、秦究和154均是一愣。

「妳確定？」游惑指了指螢幕，「會不會是照片失真，或者年紀有點出入的原因？」

他們已經將其他人排除了，留下的這個簡直就是標準答案，沒想到居然在吳俐這裡被否決了。

吳俐搖了搖頭，「照片失真的程度有限，而且一個人年輕幾歲、年老幾歲，略胖一些或者略瘦一些都不妨礙認人，骨骼走向擺在那裡。」

骨骼……醫生的認人方式他們不能直觀理解，但吳俐的性格他們是知道的，不再三確認都不會下結論。

她把手機遞還給154說：「真的不是我見過的那個人。」

「好吧。」原本有眉目的線索被腰斬，事情又變得令人頭疼起來。

但吳俐又補充了一句：「也別急著失望。畢竟我們各自知道的資訊都是碎片，不是我認識的那個領隊，不代表全盤否定，萬一專案還有別的核心負責人呢？」

猜測終歸只是猜測，沒有佐證一切都是空談。

154看了眼時間，說：「還有一會兒大部隊就要到了，一千來號人呢，我繼續去處理准考證，起碼得讓你們明面上的顯示變成第四門課已考完。不然卡都用不了，你們既買不了藥品，也搞不到武器。」

他說著就要去開自己的房門，結果手指還沒碰到鎖，房門「砰」地被人打開了。

154差點兒跳起來，又強行穩住了形象。

他剛想說怎麼回事，就見一個人影頂著鳥巢頭衝了出來。

「922？」他瞪著眼睛，「你幹什麼呢？嚇我一跳！」

衝出來的人正是922，或者說……敢死隊的成員之一，聞遠。

「我找老大。」922大概剛醒，腳步還有點飄。

「我在這裡呢。」秦究站在他背後，拍了拍他的肩。

922轉過來。

看得出來，他似乎有事要說。應該是想起了什麼東西，從昏睡中驚醒了。

但他見到秦究的瞬間，嘴唇開開合合好幾次，又忽然忘了詞。

秦究看著他說：「醒了？」

922點了點頭，「嗯，醒了。」

他茫茫然在系統中生活了這麼久，他不記得自己是什麼人，來這裡為了什麼，只下意識地覺得……自己應該多留幾年，多接觸一些人。如果可以的話，再往監考官的上位圈挪一挪，這樣就能離核心近一點。

然後呢？然後他也不知道自己要做什麼。

他不知來處，不知去處地過了這麼多年，終於醒了。

922伸出拳頭，不輕不重地跟秦究對磕了一下。這是當年每個成員打招呼時會做的動作，他已經很久很久沒有做過了，直到今天，終於想起來了。

他終於想起了自己。

他叫聞遠，來自敢死隊，負責資訊收集處理和小型裝備設計，直接聯絡人是秦究。

他們的任務是瓦解系統，他們的信仰是讓這裡的所有人終歸自由。

他們曾經發過誓，如果敢死隊的成員不再隱藏、坦誠相見，那一定是在一切都將結束的那一天，在終點之前。

「老大——」922叫道。他這次著急忙慌地驚醒過來，是有事要對秦究說。

「還叫老大？」秦究挑眉道。

922撓著頭笑說：「習慣了，就這樣叫吧。」

說完他又收斂了笑意，臉色變得嚴肅起來，「老大，我剛剛又夢到以前的事情了，所以急著來提醒你們，小心雙子大廈懲罰通道的那個老人。」

游惑他們三個愣住了，相視一眼說：「我們剛剛正聊到他。」

922詫異地問：「你們也發現他的問題了？」

「對，但是在你醒過來之前，我們剛把他從懷疑名單上劃掉。」154說完，飛快地把剛剛發生

的事情解釋了一遍，包括他們列出來的種種疑點以及吳俐的否定。

922搖了搖頭，說：「他應該不是吳醫生見過的那個人，如果吳醫生是近些年見的話。」

游惑正在回想吳俐是哪年見到那個研究團隊領頭的，就聽922扔出一句驚人之語：「因為那個老人很多年前就死了。」

這話無異於平地一聲雷。

走廊陷入一片死寂，聽著的三人都露出了難以置信的眼神。

922說：「這話聽起來可能有點瘆得慌，但事實就是這樣，他是個早就死了的人。」

游惑眉毛緊緊皺著，「什麼人？」

「系統設計人。」922頓了一下，強調說：「之一。」

眾人更疑惑了。

「之一？」秦究重複這這句話。

「對，之一。」922問他：「老大你不記得了？咱們進系統之前不是各有一份資料嗎？關於系統的。裡面不是提到了設計團隊？」

「是提到了。但是每個人的資料內容都不一樣，各有偏重。」秦究說：「我的任務點主要在考官A和Z，還有核心區域的摧毀上。所以關於設計團隊，我的那份資料裡只簡略提了一句，單純作為背景介紹。」

他說著忽然又反應過來，他的那份資料著重點在當下，列出來的研究員並不全面。游惑的媽媽就不在其中，應該只包括活著的人。

922立刻反應過來，說道：「我的任務是資訊收集，資料裡光是團隊背景就占了三頁，還不包括研究員的照片。那個老人叫杜登．劉，中德混血。按照資料裡的說法，他只提供了最初的設計靈感和雛形，還有一些基礎部分，然後在系統的設計前期就去世了，大概二十年前吧。所以一般說到主設計人，並不是指他，畢竟他只參與了開頭的一小部分。包括我拿到的資料裡也沒把他當最主要的人員。」

「但是？」秦究替他說了轉折。

922鄭重地說：「對，但是。隨著我在系統裡收集到的資料越來越多，我發現了一個問題。這個系統並不是單純地只從外部來設計的，還有內部。」

「內部？」

「對。我本來也是負責裝備設計的，在這方面可能會比一般人敏感。你知道這種設計一般都會有一個邏輯在裡面，不同的人會投照出不同的結果。呃……可能有點抽象。打個比方吧，假設現在要設計一個避難基地，有兩個設計員，一個餓了三天、一個凍了三天。餓了三天的那位在設計的時候，第一個要考慮的就是食物供給問題；而凍了三天的那個，優先的一定是氣溫調節和保暖問題。差不多就是這個意思。」

922大致解釋了一下，又繼續道：「我當時發現這個系統有兩種設計邏輯，我覺得你們在考試中肯定也有感覺。一套邏輯是全方位的考驗，針對考生的各個方面，順利通過考試就能從這裡出去，不大順利的呢？有重考、補考、延期等等各種亂七八糟的補充來增加機會，實在不行還有棄考，這個就是最基本的篩選流程。這本身沒什麼問題，有問題的在於另一套邏輯。那套邏輯裡面，考生被淘汰的結果是消失。考試中途失誤的結果要麼是死亡，要麼是變成NPC。特別優秀的考生會被挑選提拔成監考官……」

他掰著手指一項一項地數著，說的簡直就是游惑一行人的考場體驗報告。

「……發現沒？在這套邏輯裡，根本沒有離開系統這個概念。」922沉聲說：「我在做考生的時候，一直在想這個系統是不是精神分裂？後來才反應過來，這不是單純的精神分裂，而是有兩組人在共同設計。這兩組人從根本上就是不同的邏輯。一組在外部，一組在系統內部。內部的設計邏

輯就是後者，在他們的邏輯裡，吃穿住行，整個生活都嵌在系統裡了，不需要回到現實。」

三個人聽了都若有所思。

「怪不得。」游惑說。

一直以來他們都預設，系統之所以表現得分裂，是因為它時而有人性時而沒有。但他始終覺得這個解釋還不足以涵蓋所有，還有哪裡說不通。

現在他反應過來了——所謂的人性部分也就是154已經被剝離了，但系統仍然會在某些時刻表現得很分裂。

原來不僅僅是因為所謂的「人性」，還因為它的設計從源頭上就是分裂的。

922說：「我意識到這個問題之後，有很長一段時間腦子依然在打結。因為我想不通為什麼系統內部的那組設計員會是這種邏輯，這邏輯太消極喪氣了，要麼死要麼永遠禁錮在這裡，這是一組報復社會的神經病吧？正常人都會想從系統裡出去，他們為什麼不？」

「我當時滿心都是吐槽，天天在腦子裡罵街。直到我有一次不小心踩點違規，被帶到監考區的雙子樓接受懲罰。我看到杜登．劉那個老頭的時候突然明白了——系統內部的設計員確實不是正常人，他是個死人。」

他已經死了，只藉助程式和設計存在於系統裡。系統在，他就在，系統亡，他就亡。他今後的整個「人生」都跟系統緊緊捆綁著，系統對他而言就是世界、就是人間、就是生活。他當然不會考慮從這裡出去。

聽到這裡，游惑已經能理清所有脈絡了——

這位杜登．劉在設計系統的時候，給自己預留了一塊地方。他把自己的理念、精神、思想種種東西藉由程式寫進了系統裡。這樣一來，當他在現實中去世，系統裡的「備份」就能接替他存活下去，這對他而言，大概是一種生命的延續。

設計團隊的其他人最初也許知情、也許不知情。

就算知情，可能最初也不覺得這是壞事。系統裡的杜登·劉對外界的人而言，沒準兒就相當於一個殺毒軟體，可以發現問題，順便從內部解決問題。

他們沒想到的是，內外一起設計會埋下苦果。兩道不同的邏輯導致系統從根本上就是衝突矛盾的，而只要有矛盾，就一定會有一方在某個時刻裡占據上風。

於是某一天，內部的邏輯占了上風，系統開始脫離初衷。

這就是失控的源頭。

某種程度而言，杜登·劉既是一個「人」，又是系統的一部分。

那麼一切就說得通了。

他給系統「通風報信」，干擾游惑和秦究的行動，是因為他不希望系統被摧毀，不希望自己從此消失。在他的概念裡，他這是在自救，在求生。

154恍然大悟：「我就說嘛，你倆造反失敗為什麼都還活著，為什麼系統不乾脆讓你們兩個消亡，一了百了。」

秦究也自嘲一笑，「就在幾分鐘前，我還以為這是因為你幫了忙。」

「沒有。」154搖頭說：「我那時候根本做不到這些，幫不了你們這樣的忙。應該就是他，那個杜登·劉。他一方面要干擾你們，不想讓你們成功，因為他想活著。另一方面他又不想殺人，他如果是最初的主設計，沒準觀察過你，甚至是看著你長大的……」

他看向游惑說：「他應該不希望你直接消亡，所以讓系統直接把你除名了。至於老大你……」

154又看向秦究：「你和A兩個人都是令人頭痛的威脅，你被扔出去過一次，沒什麼效果。所以第二次就換了一種方法，你就被留下了。」

他說完安靜了片刻，又咕噥道：「你們人啊……真的麻煩，一個比一個複雜。」

秦究失笑，又慢慢斂起笑意，「還真就是這樣。」這世上很少有誰是天生的惡人。不論是誰做了什麼事，順著往回數幾年，都能找出那麼幾點原因來……

但這不代表那些事就不存在了。

杜登・劉也許有很多很多理由，最根本的一個又似乎很容易理解——他不想「死去」，不想消失。他不想的事，統統落到了別人身上。他也許不想害人，但他確實在害人。

「行吧，一次兩次差不多了。再讓他干擾第三次就是真的蠢了。」秦究對154說：「你的調虎離山應該結束了，他現在差不多該回到處罰通道了，能把他控制住嗎？」

游惑說：「不行的話，我們直接去綁。」

綁匪二人組沒能真的成行，因為154摁住了他們。

「找人這種事我來就好，現在大家都恢復了記憶，杜登・劉肯定也一樣，沒準兒不會像從前那樣老實。我懷疑他現在已經不在處罰通道了。這老頭的許可權高，能去的地方不少，我先確認他的位置，嘗試看能不能把他暫時封禁。如果我不成功，那就真的得靠你們了，老大。」154說。

「行。」秦究點了點頭，又道：「還有一個問題需要先確認一下。」

「什麼？」

「控制住杜登・劉，對系統的影響有多大？把他控制了，系統需要多久能反應過來？」

「立刻，抓住的瞬間就會知道。」

922「嘶」了一聲，一副牙疼的模樣：「那還怎麼搞？我跟你們說，我對那老頭有陰影。」

說到這，秦究想起來。當初922出現意外失去記憶，就是在雙子大廈受罰的時候。也許就是因為他認出了杜登・劉，沒能掩飾住那份驚訝愕然，才給自己招來了麻煩。

154瞥了他一眼，咕噥說：「在座的誰對他沒陰影？」

922突然平衡：「……也是。」

「不過你們可以放心，知道不代表會處理。」154說：「其實杜登・劉跟我的情況很像，在系統裡算一個獨立的人。一個人從樓上挪到樓下，從站著變成坐著，有任何變化系統都會知道。但系統太龐大了，人太多了。一個人的變化對它來說無關痛癢。」

154斟酌幾秒，又說：「至少在對它產生實質威脅之前，無關痛癢。」

922毫無起伏地說：「那真是太好了，我們就造個反而已，保證不對它產生任何實質威脅。」

154：「……」

秦究笑了起來，游惑摸了一下耳釘，一臉平靜之中隱約透露出了一絲躍躍欲試。

說話間，隱約有人聲從走廊傳來。

「別慌小舒，至少目前來說沒有太多負面影響。」那是楚月的聲音。

「好、好……我先告訴他們。」回答的是舒雪。

游惑聽了片刻，感覺她們的聲音正往隔壁去，伸手拉開房門。

「怎麼了？」他問。

舒雪有點心神不寧，聞言嚇了一跳，面色蒼白地僵在走廊上。

「你怎麼在這邊？你們不是住二〇三嗎？」楚月指著她們正要敲的隔壁房門說。

「找154說點事。」游惑說。

楚月又拉著舒雪走回來，「那剛好，正要找你們呢，省得再湊了。」

兩人進了屋，游惑看了一眼舒雪的臉色，替她把門關上了。

「出什麼事了臉色這麼難看？」秦究拎了把乾淨椅子過來，關心道：「站著都打晃了，有什麼事坐著說。」

舒雪擺了擺手，顯得有點忐忑。

楚月不由分說把她摁坐下去，「別慌，聽見沒。妳看看屋裡都有誰，在這群人面前根本沒有大事，況且……」

她若有所思地咕噥說：「也不一定是壞事。」

舒雪摟著她的肚子，抬眼看了一圈。

她掃過秦究，又對上游惑萬年不變的冷淡視線時，臉色終於緩和了一些。

「我……」舒雪手指一下一下無意識地掐著關節，深吸一口氣才說：「我想起來一些事情。」

房間裡並不算安靜，154不知從哪個櫃子裡翻出一個舊的加濕器，擱在茶几上，正發著輕微的聲音。這種聲音讓舒雪的壓力沒那麼大。

她聽了一會兒，緩下聲音繼續說：「我記得之前跟你們說過，我還是考生的時候，在林子裡撿到了一張不知誰落下的重考卡。因為那張卡，我才僥倖活了下來。」

游惑「嗯」了一聲，他朝秦究偏了一下頭，對舒雪說：「順便說一聲，那張重考卡是他扔在那裡的。」

舒雪一愣：「啊？」

她茫然地看向秦究，「你不是……你好像跟我們是同期啊？」

秦究從游惑臉上收回視線，倚靠著他旁邊那張桌子，撓了撓鬢角說：「確實是同期，但我流程走得稍微快一點。」

游惑說：「剛進考場進度差不多，但是這位前考生考得快，你們考到外語的時候，他已經連違規帶處罰走過好幾輪了。那張卡就是他被罰清理考場的時候掉的。」

重考卡在考生絕對是個貴重物品，舒雪沒想到自己還能碰到失主，臉都脹紅了，「我……」

「妳不是有意的。」游惑替她說了後半句，又衝秦究一抬下巴，「他是有意的。」

舒雪更懵了，「有意的？」

秦究短促地笑了一聲，說：「那段時間裡，我不小心掉過很多東西。重考、延期、免考、小抄？亂七八糟都掉過一些。」

舒雪：「……」

這要叫不小心，不小心第一個不答應。

這姑娘瞬間明白了他當年的目的。她看了秦究半晌，溫聲說：「謝謝。」

「謝什麼，已經這麼熟了。」秦究失笑。

「那也要說的。」舒雪認真地說。

有了這麼一個插曲，舒雪的狀態好多了，臉上也有了血色。

他們簡單聊笑了幾句，氛圍實在輕鬆，看不出是大戰前夕，也看不出攸關生死。就像是幾個朋友，或站或坐地圍了一圈，說著平淡生活和日常小事。

舒雪再開口時聲音不再發慌，她說：「我那時候跟你們說過，我不知道自己睡了多久，聽村民的意思，應該很久，可能有一兩年。我醒過來後，黑婆告訴我，她把女兒放在了我身上，所以我成了考場的一部分。那段時間的事情，我當時記不大清細節。現在想起來了。」

游惑看向她。

「我沒有看到黑婆是怎麼用的巫術，對我做了些什麼，她所謂的女兒又是什麼東西。我就想起來一句話，我剛睜眼的時候，黑婆說了一句話。」舒雪說著手又攥緊了，「她說，她的巫術成功，我才活過來。我會代替她的女兒，永遠困在她身邊，離不開了。但是……」

舒雪抬頭看著眾人，「我離開了。」

大家一愣，那一瞬間沒人反應過來她這句話的意思。

不過這個愣神只持續了幾秒，很快，大家臉色均是一變。

舒雪知道，他們明白了。

「我想知道NPC能不能離開他歸屬的那個考場？」舒雪咬著嘴唇，「黑婆會說那樣的話，應該代表著……我變成了考場上的人，成了她身邊的人，就不可能再去別的地方。我就想知道，有沒有這樣的先例？」

154緩緩搖了搖頭，「沒有。」

舒雪有點恍惚，過了幾秒，她輕輕點了點頭說：「我就知道，我猜到了。應該是不能離開的……我想起這句話後一直在琢磨這件事，想來想去只有兩種解釋——」

「要麼，這是因為我還是考生，身分特殊，所以在NPC中也是特例。但看我的考試就知道了，我有時候甚至不被認為是活人，其實早就不歸屬於考生了。」

「要麼……黑婆的巫術並沒有成功，或者說沒有完全成功。那我究竟是什麼？我肚子裡的東西又是什麼？」

她沉默下來，房間瞬間陷入安靜，只剩下老舊的加濕器依然在嗚嗚輕鳴。

楚月拍了拍她的肩膀說：「她在房間裡慌半天了，越想越慌。」

舒雪說：「我跟了你們這麼久，知道了那麼多事情。但我現在連自己是什麼都說不清，萬一……萬一我有很大問題，你們怎麼辦？」

這姑娘慌張起來，說話顛三倒四。但游惑還是明白了她的意思——

NPC會受困於考場，考生會受困於規則。她一直以為自己是兩者的結合，卻沒有受困於任何一方。她穿梭於各個考場，來去自如，想跟著誰就跟著誰……

這既不像考生，也不像NPC。這就很耐人尋味了。

因為能做到這些的，恐怕只有系統。她受到的干擾不僅僅是某個NPC施的簡單巫術，而是跟系統相關。

所以舒雪才慌，她怕自己在不知不覺中牽連著系統，會給游惑他們這群人帶來麻煩。

「要不，我不跟著你們了。」舒雪突然下定決心，「我還是一個人比較好。你們要做的事情那麼關鍵，我如果有問題，會害死你們的。」

「那如果我們又失敗了呢？」秦究問。

舒雪說：「我就在系統裡等，等你們再來。」

「如果我們只成功一半，自己出去了，沒能救出其他人呢？」

舒雪說：「那也很好，有人活著出去就很好。」

秦究看了她一會兒，又和游惑對視一眼，說：「別說胡話了小姐，我倒覺得干擾妳的不是什麼麻煩東西，相反，沒準兒是個寶貝。」

舒雪一愣。

楚月也應聲說：「是吧？你是不是也想到了那個東西？我剛剛就猜會不會是它。」

舒雪茫然地問：「你們在說什麼東西？」

「妳記得我們說過的修正程式嗎？」游惑說：「那東西耗費了我不少時間，本來是留作後手的，卻在關鍵時刻失蹤了。妳受的干擾，說不定就來自於它。」

舒雪：「真的嗎？怎麼會這麼巧？」

游惑說：「也不算巧，那個修正程式本來就有這樣的設計，就像154總能監考我們一樣。」

「但是……」舒雪還有點猶豫不定。

楚月安撫道：「我說什麼來著？如果真是系統本體搞出來的干擾，妳都跟著他們這麼久了，怎麼可能遲遲不出事？放心。」

游惑指了指154說：「猜得對不對，他檢測一下就知道了。」

在諸多限制之下，這項檢測有點麻煩，費了154不少時間，但最終還是有了一個結果。

「我就說嘛，之前在鏡像人那個考試裡，我想給你們轉移考場，結果發現有兩個干擾項。我以

為是老大和楚老闆的警告器作祟，現在算是明白了。就是你的耳釘，和妳身上的修正程式。」

「真的是修正程式？」

舒雪這下不慌了。

這姑娘的反應看得眾人心裡一軟，她壓根沒有把自己當成一個正常的人，身上多了東西居然不是害怕，而是高興。

154說：「對，修正程式，跟一個布娃娃NPC融合了。恐怕當年系統察覺到了這個修正程式，它出於自保不得已才躲藏起來。所以現在有個壞消息。」

游惑皺眉，「什麼壞消息？」

154說：「布娃娃NPC也是NPC，修正程式長年跟它融合，受影響挺多的。我剛剛檢測的時候，都探不到什麼反應。我懷疑已經出故障，不能正常用了。」

于聞探頭出來的時候，就見游惑、秦究、154、922撐著走廊欄杆站成一排，楊舒和吳俐門神一樣杵在二〇一房的牆邊。

「哥，你們在幹麼？」于聞問。

游惑掃了他一眼，「等舒雪把修正程式分出來。」

于聞詫異：「修正程式？你們什麼時候找到的，我怎麼不知道？」

「沒找，一直都在。」

于聞眨了眨眼，消化了半分鐘，終於反應過來這段對話的意思，「小雪姐姐……修正程式……不會是她肚子裡的那個吧？」

游惑：「嗯。」

于聞懵了：「那要怎麼分？生啊？」

游惑面無表情地看著他。

于聞縮了縮脖子，「好的，我說了傻話。」

好在他很快就想起來了：「喔對布娃娃！當時咱們把布娃娃給村民，村民就解脫了是吧？哥你是不是特地留了個布娃娃給小雪姐？」

游惑總算收回了涼颼颼的目光，「嗯」了一聲說：「剛剛給她了。」

因為舒雪情況特殊，出於禮貌，給完娃娃他們就出門等著了，留下楚月在屋裡陪著。

楊小姐犯了職業病：「解脫是怎麼個解脫法？有傷口嗎？真的不用我們兩個醫生進去看一眼？」她這一串連珠炮，問得幾個大男人很懵。

922：「呃……他們考外語的時候，我還是個監考官，沒見過不大清楚。」

說完他用手肘捅了154一下，「你來。」

154：「戳我幹什麼，我也是個監考官。」說完他看向秦究，秦究看向游惑。

游惑：「……」

眼見著A先生臉色凍人，秦究笑著轉回來。他正要開口，二〇一的房門已經被人打開了。

眾人不再多話，呼啦一下圍了上去。

楚月站在門邊，手裡拿著一個巴掌大的布娃娃。它應該出自黑婆的手筆，針腳比考生細密多了，五官也很清晰，乍一看確實跟舒雪有七分相像，但年紀上要更小一些。頭髮居然用的是真人的，讓人渾身不舒服。

「小舒呢？怎麼樣了？」吳俐說。

門外眾人的第一反應都是舒雪還好麼，楚月愣了一下，難得溫和地說：「還行，A把娃娃給她之後，她有點恍惚難受，可能又想起了當初考試的事情，很快昏睡過去了。我轉身給她倒了杯水的工夫，她的樣子就變了，五官有點不一樣，人也瘦了。這東西就掉在床邊。」

吳俐和楊舒還是不放心，進屋給舒雪做了一遍檢查，這才確認她確實沒有大礙，只是需要好好睡一覺。

眾人這才真正鬆了一口氣。

休息處時間凌晨一點二十二分，大部隊終於到場。

三十多位監考官帶著一千餘名考生姍姍來遲。

他們穿過濃霧的瞬間，看到游惑站在倉庫圍牆邊，牆頂的照明燈連成一條長線。他穿著襯衫長褲，蹬著一雙軍靴，側臉被燈光照得一片素白。

監考官們幾乎都愣住了，燈下的人讓他們有種時光倒流的錯覺。好像他們還是初始監考官，緊靠系統核心，有一位編號為A的主監考。

021差點兒脫口而出叫學長，又在出聲之前嚥了下去。

因為旁邊的圍牆上走來一個人，他站在圍牆狹窄的頂端，拿著手機給誰傳消息。

來人是秦究，他在傳消息的間隙撩起眼皮朝這邊看了一眼。

「總算來了。」他收起手機從圍牆上跳下來，落在游惑身邊。

游惑伸了一隻手給他，讓他借力站直。

「怎麼樣？」游惑問。

「換人了，現在這隊守武器庫的都是NPC，生臉，肯定不認識我們這些兢兢業業的監考官。咱們運氣稍微有點差。」

「……行吧。」游惑認命地說。

看著他們一來一往，監考官們瞬間回神——時光沒倒流，A和Gin還是好朋友。

但是不對啊！

記憶不是都恢復了嗎？這倆交情還沒崩？

大部隊眼睜睜地看著兩人走過來，高齊上下打量了游惑，「怎麼換上這身了？有點像咱們以前的衣服。」

游惑隨手往某個方向一指說：「剛買的，這裡只有這種。」

「你都負多少分了還買得起衣服？」高齊詫異地說。

說到這個，游惑似乎想起了什麼，從軍褲口袋裡掏出一張卡，塞進秦究兜裡。

「借的。」游惑回答。

他收回手一抬頭，三十多位舊下屬目不轉睛地……盯著他的手。

考官A的心理素質哪裡是常人能比的，他權當沒看見，偏頭問了秦究一句時間，然後面色如常地對眾人說：「現在是一點二十四分，一點四十分我們要去補充武器，刨去安頓這麼多人和任務分配，還有六分鐘空餘。有什麼問題，在這六分鐘裡問完。」

高齊他們又是一陣恍惚。

就是這種神態，就是這種冷懨懨的淡定語氣。每次只要有需要集體參與的事情，在動身之前，A都會說類似的話，這就是他難得的長句了。

真的久違了。

他們都是聰明人，其實猜到了關於154的來龍去脈，八九不離十。也猜到了游惑他們正在做什麼，即將做什麼。原本他們打算安頓下來多問一些，仔細斟酌一下利弊再做決定。

現在他們卻改主意了，久違的亢奮和熱血包圍著眾人，他們忽然想做點什麼。

溫和派也好，強硬派也好，不過都是表象和手段的區別。時隔多年，兩者早已混同。他們區分不清，也不想再區分了。

他們只想做點什麼，什麼都好，免得辜負這幾年沉寂的忍耐和等待。

在這種心照不宣之下，他們連提的問題都滿是默契。游惑的回答雖然簡潔，但足以將現狀解釋清楚。他們只在最初繞著154問了幾個「立場」問題，剩下的時間都在瞭解計畫和進程。

「現在的主控中心被藏起來了，按照154的搜尋和檢測，它被包裝成了一個考場，混在無數其他考場中間。就連進入的機制，都是仿照考試來的。這個考場當然不對正常考生開放，但如果有人不小心闖進去了，也不會意識到那是系統的主控中心，只會老老實實按照考試要求，考完離開那裡。」秦究解釋說。

「這對它有什麼好處？」有人問。

「當然有。」游惑說：「主控中心防御、攻擊機制的觸發有前提，就是中心遭到毀損。但它把自己裹在考場裡就不同了，它可以藉由考場的處罰機制對付進入的人，相當於多了一層隨時可以啟動的防禦。」

高齊點了點頭，「防禦多一層不是大事，我們人多占了天然優勢，也不算太麻煩。那穿過那層考場，接觸到真正的主控中心，然後呢？摧毀主控中心？」

「嗯。」

「這個成功機率有多高？」高齊問。

成功機率有多高，這也是游惑他們始終在算的問題。

三年前，他們敢於直搗主控中心，是因為游惑的許可權夠高，防禦程式開得晚，他們可以打一個時間差。

理論上，這種方法比直接用修正程式容易一些，畢竟修正程式還需要他們在主控中心毀損超過百分之八十的時候，靠近核心機，把修正程式安裝進去。

這次不同，他們雖然失去了主監考官的高許可權，但有了154。

一方面，154同樣可以幫他們把防禦程式的開啟時間往後推，儘量把殺傷性降低，只要沒有杜登・劉這樣的人搗亂。

另一方面，有154在，修正程式的安裝也會容易很多，只要他能在這段時間裡把修正程式修好。所以不管怎麼算，他們這次的成功率都是高於上一次的。

「這個高也只是相對而言，該有的危險依然會有，所以你們有權做一個選擇。」

游惑又看了一眼時間，掏出一副防護性的手套戴上。他一邊理著手套邊緣，一邊說：「做，或者不做，選一個。」

出乎意料，這群人做選擇很快。人群分成兩撥，所有監考官和大部分考生都站到了他們身邊，還有兩、三百人猶豫不定。

這個結果已經超出預計了。

秦究點了點頭，說：「不想參與進來很正常，完全可以理解。不過安全起見，你們這段時間必須留在這個休息處，154會給你們安排好地方。在我們結束之前，你們不能離開這裡，不能用任何通訊。」

這話說完又有幾個人想動，但最終因為種種顧慮，還是沒邁出腳步。

很快，這部分人被趕來的楚月帶回住宿區。

021帶著另一位監考官氣勢洶洶地去搞「好人卡」了。

「現在怎麼說？」剩下的人還留在原地。

秦究掏出手機看了一眼，說：「時間正好，還有兩分鐘，夠我們過去了。」

高齊問道：「去哪兒？幹什麼？」

游惑活動了一下筋骨，翻身躍上圍牆，朝遠一些的地方一揚下巴。

那裡有四個燈火通明的大型倉庫，每個倉庫外面都有兩隊「野戰軍」打扮的NPC在巡崗，這就

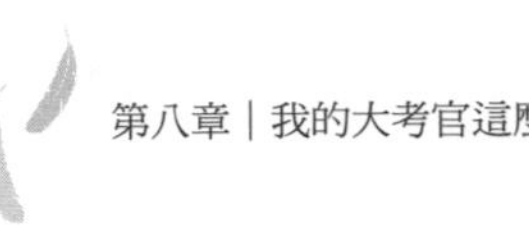

是秦究之前去查看的地方，是這個休息處最大的武器庫。

這個休息處有個特別的規則，武器有兩種途徑獲得——

一是可以花分數買，但槍枝彈藥是分開計分的，小打小鬧防身可以，造反的話……那價格就很漂亮了。

二是可以憑本事拿，比試也好打賭也好，只要你能讓那些守衛心甘情願且理由充分地把武器給你，你就可以帶走它。

以他們這群人的武器需求量，買是不可能買的，傾家蕩產也買不起。

游惑的卡上負了兩百來分，非常有自知之明，壓根就沒考慮過第一條。

於是五分鐘後，七百多名考生和三十多位監考官翻越圍牆，直奔西北燈火通明的地方。

他們要在前主監考A和現主監考001的帶領下，洗劫武器庫。

凌晨一點四十四分。

一、二號倉庫守衛防線遭破，三百多名考生、六百多隻手把倉庫撈了個空。

狄黎招呼著一群人，開上塗了迷彩漆的裝備車，把這批武器往外運。他坐在領頭車的副駕駛座上，一邊指著路，一邊衝秦究喊：「秦哥！門怎麼辦？」

秦究衝他晃了晃手機說：「154已經在辦了，放心往前開。」

凌晨一點五十二分。

三、四號倉庫加派了人手也沒能抗住這幫「匪徒」，剩下的人又把這兩個倉庫清了個大半。

高齊在爬上車的時候，終於沒忍住，「用得著這麼多？主控中心難道不是一個實驗室？穿過考場打實驗室要這麼打？」

「主控中心比這個休息處還大，你有什麼誤會？」游惑說。

高齊：「啊？」

凌晨兩點十分，所有人在宿舍樓下會合。

021捏著那張換來的好人卡，看著那一排車呆若木雞。

154下來的時候，嘴張得比雞蛋還大，又瞬間板回棺材臉。

「你這是什麼反應？」秦究扶著車門好笑地問他：「也覺得太多？」

154搖了搖頭，「不是，挺合適。」

「那你張嘴幹什麼？」

「作為系統一部分，我有點本能反應還不行嗎……」

眾人沒忍住，終於大笑起來。

然而下一秒，154就扔出了一個壞消息——

「杜登・劉隱藏起來了，我找不到他。」

眾人臉上的笑容倏然消失。

「但我們時間有限。畢竟這麼大動靜在這兒，就算開了遮罩，系統也會很快接收到側面消息。」154說：「再加上杜登・劉抓不住，變數就難說，時間更緊。我們必須在系統把主控中心封閉之前進去。」

秦究問：「那你估算還有多久？」

154說：「十分鐘。」

眾人一片譁然，接著便是凝重的沉默。

十分分鐘夠幹什麼？就算游惑秦究再厲害，他們人再多，要想在十分鐘裡找到杜登・劉並控制

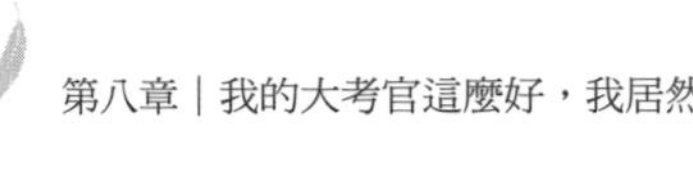

住他，無異於天方夜譚。

就在這時，游惑走到021面前說：「卡給我。」

021不明所以，把好人卡給他了。

加上剩餘的兩張好人卡，他輕車熟路地湊出一次組隊機會。

游惑問154：「這次考場特殊，組隊名單找誰寫？」

楚月愣了一下，掏出一本破舊的筆記本給他，「一樣的，只要是休息處負責人就行。我本子一直帶在身上，你寫在上面。」

本子上綁著一枝筆，游惑寫下自己和秦究的名字，又把本子遞給剩下的人，讓他們把自己添上。組隊本在人群中走了一輪，這期間大家仍舊一頭霧水，沒明白他的意圖。

八分鐘後，本子重新傳回游惑手中，眾人眼睜睜看著他又抓起筆，在大片姓名的末尾加了一個——杜登．劉。

眾人：「……」

直到杜登．劉在規則作用下，一臉懵逼地出現在人群中，大家才緩慢地反應過來游惑幹了什麼。連boss都敢拉進隊還是不是人？

「老爺子，好久不見啊。」秦究烏沉沉的眸子盯著杜登．劉，一字一句地說。

一旦知道了所有事情，他們再見到這位老人，心情就大有不同了。

秦究看了他好一會兒，看得他手足無措坐立不安，這才又輕描淡寫地問道：「你躲哪裡去了？我們一頓好找。」

杜登．劉：「我躲……」

他脫口而出，又驀地反應過來，訕訕閉上了嘴。

秦究笑了一聲，說不上來是嘲諷還是純粹覺得好笑。老頭就像被人摑了臉，面紅耳赤。

在這之前，在他小心躲藏的時候，他已經給自己找到了充足的理由。之所以做過那麼多事，都是有原因的，那些原因很多出自於本能，他相信有人可以理解。

他已經準備好了說辭，打算在自己遭受斥責謾罵的時候統統倒出去。誰知現實出人意料，那幾位年輕人沒人罵他。

沒有謾罵、沒有斥責、沒有任何激烈的情緒，只有冷靜。這份冷靜之中甚至還含有幾絲風度，反倒顯得他自己太過狹隘了。

這種氛圍之下，他準備好的辯詞一句都說不出口。於是他嘴唇開開合合好幾次，最終還是緊緊閉上了，抿出兩道深深的法令紋。

游惑看向154，對方晃了晃手機，示意時間差不多了。

街巷的盡頭，霧氣正在積蘊，很快將更遠的景物淹沒在了一片淺白中。

154指著那邊說：「入口我已經弄好了，但是進去之後會碰到什麼樣的考試場景，現在沒法預估。我猜是根據考生情況隨機。比如你們現在還有一門語文沒考，就很可能會碰到語文考場。不過真正會是什麼樣，要等你們進去的一瞬間我才會知道。」

游惑點了點頭，將手裡的破舊筆記本遞還給楚月。

「真的不用我一起進去嗎？」楚月面露擔憂。

所有人都懂得「雞蛋不能放在一個籃子裡」的道理。他們雖然孤注一擲，但並不盲目莽撞。有人直搗系統核心，同樣也有人要留在外面接應。

上一次她是留在外面的那個。換成任何人，都有理由因為那次的失敗對她產生一絲疑慮，但游惑沒有。

楚月沒有從他身上感受到一絲一毫的芥蒂，這正是他們能並肩而戰的理由。

游惑晃了一下筆記本，抬起眼平靜地問她：「除了154，還要有一個足夠默契的朋友留在外

面，知道什麼時候該做什麼事，有比妳更合適的嗎？」

楚月愣了半晌，接過本子莞爾一笑，「那倒真是沒有了。」

游惑走回來，在杜登．劉身邊停住腳步。他拍了拍老頭的肩，低下頭語氣冷淡地說：「看到入口了？你跟我走第一個。」

杜登．劉滿臉的難以置信，「開什麼玩笑？」

游惑臉色沒變。他戴著戰術手套的手還搭在杜登．劉的肩上，薄薄的眼皮垂著，看著地上某一點。這是他慣常聽人說話的模樣，但老頭看得心發慌。

「我年紀大了，適應不了那些激烈的考場，沒法配合你們。」杜登．劉緩慢地說。

游惑聞言點了點頭，似乎覺得這話有點道理。

杜登．劉任他搭著，沒敢動，只從眼角飛快地瞥了他一眼。

游惑沉靜片刻，終於開口：「你現在跟我們一條船，你可以不配合，最壞不過同歸於盡。」他垂著的手抬起一根手指，劃了一圈，冷冷地說：「面前這些人，任何一個出問題，你都跑不掉。不信試試。」

杜登．劉：「……」

十幾秒後，老爺子被捆了四道扔進第一輛裝備車，委委屈屈地夾在正副駕駛之間，左邊坐著秦究，右邊坐著游惑。

前窗玻璃外面是流動的霧氣，車輪啟動，杜登．劉看著它們撲到面前，屏息閉上了眼。

車窗開著，潮濕的涼意淹沒了他們。穿過白霧的那一瞬，他們聽見了系統刻板的聲音。

【現在是考場時間十七點三十分。】

【檢測到一位考生正在入場，下面宣讀考試紀律。】

【本考場為非公開式單人考場，同一時段內，只能有一位考生在此進行考試。該考生進入場地

後，考場入口自動對其他考生關閉。】

【本考場不設有監考處，考試中途不得以任何理由離開考場。如考生出現違規情況，視嚴重程度當場予以處罰，處罰時長與其他考場一致，每次三個小時。】

車子顛簸了幾下，白霧慢慢變淡，從眼前散開。

游惑隨手撈了一塊迷彩布，擦了擦車窗，考場的景象便落入眼中。

車上三人均是一愣。眼前這片景象對他們而言太熟悉了，過去的很長一段時間裡，他們都在這裡生活居住過。

這塊地方很大，邊界有海岸和碼頭，也有綿延數公里望不到邊的森林和遠山。無數街道交錯縱橫，環繞著一片中心地帶，那裡有兩棟灰藍色的摩天高樓。

乍一看，這裡就像某片濱海城市，星星點點的燈光從高矮不同的房子裡漏出來，在某些瞬間，會給人一種萬家燈火的感覺。

大多數考生沒來過這裡，個別幾位卻是這裡的常客。比如考生秦究、比如考生游惑。

這裡是監考官的大本營——監考區。

車子一個急剎，沉重的輪胎橡膠在地上擦出尖銳的聲音。

游惑皺起眉，轉頭對上秦究的視線。

【第九章】

舉杯邀明月，對影成三人

身後，剎車聲接二連三響起，隔著車窗都能聽見後面嗡嗡的議論聲。

高齊匆匆從後面跑過來，攀上車身，探頭進來，「什麼情況？不是進考場嗎，怎麼回監考區了？是不是154那邊出故障了，關鍵時刻跟考場斷聯了？」

「聞遠？」秦究靠上椅背，抬手敲了敲車篷。

正副駕駛座之間，一個小窗被人拉開，922的臉出現在窗戶外，抬了抬自己的手。

就見他手中拿著手機，機子背後連著一堆五顏六色的線，吊著一塊額外的顯示幕。這是來之前，他特地改裝的，為了跟154之間建立特別管道，保持聯繫。

「稍等老大，正在問。」他手指敲得飛快。

下一秒，154的回音就到了。

「老大……」922轉頭看著他們，「沒有斷聯。154說，如果看到的是監考區，說明考場就是監考區。」

游惑愣了一下，目光落在最近的一棟小樓上。

那是整個監考區最清淨的一家酒吧，不喜歡吵鬧的人會在那裡聊點事情。不合高齊的胃口，但楚月時不時會去那裡坐一會兒。

她說那裡有一側玻璃窗正對著海，看著那種廣闊無垠的景象，偶爾會覺得不那麼窒息。

穿過逐漸沉落的夜色，游惑看見那間酒吧的窗邊有稀稀落落的人影。

他的臉色頓時沉了下來……

高齊順著他的目光看過去，顯然也注意到了那些身影。他的目光又掃過好幾棟樓，看向更遠處的地方。

片刻後憋出一句：「我操，這個監考區不是空殼啊，A，這裡面真的有人！」

「看到了。」游惑冷聲說。

高齊瞪著眼睛愣了半晌，又轉過頭去看車廂，四個倉庫的武器都擺在這些車廂裡。

游惑側身靠近秦究，指著那間酒吧低聲問：「後來的監考官我認識的不多，你能看清窗邊的人嗎？是考場湊數的NPC還是監考官？」

秦究瞇起眼看了一會兒，臉色也變得不大好看，「右起第二個窗子，感覺像009，他對面像037。第三扇太偏了，看不到臉，但那個誇張的坐姿很像129。」

高齊指著車廂，表情有一絲茫然，問道：「A，我們……要用這些武器對付那些人嗎？這就是最終決戰？」

游惑忽然想起154說過的一句話。

他們當時正在雙子樓的核心區，準備開闢通道去休息處，154說：「這一路太過順利了，反而有點不安心。」

當時他們沒想通為什麼，現在游惑忽然明白了——系統在這等著他們呢。

它把整個監考區拖進了這個考場中，變成大決戰的戰場。又把那些同僚變成了戰場上的對立軍，就看他們下不下得了手了。

如果下不了手，系統輕輕鬆鬆就能把這群不安分的人一網打盡。

如果下得了，那也是人和人之間的內鬥。

高齊撓著腮幫子直「嘶」聲：「這怎麼搞？跟他們怎麼打？沒法打啊。就算最後迫不得已真打起來了，咱們這裡是什麼：七百名考生。監考區裡面呢：少說一千多號監考官。開什麼玩笑？」

說話間，後面隆隆車響終於停了，整個小隊的人都進了場。

系統再度出聲——

【本場考試時間：無標準時間。直到考生順利通過或被淘汰為止。】

【本場考試科目：語文。】

【涉及知識點：詩詞鑑賞。】

【這是一個特殊的城市，有著有限的居民，大多數居民的身分相同，每天為相似的事情奔波忙碌，考場上總能見到他們的身影，他們被稱為監考官。這裡是監考官們的休息所，也是他們的家。這裡被稱為監考區。監考區背靠一片無垠的海，每天夜裡都能看到月亮懸在海上，照耀著整座城市，溫馨祥和。請考生結合背景和環境，解析「舉杯邀明月，對影成三人」的意思。】

【答題要求：每晚十二點整，監考官會集聚於會議大樓中心會議廳，等待考生前去，告知正確答案。】

【考試正式開始，祝你好運。】

這一長段聽下來，在場的人臉色都很精彩。不知該噁心那個「家」，還是該心疼那句詩。

突然，遠處打來一束光。游惑瞇起眼睛抬手擋了一下，就聽見有人問道：「誰啊？把基地車拖來這裡幹什麼？」

聲音有點含糊，隔著車窗聽不大清。

「你盯著老頭。」秦究對高齊說，然後打開車門跳下了車。

游惑拍了拍高齊的肩膀，也跳下去了。

922想了想，也拍拍高齊的肩膀，抱著手機跟過去了。

高齊跟杜登·劉面面相覷。

三人前後腳走到那個街拐角，終於看清了拎著手電筒的人——

那人比他們矮一些，長相斯文，即便是沒有工作的夜裡，也穿得一絲不苟。他頂著一張標誌性的棺材臉，公事公辦地說：「老大，怎麼是你們？」

拐角一陣古怪的安靜。

游惑癱著臉看向秦究，秦究看向922，922垂眼看手機。

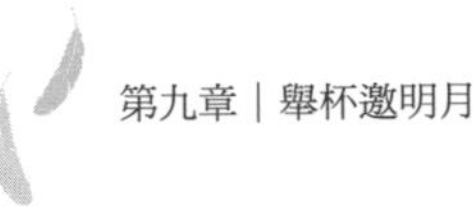

手機嗡地震了一聲，154的資訊來得很巧。

『人呢？怎麼沒了？不是說碰到攔路虎了麼？』

922想了想，一個字一個字地敲。

『嗯，好大一隻虎，長得跟你一模一樣。』

手機死了好幾秒，不知道外面的154作何感想。

922又接著回覆。

『不過這也是個好消息，說明監考區裡的人不一定都是真的，那我們勝算就大了很多。七百比一千，四捨五入可以算一對一。』

游惑看到他回覆的內容，收回視線。他正想開口，餘光忽然瞥見一個詭異的東西——頭頂一片灰雲散開，月光漸亮，「154」腳邊的影子越來越清晰。

「154」站得筆直，而他的影子卻在身後悄悄舉起了手，併攏的五指邊緣光滑，就像一把鋒利的刀。

游惑眼皮一跳，下意識要去拽「154」。而就在那一瞬，秦究突然攬了他一把。

「小心！」低沉的聲音響起來。

游惑轉頭一看，就見他自己的影子投照在背後。這一刻，影子的動作跟他是一致的，卻又透著說不出的詭異。

更詭異的是，游惑發現秦究和922的腳下一片空白，他們根本沒有影子。

任誰看到那一幕都會有毛骨悚然的感覺。

922「臥槽」一聲後退半步，他原地轉了兩圈，發現不論自己怎麼動，不論月光和燈光從哪個角度投照過來，都沒能照出他的影子，彷彿他根本不是活人似的。

游惑很快反應過來，「老毛病，考生只算了我一個。」

他轉頭看向更遠處。一排裝備車停在那裡，高齊攀在第一輛的車門邊，牢牢盯著杜登．劉。

于聞和老于不大放心，上半身都探出了車窗，遠遠朝這裡張望。

游惑確認了一遍，他們幾個同樣沒有影子。

就這麼一個分神的瞬間，地上的影子又有了動作。

它悄無聲息地伸出手，猛地抓向自己的脖子！

游惑突然皺起眉。他感到喉間一股莫大壓力，勒得他滯住了呼吸。

砰——腳邊突然一聲炸響！

碎石飛濺，帶著一小片塵煙。

影子所在的地面出現一個黑漆漆的彈洞，旁邊是爆起的裂痕。

反應如此之快的人是秦究，緊接著922也回過神來，掏了槍對著影子就是轟！

子彈費了不少，地上一片狼藉，鼻前火藥味瀰漫，但那片影子卻絲毫不受影響。

接著，「154」的影子也對游惑伸出了手。

「先回車裡！」秦究說。

游惑一把抓住他的手，借力大步往回。

暫時性的窒息還不至於讓他太狼狽，但腳步確實有點虛浮。

「那這個……」

922看了看巡查的「154」，又看了看秦究、游惑的背影，也不廢話了。當即一咬牙，仗著個子高，把正要掏警報器的「154」扛上了。

一進車廂，秦究繃著臉「啪啪」掰了一串開關，車內所有能開的燈都被他打開了。

游惑窩進座椅，他感到一陣強光落下來，閉著眼都能感覺到鮮亮。

脖頸間的力道驟然一鬆，新鮮的空氣終於灌了進來。

他仰頭靠在椅背上，深呼吸了幾下。

直到缺氧的薄紅順著脖頸褪下去，他才睜開眼睛坐直身體。

秦究正彎腰看著他，手裡握著手機。

冷白色電筒光和車頂幾個大燈勉強製造出了「無影燈」的效果，讓游惑從影子的偷襲中脫身。

「好點了？」秦究問。

游惑點了點頭。

車廂的門被嘩地拉開，922扛著「154」進來了。

「老大，他剛剛要發警報，我怕招來更多的人，就乾脆把他也弄回來了。」他挑了個不容易照出影子的位置，把「154」放下來。

「他頂著這麼張臉，我還真沒法下狠手。」922對秦究抱怨著，又隔著小窗口衝前面叫道：「1006？幫忙把座椅底下的繩子扔過來，我先捆上再說吧。」

不一會兒，贗品被捆成了蠶蛹，021、于聞、狄黎他們幾個不放心，紛紛鑽進了車廂。

「哥！」

「秦哥，怎麼回事啊？」

「什麼情況？154怎麼也在這裡？」

秦究簡單解釋了剛剛發生的事情，于聞他們倒抽了一口涼氣。

「所以對影成三人就是這個意思？影子變成活的，也算一個獨立的人？」老于臉拉得像個倭瓜，「那這也才兩個人啊，不是成三人嗎？還有一個是什麼？」

他說著又覺得背後寒毛直豎，忍不住回頭看了一眼。

于聞沒好氣地說：「別找了，還有一個是月亮。」

「月亮？」

「對。人家對影成三人是指月亮、李白還有李白的影子……不是，你這什麼表情？」于聞說。

老于和狄黎都看著他，滿臉驚訝，「你居然還記得詩的意思？不是說考完就忘光了嗎？」

「那也分人。」于聞嘟囔地罵道：「傻比系統，糟蹋我偶像的詩。」

他在旁邊嘟嘟囔囔，021還真去看了幾眼月亮。

狄黎蹲在旁邊支著下巴，已經開始寫小論文腹稿了，一看就打算長篇大論分析一下。

922說：「別看了小姐，考場再怎麼奇葩也不至於找月亮當boss，月亮能幹什麼，砸死我們嗎？按照系統的一貫做法，估計就是取個簡單意思。」

「你是說去掉月亮，就人和影子兩樣？」021又走了回來，眉頭緊皺，「太直接了吧？」

「是啊，有道理。」狄黎跟著點頭附和，就連于聞和老于也覺得好像沒這麼單薄。

游惑突然插話說：「不算直接。」

「你也這麼想？」021一臉訝異，接著表情就變得糾結起來，動搖得很厲害。

「這要是普通考場確實太直接了，但這個考場是特殊的。」游惑說。

「是啊，特殊的不是應該更複雜？」

秦究說：「妳把它當成真的考試了吧？」

眾人一時間沒反應過來這句話的意思，都茫然地看著他，心說這不是考試嗎？

「別忘了這個考場設立的目的。」秦究說：「它可不是用來考試的，只是打了個幌子而已。系統設立這個考場，只是為了在主控中心前面加一道屏障。屏障是什麼？就是最好把闖進來的人直接弄死在這裡，免得添亂。」

他頓了一下，抬眼問021：「妳覺得它會把屏障搞得那麼循序漸進嗎？」

021臉一白：「……不會。會直接設成死局。」

「完完全全的死局是違背規則的，它會稍微委婉一點，留一個生門，但那個生門一定不是正常

人能辦到的，有也約等於無。」

眾人表情頓時變得很難看，于聞嚥了口唾沫，乾巴巴地問：「那怎麼辦？」

「涼拌。」922晃了晃手機，裡面是他和154之間的往來資訊，說道：「我們本來也不是來找生門出去的，我們是來打到它崩潰的。154說了，進考場之後別被系統打岔繞進題目裡，直接找考場的核心位置，往死裡轟，轟到整個考場難以維持，主控中心自然就露出來了。不然我們搞這麼多武器幹麼？」

這個計畫簡單粗暴，省去了諸多彎彎繞繞，大家頓時又來了精神。

「監考區的核心位置？」021反手一指，遙遠一些的地方，雙子樓立在夜色之中，灰藍色的玻璃在月光映照下微微發亮。

「按照現實來說肯定是那裡。但這是一個複製版本的考場，核心位置在哪裡就難說了。」021面露愁容，說：「監考區那麼大，再算上西北方的森林和那片海域……要找一個核心位置，那不是大海撈針？」

「嗯，但也不是完全沒辦法。」游惑說。

021：「什麼辦法？」

游惑：「找人帶。」

021：「哪個智障這麼好騙，還能給帶路？」

游惑：「晚上試試就知道了。」

考場時間夜裡十一點，駐紮監考區邊緣的大部隊終於有了動靜，十幾輛裝備車同時啟動，按照計畫分別駛往不同方向。

如果此時鋪個追蹤地圖看一下就會發現，它們每一輛的目的地都很講究，東西南北、中心和遠郊都覆蓋到了，近乎均勻地散落在監考區內。

大部分監考官和考生都跟著車走了，但有兩個人例外。

游惑和秦究沒有跟車，而是直奔一個地方——會議中心。

按照系統所說的，每天晚上十二點整，監考官們會聚集在會議大廳裡，等著考生前去告知正確答案。這兩人要去的地方正是那裡。

會議中心是個稜柱型的建築，各個節點都有會議室，不同會議室之間有長長的走廊相連。

游惑剛邁進大門，腳步就停了一下。

他有一瞬間的晃神，因為這裡的每一根廊柱、每一片玻璃都能在記憶裡找到痕跡。

監考區的建築很多，他去過每一處。會議中心並不是他去得最多的，卻是他印象最深的。

因為曾經很長的一段時間，他白天出入這裡，晚上又總會夢到這裡。

夢的內容很單一，就是秦究剛回系統那天的場景。

夢的起始總是他一個人走在空寂的長廊裡，很久很久也走不到頭。

而夢的結尾又總是轉過一個拐角看見秦究，對方站在陽光最亮的地方衝他打量許久，然後輕輕「啊」地一聲，說：「抱歉，我好像不認識你。」

這個夢他重複做了很久，哪怕後來跟秦究重新在一起，也依然如此。前後持續了大約半年，直到某天他忘記所有事情……

「怎麼了？」秦究在耳邊低聲問道。

游惑倏然回神。

他垂著的手指動了一下，習慣性地抬手撚著耳釘。

「沒什麼。」他說：「就是覺得很久沒來過這裡了。」

他明明已經很久沒有來過這裡了，卻又好像昨天才剛從這裡走出去。

秦究看著他平靜如常的側臉，忽然伸出一根食指，將他撚轉耳釘的手勾下來，低頭在他唇角吻了一下。

他說：「很早以前我就想這麼做了。」

「怎麼做？」游惑微微往後讓了一些。

「在這個地方光明正大地吻你。」

有那麼一瞬間，游惑沒說話。他的眸光從薄薄的眼皮下瞥出來，即便近在咫尺，也讓人拿捏不透他在看著哪裡。

過了片刻，他忽然說：「我好像也這麼想過。」說完，他啟唇吻了回去。

他忽然意識到自己是一個遲鈍的人，可能真的是在冰水裡泡慣了，要等到完全融化解凍，才會後知後覺地嘗到之前寒冷的尾巴。

但這是好的徵兆不是嗎。

只有身處暖春，才會怕冷。

他們提前到達了會議廳。

此時距離半夜十二點整還有十分鐘，游惑朝會議廳內部掃了一眼，說：「沒人。」

「一個都沒來？」秦究說：「那就行了，這群監考官都是NPC，沒有原裝的。不然以009那幫人的習慣，十二點集合他們能提前一小時坐在這裡等。」

兩人對這裡的構造再清楚不過，輕車熟路地順著祕密通道翻上樓頂。

平臺上有一扇天窗，透過玻璃可以俯視會議廳裡的場景。這裡的視野也很不錯，可以看到附近四通八達的街道。

誰朝這裡來，誰往哪邊去，都能看得一清二楚。

游惑挑了個不會被月光照到的位置，在天窗邊緣半蹲下來，垂眸盯著腳下的會議廳。

秦究翻身躍上了水箱頂，靠著管柱盯著樓外，烏沉沉的眸光在街道之間來回輕掃。

「人來了。」他回頭提醒游惑。

不一會兒，會議廳的大門被人打開，穿著一絲不苟的監考官們猶如深黑的海水，忽地湧了進來。眨眼的工夫，幾乎就把大廳座位填滿了。

當所有人坐下來的時候，游惑拿起手機一看——分秒不差，剛好十二點整。能做到這一點的，只有設定出來的NPC。

緊接著，他就在人群中看到了高齊、趙嘉彤、021、922……他都沒有刻意去找，就看到了造反軍團絕大多數人。

他微微低頭，視野範圍又大了一些，會議臺的主位露出來，一個幹練悍利的人坐在那裡，英俊的眉眼被燈光勾勒出輪廓。

游惑盯著那處瞇了一下眼睛，又抬頭看向水箱頂。

「怎麼了？」秦究問。

游惑指了指腳下，「盜版001坐在下面，要來看一眼嗎？」

「我？」秦究跳下來，刻意壓著聲音，落地的時候幾乎悄無聲息，但這不妨礙他顯得遊刃有餘。他在天窗邊彎下腰，看到了主位上的「自己」，居然不覺得詭異，而是饒有興致地打量一番。

「還挺像。」他轉頭看向游惑說：「萬一回頭打起來了，一片混戰，你可別認錯男朋友。」

游惑心道你說什麼夢話，嘴上卻擠了兩個字：「難說。」

秦究嘖了一聲，他直起身的時候伸手抹了一下游惑唇角，說：「我一直很納悶，你這裡明明很軟，怎麼一說話就很硬。」

游惑瞥了他一眼，懶懶答道：「特異功能。」

很簡單的四個字配上那張高冷臉，不知怎麼戳到了秦究的點。他勾著游惑的肩膀，低頭沉笑了好一會兒。

游惑癱著臉任他勾，目光依然盯著腳下。

監考官全員都是NPC對他們而言是有好處的，一來真打起來不用過於顧忌，二來NPC比真人簡單得多。

真人的心思情緒太過複雜，NPC卻不然，他們的存在就是為了實現考場的目的。

這個考場的目的是什麼？很顯然——清除考生，保護核心位置。

這就是這群冒牌監考官一切行為的邏輯支柱。

這個考場發生任何一件事，監考官都會圍繞這根支柱做出反應。所以試想一下，如果監考區突發意外，又不能立刻確定具體位置，這些NPC監考官會怎麼做呢？

不出意外，他們會下意識先確認核心位置的安全。

這就是游惑和秦究此時此刻出現在這裡的理由。

會議廳裡，一千多名監考官在等待中慢慢鬆弛下來。

就在他們最放鬆的瞬間，秦究掐準了時機用手機發出了一條資訊。

922聯合154，利用監考官手機的共通性和特殊性，拉起了一個臨時的聯絡網，方便他們在行動中保持溝通。

此時，秦究就在給分散各處的監考官發出通知。

三十多部手機同時震了一下。

東北方森林邊緣，021看了一眼手機，對身後躍躍欲試的考生說：「轟。」

以于聞、狄黎為首的幾名年輕人顛了顛肩上的迷彩金屬筒，緊張又亢奮地對著斜前方的天空轟了一炮。

西邊海岸旁，高齊自己就架著一個單兵火箭炮，偏頭瞇起眼，說道：「這種火箭炮沒訓練過也能用，放輕鬆，剛剛說的要點記住沒？來，走一個！」

下一秒，六七道光咻地飛了出去。

還有南郊、城區、廣場和某些樓頂……

他們早早把裝備車開到了監考區各處，就等著秦究這道通知呢。

於是那一刻，監考區四面八方同時炸了。

轟鳴聲突如其來，整個會議大樓都抖了一下。

會議廳裡的NPC們嚇一大跳，當即噌地站起身來，抄起武器就湧出了大門。

他們下意識朝天空望了一圈，卻難以分辨聲音來源。

下一秒，螞蟻一樣的人群有了動作——除了個別幾位，幾乎所有NPC都轉向了同一個方向，下意識朝那邊趕去。

游惑站在樓頂平臺，將這一切盡收眼底。

「其他地方別炸了，東北一片的讓他們繼續。」

他話音剛落，秦究的通知已經同時傳了出去。

下一秒，監考區又炸了一片。

NPC們一聽，好像還真是那個方向，剛剛放緩的腳步又倏然加快。

在兩位魔鬼的指揮下，監考區一會兒炸一次、一會兒炸一次，轟鳴聲就像吊在驢嘴前的蘋果，顛顛地把NPC往前引。

大約一小時後，021收到秦究最後一道指令，又炸了一波。

「也不知道有沒有效果……」

她咕噥鑽進副駕駛座，剛一坐穩，就聽見一個考生叫道：「車！車！那邊來了支車隊！」

021探頭出去，抓了考生手中的望遠鏡，對著遠處的公路一看，當即縮了回來。

她一把抓住窗框，對駕駛座上的另一位監考官說：「快開！還真被A和001說中了，帶路的來了！那幫冒牌的把監考區的防彈車都開來了！」

他們這輛墨綠色的裝備車像一條潛伏在濕地中的巨鱷，當即一個甩尾，轟地竄了出去，在森林中橫衝直撞，翻過一片山坡，藏進了事先計畫好的坳地裡。

他們才剛熄火藏好，就見那支車隊風馳電掣地殺了過來，浩浩蕩蕩開過林間大道，一路直奔著上面去了。

021看著那片燈火，手指飛快給秦究傳消息。

『確定了，核心位置是東北森林的哨塔！接下來呢？』

對面只回了兩個字。

『稍等。』

021握著手機屏住呼吸開始等。

他們這裡沒有開燈，沒有一絲光源，於是山道上車隊的行蹤變得更加清晰。

她看見那支車隊極速翻過半座山，繞過一條彎道，最終在山頂那座常被人遺忘的銀白色哨塔四周剎了車。

很快，哨塔上亮起了燈，應該有人進去確認查看了。

越是這樣仔細，越能說明這個地方的重要性。

駕駛座上的監考官抓著個望遠鏡趴在方向盤上，咕噥說：「我剛剛看到我自己了。」

021：「嗯？」

「就在第一輛車裡，屁顛屁顛衝進了塔。」

021：「喔……」

「那個山寨的我馬上就會發現，那裡一片平靜無事發生。」監考官捂著額頭說：「感覺自己像個猴，心疼。」

021：「……」

這位乾脆小姐還沒來得及嘲諷人，就發現要猴的又來了——

就在那群NPC繞著哨塔轉了一圈，發現自己找錯地方的時候，監考區又炸起了一片轟鳴聲。

這一次炸在西南方，跟哨塔剛好是個對角線。

隔著數頃森林，021都能感覺到那群NPC有多糟心。但他們既然存在於這個考場，就得繼續做他們該做的事情。

於是很快，山頂的大部分車又亮起了燈，風馳電掣朝新的動靜奔去，只留下一車人在哨塔這裡繼續守著。

剛剛盛況之下，021還沒法貿然行動。

現在只剩一車人，她就沒什麼可忌憚的了。

果不其然，幾分鐘後，秦究的資訊又來了。這次內容更短，只有一個字。

『炸。』

收到資訊的瞬間，離她最近的兩輛裝備車剛巧趕到。其他十輛也在趕來的路上，從四面八方往這裡聚集。

只有一輛是逆流而行的。秦究坐在駕駛座上，帶著這輛龐然大物在監考區城中心穿梭。

游惑咬著一副新的戰術手套，拿著他的手機，一臉冷靜地給922傳消息。

『我們牽住這群人，你們用最大火力轟。』

發完，他把手機塞進秦究口袋裡，戴上了手套。

他在急轉彎中抓住了頭頂的握把，穩穩站起身。他單手拎起座椅旁的炮筒，側身從大敞的車窗裡探了出去……

城區中心一片混亂的時候，東北森林的哨塔旁驟然亮起了一大片光。硝煙、濃霧、火焰交織成一張鋪天蓋地的網，從四面八方兜罩過來，將整個哨塔轟得密不透風。

那一瞬間，所有人的心裡都是亢奮的，好像下一秒他們就能見證高塔轟然成渣，主控中心就會顯露出來。

然而他們轟了半個多小時，那座白色的哨塔分毫未損。

別說碎裂成渣了，連一點斑駁的痕跡都沒有。

021在攻擊的間隙發了一條資訊給秦究。

其實她發不發這條都沒關係，因為游惑和秦究比他們更先意識到問題——

車廂中的武器消耗已經過半，高樓都籠罩在灰黃色的塵霧裡。那群NPC確實被他們堵在了城區，但同時，他們兩個也被纏在了這裡。

因為房子打不穿，人也打不死。

那一千多位監考官彷彿有著銅皮鐵骨，炮火籠罩前是什麼樣，散去後他們還是什麼樣，頂多前進的動作會被拖慢，其他……毫髮無損。就好像所有炮火都沒能落到實物上，就好像他們打了個半天，都在打一群影子。

「什麼情況？我拿的這他媽是真槍不是水槍吧？怎麼連個人都搞不定了？」高齊在吼。

「扛住啊！我再發個信息。」922找了個空隙鑽進車篷。

高齊血都要吐出來了，「發發發，趕緊！」

旁邊的幾位監考官也在納悶，他們邊打邊退。一旦有了疑惑，攻擊都夾雜著猶豫。

短短幾分鐘的工夫，雙方的勢頭就顛倒過來，不少人都掛了彩。

灰黃的煙塵像潮水，從山頂滾滾而下，籠罩著大片樹林。

021肩膀被流彈蹭了一道長口。她俐落地擦掉血，綁了繃帶條，又熟練地換了彈，重新從車裡鑽出來。

「也不是完全沒用。」她從瞄鏡裡看出去，對高齊說：「至少現在能看見一點血了。」

「是啊，炸了半小時，他們終於破皮了，我真開心。」高齊扯著嘴角假笑兩聲，又一臉不爽地架起了炮筒。

「這皮也太厚了。」于聞忍不住說。

「應該是方法不對。」狄黎想了想，「說來說去還是要牽扯到題目裡的詩吧，舉杯邀明月，對影成三人。會不會炸人沒有用，炸影子才行？」

說話間，于聞瞄著某輛車又去了一炮，說：「學霸……我們炸了半個小時了你知道嗎？半個小時啊！費了將近一半的彈藥，怎麼可能只炸到人沒沾到影子？要炸影子有用，他們現在也該開花了好嗎。」

「我知道。」狄黎皺著眉還在想，「我不是說地上的影子。對影成三人……三人……還有一個人在哪裡？」

于聞：「月亮啊，我都記得這詩的解析你不會忘了吧？」

狄黎一指天空，「你炸個月亮我看看。」

于聞：「……」

「我當然記得原意，但這裡顯然用的不是原意嘛！」狄黎在琢磨，「真人一個、地上的影子算一個，那還有一個在哪裡呢？哪裡還能有人……」

他捂著耳朵，在炮火中使勁想。

突然一拍腦門說：「對啊，海！」

「嗨？」于聞藉著換彈的工夫問。

「……」狄黎指著遠處，「海！我說海面！海面也能映出人影。」

高齊和021對視一眼，第一時間衝車篷裡喊：「922！發資訊讓他們試試炸海！」

922原本還在聯繫154，試圖從系統程式入手，看看能不能打破僵局。他聞言切換了介面，飛速給秦究去了消息。

『老大，試試炸海！』

時間緊急，這條消息有點沒頭沒尾，但秦究看到的瞬間就理解了他們的意思。他轟下最後一炮，拎著炮筒翻過矮牆。手機放回兜裡，卻並沒有要去海邊的意思。

游惑從牆角轉過來。

他眯著左眼，還在透過瞄鏡掃人。背抵著秦究問：「收到什麼消息了？」

「922。」秦究從木箱裡撈了一枚長彈，熟練俐落地裝著，「他們大概在研究題目裡的三人是哪三人，讓我們試著把人引去海邊，對著海裡的倒影炸。」

咻——彈火穿過樓宇，直擊對面一輛防彈車。

游惑咔噠撥了栓，這才說：「你要試？我覺得沒用。」

「不可能是海上的倒影。海面在邊緣，能倒映在上面的只有旁邊那一圈建築，最多再加個足夠高的雙子樓。那些NPC倒是可以引到海邊，其他呢？建築可沒有長腳。」秦究說。

這跟游惑想到一起去了。

如果說所謂的「第三個人」是海上的倒影，那只有一部分人和建築有，更多的東西離海太遠，根本投照不過去。

真正的「第三人」，一定是這裡所有東西都能找到對照的。

很快，秦究的手機又震了一下，922補了一條信息。

『老大，先別試，還是不對。』

「看吧，都反應過來了。」秦究說。

游惑從瞄鏡裡看出去。

防彈車被煙霧籠罩著，旁邊是和監考官們長得一模一樣的NPC，他們架著武器，身上或多或少有些血跡，但他們對傷口毫不在意，好像血都不是他們流的一樣。

就這些傷口，也是剛剛那幾分鐘裡打出來的。

游惑皺眉盯著那處，突然低聲說：「是真人嗎？」

「什麼？」

炮聲呼嘯而過，他們就地一個翻滾避讓，秦究沒聽清他的話。

游惑說：「對影成三人的第三人，是真人嗎？」

秦究轉頭和他對視一眼。

那一刻，遠處飛來炮火。

秦究撩起眼皮朝那邊掃了一眼，那個跟他長得一模一樣的盜版001正站在某個樓頂平臺，從瞄鏡上抬起頭來。

流彈掃過的瞬間，秦究突然朝旁邊伸了一下手。

「你幹什麼？」游惑眼疾手快去抓他的手指，結果抓到了一片濕滑。

人的指尖總是血液豐沛，秦究三根手指滿是殷紅。

「別擔心，我有數。」他順手在牆邊抹掉血，第一時間給游惑看他的手指。極速飛過的彈皮在他手指上割了一道長口，橫跨三根手指，血雖然流了很多，但確實不算大傷。

他不大在意地扶住炮管，偏頭又用瞄鏡看了一眼。

就見樓頂平臺之上，那個盜版001低頭看了一眼自己的手指，鮮紅色的血水同樣淌滿手掌。他

滿不在意地甩掉了血跡，繼續往炮筒裡填彈。

秦究抬起頭，對游惑說：「被你說中了。」

舉杯邀明月，對影成三人。

狄黎他們總下意識覺得，「三人」都在考場之內，NPC是本體，另外兩者都是他們的影子。不是在地上，就是在海上。

可是錯了。

地上的影子是虛幻的，那些NPC同樣是虛幻的，這個考場本身就是兩重影子。對影成三人，那個真正的「人」在考場之外，是整個監考區。

那些NPC被轟了半個小時毫髮未損，卻在這幾分鐘裡陸陸續續掛了彩。這並不是因為他們那身銅皮鐵骨終於抗不住了。而是因為秦究他們這群真正的監考官受傷了。

要打傷NPC，必須先傷他們自己。

同樣的，要轟開核心位置的白色哨塔，必須先炸掉考場之外真正的那座。

那一刻，游惑幾乎要冷笑出聲。

系統打了一手好算盤——如果他和秦究還像當初一樣，獨狼似地殺進來，那麼這場考試就是他們最大的剋星。

哪怕再多的武器、再多的準備，也不可能打穿這裡。

他們會在這群打不死的NPC包圍之下，耗光彈藥、精疲力竭，直到妥協退讓或是困死在這裡。不僅是他們，任何試圖暗中摧毀系統的人進來都是這個下場。

它之所以這麼設定，就是因為它非常篤定，甘於以身犯險的人永遠是少數、永遠是孤軍。但是很可惜，它的計算又出了謬誤。

游惑和秦究不再於城中心糾纏。他們開著裝備車穿過炮火，直奔山邊和眾人會合。

在那裡，他們用922的特製機跟154接通了聯繫。

瞭解全部詳情後，154問：「你們能保持火力，分散系統的注意力嗎？這樣才有可能短暫地鑽個空子。」

游惑問：「多久？」

154說：「給我十五分鐘。」

「好。」

下一秒，沖天的炮火再度籠罩了整個山林。

於此同時，真正的監考區正處白天，十四點三十七分。

這是一天之中人員最集中的時刻，留在監考區的考官們正聚在會議中心開日常例會，其他人員大多在城市中心，商店、酒吧或者街道上，還有一小部分人依然在守雙子大廈。

三分鐘後，整個監考區突然拉起了長長的警報聲。

監考官、生活人員、值班者們在那一刻悚然一驚。

緊接著，監考區萬千建築和街道廣播同時沙沙作響。

就在人們以為系統又要發通知的時候，一個沉穩冷靜的聲音響了起來。

【我是監考官154，全區六萬七千個廣播器暫時由我代管，我來播送一道指令。】

監考區各個角落裡，所有人都愣住了，因為他們從未遇見過這種情況。

會議室裡一陣桌椅翻倒的響動，眾人譁然起身，驚疑不定地望著廣播口。

【我們正在做一件有點瘋狂的事，鑑於我正用這種方式跟你們溝通，這件事是什麼，你們應該

都能明白。現在我們碰到了一點小麻煩，止步於最後一道門前。有七百零八人正困在系統特設的障礙裡，其中三十七位現任監考官，包括主監考官001，以及前任主監考官A。】

【既然叫一聲同事，我想你們應該不會介意在這個關頭幫個小忙。】

【監考區共有可移動武器一萬兩千三百箱，監考官可自主動用的一共三千七百箱，防彈車四百輛。這些武器車輛集中於會議中心和雙子樓地下倉庫。請在五分鐘內拿上武器前往東北森林哨塔，幫我們炸毀它。】

【事關重大，時間緊急。所以很抱歉，不得不採取一點非常手段。】

【我手裡有本組隊名單，可能有些人不大明白組隊的意思。就是我只要在這份名單上寫下任何一個人的名字，不論是考生、監考官，還是其他人員，只要你人在系統裡，就會被拉進隊。現在隊長是A。】

【麻煩各位二選一，要麼炸塔，要麼進隊。】

廣播安靜了一瞬，154話音落下的時候，監考區各個角落一片死寂。

接著就像沸水入油，嗡地炸了。

議論和驚呼充斥在高樓廣廈和街頭巷尾，還沒等他們消化過來，廣播再度響起，154的聲音回蕩在整個監考區。

【喔對了，忘了自我介紹一下。我的存在比較特殊，大概可以算作系統曾經的一部分，因為情感思維受人影響太多，數年前被它清除出來，藉著監考官的名頭存留到今天。】

【某種程度上，系統能做的事，我也能做。所以剛剛那些話，不算威脅，但也沒開玩笑。】

【我知道這是一件很危險的事。系統有很多運算法則，它總在用那些預估你們的行為，也只相信那些預估結果。所以它永遠不能理解一件註定危險的事情，為什麼總會有人願意做。】

【但我可以理解，這是我被清除的原因。】

【既然我都能理解，我想你們一定也可以，這是我來找你們的原因。】

154的聲音其實跟游惑有點像，跟系統更像。但他在說話的時候，沒人覺得廣播背後的不是一個有血有肉的人。

他說：【監考區總在固定的日期下雪下雨，固定的時刻天黑天亮。千篇一律的風景你們看了好幾年，也該看膩了吧。】

【給你們一分鐘時間考慮一下，是繼續困在這裡，還是幫我們一起炸了它。】

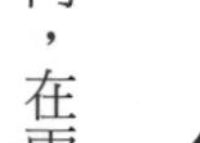

考場內，在兩任主監考的帶領之下，盛大火光包裹著象徵核心的白色哨塔，炮彈的轟鳴從未止歇。硝煙瀰漫，流彈橫穿。

夜空被映照得一片雪白。

十五分鐘漫長又短暫，終於在炸響中走到尾聲。

就在即將結束的那一瞬，另一片盛大的炮火籠罩下來。

它不知從何而來，像一道陡然投落的虛影，卻讓白色哨塔脫掉了銅皮鐵骨的防護層，終於被打上了斑駁的痕跡。

兩種火光在夜空下交織成片。

半分鐘後，高塔轟然倒塌。

明明只是一座郊區哨塔，倒塌的那刻，整個考場都隨之震顫了一下。

山頂的景象出現了剎那間的割裂，彷彿可以透過塵霧看見曾經熟悉的金屬網和倉庫型建築，建築頂端是斑駁的白漆，刷著NA 7232的字樣。

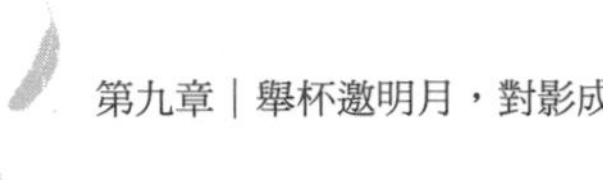

那是被藏起來的主控中心。

其他人並不清楚，游惑和秦究一眼就能認出來。

飛濺的塵土帶著灼熱的溫度，蹭過去的時候能燙破皮膚。

游惑抬手擋了一下，隔著戰術手套都能感覺到刺痛，腳卻義無反顧地朝前邁去。

剛要靠近，主控中心的景象又在震顫中閃動了幾下，就像信號不好的錄影。

緊接著，系統的聲音響徹整個考場：

【考生故意損毀考場核心建築，已造成嚴重違規，鑑於本場考試不設立監考處，按照考場規則，應當場予以處罰。】

【處罰時間：三小時。】

【計時正式開始。】

話音剛落，人群中不斷響起「嘶」地抽氣聲。

游惑感覺左手臂一陣刺痛。他低頭一看，就見那裡瞬間多了一道傷口，就疊在舊傷之上，殷紅的血流淌出來，很快洇濕了捲在手肘的袖口。

這傷和之前一樣，像是被飛濺的彈片割出來的。

他抬起眼，就見秦究的手臂上也多了一道口子。

再環視一圈，在場所有人的左手臂都是血淋淋的。

于聞抓著手臂在旁邊跳腳，哎呀哎呦叫得凶。狄黎要臉，齜牙咧嘴愣是沒吭聲。

趙嘉彤反應最快，鑽進車裡給眾人拿繃帶。

高齊、922、021的臉色和游惑秦究相似，都不大妙……

倒不是因為痛。他們這群人什麼場面都見過，沒幾個怕痛的。

臉色之所以不好看，是因為他們找不到傷的來源。

「剛剛有東西飛過去嗎？」高齊直接撕掉了袖子，胡亂擦著血。

021保持著高度警惕，漆黑漂亮的眼珠在夜色下極亮，她掃視一圈說：「沒有。」

「我也沒看到。」922轉頭問道：「老大，你們看見沒？」

秦究甩掉血，搖了搖頭，「沒有東西。」

游惑眉心緊蹙，臉色漸冷。沒有攻擊、沒有飛來的流彈、沒有任何徵兆，七百多號人就同時受了傷。這比看得見、摸得著的危險可怕多了。

游惑接過趙嘉彤遞來的繃帶，正要纏上，卻見那道傷口又慢慢收束起來，血液凝固，眨眼間就結了疤，又脫落掉了。

如果不是袖子上的血跡還在，痛感沒消，他簡直要懷疑剛剛的傷口是幻覺了。

人群中又是一陣此起彼伏的驚呼。顯然，傷口癒合的也不止他一個。

「這是什麼懲罰？」有人在抽氣聲中問道。

這個問題沒有得到回答，因為大家還沒來得及細想，身上就又出現了新傷。

這次是在頸側。脖子是最脆弱也最關鍵的地方，膽小一點的考生捂著頸側臉都白了。

有人拚命地摁住傷口，面色惶恐，深怕下一次會直接橫亙在動脈上，那他們就真的要葬身在這裡了。

好在這次的傷同樣沒有持續很久，幾秒後再度消失，依然只留下了疼痛。

胳膊疼，脖子也疼。很多考生顧頭就顧不了尾，簡直不知道先捂哪裡。

短暫的幾分鐘裡，他們身上不斷地出現小傷口，又不斷癒合，難受的地方越來越多，大家的臉色也越來越差。

不久後，有女生爆發出了一聲尖叫。

那個瞬間，所有人都感到左胸口一陣疼痛，鑽心腕骨。突如其來的劇痛讓人措手不及，他們攥

著衣領痛吟著彎下腰。更有甚者直接跪倒下來，額頭抵著地面，大口大口地喘著氣。

該怎麼形容那種痛呢……

就像有人握著一把無形的刀，鋒利的刀刃破開皮膚，一寸一寸地釘進心臟。

就連游惑都後退了一步，背抵在樹幹上，低頭閉了一下眼睛。

他緩了一會兒睜開眼，視野因為疼痛變得一片模糊，很難對焦。他只能看見血跡從心臟部位湧出，在襯衫上化開，眨眼就覆蓋了半邊身體。

這種感覺對他而言並不陌生，當初在古堡裡試圖殺死公爵的時候，他就做過這樣的事——握著秦究的手，把短刀壓進自己胸口。

他甚至能回想起心臟裹著刀刃跳動的感覺，跟現在一模一樣。

那幾分鐘漫長得像一個世紀，很難分辨血有沒有繼續在流，因為襯衫已經沒有空白的地方了。

應該是止住了，游惑心想。因為新傷又來了。

他的手臂、肩膀、腰側都出現了大片的創口，它們以肉眼可見的速度蔓延、加深，直到露出骨頭。又慢慢收束回來，全部癒合。

然後是眼睛……

當世界在尖銳的刺痛中陷入黑暗，那一瞬間的感覺依然似曾相識。

接著，他的肩骨、脊背、手臂上出現了長長短短的割傷，最危險的一道劃過他清瘦的下頷骨，沿著脖子落到鎖骨上。

每道口子都凝著一層霜，像是處於某個極寒的環境中。

這是最多最疼的傷，也是最乾淨的。因為血還沒流出來，就已經凝固了。

游惑突然明白了這個處罰究竟是什麼。

有人開始哭了，他隱約聽到了哭聲。傷口出現又消失，痛覺卻始終都在，一層疊一層，終於有人支撐不住。哀吟和嗚咽像漲潮，蔓延成片。

倏然間，好像所有人都在崩潰。

冷汗從鬢角滑落，游惑眨了一下暫時失明的雙眼，蒼白的嘴唇抿成一條平直的線。

他忽然覺得有點抱歉……

那一刻，誰的手指觸碰到了他的臉，很輕。接著是手臂，肩膀……

有人在黑暗中摸索過來，以擁抱的姿態低下頭，啞聲問他：「是在回溯嗎，大考官？」

「這個處罰，是在回溯你受過的傷嗎？」

游惑嘴唇動了一下。

秦究的手指落在他閉著的眼睛上，輕得像是不敢碰。他的聲音啞透了，低而乾澀：「你的眼睛也這麼疼過嗎……」

過了一會兒，游惑啞聲說：「還好。」

「還有這些凍傷。」秦究手指觸到他的下頷，「這是什麼時候的，為什麼有這麼多……而我一點都不知道？」

失明感緩緩消退，游惑在適應重新出現的世界。

他依稀看到了光，很小的一點，像極遠之外的星。等到一切終於清晰，他才發現，那來自秦究的眼睛。

游惑緩過那一陣疼痛，忽然湊過去吻了秦究一下。

他微微讓開毫釐，說：「很久以前的傷了，在你進系統之前，原因忘了，訓練不小心吧。」

秦究身上有同樣的傷，他經歷的那些，秦究也跟著經歷了一遍。

傷口出現在自己身上時，他可以視而不見。但出現在對方身上，就讓人難受異常。

他想趕緊結束這一切。

游惑抵著秦究的肩窩歇了一會兒，又重新直起身，「處罰要持續三個小時，現在還不過半。」

他轉頭環視一圈，大多數人已經扛不住了，跪趴著或者蜷縮著，疼得幾乎休克。只有監考官們還能保留一絲清醒。

「這麼下去不行，我們得進去。」他的目光又投向倒塌的哨塔，主控中心的影像時有時無，出現得越來越不穩定。

秦究重重捏著鼻梁，反反覆覆的受傷讓他們兩個都盡顯倦態。

他抬眼看著山頂，說：「還記得鏡像人那場嗎？154試著把我們轉移到附加考場，街道的景象就是這樣。那次是因為有程式干擾，不夠穩定。這次剛好相反……」

他皺了一下眉，又一片新傷出現，疼痛變本加厲。他輕輕吁出一口氣，繼續說：「系統在試圖穩住這個考場，重新藏住主控中心。」

兩人在說話間努力靠近那塊地方。

主控中心就像接觸不良一樣，總是一閃即逝，出現的時間永遠超不過一秒。

秦究掏出手機，這才發現在剛剛那段時間裡，154一直在試圖聯繫他們。

『老大，922一直沒有回音，我試著跟你的手機建立了聯繫，能收到嗎？』

『老大，你們怎麼樣？』

『進入主控中心了嗎？』

『我正在想辦法侵入考場，給我一點時間。』

對於154來說，一切跟系統本體之間的較勁都是冒險。

秦究立刻打字回道：『侵入考場太危險，暫時不用，幫忙製造一點混亂就行，我們試著進入主控中心。』

很快，對面回了資訊，言簡意賅一個字：『好。』

此時手機另一頭，休息處的廢棄公寓裡，楚月活動了一下手指，對154說：「製造一點亂子，讓考場不穩定是吧？」

154點了點頭，「對，妳有主意？」

「不用動系統的核心。只要你像之前一樣，占用一下廣播系統就行。」楚月說。

「妳要幹麼？」

「幹票大的。」楚月坐直身體，拿起那個組隊本說：「A把登記本留給我，就是想讓我在關鍵時刻用一下。也差不多是時候了。」

「這次對誰播報？」154問。

楚月晃了晃本子說：「全系統，所有人。」

154的表情像死機，片刻後，他緩緩豎了個拇指說：「你們真的夠瘋。」

五分鐘後，一道組隊邀請響徹整個系統。監考區、休息處以及數以萬計的考場，所有人都聽到了這段邀請。

邀請一發出，154和楚月就守著面前的螢幕等回音。

在這種時刻，一分一秒都顯得尤為漫長。

他們等了很久，就在他們以為要另尋他法的時候，螢幕上突然出現了一段資訊。

資訊發送人是監考官061，內容是：

『九二一三考場有四位考生自願加入隊伍，連同監考官061、279共計六人，名單如下——』

後面是六個陌生的名字。

這段資訊像摁下了某個開關，更多資訊潮水般接二連三地湧進來，螢幕滾成了片。

『〇八一二考場共計十一人。』

『〇二二七考場共計八人。』

『一一三九考場共計二十八人。』

考場上，游惑和秦究站在白色哨塔的碎片之下。

主控中心的景象已經幾分鐘沒能出現了，就好像系統已經強行穩住了考場，努力縫合上了這道裂口。

就在這時，整個考場突然又顫動起來，像一場隆隆不斷的地震。

游惑抹掉唇邊的血跡，和秦究對視一眼。

這個動靜大得出乎意料，他們很好奇154究竟用了什麼方法。

突然，秦究餘光裡瞥到一片黑影，剛轉開的頭又轉了回去。

他瞇眼看了片刻，又抬起武器上的瞄鏡確認一遍，這才碰了碰游惑的臉，指著遠處說：「親愛的，往那邊看。」

游惑只看了一眼就愣住了。

就見森林的邊緣，浩浩蕩蕩的人影憑空出現，粗粗一數……算了，根本數不清。

秦究手機又是一震，他低頭看到了154的資訊：

『都是自願入隊的，截止到現在一共三千六百四十二人，久等了，老大。』

游惑第一反應居然是系統說的那句【本考場為單人性質，其他考生不得進入考場】。

但他轉瞬就明白過來，既然都已經加入了隊伍，那這三千六百四十二人就都是他，根本不存在其他考生。

這個舉動乍一看非常過分，但細究起來並沒有違反規則。

只能容納一位考生的考場前前後後塞了四千多人，能穩定就有鬼了。

隨著新隊員不斷加入，人越來越多，地面震顫就越來越厲害。

十幾秒後，白色哨塔倒塌的地方終於又出現了主控中心的景象，它依然在不斷閃動，但停留的時間終於有了延長。

秦究收起手機一偏頭，兩人並肩朝那裡走去。

他們一人一邊，紮在了主控中心的入口，就像兩道橋，把主控中心和考場強行而穩固地連在一起。考生大部隊終於可以安心跟上來，順著入口湧進中心。

對於游惑和秦究來說，守住入口的過程其實非常難熬，不同空間分別拽住你的左手右手，朝兩個方向撕扯。每一處關節都是疼的，像無數刀片被風裹挾著飛過來，

那個交界處也是冷的，像是抽乾了體內的血，再沒有一絲熱氣。

寒冷與疼痛並行，就像之前身上出現的那些凍傷。

其實游惑說了謊，那些傷並不在秦究進系統之前，而是在秦究離開系統後。

那是系統第一次給他處罰，在雙子大樓的核心區，理由是和考生交往過密。處罰的內容是修復一個嚴重故障的攻擊程式，那套程式封鎖在某個廢棄考場裡。

考場上暴雪不停，比暴雪更凶的是程式毫無差別的攻擊。

那大概是他此生待過的最冷的地方。

他帶著一身傷，廢掉了程式十二個攻擊口。得以喘息的瞬間，也許是天地太過安靜，他不知怎麼，忽然記起第一次見到秦究的場景——

那人站在紅瓦屋頂的邊緣低頭看過來，眼眸裡含著光，像盛了烈陽。

那天的考官A孤身站在暴雪中，扯著手指上纏繞的綁帶，滿是疲憊又站得板直。

他想，他見過一個光明熾熱的人，靠著這個，他可以走過所有寒冬。

四千人的戰鬥力無可比擬，他們推進的速度比三年前快得多。

主控中心的時間和考場一致。

凌晨四點十五分，僅僅十分鐘的時間，核心防護層就被攻破，主控中心開始出現實質性毀損。

但這只是開始。

眾人還沒來得及歡呼，就聽見系統刻板的聲音響徹在夜幕之下。

【主控中心檢測到實質性危險，攻擊和防禦程式自動開啟，一千五百個火力點已就位。】

那一瞬間，火光鋪天蓋地。

四千多人幾乎被打懵了。

在這之前，他們對系統的武力裝備程度沒有認知。說到系統的可怕，永遠只會想起考試和處罰中的種種。這是他們第一次直面系統的火力攻擊。

好在游惑和秦究有經驗。他們默契非常，一句話都不需要就已經分好了工——

秦究帶著大部隊圍裹在建築之外，他們精準地游走於火力盲區，從各種刁鑽角度攻擊著主控中心的重要位置。

游惑帶了922和一支監考官小隊，潛進建築內部。

高齊一邊轟著指令區域，一邊在炮火聲中喊道：「草他媽這火力太密集了吧？001——」

「說。」秦究的聲音從前面傳來，他扔掉一把打廢的炮筒，正歪著頭把新的架在肩上。

高齊喊得臉紅脖子粗：「我們不該先炸掉一部分火力點嗎？」

「沒到時候。」

「要到什麼時候？到我們都涼了嗎？」

秦究笑了起來。

高齊一邊瘋狂炸目標，一邊對背後的趙嘉彤叫道：「草！那個瘋子還笑！」

趙嘉彤沒忍住提醒他，「這應該是他跟A一起決定的吧？」

高齊這會兒不護朋友了，吼道：「兩個瘋子！」

他嘴上這麼罵，行動卻依然無比配合。畢竟秦究和游惑來過這裡，他相信這兩位不會在這裡再栽一回。

四點三十二分，主控中心毀損程度超過百分之二十，攻擊和防禦程式升至二級，火力點增加到三千個。

高齊要瘋了。

四點五十五分，毀損程度超過百分之四十，攻擊和防禦程式升至三級，火力點增加到四千五百個。建築外的所有人都要瘋了。

攻擊的盲區越來越小，再這麼下去，他們連反擊都伸不開手。更可怕的是，他們的武器彈藥快要見底了。

而這時候，秦究居然讓所有人停了火。

「001——」高齊又開始喊，這次是真的著急。

秦究沒等他問為什麼，就指了指頭頂。

高齊眯著眼，艱難地透過火光看到他指的地方，那是一排正在無間斷攻擊的火力點。

就在他看過去的那一瞬，那排火力點突然調轉了方向。

高齊下意識就要側滾躲避，剛要動他又頓住了。因為他發現那排火力點調轉的方向很古怪……

他愣了兩秒，恍然大悟。

這一刻，他終於明白為什麼秦究遲遲不讓摧毀火力點了，也終於明白為什麼游惑第一時間帶著922他們鑽進了建築內部。

因為進去的那幫人強行修改了火力點的瞄準方向，為了讓系統自己打自己。

下一刻，主控中心百分之三十的火力點遭到人為修改，臨時調轉炮口，對著剩餘百分之七十的火力點全力轟了過去。

那一瞬間，爆炸聲響成了片，而建築外的人早在秦究的指令下找好了掩體。

高齊沿著掩體擠到秦究身後，拍了拍他的肩膀，又豎起拇指，稱讚說：「虧你倆能想到這主意，我服。」

「被逼無奈，誰讓武器不夠用。」秦究說。

把第二休息處的武器庫全部搬空，原本是足夠撐到最後的，否則他們三年前也不會這樣行動。但這次系統學聰明了，在主控中心之外加了考場，註定要消耗一部分彈藥。

這樣一來，單憑他們的武器儲備，能撐到百分之六十就是極限。

系統就是算準了這一茬，所以有恃無恐。

它沒想到的是，就算武器不夠，這群人還是義無反顧地進來了。

因為這條路一旦走了，就不可回頭。

五點十一分，主控中心毀損程度達到百分之六十，攻擊防禦系統提升到四級，火力點高達六千個。這是一個死亡級數，相當於巡邏式粉碎機，能讓在場的所有人消失得乾乾淨淨。

但在游惑他們的強力扭轉下，六千個火力點相互攻擊，導致其中四千八百二十一個當場報廢，再不能用。

這樣一來，攻擊級別甚至低於最初。

高齊他們瞬間來了精神，就等秦究一個指令，抄起武器便開始新一輪轟炸。

三千餘人組成的隊伍就像鋼鐵滾輪，以勢不可擋的強勁態勢朝中心碾壓。

五點二十分，主控中心毀損程度達到百分之八十，火力點剩餘七百二十一個。

建築內部，922他們重重擊了個掌，歸屬於他們的任務已經完成了。他們拎起隨身武器，弓身直奔門外。

游惑走在末尾，扣上單邊護目鏡，低頭把戰術手套收緊。

他和秦究瞭解這套流程，當主控中心毀損程度達到百分之八十，主控制權會轉為半自動，移交到那個所謂的「S組」手上。

三年前，他們沒能熬到這個階段。

三年後，他們已經無所畏懼。

還剩百分之二十而已，他們的火力足夠、人手足夠，還有154和楚月守在外面接應，可以應對一切變故。

只是在這一瞬間，就像是冥冥之中的感應，游惑腳步停了一下朝後看去。

他突然有點好奇，那個能夠接管主控權的「S組」究竟是什麼程式。

這一停，他就再沒能邁出腳步。

因為主控臺旁邊悄無聲息出現了三個人影，他們穿著白袍，戴著薄薄的膠皮手套，正熟練地在主控臺邊操作。

其中一人按下按鈕，主控臺四周便圍起了白色光屏，像一圈遮擋的幕布，游惑和他們三人一起，被圍在「幕布」裡。

游惑伸手試了一下，不出預料，接觸到「幕布」的瞬間，戰術手套的前端就出現了損毀，像是被削去了一片。

這是一圈防禦。

不過真正攔住游惑腳步的並不是這個，而是那幾位忽然出現的人，更準確地說，是其中某一個人。那是一位高瘦的女人，臉色總是顯出病態的蒼白，即便如此，她依然很漂亮。

不是豔麗，而是凌厲又冷淡的漂亮。

她有著和游惑相似的眼睛，看人的時候總含著淡漠的光，好像永遠不會熱烈起來。

此刻，她正轉過身來，用那樣一雙眼睛看著游惑。

她在打量，就好像她真的活著一樣。

游惑釘在原地。

對上她目光的剎那，他的心臟跳得很重，血液在脈絡裡翻滾。

越是這樣，他的臉色越是一片冷白。

他從沒想過會有這樣一天，在這種場景下再見到這個生他養他的人。

曾經長達十一年的時間裡，他們生活在一起，卻並不比外人親近。那麼，時隔更長的時間相見，他們之間會發生什麼樣的對話？

你長大了。

還認得我嗎？

這些年過得怎麼樣？

正常母子見面會說什麼？游惑對此非常生疏，但他想，無非是這些吧。

主控臺邊的女人掃量一圈，目光落在游惑拎著的金屬炮筒上，終於開口說了第一句話。

她說：「兒子，你要毀掉這裡嗎？」

游惑忽然覺得有點荒謬。

心臟和血液在這一刻驟然冷卻，他終於平靜下來。

他以為至少會有個開場白，寒暄問候或是別的什麼。但他轉念一想，這確實是他母親的風格，按照重要程度理智地排好序，然後直奔主題，一句多餘的話也沒有。

他看著對方，半晌之後反問道：「這裡不能毀嗎？」

「不是不能，是覺得有點可惜。」

女人的眼珠也是淺棕色，說話的聲音緩而平。這樣的人似乎天生具有說服力，好像她所說的才是最為理性的。

「這個系統投注了很多人的心血，活著的，還有像我們幾個一樣已故的。前後耗費了很多年，人力物力還有最先進的技術都在裡面，毀掉就是白費了。」她頓了一下，又補充道：「你可能會覺得，我藉助系統而存在，害怕消失才會說這樣的話。其實不是，就連外面的那些人，那些一直跟系統較勁的人如果知道系統徹底被毀，也會覺得心疼和可惜。你相信嗎？如果可以，他們可能更傾向於關停，而不是毀滅。」

游惑朝背後偏了一下頭，說：「這話真假不論，你們先去問問外面那四千多人，他們覺不覺得可惜。或者去問那些還在考場裡為了活下來拚命的人，毀掉這裡他們會不會覺得心疼可惜。還有一群人其實最該問，但他們已經死了，死在各個考場裡，你們要不試著去溝通一下？溝通完了再來跟我說該不該毀掉這裡。」

女人很久沒有說話，只靜靜地看著游惑，不知是無話反駁還是什麼。

半晌後，她開口說：「兒子，你在生氣。」

「你小時候很少會這樣生氣，也很少會說這麼長的話。」她似乎在回憶，語氣居然有了一絲溫和的痕跡。

游惑唇角平直，冷淡地看著她，但沒有立刻打斷。

「你那時候大概這麼高？」她在腰際比劃了一下，「很小，我有時候會覺得生命挺神奇的，這麼一個小孩，是我的兒子。你很安靜，不愛說話，不像其他小孩一樣問蠢笨幼稚的問題，不會胡攪蠻纏，沒有太激烈的情緒。我想像過你長大會是什麼樣子，我想應該不會有其他成年人的毛病。」

「很多人一輩子都陷在各種世俗的坑洞裡，饑飽之類的也就罷了，還有一些很虛無的東西，愛恨情慾……這些總會讓人變得不夠理性，情緒明顯，有時候甚至醜態畢露。我那時候想，你長大了

一定不會是這樣。」

她再一次打量著游惑，說：「你看上去跟我想像得差不多，我很……」

游惑終於還是打斷了她：「妳有點誤會。」

「什麼？」女人一愣。

游惑說得冷淡：「愛恨情慾……妳說的那些我都有，跟妳想像的差很多。」

對方沉默下來，病態的臉色讓她顯得不通情理。

她從回憶中抽離，平靜地問：「是什麼影響了你？你這些年在這裡碰到的某些事、某些人嗎？」

游惑沒說話，也許是懶得說什麼。但她知道自己說對了。

「可是……很可笑不是嗎？這些都不是真的啊。」

游惑眉心擰了起來，「什麼意思？」

她說：「這個系統的設計原理，就是藉由磁場和腦波構造出來的世界，當然，你的一舉一動依然牽著大腦，動用的神經幾乎是一樣的，所以篩選和訓練的目的完全能夠達到，但這並不是真實啊。我在這裡待了很久了，雖然不像系統一樣無處不在，但也知道很多事情。即便後來系統失控，不小心誤拉進來那麼多考生，也都是這種情況。真正的他們可能正躺在某家醫院的病床上，休克、昏迷或是別的什麼，並不是死亡。」

「你所看到的那些，經歷的那些，認識的人，做過的事……都不過是大腦在系統中投照的虛影而已，為什麼要為這些虛影陷入世俗，為虛影生氣呢？這些能算真實嗎？」她說：「都是假的。」

「幕布」圍繞的空間陷入一片死寂，她看著游惑的臉，像在努力感知他的情緒。但很可惜，她失敗了，只能靠猜。

她說：「很難接受是嗎？」

游惑搖了搖頭，他說：「我只是在想，我跟妳對於真實的定義可能不大一樣。」

她問：「怎麼不一樣？」

游惑平靜地說：「我知道我經歷過這些，這就是真實。」

說完他垂下目光，俐落地調整著武器的栓閥，然後冷靜地抬起了炮管。

「我知道妳十多年前已經去世了，葬禮我跪了全程，現在的妳只是系統存留的殘影。現在這個地方，你們是虛影，我才是真實。外面有等我的人，他也是真實。」

游惑抬起眼，隔著冰冷單調的金屬臺、幾步之遙的空間以及十數年的時間，對那個跟他面容相似的人說：「小時候的事情太久了，妳去世的那天我做了什麼、說了什麼，都記不清了。就當這次見面是一個機會，我認真跟妳告個別。妳可能沒什麼興趣知道，但我還是說一下。妳弟弟過得很好，我也很好，我們關係還不錯。」

曾經某個極偶爾的瞬間，游惑有想過，如果時間倒流回到十幾年前，他再見一次自己的母親，會對她說點什麼。

他以為自己會問個原因，問她為什麼會做那些事、為什麼要占用他的眼睛？有沒有一瞬間覺得後悔？

但真正見到的一刻，他發現自己比想像的冷靜得多，並沒有執泥於這些。

她生下他，養大他，卻並不大喜歡他。

這個事實其實沒那麼難接受。

「就這樣吧。」游惑說。

主控中心損毀度已經達到百分之九十八，離結束最多不過五分鐘。

他眯起眼，將炮口對準了主控臺。

那一秒，炸裂聲突然響起，接連的炮火從身後某處飛來，悉數落在游惑瞄準的地方。

「幕布」發出滋滋響聲，閃動了幾下，倏然消失。

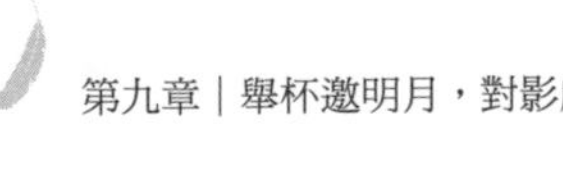

游惑轉過頭，就見秦究把炮筒從肩上卸下，拎著長管跨過臺階走上來。

主控臺邊的女人下意識問道：「你是誰？」

秦究搭著游惑的肩膀，對那個即將消失的虛影說：「抱歉，來得早了一點，聽到了你們一些對話。我叫秦究，我來找我的真實。」

話音落下的瞬間，整個主控中心開始瓦解。

大門之外，一牆之隔，四千多人在歡呼雀躍，所有人都以為已經成功了。但游惑和秦究卻變了臉色——這跟預料中的不一樣。

按照預計，當主控中心的毀損程度達到百分之百，建築會變為廢墟，只剩下核心主控臺。

核心主控臺固若金湯，只會在最後百分之一的臨界點上出現防禦漏洞。如果抓住那幾秒鐘的時機，轟開主控臺，系統最脆弱的東西就會暴露出來。

那應該是一個類似晶片的東西，肉眼難辨，和當年放在游惑眼睛裡的差不多，被稱為系統的核。到這一刻，游惑他們有兩個選擇。

要麼，用修正程式去干擾「核」，強行讓系統產生自我糾錯意識，陷入自毀狀態。而在自毀之前，按照規則，它會把所有人扔出去。

要麼，他們可以等S組徹底消失，拿到系統的主控制權。只要一道指令，就能放所有人自由。

但是現在，主控中心正在瓦解，他們既沒有拿到主控制權，也沒有見到核。

系統的聲音突然又響了起來，接觸不良似地斷斷續續：

【警告！警告！主……控中心遭受不可逆轉性……毀損，S組緊急處理失……敗！主監考官代管程式已封禁，控制權將在十秒內全線收回。】

【該主控中心棄……用，自我清除程式已啟動。】

【倒數計時，十——】

突如其來的變故將歡呼的人打蒙了，眾人茫然地停下來，引頸相望。

「什麼情況？不是要結束了嗎？」

「自我清除是什麼意思？自爆嗎？」

「不可能吧！」

「那我們怎麼辦？不該先出去嗎？」

嘈雜的議論聲中，有人說了一句：「不會出不去了吧？」

這話就像一枚核彈，在數千人之中爆開。

【九——八——】

系統的倒數就懸在頭頂，每數一個數字，就炸一回，炸得眾人大腦嗡嗡作響，一片空白。

【第十章】

不期而遇和久別重逢

天空中滿是灰黃，塵霧籠罩在頭頂。濃霧之外，有個警報燈一樣的東西隨著倒數一眨一眨，閃著若影若現的紅光，像一道催命符。

就在它隨著倒數，閃到第四下的時候，廣播裡傳來沙沙響動，另一個聲音強行取代了系統。

【老大，A，我是154。】

154搶到控制權的瞬間，紅燈停了，倒數計時也停了，眾人的心都懸在喉嚨口。

對建築內的游惑和秦究來說，154的聲音就來自於面前的主控臺。

「154？能聽見我們說話嗎？」秦究直奔主題說：「我們剛剛轟開了主控臺，但沒有核，這裡是空的。」

【我知道，趁著主控中心被毀，我一直在搶控制權。剛剛這裡發生的事情我都看到了，只是一直沒能說話。】

【我來是提醒兩件事。一是剛剛S組成員說的那些話並不完全是真的。我在一分鐘前接管了系統的歷史資訊庫，看到了所有人的過往資料。就我已知的，初始監考官全部都是真人入系統，這類似於藉助磁場和各種條件在兩種維度之間開了個交點。在那之後系統才改了方式，尤其是重度失控後，只有一小部分是真人，比如老大你，絕大部分是思維入境。可能系統意識到失蹤太過引人注目，生病、休克、腦死反倒還算正常。】

154語氣難得有點著急上火：【所以不要信了那些鬼話，我怕你們兩個一聽不是肉身，就開始百無禁忌。死了就真死了！】

「我知道。」游惑說。

其實半分鐘前，在聽到那些話的一瞬間，他幾乎真的相信了。

但就在剛剛，在秦究轟開「幕布」走到他身邊的那一刻，他突然想起了一樣東西——耳釘。

如果這裡的他真的只是思維的投影，這枚耳釘不可能從系統到現實，始終停留在他耳邊。

【知道就好。】

154鬆了一口氣。

【第二件事就是系統的核，它如果不在這裡，就一定是被藏……】

他的話突然被攔腰截斷，濃霧之外的遠空，紅色警報燈又閃了一下，系統冷冰冰的聲音再度占據了主位，繼續著它的倒數計時。

【七──】

眾人還沒消化完154的話，就陷入了新一輪的恐慌中。

秦究用力捏了捏眉心，試圖在倒數計時的逼迫干擾下保持理智和清醒，「154的意思是系統把核藏起來了，問題是藏在哪兒了。」

【六──】

「既然主控中心說毀就能毀，肯定不在這裡的哪個角落。還有什麼地方可以藏？」秦究四下環視，「有什麼地方是它可以放心放著的。」

「在它看來絕對安全的地方。」游惑舔了一下乾燥的嘴唇。

這些小動作足以說明，就連他們都開始感到焦躁和緊張。

【五──】

什麼是絕對安全的地方呢？要麼是永遠想不到的地方，要麼是想到了也不會貿然去動的地方。系統某種程度上非常自傲，不可能把核放在犄角旮旯處，不論怎麼樣，都不會真正離開中心。那麼在哪裡呢？監考區？休息處？那裡有他們不敢動的地方嗎？

似乎沒有，畢竟他們瘋起來連自己都敢往裡搭。

【四──】

忽然，游惑臉色一變。「自己」這個概念提醒了他，相比於他們兩個，其他人的命可能更安全一點，尤其是朋友和同伴。

朋友和同伴……一道炸雷在腦中響起。

千鈞一髮之刻，廣播又響起了沙沙聲。

154又一次搶到了控制權，他這次招呼都不打，語速飛快地說：

【時間緊迫，要先弄清楚系統把核藏在哪裡了。另外修正程式在你們手上，如果它藏在主控中心之外，你們觸及不到，那就得……】

154頓了一下，他似乎把原本要說的話嚥了回去，改口道：【我就得另想辦法了。】

他說完這些，卻沒有等到意料之中的回音。主控臺旁的兩人不知怎麼了，突然陷入沉默裡。

【老大？A？】

【你們在聽嗎？】

「在……」游惑看向主控臺。

他和秦究都沒有走神，他們只是忽然間想到了一個答案——楚月。

廣播裡突然響起一陣窸窸窣窣的聲音，像是什麼人突然站起了身。

接著，一個很輕的女聲在旁邊響起：「154。」

她出聲的一瞬間透露出了難以掩飾的茫然，但下一秒就沉穩下來，像是打定了什麼主意，「有事跟你說。」

聽到這句話的時候，游惑臉色一變。他想說等一等，想跟楚月說別衝動。但下一秒，廣播進入了靜音中，就連滋滋的背景音都戛然而止……

第二休息處的廢棄公寓裡，154看著被暫停的廣播，聽見楚月深吸一口氣，說：「系統的核應該藏在我這裡。」

「我當初跟A一樣，眼睛都被植入了東西，你是知道的吧？我想，那個核大概就藏在裡面。」

其實長久以來，她都覺得自己比游惑幸運一些。同樣是學習的對象，是系統內的特殊存在，他們的經歷卻千差萬別——被模擬聲音的是游惑，被二十四小時緊盯不捨的是游惑，被拱上高位又踢出系統的是游惑，被清除記憶和過往的還是游惑。

相比之下，她幾乎沒有經歷過太大的起落，沒有受過任何傷害性的處罰，就連眼睛裡的東西也比游惑的更安分，一旦關停就再沒有過動靜。

以至於她甚至偶爾會忘了，還有這麼一個東西始終跟著她。

很久很久以前，曾經有同事對她說：「明明妳和A都是主監考官，怎麼感覺系統有點偏向他？各種場合之下，受到強調的都是A，妳好像總是被淡化和遺忘的那個。」

她當時回答說：「你弄反了，我可能才是被偏向的那個。」

她花了很多時間去琢磨，為什麼會存在這種偏向。

直到今天，她終於明白了……因為系統把最重要的東西藏在她身上，不希望別人注意到她。它篤信這是最安全的地方，因為A不可能貿然傷害她。而只要A不動，其他人就不成威脅。

但是很遺憾，它還漏算了一個人——她自己。

楚月指著自己的眼睛，「該做的他們都已經做了，只剩下最後這一個，154，幫我一個忙。」

曠野之上，倒數計時在最後兩秒間戛然而止，就連塵霧都在那一秒停駐下來。

長久的靜寂之後，是系統變了調的聲音。

【自我清除程式中斷。】

【檢測到修正程式。】

【內核自檢已開啟。】

【錯誤。】

【錯誤。】

【錯誤。】

無數聲「錯誤」機械地重複著，像一條漫長望不到邊的路。

直到某一刻，這種重複終於停止，系統的聲音由冷靜到粗獷再到扭曲，像烤化了的冰，它說：

【自檢結束，系統故障等級S，考試全盤終止。本次運行共計六年一個月又七天，參考人員兩萬六千九百二十一人，現存一萬一千五百八十二人。所有人員將在五分鐘內清出系統。】

【自毀程式正式開啟。】

話音落下的一瞬間，長風高捲，塵霧翻湧。

一萬兩千八百二十二個獨立考場開始分崩離析，這些蜂巢一樣的土地上發生過的種種，生死愛恨，悲歡離合，從這一刻起將不復存在，也會永久存留。

有人哭、有人笑、有人茫然、有人驚叫。

楚月在無端嘈雜的背景中眨了一下眼，陌生的黑暗朝她席捲而來，那片黑暗之中，隱約有熟悉的身影直奔這裡而來。

她想起不久之前154的話，他在動手之前問她：「害怕嗎？」

她說這有什麼可怕的，她有可以託付性命的朋友，無論如何，他們都不會丟下她。就像她永遠不會辜負對方。

從此以後，他們自由了。

很奇怪，明明是值得高興的事，有那麼一瞬間，她卻想哭。

最後的最後，她在視野盡頭看到了游惑和秦究，還有硝煙散盡後不知多遠之外的夜空，星星點

點，有模糊的亮色直鋪到天邊。

那是系統裡永遠看不到的景色，是萬家燈火，是喧囂人間。

這是一家位於外環科技園旁的醫院，地段非常偏，但三面環湖，是個療養的好地方。

一個多月前，一批病人由別處轉移過來，安頓在了住院部的加護病房裡。自那之後，頂部兩層走廊就多了不少部隊人士的身影——執勤的、探望的以及專家會診。

很多人對這批「病友」抱著好奇心，趁著查房或日常輸液向護士們打聽。負責加護病房那邊的護士們嘴巴都很緊，總是笑笑岔開話題，愣是沒透露過什麼。但這不妨礙她們內部的議論。

事實上，這批病人一轉過來，就成了護士們值班守夜永恆不變的話題，因為確實很特殊。

他們之中的多數人身上都有傷口，大大小小，有深有淺。這些傷口按理說並不致命，在正常情況下，只要好好清創、好好做後續處理，會癒合得很快。

可事實並非如此。

這批病人身上的傷，哪怕一道淺表層的小口子都忽好忽壞，反反覆覆。更別提他們的體徵資料了，就一個字——亂。

監測儀螢幕上的波動每天都讓人心驚膽戰。單從資料來看，護士們常常上一秒懷疑他們的免疫系統全線崩潰了，下一秒又覺得他們健康得不得了。

一個月下來，這批病人都還活著，但小護士們心臟病快被搞出來了，想到要上九樓就頭大。

這批讓護士們頭大的特殊病患不是別人，正是真人入系統的那一群。他們之中，初始監考官占了大多數，小部分是後來加入的考官以及考生。林林總總，一共五十三人。

大部分病人都在前兩週陸續醒來，配合醫囑做修整和調養，但還有幾位始終沒有要睜眼的意思。於是這幾位的病房就變成了打卡勝地……

週五夜裡，負責值班的護士小李例行公事來查房。

她拐過走廊，看到九〇二的病房門虛掩著，床上的被子隆成一個長條，乍一看像有人捲裹在裡面睡得正香。

「……又來了。」小李沒好氣地咕噥。

她上過好幾回當，早就有經驗了，門都沒進，端著藥盤轉頭就要去抓人。

部隊安排在這裡執勤的兵來來回回就那麼些，守了一個多月，跟小李已經熟悉了。他們見怪不怪，目不斜視地繼續在走廊站著。只是當小李看過來的時候，九〇六門外的兩位撇了撇下巴。

小李風風火火就衝過來了。門一開，果不其然，一個鬍子拉碴的男人抓著一腦袋亂髮站在病床邊，正彎腰看著監測儀上的資料。

「九〇二。」小李沒好氣地說：「你怎麼天天往別人房間竄？」

男人聽得一臉牙疼，嘶了一聲說：「小丫頭，行行好，別叫這種數字代號，一定要叫的話還是叫1006，不然我老反應不過來串戲。」

小李愣了一下，下意識問道：「為什麼？」

剛問完她就想起之前主任一句叮囑。

他說這群轉進來的病人大多是部隊出來的，之前幾年一直在某個特殊地區執行任務。據說那個地方的環境跟這裡區別很大——逼仄、沉悶、死氣沉沉，還有嚴重的時間差。以至於這群人離開之後，全身臟器系統和免疫系統都受到了不同程度的干擾，生死門外徘徊了十幾圈，可以理解為另類的水土不服。

總之，那絕對不是什麼美妙的經歷，甚至會給人留下心理陰影。所以呢，關於這群病人過去的事，能不提就千萬別提。

於是小李立刻把話嚥回去，改口道：「那我叫你什麼？」

「高齊。」

小李點了點頭說：「行，我記住了。」

高齊擺了擺手又說：「算了，也不用記了，我明天下午就要走了。」

小李聞言一瞪眼，嘩嘩開始翻表單，「你要出院了？我沒看到登記啊。」

「還沒登記呢。」高齊朝門外一努嘴說：「不止我，我們這一幫傷好了的差不多都要走了。」

「這麼急著走幹麼？」小李納悶地說。

「部隊規定啊姑娘。」高齊說：「前幾年待的地方太複雜了，要經過一段審查期確認沒問題了再回原位，決定是升還是降。」

他說得不算很詳細，小李也沒有多問，只點頭說：「怪不得今天各個都來串九〇六、九〇七的門，比我上班打卡還勤快。」

高齊說：「來告別的嘛。」

小李嘀咕：「反正不能這麼多人都來。」

她想說病人需要休息，人多不好。但轉念一想，九〇六和九〇七的兩位壓根就沒醒過，也就談不上休息了。

「他還有A……喔，九〇七要這麼躺到什麼時候？」高齊用下巴指了指病床。

小李順著他的目光看過去。

護士們私下玩笑說，九〇六和九〇七是她們見過最帥的病人，一定是過往受到的注目太多了，才能這麼八風不動。天天被人打卡探望，卻連眼皮都不抬一下。

不過說實在的，確實好看。

隔壁九〇七那位臉色蒼白如紙，快跟窗外面的霜一個顏色了，還能讓人忍不住多瞄幾眼。九〇六的這位眉眼輪廓英俊，連病氣都很淡，乍一看就像是打了個淺盹，好像隨時會醒似的。

小李回憶了一下主任的話，問：「他們是不是在那個環境裡待的時間最久？」

高齊本想說不全是，但他想想游惑和系統的淵源，再想想秦究記憶調整的次數，點頭說：「差不多，算是吧。」

「主任說他們其實本身體質沒什麼問題，就是受到的干擾比大多數人都深，所以還需要一陣子才能調整過來，不過也快了。」

高齊點了點頭，他又抬頭看了一眼，指著天花板的方向問：「那……」

小李「喔」了一聲說：「你問1006號房嗎？」

高齊聽到這個房間號哭笑不得地抹了一把臉，又抬頭說：「對，她之後會怎麼樣？昨天問你們主任，他說要等今天下午的檢查結果再看。」

小李斟酌了一下，習慣性地說：「對，結果目前算是樂觀的。但也不排除……」

「行了，我就聽到這裡，後面的假如萬一不排除我都沒聽見。」高齊兩根手指堵起了耳朵，無賴之氣流露得淋漓盡致，要是趙嘉彤在旁邊恐怕上手就要給他一下。

小李不能打，她只能抿著嘴唇杏目圓瞪，等到高齊放下手，又繼續說完：「不排除排異的可能，你別堵了，但凡做這種手術的人都要有個心理準備，我得把這些風險說清楚。你們是她朋友，幫她聽了也是好的。要是她自己來，這話我就得跟她說了，那更難受。排異的機率大概在百分之十三，很好了。」

高齊靜了一會兒，正色說：「我知道了，麻煩你們儘量幫她降低風險吧，少受點罪。」

小李說：「放心。」

她看了監測儀的資料，微調了房間裡的問題，檢查了點滴速度。轉頭一看，高齊還在。

「領導還有什麼指示，說。」小李問。

高齊臉皮厚，被嘲諷也面不改色，一本正經地思索片刻說：「喔對，還有一個小小的建議。」

——說你胖你還喘上了。

小李抱著記錄冊，默默看著他，「講吧。」

高齊唔了半天，撓了撓臉問：「你們這裡有雙人房嗎？」

小李：「本來有的，後來為了給你們擺下所有儀器，住得更舒服，把多的床都撤了。」

高齊：「那還能加嗎？」高齊走到門口，又把隔壁九〇七的門推開一些，兩邊張望一下說：「哪個房間空，加一張床吧。」

小李：「嗯？」

「我友情建議你們，把這兩位移到一個房間，最好一睜眼就能看見不用找的那種。」高齊說。

小李：「啊？為什麼？」

高齊：「為了你們的清淨。」

小李一臉懵，片刻之後突然醍醐灌頂。

「喔——」她拉長了調子。

沒等她喔完，高齊又開口了：「另外等房間空出來，我建議你們把樓上那位也挪下來，最好安頓在隔壁或者對面，房間門口掛個醒目的名字：楚月。」

小李又開始茫然：「這又是為什麼？」

高齊說：「也為了你們的清淨。這兩位睜眼之後肯定也著急找她，先安排得明白點。」

小李看看床上的人，又看看九〇七，再抬頭仰望天花板，表情突然複雜。

高齊這個棒槌完全不知道自己造成了什麼誤會，瀟瀟灑灑地走了。

小李查完房，把門掩上。門鎖咔噠響了一聲，室內復歸安靜。

不知多少光年外的星輝穿過薄透的靛青色夜空，落在高樓一格一格的窗玻璃上，再穿過淺色窗簾，落進房間裡。

照著樓下兩人的床沿，也照著樓上楚月蒙著眼睛的紗布。

不久之後，高齊他們會先行離開，回歸部隊配合例行審查，補全這些年關於系統的種種。小護士一頭亂麻，但依然會照他說的，把九〇六的秦究和九〇七的游惑併進一間病房，又把楚月從樓上移到樓下。

所有體徵資料自此趨於平穩，所有風險都已過去，他們會在不久後的清晨醒來。

那天是十二月七日，冬，大雪。

對護士小李來說，這天也挺難忘的。

她在值班室的折疊床上和衣睡了一覺，直到前來交班的同事把她叫醒。

「幾點了？」她打著哈欠坐在床沿，睏得像個掄圈的不倒翁。

「五點。」同事指著外面說：「妳洗把臉清醒一下，外面下雪了，路特別滑，晚點回去的時候小心點。」

小李在水池邊劈里啪啦拍了三回臉，收效不大。她迷迷瞪瞪地對同事說：「你先換衣服吧，暖和一會兒，我去病房看一圈。」

她抱著記錄表穿過長廊，整層樓都靜悄悄的。以前其實不是這樣，不論白天還是夜裡，這條走廊永遠不會安靜下來，總能聽見病人高高低低的哼聲。

自從那批特殊的病人把這層病房包下來，她就再沒聽過一聲痛吟，弄得她一度懷疑麻醉藥是不

是換批次了，怎麼藥效持續這麼久。

現在病人走了一大批，這裡靜得簡直可以鬧鬼。

走廊裡負責守夜的兵還在，站得像幾個小時之前一樣筆直。

小李衝他們露出一個夢遊似的笑，轉頭進了九〇六。

應高齊要求，這裡已經變成了雙人間，兩張床並排而放，床頭有個透明夾片，夾著病人的名字。靠窗的那張上面寫著「秦究」，靠門的是「游惑」。

小李查完秦究的點滴，走到游惑的床邊。

冷白色的大燈沒開，病房裡一片昏暗，只有監測儀的螢幕和點滴的調節器發著柔光。

小李藉著那點光亮記錄波動資料，記完一抬頭，游惑淺色的眼睛不知什麼時候睜開了，正無聲無息地看著她。

小李一聲驚叫，記錄本嚇掉了。

門外的兵推門衝進來，緊接著換好衣服的同事也一陣風似地颳進來，問：「怎麼了？怎麼了？出什麼事了？」

小李驚魂未定地說：「他醒了！」

「真的？」同事衝向病床，查了半天又扭頭問：「妳確定？」

「確定啊，眼睛不是睜著嗎？」小李說著走過去，卻見床上的人面朝裡側躺著，閉著眼呼吸輕平，就像從未醒來。

「主任說他起碼還要三四天呢。」同事點開監測圖，那條長長的波線圖在幾秒前有一個驟升，又在轉眼間恢復平穩。

小李說：「我真看見他醒了，睜眼就摸了一下耳垂。」

「摸耳垂？」同事探頭看了一眼，說：「喔，這邊有個耳釘呢。」

他們看完體徵資料，又在床邊不信邪地等了很久，游惑始終沒有要睜眼的意思。就好像他只是夢見了某些人、某些事，乍然驚醒，確認無礙就重新陷入了昏迷。

小李受了這麼一齣驚嚇，徹底沒了睡意，也不急著交班回家了，她打算待到七點半食堂開門，吃過早飯再走。

這麼一待，她就受到了第二次驚嚇——

清早七點五分，她幫同事去給加護病房換點滴。

剛進門，就見一個男人坐在床邊，單手拆著什麼東西，目光卻一直落在另一張床上。

聽見腳步聲，他抬眼朝門口看過來，烏沉沉的眸子微微瞇了一下，像是要看清來人是誰。

那人氣質沉穩，透著一股懶洋洋的意味。可能就是太理直氣壯了，以至於小李有點虛。

「對不起，走錯了。」

她下意識道了個歉，端著盤子匆忙退出去，轉頭就跟守夜的兵對視上了。

兵：「嗯？」

小李：「啊？」

她在懵逼中抬頭一看，房間號九〇六，根本沒錯！

所以坐床邊的人是誰？

小李愣了兩秒，再次推開門。

這次她看清了——靠窗的那張床被子掀著，那個英俊的男人已經站了起來，個頭非常高，為了讓過吊高的點滴瓶，他還得低著頭。

不是秦究又是誰！

「你醒了？什麼時候醒的？我是負責這邊的護士，叫我小李就行。」小李一臉訝異地走進去。

秦究點了一下頭，應道：「剛醒。」

他久未說話，嗓音低沉中透著一股倦懶的啞意。

小李護士年紀輕臉皮薄，愣是聽了個臉紅。

她臉一紅就會低頭，一低頭就看見了秦究手上拎著的東西——一根被強拆的點滴針頭，還黏著兩根膠布。

「你拔針頭幹什麼！」小護士的臉說褪色就褪色，眨眼就變得嚴厲起來。

秦究「喔」了一聲，回答說：「我看輸液瓶差不多空了，叫人太麻煩，就自己來了。」

說著他和小李同時轉頭看向點滴瓶……大半瓶水在裡面無辜晃蕩。

「差得有點多吧？」她指著瓶子瞪人。

「抱歉，剛醒有點迷糊，一晃神就看岔了。」秦究的態度紳士又誠懇，可惜小護士見多了，根本不上當。

她抱著記錄本，臉上明晃晃地寫著：扯，你接著扯！

「我跟你說不止你一個，之前你那幾個朋友或者戰友都幹過這種事。」小李虎著一張臉。

「我們的人？他們都在這裡？」秦究聞言走到門口，一眼先看到了守夜的兵，接著看到了對門名牌上的「楚月」。

「之前都在，前幾天傷養好了就先走了，好像有正事。」小李想起高齊的一系列囑咐，解釋道：「你那個叫高齊的朋友說是什麼……部隊歸隊審查？現在住在這裡的就剩你們兩個，還有對面那位姓楚的病人，她的眼睛已經做過手術了，恢復還需要一段時間。我先聲明啊，本來你們都是豪華單間，高齊讓我給你們湊的一屋，萬一不合適，你找他去。」

說話的時候，小李一直看著秦究。

發現他聽到高齊和楚月的名字時，脖頸肩膀的筋骨線條有一絲變化。她一個醫院工作的人，很明白這種變化是怎麼產生的。直到這時，她才意識到剛剛漫不經心的秦究其實帶著攻擊性的。

小護士嚇懵了。她在想，剛剛自己如果不小心說錯了什麼話，現在是不是就橫在地上了？

「對面病房我方便看一眼嗎？」秦究回過頭來問她。

小李慫兮兮地看著他。

秦究盯著她的眼睛看了幾秒，失笑說：「這次是真的抱歉，沒確定這是哪裡之前，我總要提防著點。嚇到妳了？」

「沒有沒有。」小李下意識搖頭，「理解理解。」

搖完她又暗暗啐了一口，心說色相誤人啊色相誤人，居然這麼輕易就被說服了。

「所以對面病房——」秦究衝對面抬了抬下巴。

小李說：「方便的，我剛給掖過被子，她一直沒醒，主任說還需要幾天。」

她乾脆把楚月的狀況、檢查結果以及風險一股腦都倒了出來，免得秦究還有戒備。

不過她很快發現，這位是個乾脆俐落的實幹派，靠嘴是說服不了他的。他看完楚月的體徵監測資料，都不用小李解說，就明顯放下心來。

「這些資料還挺專業的，你都看得懂啊？」小李幫楚月關上門，又跟著秦究回到九〇六。

「還行。」秦究說。

事實上他對這些非常瞭解，畢竟他曾經在系統的醫療中心住過大半年，每天打交道的都是這些資料，快變成半個專家了。

秦究拉了一把椅子，在游惑床邊坐下。

小李戳開監測儀，指著螢幕說：「你不看一眼他的數據？」

「看過了。」秦究說。

「什麼時候看的？」小李訝異地問。

「剛醒的時候。」

「……」啞口無言間，小李瞥到秦究筋骨明晰的手背上有一片青。她經驗豐富，當然知道這種瘀青是怎麼造成的——如果打點滴的時候不注意，拉扯到針口，就會出現這種情況。

那他又為什麼會拉扯到針口呢？

是剛醒的時候只顧著去看另一個人的情況，沒注意到自己打著點滴嗎？

監控儀溫和的藍光映照著秦究的側臉，輪廓被光影襯得更加深刻英俊。他弓身坐著，手指抵著下巴，微垂的眸光落到床頭，就再也沒移開過。

他身上所有的攻擊性和危險性都收斂起來，像一個沉靜的守候者。

小李本想說「我還是給你把點滴掛上吧」，但她感覺這環境不適合開口。她左思右想，決定先避一避……

這一避就避了三天。

這三天裡，秦究除了洗漱，基本沒有離開過那個位置。

小李實在沒忍住，跟主任叨叨說：「東西倒是正常吃，有沒有睡覺我就不知道了，反正我每次過去，他都是醒著的。」

主任問：「數據呢？」

「喔，監測儀倒是一直掛著，比我健康。」小李沒好氣地說。

主任猶猶豫豫地說：「那也行吧……」

「主任你是不是怕他？」

「胡說八道！」

「那你怎麼不去罵他一頓？」小李說：「以前要是哪個病人這麼幹，你肯定要劈頭蓋臉訓一頓的，罵得對方老老實實。我們現在需要他老老實實，明天就要全面檢查了，他萬一來一句過兩天再說，那怎麼辦？」

主任一本正經地說：「不會，明天老吳和部隊那邊都來人，肯定能給他把事情交代明白。聽明白了就配合了嘛。」

「等下……您覺得他這樣是因為不配合？」小李問。

「也不是吧，可能還是不放心我們。」主任深沉地說：「畢竟他們以前的經歷……確實挺複雜的，換我警惕性只會更高，妳不懂。」

小李默默瞥了一眼主任的禿頭，覺得跟中老年古董無法交流。

秦究他們的手機也在審查範圍內，一進醫院就被拿走了。所以秦究的等待真的就只是等待而已，連個打發時間的東西都沒有。

小李試著換位思考了一下，如果是自己，肯定早就坐不住了。她一直覺得秦究並不是溫和的人，鋒芒畢露的人就算沉靜下來也帶著稜角，難以想像他居然這麼有耐心。

有一次小李實在沒忍住，對他說：「這邊有專門的提醒鈴，他醒了只要按一下，我們都能知道，不會耽誤什麼的，你其實不用這樣盯著的。」

秦究說：「沒事，不是怕耽誤。」

小李好奇：「那是因為什麼？」

秦究懶懶一笑，沒回答。

小李很懂分寸，也沒有多問。她只是偶爾會想，這個人還要等多久呢？

好在這個時間並沒有太長。

第二天，同樣是清早，小李同樣輪值一夜要跟同事交班，在交班前最後例行公事地查一下房。

她把新的點滴瓶掛上，調節好了速度，跟秦究簡單說了兩句注意事項便打算離開。

就在她退到病房外合上門的時候，忽然透過方形的玻璃，看見那個長久等待的人傾身向前。

半開的窗簾外是茫茫冷白，大雪應和著節氣連下三天，天寒地凍。

走廊比屋裡要冷一些，小護士在原地怔愣許久，直到手指尖感受到一抹涼意，這才意識到……病床上的人終於醒了。

游惑在夢裡走了很長、很長的路，剛到終點，就感覺自己被人抱住了。熟悉的氣息籠罩過來，強勢、親昵又溫柔。他因為不舒服而緊蹙的眉頭慢慢鬆開，還沒完全睜眼，就啞著嗓音低聲道：「秦究？」

游惑太久沒說話，並沒能真正發出聲音，但秦究卻好像聽到了……

他好像總能聽到。

他沉沉的嗓音落在游惑耳邊，說：「我在。」

他接著說：「親愛的，你睡了好久。」

那天小護士問他，為什麼要這樣寸步不離地等著。

他沒回答。

其實是因為很久以前，他對他的大考官說過一句話。他說：等哪天從這倒楣系統裡出去，我陪你再去檢查一下眼睛。如果要做手術也沒關係，我會在旁邊等著，等你睜眼。

後來種種意外，他錯過了那一幕，甚至忘了這句話……他始終耿耿於懷。

所以這一次，無論如何，他不想再食言。

從此以後，他都不會再食言了。

游惑和秦究的身體底子太好，恢復起來快得驚人。最後一瓶點滴掛完，他們的生理監測資料已經看不出任何異常。

主任一邊嘆服，一邊用手指耙梳著他光溜溜的頭頂說：「流程還是要走的，給你們安排的全身大檢還是要做。之前那個誰，高齊吧？剛下床就吹噓自己十公里越野不成問題，結果呢？第二天還不是說發燒就發燒，灰溜溜地繼續打點滴。」

遠在部隊的高齊連打三個噴嚏，並不知道自己已然被樹成了典型。

「觀察期是一週，這一週呢，你們還是安心在醫院待著。我們這裡條件很好，風景也好，很養人的。」主任語重心長地說：「你們現在處在審查期，當然了，這也是個流程問題，並沒有要否認功勞的意思。審查期我們都知道，起碼要小幾個月。不是說你早去幾天就能立刻審查結束的，所以就在這裡老老實實養身體，好吧？」

兩人還沒開口，主任又笑咪咪地道：「好，就這麼說定了。」

游惑：「……」

「欸，所以說資料沒什麼用，你的臉色一看就需要再休養一陣子。」主任又補了一句更討打的，然後把筆插回胸前口袋，抓起保溫杯扭頭就跑了。

這位中老年朋友從來沒這麼敏捷矯健過。

游惑在床頭面無表情地坐了一會兒。他都不用轉頭，靠餘光就能看見秦究一直在笑。

「你究竟在笑什麼？」他沒好氣地問。

「沒什麼。」秦究咳了一聲，正了正臉色，但開口依然藏不住笑意，「只是突然發現我們大考官對這種嘮嘮叨叨的中老年人很沒轍。感覺你被子下面掖了個錘子，一隻手想掄，另一隻手還得死死摁著。」

游惑默然片刻，用下巴指了一下門口說：「滾。」

秦究笑意更深，撐著床沿傾身去吻他，說：「腿麻，恕難從命。」

主任雖然叨逼叨，但安排工作效率一流。沒多會兒，負責帶他們檢查的小護士就來了，領著他們去了隔壁樓的檢驗中心。

檢驗前前後後花了近一個小時。

游惑從裡面出來的時候，這層樓的電梯門正巧開了，一個人影大叫一聲「哥」，就把自己發射

過來。不用看臉就知道是于聞。

老于在電梯裡喊：「他剛醒，你別給他撞回去！」

於是于聞的發射軌跡強行急轉彎，撲在了走廊椅子上。

他抓著椅子把自己停下來，對游惑咧嘴一笑，「哥，秦哥。」

明明是冬天，他愣是搞出一腦門汗，像個剛出爐的包子，熱氣騰騰。

游惑「嗯」了一聲，問：「你們跑過來的？」

「也不是。」于聞死狗似地癱在椅子上，喘了兩口氣解釋說：「就跑了一小段路，我們住的飯店離這裡就一條街，七百多公尺，很近的。主要我還得拽著老于。」

在系統裡求生的日子漫長又煎熬，兌換成現實時間卻很短，老于父子倆所受的影響有限，一週就出院了，之後一直住在附近，等著游惑和秦究甦醒。

「我剛剛接到的醫院通知，說可以來看你們。我估摸著應該是醒了。」老于走過來，掏著紙巾擦額頭的汗。他指了指住院樓說：「本來我們直奔那邊的，剛巧在樓下碰到那個小護士，她說你們來這裡做體檢了。現在這是在等著做，還是已經做完了？」

「做完了，等報告。」游惑說。

「喔，挺快。」老于點了點頭。他繞去自助機那邊看了報告排號，又繞回來，在就近的椅子上坐下，聽著于聞咋咋呼呼地告狀。

于聞說：「哥你知道麼，我們之前每天都來，每天都被住院部攔在樓下。」

「為什麼？」

「因為這邊的加護病房不給探視啊。」于聞抬著下巴開始吹，「我，還有老于，我們爺倆好歹也是加護病房裡住過的人，誰想到出來容易進去難。」

老于聽了一會兒，適時插話說：「別聽這兔崽子告瞎狀，醫院規定就這樣，又不是故意不讓看。這不，可以探視就立刻給我們通知了。」

于聞慘遭拆臺也不惱，反倒笑了起來，說：「哎我又不是真告狀，這不是誇張性表演嗎，給我哥解悶。」他說到後半句的時候，語調沉落下來。

他支著個大大咧咧的二郎腿，朝後伸著懶腰。而當他重新坐正，不再那麼誇張說話時，整個身形都透著青年人的氣質。

老于忽然意識到，這個兔崽子真的已經成年了。

游惑問他們：「哪天回哈爾濱？」

于聞說：「說什麼呢哥？你還在這邊住著院，我們回去幹麼？」

「沒人找你們？」

「有，幾個高中哥們兒約我聚會，室友問我哪天返校。」于聞說：「還好我緊急連絡人號碼填的是高中鐵哥們兒的手機號，他大概以為我蹺課溜出去玩兒了，幫我擋了一下。」

老于蹭一下坐直了，怒目而視。

于聞用胳膊肘掩著臉說：「別，你等會兒我可以解釋。」

「這不是……你以前三天兩頭喝飄了不知道東西南北，我留你電話，回頭真有什麼事打你那兒，可能作用也不大。」

如果是以前，于聞說起這種話來理直氣壯，怎麼扎心怎麼說。現在卻含含糊糊，後半截就像吞在喉嚨裡，很快就滾完了。

老于張了張口，表情尷尬又愧疚。

于聞抓耳撓腮了一會兒，說：「哎我也不是那個意思，我以前是那個意思，現在沒了。」

老于嘆了一口氣，正要張口。

于聞打斷說：「打住，我最怕這種煽情環節。反正你以後別喝了，喝個痛風、中風的那多受罪，我回學校就把連絡人電話改回來。行嗎？」

「行。」老于點頭。

「你立字據。」于聞裝模作樣就要去翻背包。

「滾犢子。」老于一巴掌拍在他背上，並沒有用什麼力。

于聞扔開包樂了。

他對游惑說：「幸虧這事兒實際上沒耗幾天，我們老于家也沒有那種三天兩頭要見面的親戚。有幾個酒友找老于了，以為我們送你順便送到了北京。」

老于跟著點了點頭，說：「後續的解釋反正有人處理，不需要我們操心。」

他們又聊了幾句，于聞的手機突然「叮」地一聲響。

游惑沒看人手機的癖好，轉頭跟秦究說話，剛說兩句就聽見于聞小聲爆了句粗口。

游惑和秦究同時挑眉看去，只見于聞抱著手機長長嘆了口氣，一副精氣被妖怪吸乾的模樣。

「怎麼了？」他們問。

于聞主動把手機螢幕亮給他們看。

游惑掃了一眼，那是一個聊天介面，介面上一共四行字：

你已和「你有本事翻書」成為好友

你有本事翻書：你是？

于聞：學霸，我于聞啊。

你有本事翻書：……于聞是誰？

聊天結束。

秦究看著有點好笑，問他：「你在搜那個小學霸？」

于聞豎了一下手指說：「秦哥你等一下，我給你看。」

他在手機裡翻了一圈，找到一張照片，放大了給游惑和秦究看，那上面是一串字元，夾雜著英文和數字。

「這是狄黎留給我的帳號，說等出來了可以加他，以後行走江湖有個照應。」于聞手指戳著螢幕說：「我數了一下，這個號二十二位，還是數字和英文混著來的。但是你看，這是數字零還是字母o？這是數字五還是字母s？這是六還是b？還有這個……這是個什麼玩意兒？」

游惑看著那一串狗爬字，終於還是沒忍住問：「手寫的？」

于聞：「昂。」

昂完他就氣笑了，「哎，學霸啊！學霸的字醜成這樣哥你敢信？」于聞一臉倦容，「我正在嘗試各種可能，這是第六次加錯人了，我爭取去世之前成功加到他吧。」

游惑瞥了他一眼。

于聞接收到了他哥的含義，自嘲道：「是不是挺智障的？」

游惑「嗯」了一聲，說：「你當時手機都掏出來了，為什麼不讓他打字？」

于聞：「……」

這傻子突然失去活力，癱在椅子上，半天吐出一句：「蠢炸了，我跟他都是。」

就在他挺屍的時候，手機又「叮」了一聲。

于聞翻了個白眼坐起來，咕噥說：「叮屁啊叮……」

剛說完，他就盯著手機叫了句「臥槽」。

「又怎麼了？」秦究問。

于聞一下蹦起來，叫說：「狗日的他騙我！」

他把手機對過來，就見聊天介面上又多了兩句。

你有本事翻書：算了算了，不玩了，免得你拉黑我。

你有本事翻書：人呢？

于聞重重敲著：你好，你和該用戶不是好友，再見。

他打著字走到窗邊，靠著欄杆跟螢幕另一端的人開始了一輪互損大戰。

耍寶的兒子一走，老于便接過了話茬，跟游惑和秦究有一搭沒一搭地聊著。

他依然不擅長跟自己這位外甥聊天，內容平淡簡單，並沒有什麼趣味性，無非是些可有可無的家常閒話。

但沒關係，有「家常」這兩個字就夠了。

老于父子在醫院待了兩個小時，一直賴到探望時間結束。在那之後，游惑見到了另一個熟人——他曾經的主治醫生，也是整個系統專案的參與者之一，吳騁。

那是一個看起來清瘦穩重的中年男人，因為頭髮過早變成了銀灰色，看起來比實際年齡大一輪。在游惑的印象裡，吳醫生其實有點刻板。年輕醫生有點怕他，護士們也有點怕他，就連楊舒也說自己挺怕這個導師的。

但他這次見到游惑，卻露出了一個溫和而歉疚的笑。

他說：「本來我是想讓吳俐一起來一趟的，有她作為緩衝，我開口可能要容易一些。但一來她跟小楊還在休養，二來我作為一個不大合格的長輩，理應有點承擔錯誤的勇氣。」

其實秦究和游惑醒來之後，跟部隊的人有過溝通，差不多知道了系統內外所有事情——

正如他們推論所得，系統最初的專案團隊領頭人是杜登．劉，他年輕的時候和軍方有過多次合作，參與設計過的東西數不勝數，所以當初這個「人才訓練與篩選系統」的構想一冒出來，就被交到了杜登．劉的手裡，這幾乎是一件理所應當的事。

但大家忘了，杜登．劉已經老了。

有的人老了就會想一些年輕時候不會去想的事，比如生死。有時候這些念頭會讓人變得瞻前顧後，總想留下一點什麼，或是為了延續生命，或是為了證明自己存在過。

杜登．劉就是這樣的人。

所以他的理念從最初起就是偏的，他不是在設計一個精細的訓練篩選系統，而是在構造一個世界，一個能讓他繼續存留的世界，只不過這個世界同時還具有篩選、訓練的作用。

這兩者之間的差別說起來很大，其實很微妙。

項目團隊除了領頭，幾乎都是年輕人，他們中的大多數都體會不到杜登．劉隱藏的念頭，畢竟他們的生命還有很長、很長。

但有幾位例外，游惑的母親就是其中之一。她身體很差，像隨時會熄的風中殘燭，所以即便年輕，也能和杜登．劉感同身受。

這幾位例外的研究員成了杜登．劉隱藏理念的支持者，他們共用這個祕密，也共同死守這個祕密。他們每一位都在系統裡留下了自己的「影子」，這些「影子」就成了後來的「S組」。

等到這些人全部離世，系統已經有了框架和血肉，之後的工作就是調整和完善而已。

吳騁最初接觸這個項目可以追溯到很久以前，他作為醫學方面的專家顧問，會幫忙解決相關問題，但並不插手設計。

他真正參與進來其實是這幾年，系統失控之後，他在軍方的支援下介入進來，是負責善後的主要人員之一。

因為在解決系統這件事上，外部人員幾乎插不上手。一切外部的干擾都可能導致系統陷入自我封閉，徹底切斷和現實的聯繫，變成一個獨立維度下的獨立空間。那樣一來，裡面的人就真的再也出不來了。

所以才會有敢死隊，才會有那些帶著任務主動進入系統的人。

吳騁每天要做的事情很多，但歸根究柢不過三件——

保住無辜受害者、保住因為任務進入系統的軍人、保住研究員。

他們有一整套體系，可以查到任何一家醫院入院的病人，也能遠端提供幫助和治療。

通過這個，他們幾乎找到了所有可能被拉入系統的人。

那些在系統中死去的人，現實狀況非常糟糕，幾近於腦死亡。而吳騁的任務就是讓他們活著，就算只有最微末的希望也好。

據加護病房的主任說，情況最壞的那些人都在這家醫院裡，睡在特製的病房中，吳騁每隔一段時間都會過來一趟，但他們至今沒有要清醒的跡象。

游惑想過和吳醫生再見面的場景，但他沒想到對方會跟他道歉。

吳騁說：「很慚愧，在給你做治療的時候，我以很狹隘的想法揣度了你的立場。我們檢測到你眼睛裡的東西有過活躍的跡象，最後一次離得很近。我想當然地認為你跟系統依然是一體的，所以當時發現你失去記憶的時候，我們甚至有點慶幸，覺得少了一個麻煩人物。我們希望你不要再參與這件事，別成為絆腳石，所以騙你說那是訓練受的傷，隻字沒提系統的事。」

游惑安靜地聽完，說：「猜到了。道歉就算了，結果是好的就行。」

吳騁長久地看著這個年輕人，忽然覺得更歉疚了。但他知道，這樣氣量的人並不會在意這點歉疚。他說：「我這次來，除了道歉，還想告訴你們一聲，誤入系統的考生共計兩萬六千九百二十一人，加上監考和其他人員，一共兩萬八千一百一十四人，全部都在我們的醫療覆蓋範圍內，一個都沒有少。雖然其中一些狀況很差，但我們會竭盡全力。」

說完這句話，他看見面前這兩位年輕人笑了一下，笑意並不深，卻帶著一種如釋重負的味道。

他看見那個叫秦究的人點了一下頭，說：「挺好，那我們就算沒白忙。」

部隊的審查持續了三個月，結束於春天。

游惑為首的初始監考官隊伍幾乎全員合格。他們既是個人能力優秀的軍人，又是系統的第一批入駐者，對各種訓練和篩選機制爛熟於心，審查結束後直接被編成一支特殊隊伍，負責各類國際軍演前的能力集訓。

而秦究為首的敢死隊順利完成任務，審查結束後重新歸隊。

那個曾經繁雜龐大的系統已經變成了「廢墟一片」，所有設計資料和記錄都收歸於檔，核心只剩下一盒程式盤，就存留在秦究所在的隊伍裡。

季節輪轉中，一切終於慢慢回到正軌，不過依然缺少了一些人。

比如楚月。

她的眼睛反反覆覆，最終治癒已經是四月了。

治療結束的那天是四月十七日，楚月坐在床上，聽見小護士笑吟吟地對她說：「外面天氣很好，療養院的月季全都開了，妳剛好能趕上最漂亮的那一茬。」

楚月跟著笑起來說：「那我運氣可真不錯。」

小護士又說：「一會兒拆紗布的時候可能會不大適應，我們已經把光調好了，但妳可能還是會覺得有點刺眼，會看到一片全白。相信我，很快就好的。」

楚月又笑說：「沒關係，一片白我也常見。」

小護士以為她只是順著話開了個玩笑，其實不是，她確實經常見到這種場景，在她的禁閉室裡。每當禁閉室開始生效，她就會看到一片白色，茫茫無邊，東西南北都望不到頭，她孤身一人坐在其中。

有很長一段時間，她都覺得這是對她一生的概括，孤零零地來、孤零零地走。她最怕這樣，又註定會活成這樣。

她一度認為自己並不在意這些，但每次走進禁閉室，那片白茫茫的世界又會籠罩過來。就像現在，她雖然說著「沒關係」，但依然會下意識希望，那片刺眼的白色持續的時間短一點。

她聽見小護士衣料的摩擦，聽見剪刀離開鐵盤，聽見眼前的紗布發出「咔嚓咔嚓」的輕響。

接著，臉上一空，那種束縛感徹底消失。

她在護士的提醒中試著睜開眼……

那片白色持續的時間很短，短得出人意料，以至於她還沒反應過來，就看見了一片模糊的人影。光亮滲透進來，視野愈漸清晰，她終於看清了周遭世界——

不再是白茫茫的霧，而是人，很多很多人。她看到了A、看到了001，看到了高齊、趙嘉彤，看到了老于和小于，看到了楊舒、吳俐和舒雪……

那一瞬間，她忽然想到了一個詞：生死之交。

但這個詞太厚重了，帶上「生死」總顯得有點悲壯，她希望這些人永遠不要再和「悲壯」扯上任何關係。

那就……摯友吧。楚月想。如果有點平淡，那就在前面加一個詞。

四月十七日，她拆開紗布睜開眼，有一群人在寬大的玻璃外等著她，那是她一生的摯友。

吳醫生說，他們的觀察結果表明，大部分意識入系統的人都在遺忘那些經歷。這可能是一種出於本能的趨利避害，畢竟對他們來說，那一切就像一場夢，醒來就開始記不清了。

這未嘗不是一件好事。

與之相反，部隊這邊哪怕沒參與的人也對系統印象深刻，甚至有了點杯弓蛇影的意思，短時間內不想碰任何與之相關的專案。

直到這件事過去了大半年，將近七月，才有人提出可以利用系統剩餘的部分構建一個新專案，剔除掉那些暗藏隱患的設計，留下基礎卻有用的部分，把它轉化成一個「場景模擬器」，用於輔助訓練。

這個提議很合理，也算沒有浪費前人心血。

於是很快，項目被提上日程，打算在八月初正式啟動。為了避免再出同樣紕漏，這次沒有搞得那麼隱祕，兩支與此相關的軍人隊伍參與進來，再加上研究團隊和專家顧問團隊，可以實施監督的人數不勝數。

特訓營作為參與者之一，順理成章成了這個新專案的基地。

七月末，這年夏天最熱的時候，特訓營的魔鬼訓練期才剛開始。

太陽炙烤著一片特製的訓練場，被送來集訓的人在場內汗流如注，累成死狗。他們一邊咬牙繼續，一邊在心裡偷偷罵著那群訓練官，尤其是那個總教官。

同樣在大自然的燒烤架上叉著，他們都快熱化了，那位總教官卻乾乾淨淨。

這對比誰受得了。

忽然，有人小跑過來在總教官身邊停下腳步，說了幾句話。集訓員們頓時來了精神，以為有什麼新鮮事來打斷訓練了。

他們繞邊的時候特地伸長了耳朵，聽見那人說：「A，S大隊那邊的人來了。」

可能是錯覺吧，他們發現那位總教官好像不那麼冷懨懨的了，但再一眨眼，他還是那副不近人情的模樣。

他「嗯」了一聲，問：「來了多少？」

通報的人說：「十輛裝備車。」

總教官終於愣了一下：「交接系統資訊資料和核心盤要十輛車？」

「是吧？我也納悶呢。他們快到營門口了，要不過去看看？」

總教官點了一下頭，他拍了拍其他訓練官，簡單交代了兩句，跟通報的人一起轉身走了。

這位來通報的不是別人，正是高齊。至於總教官，那當然是游惑。

游惑帶著高齊離開的時候，訓練場上的眾人長長鬆了一口氣，就差沒歡呼了。但他們很快發現，這倒楣地方更熱了……

可能某總教官自帶冰鎮的效果吧。

由於最近訓練的特殊性，雖然太陽高照，特訓營裡從學員到教官都還穿著襯衫長褲。高齊來回跑了一遍，有點熱，忍不住要解領口的鈕扣。

剛解一顆，游惑就瞥了他一眼。

高齊手指一頓，「哎」地嘆了一長聲說：「練他們又不練我，我解個扣子還不行嗎？」

游惑：「行，你解。」

高齊：「……」

他拗著手指眨了眨眼，又老老實實把領子扣上了，「好好好，你銜高你說了算。」

不一會兒，他們就走到了特訓營大門邊。

游惑往欄閘面前一站，清雋筆挺，特訓營的衣服跟曾經的監考官制服很像，將他那股刀鋒感襯托得凌厲又內斂。

他沒帶其他人，只和高齊兩個人等在這裡，卻絲毫不減氣場。

他們剛站定，不遠處的彎道盡頭就傳來了隆隆車聲。

「來了。」高齊說。

車子一輛接一輛拐進來，正如高齊通報的，前後一共十輛。看得出來，只有前三輛裝了些系統相關的東西，透過車篷的縫隙可以看到高高低低的儀器。剩餘七輛全部都是人……

「幹麼啊，送點儀器這麼多人供著？」高齊咕噥。

話音剛落，打頭的那輛在攔閘外停下了。

車輪帶起了一小片塵煙，一個身影打開了副駕駛座的門，從高高的車頭上俐落跳下。他在薄薄的塵煙中瞇了一下眼，越過耀眼的日光看過來。

在看到游惑的時候，他露出了懶洋洋的笑，「下午好。」

游惑依然是一副公事公辦的表情，但總會有那麼一個人能看出來，他其實心情很不錯……比如對面的秦究。

「帶這麼多人幹什麼？」他衝秦究抬了抬下巴，依然沒有要開攔閘的意思。

高齊原本想提醒游惑開門，但轉頭一看，被攔在外面那位都不著急，他著急個鳥。

「忘了說。我來辦資訊資料和核心盤的交接手續，順便……」秦究掏出一張紙抖開，單手拎著給游惑看，「合訓。」

游惑一愣：「合訓？」

「對。」他朝後面的車隊一偏頭，說：「那些是我挑出來的人，一共三百個，過來跟你們進行聯合訓練，這是第一批。項目啟動期間，我們會駐紮在這裡，每隔三個月送一批新學員過來，一直到項目完成，保守估計一年半，這是公文。」

秦究讓游惑看完，不急不慌地把公文收起來，問說：「算驚喜嗎？」

游惑隔著攔閘看著他，動了動嘴唇：「還行。」

秦究笑起來。

游惑轉頭對崗亭裡的人抬了一下手說：「開門。」

攔閘抬起，車隊轟隆隆地開了進來。

特訓營裡負責後勤的那幫人很快過來，帶著新加入基地的成員去了宿舍、儀器庫和研究室，一一安頓下來。

秦究跟著游惑和高齊路過訓練場，發現那裡一片混亂。不止學員在裡面，就連訓練官也下餃子似地進去了。

「什麼情況啊這是？」高齊一頭霧水。

「去看看。」游惑說。

三人走到訓練場邊，摁下隔擋玻璃，巨大的場子裡熱浪滾滾，撲面而來。

「你們幹麼？」高齊逮住一名學員。

對方瞥了游惑一眼，難得慫了一下，但很快又梗著脖子道：「我們不服！」

高齊轉過頭，和游惑秦究交換了眼神，茫然問道：「什麼玩意兒就不服了？不服什麼啊？」

「剛剛訓練官說，這個訓練場所有項目來一輪，時間應該壓縮在兩分鐘以內。」學員說：「開什麼玩笑兩分鐘，我們……」

他轉頭看了一眼身後，其他人也紛紛停下來，給他撐腰鼓勁。

「我們覺得你們站著說話不腰疼，有本事下來繞個兩分鐘證明一下，不然別瞎定目標。」學員抹了一把腦門上的汗，抱怨說：「我們在場子裡喘得跟狗一樣，你們一點兒汗都不出，那怎麼行，不公平。」

後面的人開始造反：「就是！不公平！不服！必須出汗！」

高齊：「……」

他剛想開口反駁一下，就見秦究勾了游惑的肩，對那個學員招了招手，說：「知道為什麼你們總教官可以站在這裡麼？」

學員瞥了他一眼，看著他臂徽上的標誌默然幾秒，硬著頭皮說：「不知道，為什麼？」

秦究說：「因為這個訓練場能讓你們累得直喘，卻不夠讓他出汗。」

學員：「……」放屁，嚇唬誰呢！

後面有個年紀很輕的刺頭已經叫起來了：「別說出不出汗了，他只要能兩分鐘以內繞一圈，我把頭給你！」

另一個說：「不行，你也來！腦袋加我一個！」

一時間，氣氛陡然熱烈起來。

學員叫囂還不夠，連那群初始監考官都跟著開始起哄，非要把秦究一起拉下馬，大概骨子裡還殘留著以往爭鋒相對的慣性。

游惑盯著秦究，對方舉起手來說：「我沒故意拱火，起哄的是你那幫老部下。」

他說著背對著眾人，衝游惑眨了一下右眼。

「……」

我們冷漠無情的總教官無動於衷了五秒鐘，轉頭對高齊說：「把場內的模擬轟炸效果打開。」

高齊瞪大了眼睛，一臉亢奮，忙不迭去執行了。

秦究挑眉說：「這麼凶？」

游惑解開袖扣，一層一層往手肘上翻捲，「你招惹的，你就說下不下場吧。」

「下。」秦究說：「你都下了，我當然奉陪。」

片刻之後，游惑和秦究站在了訓練場裡，一百多個模擬轟炸口從牆頂伸出來，對著不同方向。

在場的學員都懵了，因為這玩意兒說是模擬，落到地上那都是真炸，該有的火、衝擊以及煙霧一點兒不少。

原本繞場就很狼狽了，再加上這個，簡直可以製造出人仰馬翻的效果。

他們來了特訓營後，最怕的就是這個項目。

他們退到場外，一邊擦汗一邊屏息看著場內的兩人。

就聽高齊一聲令下，一百多個轟炸口同時開閘，把訓練場轟成了滿臉花。那一瞬間，真的有種

槍林彈雨的味道。

學員們面容緊繃，相比之下訓練官們就不那麼緊張。

因為他們曾經見識過比這更密集的轟炸，系統核心數以千計的攻擊點都沒能絆住他們的腳，何況眼下區區一百個。

場內的人動作迅敏，每一個反應都像是算好了的，落腳永遠在炮火之前。

當他們到達終點，敲下「停止攻擊」的按鍵，場外所有人都轉頭看了一眼時間。

一分四十二秒。

游惑原地平息了一會兒，接過高齊遞來的水，拎著其中一瓶從肩膀遞往身後。一副習慣又平常的樣子，好像他跟身後那位軍官經常這樣，已經默契到了不用說話也不用眼神示意的程度。

他慢慢喝了兩口水，走到之前叫囂的學員面前，伸出瘦白好看的手說：「說好的，頭拿來。」

「……」學員們驚成了一排棒槌。

這位總教官抬起薄薄的眼皮，淺色的眸子掃過眾人，還要再開口。結果秦究兩手扶住他的肩膀，把他從學員面前推走了，「行了大考官，嚇唬一下可以了。」

秦究話語帶笑，那座冰山教官居然真的就被推走了。

學員們驚疑不定地看著他們的背影，片刻之後長長吁了一口氣。

高齊撐著門，用下巴指了指訓練場說：「中場休息結束了，可以繼續了嗎？」

學員們灰溜溜地滾了進去。

秦究搭著游惑走遠了，又突然聽見後面一陣鬼哭狼嚎。

他轉頭看向訓練場的方向，問說：「怎麼比之前叫得還慘？」

游惑淡淡地說：「我讓高齊留了五十個轟炸口，把晚上的訓練項目提前了，讓他們造反。」

作為總教官，游惑在特訓營裡有單獨的住處。而作為跟他平級的客人，秦究的房間就在他隔壁，大概也是高齊有意安排的。

他們在訓練場上惹了一身泥，當然要回去洗澡換一身衣服，洗著洗著就糾纏到了一起。游惑仰著頭，手指抓著浴缸邊緣，水從裡面滿溢出來，順著邊緣流淌滴落，滿地潮濕。

他長直的腿倏然繃緊，鼻息急促地喘了幾聲。

浴缸邊緣的手指難耐地收了一下，忽然抵住秦究的肩膀，又抓住對方後頸的頭髮，然後抬頭吻了上去，聲音就被悶進了吻裡。

他們從浴室糾纏到床上，秦究抓住他的手，交握著手指，游惑在他推壓的動作裡眯起眼睛，眸子裡漫上一層曖昧的霧氣。

訓練場上都能保持平穩的總教官在這種時候破了例，汗液長流。

第二天，研究室的核心機房就布置妥當了，第一批專家和研究員將很快入駐進來，屆時，以系統核心盤為基礎的新項目將正式開始。

負責清掃的人把運輸用的包裝收好帶出去，游惑和秦究卻留在了機房裡。

他們面前亮著一塊特殊的螢幕，兩個人影蹲在螢幕底下忙碌。

高齊弓著腰抓住一個金屬柄，對另一頭的人說：「922你抬一下那個底盤。」

聞遠愣了一下，在S大隊裡，喊他名字的人很多，叫這個代號的只有秦究一個。現在冷不丁聽見另一個人這麼叫，忍不住有點感慨。

剛離開系統的那段時間，他們試著摒棄這些數字，改喊名字。其他人還好，他們這群人之間卻總不能習慣。

這樣來來回回拗了很久，最終又陸陸續續叫回了代號。

他們都是彼此關於那段經歷的見證者，只要還在見面，就註定還會想起以前，會想起曾經在系統裡的日子，想起見過的人、做過的事。

但是沒關係，一切經歷不論好壞都有價值，至少組成了他們完整的人生。

聞遠從怔愣中回神，把底盤托起來，叫了一句：「老大。」

秦究俯身，從側面把核心盤裝進去。

「好了。」游惑指著螢幕說。

他們直起身，拍了拍手上的灰。

聞遠看著螢幕，在操作臺上敲了一氣。

其他人站在一旁，沉默地等著。

系統的世界被瓦解之後，曾經那個總給人帶來噩夢的「靈魂」便消失了，一併消失的還有154。他雖然和系統本體分離了，卻仍然依存於那個構造出來的世界，同生存、同消亡。

但游惑他們不信這個邪，他們始終認為，真正被干擾毀滅的是系統本體的主控臺，以及系統本體的「核」。154也許會被波及，但不至於完全消失。

他們嘗試過很多辦法，找過很多專家。但每一次的結果都大同小異，就像聞遠說的：「如果154還在，這個存留下來的核心盤應該會是他的棲息地。」

他們給核心盤內部傳遞過很多次資訊，多到幾乎數不清，卻始終沒有得到回應。

其實還有一種可能，他們一直不願意去想——

當初在系統內核被毀的時候，廣播裡說了一句「檢測到修正程式」，而那一刻，真正的修正程式還在游惑他們手裡。一定有什麼人類比了「修正程式」，跟系統的「核」融合在了一起，才真正終結了那些噩夢和悲劇。

那麼……還有誰能類比「修正程式」呢？

只有154。

有時候，聞遠會在夜裡突然想起那一幕，系統的聲音在他腦中盤旋不息，不斷重複著那句話，重複久了，會慢慢變成154的語氣。

然後他就再也睡不著了，不管白天訓練有多累，他都難以平靜地沉入睡眠裡。

有一次他好不容易在快天亮的時候睡著，又不幸夢到了那一幕。夢境一點也不還原，添油加醋了不少東西。

他夢見154占據了系統的咽喉，用沙沙的廣播聲對他們說：「我最後再送你們一程吧，不枉做了幾年損友。」

他驚醒之後在床上坐了很久，心想，他這輩子可能再也碰不到這樣的損友了。

聞遠動作頓了一下，解釋說：「我之前打過申請，把核心盤的動態關聯到了手機上。昨天晚上它突然有一點動靜，所以今天想來看看是怎麼回事。」

他最後敲了一下鍵盤，螢幕終於完全亮了起來，顯示系統核心盤開啟了最簡模式，旁邊是一些最基本的操作按鍵，諸如啟動、關閉、搜尋資料庫資訊。就像一臺死板的電腦。

聞遠熟門熟路地進了幾個介面，沒有發現任何東西。最後他又切進了監測介面，指著昨晚凌晨的一個小波峰說：「看，昨晚兩點多的事。」

高齊問：「這個突然波動一下是什麼意思？」

「這個核心盤一直是低頻運行模式……就好比手機待機，沒有真正關掉，為了保證它後續的平穩性。」聞遠解釋說：「這個波動就是指核心盤在那一刻沒有保持原本的模式，就好比你待機的手機突然收到一條消息，亮了一下。」

高齊說：「那不是好事嗎！」

聞遠點了一下頭，沉默片刻說：「是，我昨天後半夜一夜沒睡著。但我擔心這是因為最近頻繁移動它導致的不穩定。而不是……」

他停了一下，低聲飛快地說：「而不是154存在的證據。」

機房安靜下來，只能聽見核心盤輕低的運轉聲。

許久之後，秦究說：「核心盤好歹也是系統曾經最重要的部分，如果移動一下就會導致不穩定，有點說不過去吧？」

聞遠愣了一下，眼睛倏然亮了一些。

他哂笑一聲，說：「也是。」

就因為這句「也是」，他們開始了漫長的等待和嘗試。

參與項目的專家和研究人員也希望能夠保留154的痕跡，於是他們一邊完善新系統的構架，一邊固定往核心盤深處傳遞問候和消息。

這幾乎成了這群人的日常習慣，雷打不動。

於是春夏秋冬……四季走過了一輪多。

整個項目在第二年的秋天收尾，新系統已經基本完成，主要用於訓練場景的構架和篩選輔助，不久之後就可以投入使用。

那陣子的特訓營合著深秋的氛圍，有些冷清，因為游惑和秦究帶著所有學員去了南邊進行海上合訓。偌大的地方只剩下負責收尾的研究員，安靜得有點蕭瑟。

聞遠沒去吃午飯，而是帶著專門的清潔劑進了核心機房。出於強迫症或是……別的什麼，他打算把那裡稍微收拾一下，畢竟再有一週他就要回S大隊。

下一次再來這裡，就要等新系統開機了。再往後……也不知何年何月。

他在機房螢幕前坐了一會兒，然後打開系統，往核心盤裡傳了一句話，一切都一如往常。

可能是因為要走了吧，他看著傳遞過去的內容，忽然覺得太簡單了，他明明有很多話想說的。

不止他，還有秦究、游惑、021……所有見證過154存在的人，都有很多話想說。

但並不是單方面的傾訴，他們希望的是交流，是像以前一樣有來有往的交談，閒聊也好、打趣也好、互損也好，只要有回應。

聞遠發了很久的呆，等回過神來的時候，螢幕上已經刷滿了他發過去的消息，因為他的手指下意識按在發送鍵上。

每條消息都是一片空白，沒有內容，就好像明明有話，卻不知道從何說起。

聞遠驚了一跳，這樣持續不斷的消息傳遞很容易引起一些程式的紊亂。

他噌地站了起來，劈里啪啦地敲著按鍵，打算撤銷那些空白無用的內容，順便再檢查一下有沒有引起混亂。

就在他即將按下執行程式的時候，螢幕突然閃了一下。

那一瞬間，聞遠以為自己眼花。

螢幕上的程式還在滾動，瞬間下去幾百行。

他長久地僵立在那裡，突然伸手拚命把螢幕內容往回拉。

他翻了很久，終於在密密麻麻的字元之間找到了一條消息。

那條消息的來源顯示為核心盤本身，消息內容只有三個數字和一個標點符號。

922？

很巧，那天是九月二十二日，秋分的前一天。

聞遠傻在螢幕前的那一刻，于聞正從哈爾濱某所大學的階梯教室出來，拎著書包一邊回資訊，一邊跟同學商量午飯吃什麼。

吳俐和楊舒站在北京某個實驗室裡，戴著專用的眼鏡，趴在儀器旁記錄資料。

狄黎在上海的某棟圖書館裡支著頭，手機開了靜音擱在旁邊，偶爾會忽然亮一下。

舒雪換了工作，正走在浙江某個城市的街上。系統裡的很多事情她都慢慢記不清了，只記得自己好像做過一個漫長的夢，夢裡有人跟她說，如果以後有機會，可以在這個城市裡見面。

她會在這個每天經過的街角遇見一位有點靦腆的男生，他因為身體緣故休學許久剛回到校園，他會撓著頭被人推上前，尷尬地說：「我叫趙文途，我能……認識妳嗎？」

而游惑和秦究剛結束上午的特訓，跟高齊、楚月他們打了招呼，順著樓梯上到甲板層來。

這個季節的天空總是很高，清透遼遠。海風潮濕，帶著淺淡的秋涼，順著一綹長雲直落天邊。

游惑忽然想起系統裡的那片海，它總在固定的日子起風、固定的時間翻起浪來、固定的時候下雨、固定的時候飄雪……

最重要的是，它永遠望不到邊。

系統所有的風景都是那樣，雲山霧罩，沒有邊界。

但這裡不同。

這裡風遇山止，船到岸停。

他身後的陸地綿延一億多公頃，腳下的海有三百多萬平方公里。再往南，至多不過穿於雲上，繞地而行。

這裡的一切都有始有終，卻能容納所有不期而遇和久別重逢。

世界燦爛盛大。

歡迎回家。

（全文完）

【特別收錄】

獨家紙上訪談，暢談幕後花絮

Q13：想請問老師的寫作習慣，不知您每次開新文前會習慣先擬好詳細大綱嗎？還是只會做好人設，劇情隨連載情況邊寫邊想？

A13：沒有詳細大綱，因為我思維有點跳，每天都有新想法，還喜新厭舊，今天寫了明天就可能推翻，擬了也是作廢。
開文一般是因為有兩個特別想寫的人物以及一個特別想寫的結尾場景，之後的整個故事就是在把兩個主角往結尾那個場景裡引。
所以雖然寫不出細綱，但我心裡會有個概括性的主線以及階段性的方向，以免整篇垮掉。

Q14：在連載過程中有沒有遇上什麼困難？或是寫這種題材的故事，最大的挑戰是什麼？

A14：只要譯過吉普賽語，什麼都算不上困難。
最初寫這篇就是為了開心，逗讀者開心也逗自己開心，最大的困難就是如何以每小時五百字的手速，在深夜與瞌睡作鬥爭。
這個題材最大的挑戰？大概是自圓其說吧。

Q15：如果有機會進入「全球高考」這個系統裡，您會想變成哪位角色？為什麼？以及會想挑戰哪個科目？不想挑戰哪個科目？

A15：我選擇把這個寶貴的機會讓給別人，不用謝。

Q16：寫出《全球高考》這麼有趣的作品後，會考慮繼續寫無限流題材的小說嗎？或是對哪些題材比較感興趣？能否請您簡單介紹接下來的新作品？

A16：其實這篇不算嚴格意義上的無限流，如果某天再有迫不及待想寫的新點子，可能還會嘗試類似題材，不過近期更想寫校園背景的故事。接下來的作品打算嘗試以前沒寫過的類型，以感情為主，想試著寫一寫十七、八歲少年期的那種曖昧和悸動。

Q17：有沒有曾經讓您難忘（或覺得好笑）的讀者互動經驗？

A17：因為連載期經常熬夜，他們成群結隊把木蘇里叫成木禿里，給我微博頭像的腦門P了禿頂高光，還給我寄過生髮液。感天動地，比心。

Q18：感謝您辛苦的回答，請您對讀者說幾句話吧（°ω°）

A18：謝謝你們看這個故事，希望它能讓你們在某個瞬間感到放鬆和愉悅，那就不枉初衷了。感謝支持，祝願諸位生活愉快！

（完）

【作者後記】

謹以此書獻給素未謀面的朋友

有些讀者朋友也許在微博上見我提過，這個故事的最初靈感來源是一段沒頭沒尾的夢。

我夢見自己跟一群陌生人在荒島掙扎求生，好不容易逃出生天，又不小心跌進了古堡裡……前前後後穿梭過四個場景。

其實內容在醒過來的瞬間已經忘了大半，只對最後一眼印象深刻——牆面、路牙等目之所及的地方，到處刻著碩大的准考證號碼，後面跟著打怪得分。

別人的分數我無從知曉，反正我自己差兩分及格。

那時候剛畢業不足一個月，殘留的學生本能讓我對這個結果耿耿於懷，於是「一怒之下」，在專欄裡開了《全球高考》的文案。

我平日是個慢性子，偏偏在開坑這件事上時常衝動，托衝動的「福」，在我連載《一級律師》的時候，專欄裡待寫的故事已經有好幾篇了，《全球高考》是個意外的插隊分子，來得最晚，卻開得最早。

連載之初，我跟朋友聊天的時候開過玩笑說：「上一篇小說寫得太累了，光是捋清邏輯線索就掉了一把頭髮，這次我一定要寫篇不用腦子、不講邏輯的放鬆一下，別的無所謂，好玩就行。」

於是我不管不顧，想到什麼好笑的內容就往文裡扔，全然不管其他。

可是隨著字數越來越多、內容越來越長，某一天我趁著閒暇構思情節的時候，一群身影毫無停頓地湧入腦海，說話聲音、舉止神態，一切都清晰得彷彿我本來就認識他們一樣。

那一瞬間我意識到，也許寫這篇文的初衷只是為了逗讀者笑、逗自己笑，但最終還是繞回到該走的那條路上——我又多了幾個朋友，名叫游惑、秦究、楚月、922、154……他們不再是扔骰子、翻書組來的名字，而是我素未謀面卻比誰都瞭解的朋友，就像現實的朋友一樣。

我希望他們能有美好燦爛的歸途，所以我得慎重對待，因為那是他們生活的世界。

編輯說希望我給這本書寫篇後記，本來想延續一貫的風格，寫點有趣的東西博諸位一樂，可寫著寫著便成了閒聊。

但閒聊本就是朋友間的產物，這樣想來倒也不錯。

謹以此書獻給同樣素未謀面的朋友，祝大家生活順遂、平安喜樂。

木蘇里

二〇一九年冬

愛吻文創
愛吻文創
墨西柯◎著　原若 森◎繪
BEHOLD THE COLORED CARP SPIRIT
錦鯉大仙要出道
《全三冊》
★ 晉江總榜、半年榜、VIP強推榜
2018年終盤點現代純愛優秀作品

愛吻文創
愛吻文創
你無法預料的分手，我都能給你送上。
two-timing system
《全三冊》

i小說 022

全球高考3（完）

國家圖書館出版品預行編目（CIP）資料

全球高考3（完）/ 木蘇里著. -- 初版. -- 臺北市：
愛呦文創, 2020.04
冊；　公分. --（i小說；022）
ISBN 978-986-98493-5-7（第3冊：平裝）

857.7　　109000321

愛呦文創

作　　者　木蘇里
封面繪圖　黑色豆腐
責任編輯　高章敏
特約編輯　劉怡如
文字校對　劉綺文

發 行 人　高章敏
出　　版　愛呦文創有限公司
地　　址　10691台北市忠孝東路四段59號10-2樓
電　　話　（886）2-25287229
郵電信箱　iyao.service@gmail.com
愛呦粉絲團　https://www.facebook.com/iyao.book

總 經 銷　聯合發行股份有限公司
電　　話　（886）2-29178022
地　　址　231新北市新店區寶橋路235巷6弄6號2樓

美術設計　徐珮綺
內頁排版　洸譜創意設計股份有限公司
印　　刷　沐春行銷創意有限公司
初版一刷　2020年 4月
初版十四刷　2024年 7月
定　　價　380元
I S B N　978-986-98493-5-7